DUMONT

Rebecca und Ben ergänzen sich perfekt: Er weint manchmal, wenn er kitschige Liebesfilme sieht. Ihre Augen tränen noch nicht mal beim Zwiebelschneiden. Während sie als Architektin Karriere macht, weiß er nicht so genau, was er mit seinem Leben anfangen möchte. Ihm fällt es leicht, mit fremden Menschen ins Gespräch zu kommen. Sie hasst Small Talk. Genau aus diesen Gründen sind die beiden das perfekte Paar. Nichts kann sie auseinanderbringen. Das glauben sie zumindest.

Wenn da nur nicht diese eine Sache wäre, die Ben Rebecca eigentlich noch hätte sagen müssen und die sie schließlich selbst herausfindet. Auf einmal sind die beiden gezwungen, alles zu hinterfragen, was sie je voneinander wussten ...

LAURA TAIT & JIMMY RICE

ALLES, WAS VIELLEICHT FÜR IMMER IST

Roman

Aus dem Englischen
von Marion Herbert

DUMONT

Von Laura Tait und Jimmy Rice ist bei DuMont außerdem erschienen:
Das Beste, das mir nie passiert ist

Deutsche Erstausgabe
September 2016
DuMont Buchverlag, Köln

Die englische Originalausgabe erschien 2016 unter dem Titel
›The Night that Changed Everything‹ bei Corgi Books / Transworld Publishers, London.

Umschlaggestaltung: Lübbeke Naumann Thoben, Köln
Umschlagabbildung: Tasse, Towerbridge, Telefonzelle © raven – Fotolia.com;
Koch © Andrey Popov – Fotolia.com; Gruppe, Frau © majivecka – Fotolia.com;
Herzen, Baum © Lisa Horton / Transworld
Satz: Angelika Kudella, Köln
Gesetzt aus der Conduit
Druck und Verarbeitung: CPI books GmbH, Leck
Gedruckt auf säurefreiem und chlorfrei gebleichtem Papier
Printed in Germany
ISBN 978-3-8321-6374-7

www.dumont-buchverlag.de

Für Rosemary Cowan und
Archibald Carmichael Cowan

Prolog REBECCA

Der Abend der Eröffnung

Wo ist Jamie?

Ich bin noch nicht dahintergekommen, wie man es hinkriegt, allein auf einer Party eine gute Figur zu machen.

Ich hätte mit Danielle kommen sollen. Sie hat noch versucht, mich in die Dusche zu verfrachten, während sie sich bereits die Lippen korallenrot anmalte und sich im Spiegel über dem Kamin einen *Du-kannst-jeden-haben*-Blick zuwarf, aber ich war ganz in mein Buch über Art déco vertieft und sagte ihr, ich würde sie später hier treffen.

Ich drücke mich verlegen an der Bar herum. Mit eins achtundsiebzig ist es relativ schwer, sich unauffällig zu verhalten, wenn man seine Freunde nicht finden kann, aber wenigstens kann man bequem einen Raum absuchen, und ich entdecke Danielle, die lachend neben zwei mir unbekannten Männern steht.

Der eine redet ununterbrochen auf sie ein und sieht dabei aus, als könnte er sein Glück kaum fassen und hätte gleichzeitig Angst, dass sie verschwindet, wenn er damit aufhört. Der andere steht verschüchtert daneben. Keiner von beiden hat eine Chance – sie und Shane, ihr Immer-mal-wieder-Freund, sind wieder zusammen. Mal wieder.

Er kommt später nach.

Wegen meiner Präsentation für East House Pictures am Montag bin ich zu nervös für Small Talk mit Fremden. Das alte Kino in Hackney stand jahrelang leer, ist ziemlich baufällig und soll demnächst restauriert werden. Und wenn unser Pitch gut läuft, könnte unsere Firma den Auftrag bekommen, die Pläne zu entwerfen und das Gebäude wieder aufzubauen.

Ich habe von klein auf davon geträumt, mein erstes Gebäude zu entwerfen, so wie andere Mädchen vom Heiraten träumen. Ich bin heute Abend nur hier, um Jamie moralisch zu unterstützen, und meine Schultern entspannen sich, als ich ihn hinter der Bar entdecke. Er wollte eigentlich nur als Gastgeber auftreten, aber er hat wohl unterschätzt, wie viel bei der Eröffnung seiner Bar los sein würde.

Als ich mich durch die Menge kämpfe, fällt mir auf, wie sich der Raum verändert hat, seit ich ihn zum letzten Mal gesehen habe. Das war, als Jamie mich zu einem ungenutzten Bahnbogen führte, während er mir die Augen zuhielt, dann mit einem *Ta-da!* die Hände wegnahm und erklärte, er werde eine Bar eröffnen.

Ich freue mich, dass er meinen Rat befolgt und die Wände restauriert hat, statt sie zu verputzen. Jetzt sind hier und dort in riesigen Buchstaben die Namen verschiedener Cocktails auf das freigelegte Mauerwerk gepinselt.

Hinter den roten lederbezogenen Sitznischen ist gerade genug Platz für eine provisorische Tanzfläche. Der glänzende Tresen dahinter wird von tief hängenden, übergroßen Glühbirnen beleuchtet.

Ich quetsche mich in eine Lücke und versuche, Jamie auf mich aufmerksam zu machen, aber er ist am anderen Ende der Bar und wirft gerade eine Flasche in die Luft. Sie dreht sich, bevor er sie geschickt mit der anderen Hand auffängt und ihren Inhalt schwungvoll in einen Boston Shaker gießt. Das Mädchen, dessen Drink er sozusagen in eine West-End-Performance integriert hat, klatscht begeistert. Er zwinkert. Ich verdrehe die Augen.

Ich trommle ungeduldig mit den Fingern auf die Granitplatte, als ein Barmann mit einer Ladung leerer Gläser auf den Tresen zusteuert. Ich hoffe, dass er sich gleich wieder hinter die Bar stellt, aber er verschwindet in der Menge.

»Hi.« Eine lächelnde Bardame taucht vor mir auf. Endlich. »Was bekommst du?«

»Einen Single-Malt-Scotch, bitte. Mit einem Eiswürfel.« Ich drehe mich um, weil ich mich vergewissern will, dass Danielle noch immer am selben Platz steht. »Und einen Cosmopolitan.«

Obwohl Jamie behauptet hat, nur heiße Models unter dreißig einzustellen, die mit ihm schlafen wollen – und es hat ihm bestimmt nicht an Angeboten dieser speziellen Sorte Bewerberinnen gemangelt –, ist seine neue Bardame etwa eins sechzig groß, hat runde Wangen und geht allem Anschein nach auf die vierzig zu. Ich verspüre eine Welle der Zuneigung für Jamie. Er ist ein Riesenangeber, aber er hat das Herz auf dem rechten Fleck.

Ich werde angerempelt: Ein Typ hat sich neben mich gedrängt und hält einen Zwanziger hoch. Ich merke, wie er kurz zu mir rübersieht, dann noch mal genauer hinschaut und sich so weit zu mir dreht, wie der Platz es erlaubt. Ich werfe ihm einen giftigen Blick zu.

»Entspann dich, Süße«, sagt er und stupst mich an, »ist doch nichts passiert.«

»Es ist sehr wohl was passiert«, antworte ich und sehe ihm direkt in die Augen. »Vorhin erst ist mir ein Fremder zu nahe gekommen, hat mich Süße genannt und mir dann einen unerwünschten Rat erteilt.« Ich nippe an dem Whisky, der mir gerade serviert wurde. »Also hab ich ihn umgebracht.«

Jamie bekommt den letzten Teil des Gesprächs mit, und ich merke, wie er sich bemüht, ein Lachen zu unterdrücken, während er den Typen bedient.

»Du musst echt aufhören, dich so an meine Gäste ranzuschmeißen«, sagt er und schenkt sich einen kleinen Whisky ein, sobald der Kerl weg ist. »Denk mal an deinen Ruf.«

»Sorry, aber es nervt mich einfach, wenn die Leute solchen Scheiß reden. Als müsste jeder mit einem Dauergrinsen rumlaufen.«

»Er wollte einfach mit dir ins Gespräch kommen. Es ist gar nicht so leicht, mit dir zu …«

»Jetzt fang bloß nicht damit an«, warne ich ihn mit zusammengekniffenen Augen. »Reden wir lieber über das Arch 13. Das hier ist der Hammer, Jamie. Endlich hast du eine eigene Bar!«

»Du findest nicht, ich hätte warten sollen, bis der zwölfte oder der vierzehnte Bogen frei wird, um auf der sicheren Seite zu sein?«

»Nee – du nimmst dein Glück schon selbst in die Hand.« Ich sehe mich noch einmal voller Bewunderung um. »Ich bin wahnsinnig stolz auf dich.«

Er lächelt bescheiden, und keiner von uns spricht aus, was wir beide denken. Eigentlich sollten seine Eltern hier stehen und ihm sagen, wie stolz sie sind. Stattdessen reden sie nicht mehr mit ihm. Sie fanden es schon nicht gut, dass er nach der Uni in einer Bar gearbeitet hat, aber sie akzeptierten es in der Annahme, es wäre eine Übergangslösung, bis er endlich den von ihnen finanzierten Chemie-Abschluss nutzen würde, um der nächste Alfred Nobel zu werden. Nun, da ihnen klar geworden ist, dass er lieber der nächste Tom Cruise in *Cocktail* werden will, sind sie alles andere als begeistert.

Aber die Sache mit der Bar passt perfekt zu Jamie. Unsere Vorliebe für hochwertigen Alkohol war das Erste, was uns in der Uni verband. Als alle anderen sich grellbunte Alcopops für ein Pfund die Flasche und Feuerzeugbenzin-Wodka für sechzig Pence den Shot holten, bestellte ich einen Premium-Scotch, und Jamie weigerte sich, seinen Tanqueray mit Tonic aus einem Plastikbecher zu trinken.

»Die gehen auf mich, Erica«, sagt Jamie der Bardame, als sie Danielles Cocktail bringt. Dann dreht er sich mit einem entschuldigenden Lächeln wieder zu mir. »Ich muss eine Weile bedienen, aber lass uns später reden. Stürz dich ins Getümmel.«

»Jep, wir wissen alle, wie unheimlich gern ich mich ins Getümmel stürze«, antworte ich gedehnt, aber ich nehme die Drinks und folge seiner Aufforderung.

»Besser spät als nie«, ist das Erste, was ich von Danielle zu hören kriege. »Du musst echt an deiner Pünktlichkeit arbeiten, Becs. Das nervt total.«

»Sorry«, sage ich mit einem falschen Lächeln zu meiner besten Freundin, die noch nie in ihrem Leben bei irgendwas rechtzeitig erschienen ist. »Aber mir ist aufgefallen, dass sich die Farbe meiner Zehennägel mit meinem Kleid gebissen hat, und obwohl ich geschlossene Schuhe trage, konnte ich unmöglich rausgehen, bis ich sie nicht neu lackiert hatte.«

»Irgendwann wirst du hoffentlich aufhören, mir das vorzuhalten«, schmollt sie. Dann dreht sie sich zu den Typen um, mit denen sie sich unterhalten hat: »Russ, Tom, das ist Rebecca.«

Sie begrüßen mich, und ich fürchte, wir werden sie nicht mehr los.

Doch es kommt noch schlimmer, als Danielles Handy klingelt und sie uns ein Zeichen gibt, dass sie rausgeht, um den Anrufer besser zu verstehen.

»Shane? Shane?«, schreit sie ins Telefon und entfernt sich.

Ich schaue auch auf mein Handy, und da ich keine neuen Nachrichten habe, checke ich die E-Mails von der Arbeit. Wie nicht anders zu erwarten, sind da keine neuen am Samstagabend um halb zehn. Als ich mein Handy schließlich wieder in die Tasche stecke, sind die beiden Jungs in ein Gespräch vertieft. Ich frage mich, ob Jamie das meint, wenn er sagt, ich sei unnahbar.

Der Barmann, der eben die Gläser eingesammelt hat, erscheint mit einem Tablett, auf dem ein Bier, eine Cola und ein großer rosa Cocktail stehen, der mit gut acht verschiedenen Obstsorten und einem Schirmchen garniert ist. Er reicht Russ das Bier und Tom, dem Schüchternen, die Cola und stellt dann den Cocktail auf das Board neben sie.

»WHOA!« Jemand rempelt mich an. Ich kippe nach hinten und begieße mich mit meinem Drink. Es ist derselbe Typ, der sich schon an der Bar neben mich gedrängt hat.

»Sorry«, sagt er. Seine Mundwinkel gehen nach unten, und er sieht so bedröppelt aus, dass ich fast lachen muss. Nun merke ich auch, dass er hackedicht ist. Er macht eine Handbewegung, um mein nasses Top abzuwischen, also strecke ich ebenfalls die Hand aus, um ihn zu stoppen. »Lass es. Schon okay.«

»Alles in Ordnung?«, fragt der Barmann, der immer noch das Tablett in der Hand hält.

»Unfall«, lallt der Typ und hebt die Hände hoch, bevor er davontorkelt.

»Vollidiot«, murmele ich und wende mich dann an den Barmann. »Danke. Könntest du mir vielleicht ein paar Servietten holen?«

»Klar.«

»Und einen großen Single-Malt-Scotch«, rufe ich ihm nach.

Während ich warte, gehen Russ und Tom mit ihren Getränken an den Billardtisch und lassen mich allein. Wo zur Hölle bleibt Danielle?

»Bitte schön.« Der Barmann stellt meinen Drink ab und reicht mir ein paar Servietten.

»Danke.«

Ich tupfe mich verlegen ab, und er geht nicht weg, dann fällt mir auf, dass ich meinen Scotch nicht bezahlt habe. »Gott, sorry«, sage ich und hole einen Zehner aus meinem Portemonnaie. »Stimmt so.«

Er winkt ab und sieht mich erstaunt an. »Äh, nein, schon okay.«

Jamie muss gewusst haben, dass der Whisky für mich war.

»Okay, danke.« Ich drücke die Servietten wieder auf mein Top.

Er geht immer noch nicht weg, sondern lacht plötzlich und kratzt sich am Kopf. »Glaubst du, dass ich hier arbeite?«

Als der Sinn seiner Worte zu mir durchdringt, spüre ich, wie mir langsam das Blut in die Wangen steigt. »Tust du das nicht?«

»Nope.«

»Aber das Tablett mit den Drinks ...«

»… die waren für meine Kumpels. Ich habe gerade eine Runde ausgegeben.«

»Und vorhin hast du Gläser eingesammelt!«

»Die standen überall herum, und da war eine endlose Schlange an der Bar – ich dachte, ich helfe ein bisschen.«

»Aber warum hast du mir einen Drink geholt?«, piepse ich.

Er überlegt einen Augenblick und lächelt dann. »Das weiß ich, ehrlich gesagt, auch nicht.«

Ich lege die Hände auf meine heißen Wangen. »Oh mein Gott, das tut mir so leid. Ich schäme mich.«

»Musst du nicht«, sagt er amüsiert.

Ich zwinge mich, ihm in die Augen zu sehen, und muss dabei den Kopf nach hinten neigen und aufschauen – etwas, das mir nicht oft vergönnt ist. Sie sind dunkelbraun und haben lange Wimpern, und er hält meinen Blick etwa zweieinhalb Sekunden fest. Etwas Eigenartiges passiert. Wie ein Stromschlag – eine chemische Reaktion –, obwohl ich das niemals laut sagen würde, denn dann müsste ich mich ohrfeigen. Ich blinzle, wende den Blick ab und betrachte den Rest seines Gesichts.

Es ist ein hübsches Gesicht. Heutzutage sieht man nicht mehr viele glatt rasierte Männer, fällt mir auf. Es macht ihn irgendwie besonders. Das und der leichte Knick in seiner Nase, der ihm gut steht.

»Ich bin Ben«, sagt er.

»Rebecca«, sage ich und strecke ihm die Hand entgegen, in der ich keine nassen Servietten halte.

Er grinst. »Kräftiger Händedruck.«

»Danke«, antworte ich, obwohl ich nicht weiß, ob das was Gutes oder Schlechtes ist. Bei der Arbeit ist es was Gutes, aber ist es im sexuellen Sinne attraktiv? Himmel, woran denke ich da?

Er nimmt den Cocktail vom Sideboard und trinkt.

Ich schaue auf das Glas. Dann zu ihm. »Ernsthaft?«

»Ich bin mit dem Typen befreundet, dem der Laden gehört.« Er blickt auf seinen Drink und seufzt. »Das hat er mir eingebrockt.«

»Du kennst Jamie? Er ist einer meiner besten Freunde.«

»Und einer von meinen! Wir sind in Manchester zusammen zur Schule gegangen. Dann ist er für die Uni natürlich nach London gezogen, und ich bin dort oben geblieben.«

»Ach, *der* Ben bist du«, sage ich. »Jamie hat dich schon erwähnt.«

»Woher kennst du ihn?«

Ich erkläre, dass er, Danielle und ich während der Uni zusammengewohnt haben.

»Ah, *die* Rebecca bist du. Danielle habe ich in Jamies alter Bar schon mal gesehen. Das ist die, die jetzt da bei Jamie steht, oder?«

Ich schaue zu den beiden hinüber und sehe, wie Danielle ihr Handy wieder in ihre Handtasche steckt. Was Shane wohl wollte? Hat er seinen Flug aus Irland verpasst? Kommt er noch später? Oder gar nicht?

»Jep, das ist sie.«

Ich sollte dieses Gespräch wirklich beenden und hinübergehen, denn ich kann heute nicht lang bleiben, und es ist Jamies großer Abend. Aber ...

»Und du wohnst jetzt auch in London, oder?«, frage ich Ben, als mir einfällt, was Jamie erzählt hat.

»Ja, seit letztem Jahr. Ich glaube, ich habe eine Veränderung gebraucht. Ich bin nach der Uni viel rumgereist und dachte, wenn ich weg bin, wird mir klar, was ich mit meinem Leben anfangen soll, aber jetzt bin ich schon ein paar Jahre wieder zurück und weiß es immer noch nicht.«

»Was hast du studiert?«

»Geschichte. Also habe ich quasi unbegrenzte Möglichkeiten.«

»Ach ja?«

»Ja. Ich könnte Komiker werden wie Sacha Baron Cohen oder

Schriftsteller wie Salman Rushdie. Oder auch Premierminister – Gordon Brown hat Geschichte studiert.«

»Also …«

»Ich arbeite zurzeit in der Personalabteilung des Londoner Verkehrsverbunds.«

»Ach, der Klassiker.« Ich lächle. »Abhauen in die große Stadt, um dann als Personalsachbearbeiter den Lebenstraum zu verwirklichen.«

Sarkasmus fällt mir so leicht wie Danielle das Flirten, aber sobald ich den Satz ausgesprochen habe, bekomme ich Panik. Was, wenn er denkt, ich würde mich über ihn lustig machen?

Zum Glück lacht er richtig darüber, sodass seine geraden, weißen Zähne blitzen, und wenn ich eine bestimmte Art Mädchen wäre, würde ich sagen, dass sein Lachen wie Musik klingt, aber das bin ich nicht, also sage ich es nicht.

»Deshalb arbeite ich auch nur zurzeit dort«, entgegnet er und sieht mir wieder in die Augen. »Ich versuche immer noch herauszufinden, was mein Lebenstraum ist. Ich will was bewirken, weißt du?«

Ein Mädchen drängelt sich auf dem Weg zur Bar zwischen uns durch, und der Bann ist gebrochen.

»Wo bist du rumgereist?«, frage ich. Es gefällt mir, wie er die Hände bewegt, wenn er spricht.

»Durch ganz Asien.«

Ich versuche, ein Lächeln zu verbergen. »Mal ehrlich, Ben … Hast du deine Zeit dort damit verbracht, Thai-Whisky aus einem Eimer zu saufen, in deinem Hostel Trinkspiele zu veranstalten und Leute zu bitten, am Strand Fotos von dir zu machen, während du ganz hoch in die Luft springst?«

»Nicht die ganze Zeit«, sagt er, lacht wieder und sieht dann nachdenklich aus. »Das Beste war, als ich bei buddhistischen Mönchen auf einem japanischen Berg übernachtet habe.«

»Auf dem Koya-san?«

»Ja! Warst du auch schon mal in Japan?«

»Ich habe dort gewohnt.«

»Echt jetzt? Wie kommt das?«

»Wir sind viel rumgekommen durch den Beruf meines Dads.« Wieder drängelt sich jemand zwischen uns, dann merke ich, dass Ben die Lücke wie nebenbei schließt, sodass niemand mehr durchgehen kann. Ich nehme einen schwachen Hauch Zigarettenrauch wahr und frage mich, ob er von ihm kommt. »Und wo wohnst du?«

»Hier in Greenwich, mit den beiden.« Er nickt zum Billardtisch, wo Russ und Tom noch immer spielen. »Und wir arbeiten auch zusammen.«

»Sind sie auch so begeistert vom Personalwesen wie du?«

»Kann man so sagen«, antwortet er lachend. »Tom wollte immer Künstler werden und Russ Superheld, also ist es ganz logisch, dass wir alle dort gelandet sind. Was ist mit dir?« Er sieht mir wieder in die Augen. »Wovon hast du als Kind geträumt?«

»Ich wollte Architektin werden. Mein Dad ist auch Architekt.«

»Schön. Und was hast du studiert?«

»Architektur.«

»Das passt. Und was machst du jetzt?«

»Ich bin Architektin.«

»Siehst du? Du bist genau wie ich. Nicht besonders zielstrebig.«

Wir lachen beide und nippen dann nacheinander an unseren Drinks.

»Und wie war Jamie so in der Schule?«, frage ich.

»Wie jetzt. Beliebt, selbstbewusst. Kam gut bei den Mädchen an. Er war eine Weile mit der Frechen Fiona zusammen, bevor er weggezogen ist.«

»Hat er das mit den Alliterations-Spitznamen schon damals gemacht?«

»Ja. Apropos …« Er sieht sich um. »Hast du eine Ahnung, wer die Tolle Tania ist?«

»Wer? Und warum hab ich weder von ihr noch von dieser Frechen Fiona gehört?«

»Wahrscheinlich spricht er nicht gern darüber. Sie hat die Trennung nicht gut verkraftet.«

Ich sehe, wie er sich wieder in Jamies Richtung dreht. »Glaubst du, da läuft irgendwas?«

Ich schaue ebenfalls hinüber und sehe, dass Danielle Jamies Hüften umschlungen und Jamie einen Arm um Danielles Schultern gelegt hat.

»Nee, die flirten nur beide für ihr Leben gern. Jamie ist wahrscheinlich der einzige Mann hier, der nicht auf Danielle steht.«

Ben wirkt verwirrt. »Ich stehe nicht auf sie.«

Wir sehen einander wieder in die Augen. Die Spannung ist kaum auszuhalten.

»Ben?«

»Ja?«

»Dein Drink tropft auf dein Hemd.«

»Arggghhh. Mist.«

Er biegt den Strohhalm gerade, um das Rinnsal zu stoppen.

»Soll ich dir eine Serviette holen? Das bin ich dir schuldig.«

Er lacht wieder sein nettes Lachen, dann überlegt er kurz und sagt: »Ja, wenn deine Nummer draufsteht?«

Er spricht den Satz als Frage aus, und seine Augen suchen wieder meine, also weiß ich, dass ich antworten müsste, aber ich erstarre. Ich kann nicht so reagieren, wie ich normalerweise auf einen so billigen Spruch reagieren würde, denn meine Standard-Retourkutschen sind darauf ausgerichtet, den Mann in die Flucht zu schlagen, und das will ich nicht.

Was würde Danielle tun?

Sie würde seelenruhig einen Stift aus ihrer Tasche holen, ihre Nummer auf eine Serviette schreiben und dann noch einen roten Kussmund draufdrücken, bevor sie sie überreicht und davonschwebt.

Ich lache innerlich. *Das* kriege ich auf keinen Fall hin.

Das Schweigen dehnt sich.

»Du hast nichts mehr zu trinken«, bemerkt Ben und nickt zu meinem leeren Glas, als wäre das Letzte, was er gesagt hat, doch keine Frage gewesen. Er macht es mir leichter, nicht zu antworten, und ich hasse mich. »Kann ich dir noch was holen?«

Aus dem Augenwinkel sehe ich, wie Danielle im Mantel Richtung Tür läuft. Warum geht sie? »Sorry«, sage ich zu Ben. »Ich muss nur mal kurz nach Danielle schauen. Ich bin in zwei Minuten wieder da.«

Ich laufe zum Ausgang und treffe unterwegs auf Jamie.

»Hey«, sagt er. »Ich wusste gar nicht, dass du noch da bist. Ich hatte bisher kaum Zeit, mit dir zu reden. Wie läuft's bei der Arbeit? Bist du schon bereit für Montag?«

»Fast«, antworte ich und stöhne innerlich beim Gedanken daran, wie viel ich morgen noch erledigen muss. »Wo ist Danielle hin?«

»Shane hat vorhin angerufen und gesagt, dass er noch später kommt. Er hat sie gebeten, ihn draußen zu treffen, wenn er da ist. Klang nicht so, als wäre er in Feierlaune.«

Ich seufze. Danielle würde normalerweise unter keinen Umständen von der Party eines Freundes weggehen, aber Shane ist ihre Schwäche. Wenn sie Superwoman ist, ist er ihr Kryptonit.

Jamie redet weiter, aber ich höre nur halb zu. Ich stelle mich so hin, dass ich den Raum überblicken und nach Ben Ausschau halten kann, ohne dass Jamie es merkt. Schließlich entdecke ich ihn neben einer Sitznische, wo er sich mit seinen Freunden unterhält.

»Na ja«, sagt Jamie. »Ich muss wieder hinter den Tresen, Erica macht Pause. Bleibst du noch?«

»Ähm.« Ich schaue wieder zu Ben. Er ist ins Gespräch vertieft – ich kann unmöglich hingehen und ihn unterbrechen. »Ich sollte wirklich los.«

»Wo schaust du denn andauernd hin?«, fragt Jamie und dreht

den Kopf. »Aha. Das ist Ben«, sagt er und senkt die Stimme. »Mir ist schon aufgefallen, dass er immer wieder zu dir rüberschaut.«

»Echt?« Ich versuche vergeblich, nicht begeistert zu klingen. Jamie wirkt perplex.

»Du stehst auf ihn!«, sagt er ungläubig.

»Warum? Was stimmt nicht mit ihm?«

»Nichts, er ist toll. Ich meine dich – du bist nie scharf auf jemanden.«

»Ich bin nicht scharf auf ihn, du Idiot.«

Ich will ihm einen Klaps auf die Brust geben, aber er wehrt meinen Arm ab und lacht.

Ich blicke ein letztes Mal zu Ben. Er flüstert Russ etwas zu. Ich kann da wirklich unmöglich dazwischenplatzen. Und jetzt, nachdem Jamie das Ganze mitgekriegt hat, ist es mir erst recht peinlich.

»Ich bin weg«, sage ich und verstecke meine Enttäuschung hinter einem unbeschwerten Lachen. »Bis bald.«

»Kommst du gut nach Hause? Soll ich dir ein Taxi rufen?«

»Ach Quatsch, ich wohne gleich um die Ecke.«

»Okay«, sagt er, da er weiß, dass Widerspruch zwecklos ist. »Schreib mir, wenn du zu Hause bist. Und viel Glück am Montag.«

Das war's also, denke ich, während ich auf dem Absatz kehrtmache und zum Ausgang gehe. Wer weiß, vielleicht treffe ich Ben ja irgendwann noch mal. Schließlich ist er mit Jamie befreundet. Obwohl er jetzt schon ein Jahr in London wohnt und ich ihn heute zum ersten Mal gesehen habe. Und wenn ich ihn das nächste Mal sehe, hat er vielleicht eine Freundin im Schlepptau. Jemand wie er bleibt nicht lange Single.

Ich gehe gerade am Billardtisch vorbei, als ich mich in einem Moment des Wahnsinns, den ich nur darauf schieben kann, dass ich auf leeren Magen Whisky getrunken habe, dazu entschließe, noch mal umzudrehen, an die Bar zu marschieren und mir eine der roten Servietten zu schnappen.

»Erica, kannst du mir vielleicht einen Stift geben? Danke.«

Ich kritzle meine Nummer auf die Serviette und frage mich, ob Ben mich dabei beobachtet, aber ich traue mich nicht, zu ihm zu schauen, denn ich weiß, falls er es tut, ziehe ich das hier nicht durch. Normalerweise mache ich so was nicht, aber ich fürchte, das hier wird meine einzige Chance sein, ihm zu zeigen, dass … ich es auch gespürt habe.

»Gib das Ben«, sage ich, als ich wieder bei Jamie bin, der die Serviette grinsend entgegennimmt. »Und halt die Klappe!«

»Ich hab kein Wort gesagt.« Er hebt lachend die Hände hoch, nachdem er die Serviette in seine Hemdtasche gesteckt hat.

»Gut, denn wenn das hier in die Hose geht und er nicht anruft, will ich, dass du ihm die Freundschaft kündigst, damit ich nicht Gefahr laufe, ihn jemals wiederzusehen.«

Doch als ich zur Tür hinausgehe und mir die Jacke anziehe, habe ich das Gefühl, dass es nicht in die Hose gehen wird.

Es fühlt sich an wie der Anfang von etwas.

ELF MONATE SPÄTER

BEN

Dienstag, 23. September

»Ich bin so stolz auf dich«, sage ich, während Rebecca Messer und Gabeln auf dem Esstisch verteilt.

»Ich kann es immer noch nicht fassen«, antwortet sie. »Ich darf mein erstes Gebäude entwerfen.«

Ihre Firma ist für den Wiederaufbau eines Kinos in Hackney zuständig, was nicht zuletzt Rebeccas Präsentation vor elf Monaten zu verdanken ist. Gestern hat sie erfahren, dass sie die Projektleitung übernehmen soll. Jetzt bin ich also hier, bei ihr und Danielle, um zur Feier des Tages für sie zu kochen.

»Daran hab ich nie gezweifelt«, sage ich.

Wie hätten sie ihr auch nicht die Leitung übertragen können? Als wir uns kennenlernten, war das eines der Dinge, die ich am attraktivsten an ihr fand – ihre Begeisterung für ihre Arbeit.

Irgendwie habe ich gehofft, es würde auf mich abfärben.

Ich hoffe *immer noch,* es wird auf mich abfärben.

Es klingelt, aber Danielle ist unter der Dusche, und Rebecca deckt noch den Tisch, also mache ich mich auf den Weg zur Tür und drücke Rebecca unterwegs einen Kuss auf die Schläfe. Ich schaue zurück und sehe, dass sie lächelt.

»Alles klar, Nicholls?«, begrüßt mich Jamie, nachdem er schließlich im zweiten Stock angekommen ist.

»Alles klar, Hawley«, antworte ich und trete beiseite, um ihn hereinzulassen.

Jamies Blick geht sofort in Richtung Bad.

»Gott, was ist das für ein *Lärm?*«

Wir drei halten inne und hören zu, wie Danielle bei einem Black-Eyed-Peas-Song eine nicht vorgesehene und sehr spezielle Tonartänderung einbaut. Rebecca und Jamie tauschen einen vielsagenden Blick.

»Weißt du noch, in der Uni, als wir in dieser Karaokebar gelandet sind?«, fragt Rebecca und schüttelt sich schon beim Gedanken daran.

»Du meinst die 2-Unlimited-Katastrophe?« Jamie stellt seine Geschenktüte ab und wendet sich an mich. »Sie dachte, die Leute würden mitsingen, dabei haben sie nur *no, no, no, no* geschrien.«

Danielle tapst im Bademantel und mit einem weißen Handtuchturban auf dem Kopf aus dem Bad.

»Rebecca hat gerade gesagt, wie sehr sie es vermissen wird, dich singen zu hören, wenn du ausziehst«, ruft Jamie ihr zu.

Danielles Cousine hat eine Wohnung in Blackheath gekauft und ihr ein kostenloses Zimmer angeboten. Worüber ich insgeheim froh bin.

»Sie wird drüber hinwegkommen«, sagt Danielle. »So wie ich drüber hinweggekommen bin, dass ich nicht mehr deine Gesichtsmasken klauen konnte, als ich nach der Uni nicht mehr mit dir zusammengewohnt habe.«

Sie verschwindet grinsend in ihrem Zimmer, während Jamie nun meine Einkaufstaschen inspiziert.

»Was gibt's zu essen?«, fragt er.

»Kambodschanisches Rinder-Curry.«

Ich habe das Rezept von einem Hostelbesitzer in Phnom Penh gelernt.

Jamie nickt. »Cool. Kann ich helfen?«

Ich hole die roten Zwiebeln aus dem Beutel, schiebe einen Korb mit nasser Wäsche aus dem Weg, um Platz zu machen, und reiche ihm dann eins der Messer aus dem Set, das ich auf dem Weg hierher gekauft habe.

»Auf der Packung steht, mit dem Ding kann man Schuhsohlen schneiden«, sage ich.

»Dann wäre ja eines meiner größten Probleme gelöst.« Er lacht. »Aber ich dachte, du bist blank?«

»Dispo.«

Rebecca verzieht das Gesicht, aber ich glaube, sie kann sich denken, weshalb ich plötzlich Sachen für die Wohnung kaufe. Wir haben noch nicht darüber gesprochen, aber nun, da Danielle auszieht, ist es nur logisch, dass ich einziehe. Darum habe ich mich gefreut, als ich erfahren habe, dass sie geht. Ich meine, ich wohne gern mit Russ und Tom zusammen, aber in ein paar Wochen werde ich achtundzwanzig, und ich habe keine Lust mehr, mich andauernd zu fragen, wer meinen Käse geklaut hat.

Mir gefällt die Vorstellung, jeden Abend für Rebecca zu kochen und ihr immer das beste Stück zu geben, und das kann ich nicht mit dem einzigen, stumpfen Küchenmesser, mit dem Danielle und sie sich jahrelang begnügt haben.

»Verfluchte Zwiebeln«, sagt Jamie und wischt sich mit dem Arm über die Augen.

»Komisch«, bemerkt Rebecca, »Zwiebeln schneiden hat mir nie was ausgemacht.«

»Wer hätte das gedacht«, sage ich.

Sie sieht mich verwundert an. »Wie meinst du das?«

Im Ernst? Ich drehe mich hilfesuchend zu Jamie.

»Ganz ehrlich, Becs«, erklärt er, »du bist das einzige Mädchen, das ich kenne, das am Ende von *Titanic* nicht geheult hat.« Er grinst. »Übrigens ist Ben der einzige Kerl, den ich kenne, der geheult hat, also ...«

»Könntest du bitte damit aufhören, jedem zu erzählen, dass ich am Ende von *Titanic* geheult habe?«

Jamie und Rebecca finden das offensichtlich witzig.

»Halt beim Zwiebelschneiden die Luft an«, sage ich und ignoriere die beiden. »Dann musst du nicht weinen.«

Er wirkt skeptisch, folgt aber meinem Rat, und eine Minute später sind die Zwiebeln geschnitten, ohne dass Jamie eine weitere Träne vergossen hat.

»Vielleicht hättest du den Trick mal im Kino probieren sollen?«, fragt er.

Jamie geht zu Rebecca an den Esstisch, und ich hacke vor dem Küchenfenster die Zutaten für die Marinade. Ich sehe Natasha und Angus am Zaun des Vorgartens entlangspazieren.

»Tash sieht aus, als würde sie gleich platzen«, sage ich.

»Wer ist Tash?«

»Natasha und Angus, deine Nachbarn von unten«, erkläre ich, aber Rebecca blickt mich immer noch fragend an. »Hast du noch nie mit ihnen gesprochen?«

»Worüber soll ich denn mit ihnen sprechen?«

»Das Wetter? Die Tatsache, dass sie ein Baby bekommt? Die europäischen Fischfangquoten? Es ist schon seltsam, dass du nie …«

»Ja, aber du fängst in der Bahn mit wildfremden Leuten Gespräche an – *das* ist seltsam.«

Sie ist immer noch nicht drüber hinweg, dass ich das bei unserem ersten Date gemacht habe. Wir waren wegen der Aussicht und des Champagners im Vertigo 42 in der City, und während Rebecca im Zug zurück nach Greenwich ihre Arbeits-E-Mails checkte, fing ich an, mich mit einem Typen in einem Man-City-Trikot mit Kinkladse-Schriftzug auf dem Rücken zu unterhalten. Seither behauptet sie, dadurch hätte ich alle Punkte wieder verspielt, die ich vorher damit gewonnen hatte, dass ich mich wie ein Gentleman verhalten und mich nicht an sie rangeschmissen hatte.

»Nur Danielle schafft es, bei einem Abendessen bei ihr zu Hause zu spät zu kommen«, sagt Jamie mit einem Blick zu ihrer Zimmertür.

Rebecca schnappt sich eine der Servietten, aus denen sie Schwäne gefaltet hat. »Warum die Eile?«, fragt der Schwan.

Bei unserem zweiten Date zeigte sie mir ihr Talent für Origami. Wir waren Tapas essen gegangen, und bevor das Essen kam, faltete sie eine Rose aus ihrer Serviette und überreichte sie mir grinsend. Ich erzählte ihr, dass ich überlegt hatte, zum Date Blumen mitzubringen, und sie lachte nervös und sagte, sie sei froh, dass ich es nicht getan hätte.

Als Danielle endlich erscheint, ist sie etliche Zentimeter größer und trägt das weiße Handtuch zusammengeknüllt in der Hand.

»High Heels zum Abendessen in deiner eigenen Wohnung?«, fragt Jamie.

Danielle wirft das Handtuch nach ihm.

»Mit so hübschen Schuhen wäre ich lieber vorsichtig in Gegenwart von Ben und seinem neuen Spielzeug«, fügt er hinzu.

Danielle wirkt verwirrt, aber niemand versucht, sie aufzuklären.

»Du siehst toll aus«, sagt Rebecca stattdessen.

»Na ja, wenn ich mir keine Mühe gebe, wenn wir das erste große Projekt meiner besten Freundin feiern, wann dann?« Sie und Rebecca lächeln einander an. »Aber, um ehrlich zu sein«, fügt sie zu Jamie und mir gewandt hinzu, »trage ich die Absätze eigentlich nur, weil ich mir neben *ihr* wie eine pummelige kleine Zwergin vorkomme.« Sie deutet auf Rebecca und stöckelt dann zurück in ihr Zimmer. »Sekunde!«

Als Danielle wieder auftaucht, hält sie etwas in der rechten Hand. »Ich hab dir was gebastelt«, sagt sie und reicht es Rebecca.

»Das ist genial!«, ruft Rebecca.

Es sieht aus wie eine zusammengeschrumpelte Chipstüte mit einem Loch, sodass man sie als Schlüsselanhänger benutzen kann. Rebecca bemerkt, dass ich nicht ganz nachvollziehen kann, *warum* das genial sein soll.

»Danielle hat mal gesagt, das Einzige, was sie an mir nervt, sind die leeren Frazzles-Packungen im ganzen Haus.«

»Aber wenn man sie für fünf Sekunden in die Mikrowelle legt, schrumpfen sie und werden hart«, fügt Danielle hinzu.

Na schön.

»Ich hab auch was für dich«, sagt Jamie und greift nach seiner Geschenktüte.

Rebecca zieht eine eingepackte Flasche heraus, und ihre Augen, die übrigens eindeutig grün sind, werden größer. Sie trägt ein dunkelblaues Kleid, von dem sie weiß, dass es mich immer daran erinnert, wie ich zum ersten Mal mit zu ihr gekommen bin und es ihr vom Leib gerissen habe. Nicht wie der unglaubliche Hulk. Ich habe es eher ganz schnell aufgeknöpft und dann achtlos auf den Boden geworfen, wo sie auch alle ihre anderen Kleidungsstücke aufzubewahren schien.

Rebecca zerreißt das Papier und fängt für einen Sekundenbruchteil meinen Blick auf, um mir mitzuteilen, dass sie die Aufmerksamkeit hasst, doch als sie sieht, was es ist ...

»Jamie!« Sie schnappt nach Luft. »So ein Whisky kostet um die dreihundert Pfund.«

»Nicht im Großhandel.«

Danielle zieht eine Schnute. »Okay, Jamie – damit hast du mich geschlagen.«

»War nicht schwer«, erwidert er und legt Danielle einen Arm um die Schultern. »Du hast ihr buchstäblich Müll geschenkt.«

Nachdem die Zutaten gehackt sind, gebe ich nach Gefühl Soja- und Austernsoße hinzu. Die Steaks müssen jetzt etwa zwanzig Minuten in der Marinade liegen. Ich hoffe, es wird schmecken.

»Das Sofa ist mir völlig egal«, sagt Rebecca, als ich wieder zuhöre. »Aber diesen Esstisch werde ich echt vermissen.«

Ich geselle mich zu den anderen.

»Ja, ich habe auch schöne Erinnerungen an diesen Tisch«, sage ich und werfe Rebecca einen Blick zu, um zu sehen, ob sie mitspielt.

»Er ist einfach so vielseitig einsetzbar«, ergänzt sie, und die beiden anderen sehen verwundert aus. Sie kriegen nicht mit, wie ich unter dem Tisch mit der Fußspitze an Rebeccas Schienbein entlangstreiche. Ihre Mundwinkel gehen langsam nach oben. »Ich meine, ich kann alle meine Entwürfe für die Arbeit darauf ausbreiten«, sagt sie, »und darauf essen und …«

»Oh ja, so vielseitig einsetzbar«, stimme ich ein. »Er ist perfekt, um mit Freunden daran zu essen und die Sonntagszeitung zu lesen und …«

Wilden Sex zu haben, während die Sonntagszeitung durch den Raum fliegt. Es war vor ein paar Wochenenden, als Danielle ihren Dad und ihre Stiefmutter besuchte. Rebecca ging es nach einer Magen-Darm-Grippe endlich besser, und als ich aufstand, um uns Schinken-Käse-Toast zu machen, ist sie mir hierher gefolgt, hat mich von hinten umarmt, und, na ja, wir haben es nicht mehr bis zurück in ihr Zimmer geschafft.

»Okay, wir haben's kapiert«, sagt Jamie und hebt die Hände, um uns zu stoppen. »Gott, man könnte ja meinen, ihr hättet darauf Sex gehabt.«

Danielle lacht, bis sie merkt, dass weder Rebecca noch ich etwas sagen, sondern beide durch den Raum schauen, als hätten wir Jamie nicht mal *gehört*.

»Ihh!«, kreischt sie, und ich fliehe in die Küche, um das Rindfleisch zu braten.

»Also, Nicholls«, sagt Jamie und legt Messer und Gabel auf seinen leeren Teller, »das war das beste kambodschanische Rinder-Curry, das ich seit Langem gegessen habe.«

Ich lache.

»Ganz im Ernst, Becs«, meint Danielle, »den solltest du dir nicht mehr durch die Lappen gehen lassen.«

»Es ist ziemlich schwer, ihn loszuwerden«, erwidert Rebecca, bevor sie mir ein verstohlenes Lächeln zuwirft.

Ich muss mich zurückhalten, um sie nicht hier und jetzt zu fragen: *Wollen wir zusammenziehen?* Aber an jenem Abend im Arch 13 habe ich gelernt, dass Rebecca es nicht mag, wenn sie sich bedrängt fühlt. Manchmal muss man einfach Geduld haben. Und ich habe mit der Frage, ob sie mit mir zusammenziehen will, auch so lange gewartet, damit sie weiß, dass ich es ernst meine.

Ich werde sie am Freitag fragen, wenn ich *endlich* ihren Dad kennengelernt habe. Auch in diesem Punkt musste ich geduldig sein, da Rebecca in den letzten Monaten rund um die Uhr daran gearbeitet hat, das Kinoprojekt an Land zu ziehen.

Ich mache mir eigentlich keine Sorgen, dass sich zwischen uns etwas ändert, wenn wir zusammenwohnen. Wir haben es geschafft, über ihren Geburtstag gemeinsam eine Woche in Rom zu verbringen, ohne uns gegenseitig zu zerfleischen, und ein Urlaub ist doch der erste Beziehungstest, oder? Wenn man den bestanden hat, kann man wahrscheinlich auch zusammenwohnen; und wenn man den Gemeinsame-Wohnung-Test bestanden hat, ist der nächste Schritt die Hochzeit; und dann besorgt man sich einen Hund, um zu sehen, ob man das Zeug zum Vater beziehungsweise zur Mutter hat.

Vielleicht bin ich ein bisschen voreilig.

»Wie geht's Markus?«, fragt Rebecca Danielle.

Zu Markus' Pech scheint Danielle nur eine einzige Sache zu testen: Bist du Shane? Er hat an dem Abend mit ihr Schluss gemacht, als Rebecca und ich uns kennenlernten, aber sie ist immer noch nicht über ihn hinweg.

»Warum denken immer alle Typen, dass ich eine Beziehung will?«, fragt sie.

»Du schläfst mit ihnen«, sagt Rebecca. »Ist doch klar, dass sie das verwirrt.«

»Dabei reiben einfach zwei Leute ein paar Körperteile aneinander«, jammert Danielle. »Warum kann Jamie unverbindlichen Sex haben, und jeder versteht es, aber bei mir glauben die Männer, dass ich mit ihnen zusammen sein will?«

Danielle wirft ihren verknüllten Schwan auf ihren leeren Teller und hilft mir, das Geschirr abzuräumen. Während ich die Spüle volllaufen lasse, schaut sie zum x-ten Mal auf ihr Handy.

»Und wie geht's Shane?«, fragt Rebecca beiläufig.

Danielle dreht sich um und hält das Handy an ihre Brust. Sie wird rot. »Nein, ich hab nicht ... Wir haben nicht ...«

»Den Blick kenne ich!«

Danielle knallt ihr Handy demonstrativ auf das Sideboard. Wir arbeiten ein, zwei Minuten wortlos vor uns hin, während Jamie den Tisch abwischt und Rebecca die Gewürze wegräumt. Wir sind ein eingespieltes Team.

»Wann hat er sich wieder gemeldet?«, fragt Rebecca.

Danielle trocknet immer noch denselben Teller, seit Rebecca sie ertappt hat. Die Töpfe stapeln sich bereits.

»Vor ein paar Tagen«, antwortet sie schuldbewusst.

Rebecca sagt nichts.

»Wir haben uns den ganzen Tag geschrieben, und dann hat er plötzlich ohne Vorwarnung aufgehört zu antworten.« Danielle greift nach ihrem Handy. »Ich glaube, meine letzte Nachricht ist vielleicht nicht angekommen.«

»Stopp, stopp, stopp.« Jamie unterbricht seine Tätigkeit. »Du schreibst ihm aber jetzt nicht noch mal, oder?«

»Wie soll ich sonst erfahren, ob er meine Nachricht gekriegt hat?«

»Was glaubst du denn, was damit passiert ist?«, fragt Rebecca.

»Dass sie von Aliens entführt worden oder übers Bermudadreieck geflogen ist?«

Ich trete zur Seite, sodass Jamie das antibakterielle Spray wieder unter die Spüle stellen kann.

»Die Regeln sind ganz klar«, sagt er. »Man darf nur dann zweimal hintereinander schreiben, wenn man offiziell zusammen ist.«

»Oder wenn man sich streitet«, sage ich und lächle dann Rebecca zu. »Wobei ich natürlich nicht aus Erfahrung spreche.«

»Wobei ich natürlich nicht aus Erfahrung spreche«, imitiert mich Rebecca und lacht dann, als ich sie mit dem Geschirrtuch an den Beinen treffe.

Danielle stellt ihren Teller mit einem Klappern in den Schrank. »Ich kenne die Regeln«, sagt sie. »Aber Shane ist kompliziert. Er antwortet niemandem beim ersten Mal, er ist sehr beschäftigt. Und außerdem vergesslich. Er lässt sein Handy andauernd irgendwo liegen.«

Wir drei sehen sie vorwurfsvoll an, bis sie nachgibt. »Okay, okay – ich warte, bis er mir schreibt. Gott!«

Nachdem alles aufgeräumt ist, stellt sich Rebecca zu mir ans Fenster und umarmt mich von hinten. Sie schmiegt das Kinn an meine Schulter, sodass ihr dunkelbraunes Haar vorn auf mein Hemd fällt. Wir blicken zum Mond, der fast ganz rund ist.

»Das Essen war toll«, flüstert sie. »Ich bedanke mich noch mal richtig, wenn wir allein sind.«

»Also, Leute«, sage ich, drehe mich um und klatsche in die Hände, »Zeit, auszutrinken und nach Hause zu gehen.«

Rebecca grinst.

»Ich *bin* hier zu Hause«, sagt Danielle.

»Nicht mehr lange«, entgegne ich.

Danielle sieht geknickt aus.

»Er macht Witze«, sagt Rebecca lachend.

Sie setzt sich zu Danielle auf die Couch, aber ich bleibe an meinem

Platz und denke über das nach, was in den letzten elf Monaten passiert ist.

»Weißt du noch, wie du ein Teleskop gekauft hast, weil du Astronom werden wolltest?«, fragt Jamie, als er meinem Blick zum Mond folgt. »Wie läuft's damit?«

Ich ignoriere ihn. »Ich hab gerade darüber nachgedacht, wie schnell das letzte Jahr vergangen ist.«

»Bald ist euer Jahrestag«, sagt Jamie.

»Wow, ein Jahr!«, ruft Danielle. »Wann war euer erstes Date?«

Rebecca fragt Jamie nach dem Datum der Eröffnung seiner Bar.

»Sechsundzwanzigster Oktober«, sagt er, bevor ich darauf hinweisen kann, dass das eigentlich ein paar Wochen vor unserem ersten richtigen Date war.

Dann wechselt Danielle das Thema, indem sie laut stöhnend auf ihr Handy schaut.

»Lösch doch einfach seine Nummer!«, bettelt Rebecca.

Jamie lacht darüber, wie Rebecca und Danielle hin und her diskutieren, und ich versuche mich zu erinnern, ob ich ihm je richtig dafür gedankt habe, dass er uns zusammengebracht hat. Damals hatte er ja tausend andere Dinge im Kopf durch die Eröffnung des Arch 13 und den Streit mit seinen Eltern. Sie haben die Bar immer noch nicht besucht.

»Ich bin dir noch was schuldig«, sage ich ihm jetzt. »Für die Serviette.«

Er lächelt. »Ich hoffe nur, am Freitag geht nicht alles in die Brüche.«

»Wie meinst du das?«

»Ach, du weißt schon, weil Rebecca ihrem Vater so nahesteht und so. Sie hat mal mit einem Kerl Schluss gemacht, weil ihr Dad ihn nicht mochte.«

»Na vielen Dank.«

Er grinst. »Ich wollte dich nur warnen.«

»Lass ihn in Ruhe!«, unterbricht Rebecca. »Obwohl er recht hat«, sagt sie zu mir. »Ich habe tatsächlich mit Nick McDermott Schluss gemacht, weil Dad nicht so begeistert von ihm war.«

Ich verschränke die Arme und werde plötzlich ziemlich nervös wegen der ganzen Sache.

»Ach ja, da fällt mir ein«, sagt Rebecca, »ich muss am Freitagmorgen zur Arbeit, bevor wir den Zug nach Kent nehmen.«

»Ich dachte, du hättest den Tag frei?«

»Hatte ich auch, aber Jake will mich dem Statiker vorstellen, mit dem ich beim Kino zusammenarbeite.«

»Apropos ...« sagt Jamie. »Wir wollten doch feiern!« Er greift nach dem dreißig Jahre alten Glenfiddich, den er ihr gekauft hat. »Lasst uns anstoßen.«

»Nicht damit«, ruft Rebecca und eilt hinüber, um ihn ihm aus der Hand zu nehmen. »Der ist zu schade.« Sie sieht mich an. »Ben, lass uns den Prosecco aufmachen, den deine Mum uns geschenkt hat.«

»Das Leben ist zu kurz, um an gutem Whisky zu sparen«, protestiert Jamie, aber ich hole schon den Sekt aus dem Kühlschrank.

Der Korken erweist sich als hartnäckig, löst sich schließlich mit einem Knall, und alle drei halten ihre Gläser unter die Flasche, um den Schaum aufzufangen.

»Auf Rebecca!«, ruft Danielle.

»Auf meine wundervolle Freundin!«, sage ich und zwinkere ihr zu.

»Auf die Freundschaft«, fügt Rebecca hinzu.

Wir stoßen alle an, und Jamie hat das letzte Wort.

»Auf das Leben!«

REBECCA

Freitag, 26. September

Mit der Londoner Skyline vor mir über die Blackfriars Bridge zu fahren, ist einer der Höhepunkte meines Tages.

Ich liebe die barocke Kuppel von St. Paul's – die Kathedrale, die noch bis in die Sechzigerjahre das höchste Gebäude in London war –, und ich liebe den siebenundachtzig Stockwerke hohen Shard an der London Bridge. Ich liebe die funkelnden Fenster der Gherkin, die, wie der Name schon sagt, einer Gurke ähnelt.

Ich liebe den Wind auf den Wangen und dass ich mich nicht an Fahrpläne und festgelegte Strecken halten muss – ich kann losfahren, wann ich will, und jeden noch so schmalen Durchgang nehmen. Und ich liebe die Tatsache, dass ich vierzig Minuten an nichts denken muss. Ich konzentriere mich auf die Straße vor mir und den Verkehr um mich herum und schätze Zeit und Distanz ab, während ich mich zwischen Autos, Bussen und Fußgängern hindurchschlängele.

Und wenn ich ganz ehrlich bin, liebe ich es vor allem, dass ich nicht U-Bahn fahren muss, denn um 8 Uhr morgens ist die Versuchung, sämtliche Lahmärsche einfach aus dem Weg zu schubsen, schlicht überwältigend.

Wie ich heute feststelle. Ich musste mein Fahrrad zu Hause lassen, weil ich heute Mittag zusammen mit Ben direkt den Zug zu Dad nehme.

»Guten Morgen!« Eine mir unbekannte Blondine begrüßt mich mit schottischem Akzent, als ich mit einer mächtigen Pendlerwut im Bauch bei Goode Architecture Associates ankomme. »Ich bin Jemma.«

Mist, ich hatte vergessen, dass die Neue an der Rezeption heute ihren ersten Tag hat. Ihre Vorgängerin Mandy hatte nicht gerade viele Fans in der Firma, aber ich mochte sie. Sie war vielleicht kein besonders positiver Mensch und auch nicht unbedingt sehr herzlich, aber sie war organisiert und effizient, und das hat mir gereicht.

Das runde, hübsche Gesicht der Neuen ist offen und freundlich. Doppelter Mist.

»Morgen«, antworte ich und hoffe, sie nimmt es mir nicht übel, dass ich nicht stehen bleibe und mich mit ihr unterhalte.

Am oberen Ende der Treppe angekommen, halte ich den Kopf gesenkt und gehe ein bisschen schneller, um niemandem die Möglichkeit zu geben, mich in ein Gespräch zu verwickeln – ich will mich vor meinem Meeting noch mal sammeln. Aber gerade, als ich mich hinsetzen will, schwingt die Tür des Chefs auf, und ich höre, wie mein Name gerufen wird. Ich schließe die Augen, hole tief Luft und versuche, mein Ich von gestern heraufzubeschwören. Das Ich, das noch nicht nachgerechnet hat. Das Ich, das ganz auf den bevorstehenden Auftrag konzentriert war, nicht abgelenkt durch den Gedanken, dass Ben und ich versehentlich ein Menschlein gezeugt haben könnten.

»Perfektes Timing, Rebecca«, sagt Jake. »Das ist Adam Larsson von Bensons. Ihr werdet zusammen am Kino arbeiten.«

Aha, der berühmt-berüchtigte Adam Larsson. Ich habe ihn noch nie persönlich getroffen, aber ich kenne Eddies Geschichten von ihren ausschweifenden Partys, die unweigerlich damit enden, dass Adam jemanden mit nach Hause nimmt. Er sieht gut aus, aber seinem selbstgefälligen Lächeln nach zu urteilen weiß er das auch ganz genau.

»Und das«, sagt Jake mit ein bisschen Stolz zu Adam, wie ich gerührt bemerke, »ist Rebecca Giamboni, die leitende Architektin des Projekts.«

»Äh, hi«, begrüßt mich Adam mit zögerndem Lächeln. Sein Blick huscht von mir zu Jake. »Ich dachte, ich würde mit Eddie zusammenarbeiten.« Dann fängt er sich wieder und streckt mir eine Hand entgegen. »Freut mich, Rebecca.«

»Gleichfalls«, antworte ich und schüttle ihm fest die Hand, obwohl sich mir die Nackenhaare aufgestellt haben bei seiner offensichtlichen Verstimmung darüber, dass ich mich in seinen Jungsclub dränge. Dabei hatte ich aus Eddies Erzählungen immer den Eindruck, der Typ wäre locker.

»Rebecca ist eins unserer großen Nachwuchstalente«, fügt Jake hinzu.

»Ich freue mich auf unsere Zusammenarbeit«, sagt Adam grinsend zu mir.

»Ich mich auch«, lüge ich und freue mich darauf, ihm das Grinsen auszutreiben.

Aber nicht, indem ich ihn fertigmache oder so – sondern indem ich ein einfach verdammt großartiges Kino entwerfe.

Ich habe keine Ahnung, was Adam von meinen ersten Ideen hält, da er auf alles, was ich in unserem Meeting sage, mit einem unverbindlichen Nicken antwortet. Also tue ich das auch, als er an der Reihe ist, obwohl seine Ideen ziemlich gut sind. Doch Jakes Begeisterung macht das wieder wett, und als wir die Besprechung beenden, kann ich es kaum erwarten, an die Arbeit zu gehen.

Wenn ich schwanger bin, ist das wirklich das schlechteste Timing in der Menschheitsgeschichte, denke ich, als ich schließlich an meinem Schreibtisch auf den Stuhl sinke. Ich wäre so wütend auf mich.

Dabei ist es nicht so, dass Ben und ich nicht aufpassen. Ich würde so was nie dem Zufall überlassen. Ich nehme die Pille, und deshalb habe ich mir auch keine großen Sorgen gemacht, als meine Periode nicht kam. Aber als ich heute Morgen am Küchentisch meine Cornflakes aß, fiel mir plötzlich wieder ein, was wir genau dort getan hatten, wo meine Crunchy-Nut-Schüssel stand. Dabei musste ich lächeln und wurde gleichzeitig rot, und dann erinnerte ich mich, dass ich davor ein paar Tage krank gewesen war und alles, was ich gegessen hatte, wieder hochgekommen war. Einschließlich meiner Pille?

Als mein Schreibtischtelefon klingelt, schrecke ich auf. Gott, denke ich blinzelnd: Ich sollte am wichtigsten Projekt meines Lebens arbeiten – Jake hat angedeutet, dass ich befördert werden könnte, wenn es gut läuft –, aber wenn ich mich jetzt nicht langsam mal konzentriere, kann ich froh sein, wenn ich überhaupt meinen aktuellen Job behalten darf.

»Zucker?«, höre ich die Neue von der Rezeption fragen, als ich den Hörer abnehme.

»Wie bitte?«

»Ich hab dir einen Tee gemacht«, erklärt sie. »Ich wollte nur wissen, wie du ihn trinkst.«

»Oh, ähm ... Mit Milch und ohne Zucker, bitte.«

Oder noch besser mit einem Löffel Kaffee und ohne Teebeutel.

»Kommt sofort.« Sie legt auf.

Komisch.

Ich knülle die Zeichnung, die vor mir liegt, zusammen, werfe sie in den Mülleimer und bereue es augenblicklich. Das weiße Blatt erweckt nicht gerade den Eindruck, als wäre ich beschäftigt, und wie befürchtet bleibt die Neue, nachdem sie mir den Tee heraufgebracht hat, an meinem Schreibtisch stehen.

»Danke, Emma«, sage ich, als sie die Tasse neben mir abstellt.

»Jemma«, korrigiert sie mich.

»Gott, sorry – Jemma. Ich bin ganz schlecht mit Namen.«

»Mit J.«

»Ähm ... okay.«

»Nur für den Fall, dass du mich bei Facebook suchst. Ach, und übrigens«, quiekt sie, »ist dir schon mal aufgefallen, dass Adam Larsson total aussieht wie Eric Northman? Du weißt schon, der aus *True Blood?*«

»Nope – nie gesehen.«

»Ich kenne ihn aus der *Architecture Weekly,* die habe ich im Warteraum vor meinem Vorstellungsgespräch gelesen. Eigentlich hab ich mir nur die Bilder angeschaut, aber ich dachte, vielleicht macht es einen guten Eindruck. Jedenfalls ist es im Prinzip ein Vampirporno.«

»*Architecture Weekly?*«

»Nein, *True Blood.* Solltest du dir mal angucken.«

Ich spüre, wie sich meine Schultern verspannen, als sie sich auf den Stuhl mir gegenüber fallen lässt. Ich will nicht fies sein, erst recht nicht an ihrem ersten Tag, aber wenn sie auf Klatsch und Tratsch aus ist, dann ist sie bei mir an der falschen Adresse. Ich sollte ihr Eddie vorstellen.

»Ist das hier deine bessere Hälfte?«, fragt Jemma und dreht das eingerahmte Bild neben meinem Computer zu sich. Es ist ein Foto der Basilius-Kathedrale in Moskau, des ersten Bauwerks, in das ich mich verliebt habe. Ich habe es mit elf Jahren mit meiner alten analogen Kamera aufgenommen, als ich mit meinem Dad und meinem Bruder dort im Urlaub war.

Ich lache. »Nur ein Gebäude, das ich mag.«

»Hast du einen Freund?«

»Jep.«

»Wie lange seid ihr schon zusammen?«

»Elf Monate«, antworte ich.

»Also ist es was Ernstes?« Ist das *ihr* Ernst?

»Ja, kann man wohl sagen.«

»Du wirkst nicht sehr begeistert.«

»Doch, doch, es ist nur …« Es ist nur so, dass ich mich durch diese aufdringlichen Fragen unwohl fühle. Aber das kann ich natürlich nicht sagen.

»Er trifft heute zum ersten Mal meinen Dad«, sage ich stattdessen und hoffe, sie gibt sich damit zufrieden. »Ich bin nur ein bisschen nervös.«

Das ist nicht gelogen, stelle ich fest. Ich wollte schon lange, dass Ben meinen Dad kennenlernt, aber es war nicht einfach, ein Wochenende zu finden, an dem wir alle drei Zeit hatten. Nun, da es so weit ist, bin ich aufgeregt. Sie sind die beiden wichtigsten Menschen in meinem Leben: Was ist, wenn sie sich nicht verstehen?

»Ich hatte seit Monaten keinen Sex«, sagt Jemma.

»Oh«, antworte ich. »Das ist, ähm ...«

»Du hast's gut, dass du jemanden hast«, fügt sie hinzu und holt mit dem Stuhl so viel Schwung, dass sie sich im Kreis dreht.

Sie hat's gut, denke ich. Wenigstens weiß sie, dass sie nicht schwanger ist. *Oh Gott, bitte mach, dass ich nicht schwanger bin,* bete ich heute zum hundertsten Mal. Jetzt gerade ist in meinem Leben kein Platz für ein Baby. Was ist, wenn sie mir das Projekt dann wegnehmen? Und selbst wenn nicht, wie wahrscheinlich ist meine Beförderung noch, falls ich in neun Monaten im Mutterschutz bin?

»Danke«, sage ich und versuche, meiner Stimme nichts anmerken zu lassen. »Und, ähm, danke für den Tee.«

»Sehr gerne«, antwortet sie mitten in der Drehung.

Ich schütte die letzten paar Schlucke hinunter, stehe dann auf und ziehe meine Lederjacke an. »Ich muss jetzt aber los. Muss den Zug kriegen.« Einen Test kaufen. Auf ein Stäbchen pinkeln.

»Gut«, sagt sie und stellt die Füße auf den Boden, um die Drehbewegung zu stoppen. »Ich sollte sowieso wieder runtergehen. Mir wurde eingeschärft, dass ich mein Telefon niemals verlassen darf.«

Als ich in der Apotheke Schlange stehe, entdecke ich Ben, der bei einem Geschenkladen an der Wand lehnt und sich im Bahnhof umsieht.

Er trägt eine dunkelblaue Jeans und ein hellblaues Hemd mit Knöpfen an den Taschen und hat die Ärmel bis zu den Ellbogen aufgerollt, was ihm ein wenig Holzfäller-Charme verleiht. Kein schlechter Fang. Weiß der Himmel, warum er mit mir zusammen sein will.

Ich merke, wie eine junge Frau in Jeans und einem Blazer im Vorbeigehen zu ihm schaut, als wollte sie seinen Blick auffangen, und mein Herz schlägt ein bisschen schneller. Sie ist hübsch und kurvig, und ich frage mich unwillkürlich, was Ben wohl denkt, wenn ihm klar wird, dass er so jemanden haben könnte.

Aber er zuckt nicht mal mit der Wimper – schaut nur auf die Uhr.

Ich lächle erleichtert.

Ich bin wirklich dankbar, dass ich Ben habe, und während ich die Plastiktüte in meine Reisetasche stecke, bete ich, dass ich nicht alles vermasseln werde.

Er schaut auf, als ich schließlich auf ihn zugehe, und grinst mich an. »Hallo, schöne Frau.«

»Hallo, schöner Mann.«

Ich gebe ihm zur Begrüßung einen Kuss, löse meine Lippen aber gleich wieder von seinen, obwohl ich ihn für immer küssen könnte. Ben nimmt das nicht persönlich. Ich drehe mich jedes Mal weg, wenn er in der Öffentlichkeit mit mir kuscheln will, und er hat bestimmt mehr als einmal gesehen, wie ich peinlich berührt wegschauen musste, wenn in der Supermarktschlange oder an der Bushaltestelle ein Pärchen vor uns herumgeknutscht hat.

»Du siehst heiß aus«, sage ich, um ihm zu signalisieren, dass wir den Kuss beenden werden, sobald wir allein sind. »Das Hemd ist sexy. Blau steht dir.«

»Vielen Dank«, antwortet er und schaut an sich hinunter. »Ich wollte unbedingt heiß aussehen, wenn ich deinen Dad kennenlerne.«

Ich lache. »Ist das neu?«

»Ja, ich hatte noch Zeit, also hab ich das Hemd und die Jeans gekauft.«

Ich trete einen Schritt zurück und mustere ihn von oben bis unten. »Du hast dir wirklich ein komplettes neues Outfit gekauft, nur um zu meinem Dad zu fahren?« Das wäre wirklich nicht nötig gewesen –

kein Wunder, dass er am Monatsende immer knapp bei Kasse ist –, aber mein Herz explodiert fast vor Liebe. »Gleis fünf«, sage ich schnell und blicke zur Anzeigetafel.

»Was hast du in der Apotheke geholt?«, fragt Ben, als wir durch die Schranke gehen.

Mist, ich wusste nicht, dass er mich hat rauskommen sehen.

»Nurofen«, murmele ich. »Ich hab schon den ganzen Morgen üble Kopfschmerzen.«

»Buonasera«, ruft Stefan an der Haustür und küsst mich theatralisch auf beide Wangen, bevor er mich aus dem Weg schiebt, um Ben auf die gleiche Weise zu begrüßen.

Mein Bruder betont gern seine italienischen Wurzeln, was ziemlich lustig ist, denn äußerlich sieht man ihm sein Viertel italienischer Gene überhaupt nicht an. Er hat den typisch englischen Teint meiner Mum abbekommen: helle, sommersprossige Haut und eine extreme Empfindlichkeit gegenüber Sonne.

Außerdem hat er ihre Vorliebe für große, dunkelhaarige, gut aussehende Männer geerbt.

»Ich wusste gar nicht, dass du auch kommst«, sage ich zu ihm und hänge meinen Mantel auf, während Stefan Ben die Jacke abnimmt.

»Ein Mann, der keine Zeit mit seiner Familie verbringt, ist kein richtiger Mann«, antwortet er mir mit italienischem Akzent.

Stefan ist rothaarig, verdammt noch mal. Er sieht eher aus wie Prinz Harry als wie Don Corleone.

»Stell deine Sachen ab und dann komm rein, um den großen Marco zu treffen«, fordert er Ben auf und verschwindet wieder in der Küche.

»Mein Bruder mag dich«, flüstere ich Ben stolz zu.

»Er *mag* mich?«, flüstert er mit gespielter Panik zurück. »Soll ich statt dem sexy Hemd lieber was anderes anziehen?«

»Gott, nein – Stefan hatte schon immer einen viel besseren Geschmack als ich.«

»Hey, Becky«, sagt Dad von der Küchentür aus, wirft sich ein Geschirrtuch über die Schulter und umarmt mich.

»Und Ben, hallo.« Er lässt mich los und schüttelt Ben die Hand. »Schön, dich endlich kennenzulernen.«

»Gleichfalls, Mr Giamboni.«

Stefan steht mit dem Rücken zu uns und hackt Kräuter, aber an der Art, wie seine Schultern zucken, erkenne ich, dass er ein Lachen über Bens Förmlichkeit unterdrücken muss.

»Das Essen ist bald fertig«, sagt Dad. »Du magst doch Spaghetti Bolognese?«

»Ich liebe Spaghetti Bolognese«, antwortet Ben, doch ihm vergeht das Grinsen, als er einen Blick in den Topf wirft und die rohen Zutaten sieht, die mein Dad alle gleichzeitig hineingeworfen hat.

Ein Außenstehender könnte uns für eine kulinarisch begabte Familie halten – bei all dem Schnippeln, Hacken und Rühren, das in Dads riesiger Wohnküche mit diesem professionell wirkenden Acht-Kochfelder-Dingsda und der Mittelinsel, über der Töpfe und Pfannen hängen, veranstaltet wird.

In Wahrheit sind Dad und Stefan genauso schlecht im Kochen wie ich.

»Sie haben ein schönes Haus, Mr Giamboni«, sagt Ben, der sich ehrfürchtig in der Küche umsieht, und ich werfe Stefan einen *Wage-es-ja-nicht*-Blick zu, obwohl ich mich anstrengen muss, um nicht zu lachen. Aber ich bin gerührt, wie viel Mühe sich Ben gibt, damit mein Dad ihn mag.

»Danke«, antwortet Dad ruhig, ohne zu erwähnen, dass er die Pläne entworfen hat, um das Haus meiner Oma hier am Rand der idyllischen Küstenstadt Deal in Kent nach ihrem Tod zu erweitern. Ich bin auch ganz begeistert von dem Ergebnis – es ist genau die richtige Mischung aus traditionell und modern. Schick, aber nicht protzig.

»Und bitte nenn mich Marc und sag ›du‹ zu mir.«

Ich führe Ben durchs Haus, und Dad kocht Kaffee.

»Ist das Stefans Zimmer?«, fragt Ben, als wir das Zimmer am Ende des oberen Flurs erreichen.

»Das ist meins«, antworte ich lachend. »Wieso?«

»Die kahlen blauen Wände sehen nicht gerade nach Teenie-Mädchen aus.«

»Daran merkt man, dass es nicht Stefans ist«, sage ich, während ich mit den Händen unter Bens Hemd und an seinem Rücken hinaufgleite. »Außerdem … ist Blau meine absolute Lieblingsfarbe.«

»Gut zu wissen«, flüstert er und küsst mich sanft aufs Gesicht, immer näher an meinen Mund, bis seine Lippen auf meinen liegen.

»Mmmm«, murmele ich und lächle. Er küsst mich weiter. »Das ist echt ein sexy Outfit.«

»*Du* bist ein sexy Outfit«, murmelt er zurück.

Ich ziehe das Gesicht weg und lache.

»Ich weiß auch nicht, was das heißen soll«, sagt er. »Küss mich einfach weiter.«

Unsere Lippen finden wieder zueinander, dann lassen wir uns seitlich auf mein Bett fallen und unsere Hände fangen an zu wandern.

»Wir sollten wieder runtergehen«, sage ich, mache aber keine Anstalten, mich wegzubewegen.

»Ja, sollten wir«, stimmt er mir zu, fährt mit einem Finger an meinem Kiefer entlang, an meinem Hals hinunter und in den V-Ausschnitt meines Kleides.

»Weißt du«, sagt er, »dein Dad ist gar nicht so bedrohlich, wie ich ihn mir vorgestellt hatte.«

»Du redest über meinen Dad, während du eine Hand in meinem BH hast?«

»Sorry«, sagt er lachend. »Ich hab mich nur gefragt, warum er diesen Nick nicht mochte.«

Ich lege den Kopf schief und seufze. »Das weiß ich eigentlich auch nicht. Er hat ihm wohl einfach nicht vertraut. Es hat ihm nicht gefallen, wie viel Zeit wir oben in meinem Zimmer verbracht haben.«

»Okay.« Ben springt vom Bett auf und streicht sein Hemd glatt. »Lass uns wieder runtergehen.«

Dads Wohnzimmer ist total gemütlich; der einzige Raum, der fast unverändert geblieben ist, seit Granny hier gewohnt hat, nur sind jetzt ihre Bücherregale mit Designbänden und Autobiografien statt Spionageromanen und alten *Reader's-Digest*-Heften gefüllt.

»Wer spielt denn hier?«, fragt Ben und deutet auf das Klavier.

»Rebecca«, antwortet Stefan.

Ben sieht mich mit großen Augen an. »Warum weiß ich davon nichts?«

»Ist dir nicht aufgefallen, dass sie Penisfinger hat?«, fragt Stefan.

»Pianistenfinger!«, rufe ich.

»Sag ich doch.«

»Jedenfalls«, sage ich zu Ben, während ich Stefan mit einem Kissen abwerfe, »spiele ich nicht. Ich hatte früher ein bisschen Unterricht, als wir bei Granny gewohnt haben. Aber ich hab aufgehört.«

»Zu ungeduldig«, erklärt Stefan.

»Gar nicht«, lüge ich.

Dad lehnt sich in seinem Sessel zurück und schlägt die Beine übereinander. »Sie dachte, nach der ersten Stunde könnte sie die komplette Fünfte von Beethoven spielen.«

»Tja, wer hat schon Lust, endlos Tonleitern zu üben?«, beschwere ich mich.

»Siehst du?«, sagt Stefan.

»Vor ein paar Wochen wollte sie, dass ich ihr zeige, wie man ein perfekt gekochtes Ei hinbekommt«, erzählt Ben, während er sich verschwörerisch zu den anderen beugt. »Dann hat sie es ein Mal allein probiert, aber das Ei war nur halb durch, also hat sie es mit dem Löffel zerquetscht und stattdessen eine Schüssel Cornflakes gegessen. Seither hat sie es nicht noch mal versucht.«

Dad und Stefan lachen laut, und ich starre Ben böse an, als wäre ich beleidigt, aber eigentlich freue ich mich, dass die drei so kumpelhaft miteinander umgehen.

Ben wirft mir einen Blick zu, und selbst nach elf Monaten haben seine Augen noch dieselbe intensive Wirkung auf mich wie an jenem Abend im Arch 13. Es fällt mir schwer wegzuschauen.

Ich weiß nicht, weshalb ich mir vorhin Sorgen gemacht habe. Jeder mag Ben, und jeder mag meinen Dad. Wenn die beiden sich nicht verstehen würden, wäre das, als würden Ernie und Bert plötzlich beschließen, dass sie eigentlich nicht zueinanderpassen.

»Kannst du noch irgendwelche Stücke?«, fragt Ben.

Ich schüttle den Kopf, aber Stefan nimmt meine Hand und zieht mich hoch. »Lass uns ein Duett spielen«, sagt er.

»Wir können gar kein …«

»Oh doch. Wir konnten das super – tu nicht so, als hättest du es vergessen.«

Ich setze mich widerstrebend neben Stefan auf den Hocker.

»Es ist dieses alberne, das jeder kennt«, erkläre ich Ben über meine Schulter hinweg. »Aus dem Film *Big*.«

Ich beginne mit den tieferen Tönen und warte dann, dass Stefan mit der Melodie einsetzt.

Er kriegt es etwa fünf Sekunden hin, bevor er die falschen Tasten anschlägt. Aber er hört nicht auf; er macht einfach weiter, als wäre es richtig.

»Greif nicht andauernd daneben«, schnauze ich ihn an.

»Mach ich nicht, ich bin ganz bei der Sache«, erwidert er.

»Idiot.«

»Sei still und konzentrier dich, sonst ruinierst du unser Vorspiel.«

Dad und Ben lachen.

»Das Klavier hat ursprünglich meiner Frau Alice gehört«, bemerkt Dad.

»Oh, Dad, ich muss dir noch was erzählen.« Ich höre auf zu spielen und drehe mich um, bevor er das Thema weiter vertieft. »Danielle zieht aus.«

Ich informiere ihn über die Details.

»Und was machst du jetzt?«, fragt er.

Mein Blick huscht zu Ben, und ich sehe, wie er hinunter in seine Tasse schaut. Es tut weh, das zuzugeben – und ich würde es auch niemals laut sagen –, aber ich war mir ganz sicher, Ben würde sofort vorschlagen, bei mir einzuziehen, als ich ihm von Danielle erzählt habe. Er ist spontan und überlegt nicht lange hin und her. Ich hätte nie gedacht, dass er nicht fragen würde.

Damit er nicht denkt, ich würde ihn zu irgendetwas drängen wollen, lege ich eine Portion Extra-Begeisterung in meine Stimme.

»Es wäre komisch, mit jemand anderem da zu wohnen. Ich denke, ich zahle die Miete einfach allein, bis ich es mir leisten kann, etwas Eigenes zu kaufen. Ich stelle es mir schön vor, eine Wohnung für mich zu haben.« Bitteschön, Ben – aus dem Schneider. »Das wird dann wohl eine Einzimmerwohnung oder irgendwas weiter außerhalb, wo die Mieten nicht so hoch sind. Vielleicht in Charlton.«

»Weißt du«, sagt Dad, »wenn du jetzt schon etwas kaufen möchtest, kann ich dir helfen.«

»Wie meinst du das?«

»Mit der Anzahlung. Ich hab was für dich zurückgelegt. Also wenn du bereit bist, eine Wohnung zu kaufen, dann lass uns darüber reden.«

»Wow.« Ich lache und muss das erst mal verdauen. »Danke, Dad.«

Ben wirkt ebenso schockiert, wie ich es bin – aber als sich unsere Blicke treffen, grinst er mich an.

Ich schaue zu Stefan und frage mich, ob er etwas von Dads geheimen Ersparnissen wusste. »Das hat er für mich auch gemacht, als ich meine Wohnung gekauft habe«, sagt er. »Also glaub bloß nicht, er hätte dich lieber oder so.«

»Da wäre ich mir nicht so sicher, mein Sohn«, sagt Dad, während er aufsteht und Stefan scherzhaft auf die Schulter klopft. »Und jetzt entschuldigt mich bitte, ich muss den Tisch decken für unser köstliches italienisches Festmahl.«

Meine Familie isst immer am Tisch. Als ich klein war, haben wir sowieso die Hälfte der Zeit auswärts gegessen, aber auch zu Hause saßen wir immer am Tisch. Kein Fernsehen, keine Handys, keine Computerspiele. Musik war okay, wenn sie so leise war, dass man sich unterhalten konnte, denn Dad hat immer darauf bestanden, dass zu den Mahlzeiten Familienzeit war.

Diese Angewohnheit habe ich beibehalten, bis ich Ben kennenlernte. Als er mir zum ersten Mal in seiner Wohnung ein Essen gekocht hat, trug er den Shepherd's Pie aus der Küche, und ich folgte ihm gespannt mit dem Geschirr.

»Was machst du denn da?«, fragte ich entsetzt, als ich sah, wie er die Pastete auf eine Zeitschrift auf dem Couchtisch stellte.

»Ich dachte, wir können auf dem Sofa essen«, antwortete er und sah mich verwirrt an, während ich den Esstisch deckte. »Einen Film schauen oder so?«

Also taten wir das. Und als wir mit dem Essen fertig waren, zog Ben meine Beine auf seinen Schoß, und wir schauten den Film zu Ende. Irgendwann schmiegte ich mich an seine Schulter, und wir schliefen ein.

Dann wurde das irgendwann zum Ritual, obwohl ich es niemals vorschlagen würde, wenn ich bei meinem Dad bin.

Als wir schließlich essen, stelle ich fest, dass das Festmahl alles andere als köstlich ist. Es ist genießbar, wenn man es nett formuliert.

Wie jedes Mal. Dad tut nicht so, als wäre er ein guter Koch – er hält nur nichts davon, etwas nicht zu machen, nur weil man kein Talent dafür hat.

»Das war echt lecker«, sagt Ben, nachdem er den Rest Tomatensoße auf seinem Teller mit verbranntem Knoblauchbrot aufgetunkt und hinuntergeschluckt hat. Dann lehnt er sich zurück und streicht sich über den Bauch.

»Tatsächlich?«, fragt Dad.

Ich spüre, wie meine Mundwinkel zucken.

»Total.«

Stefan greift nach seiner Serviette und wischt sich den Mund ab, und ich merke, wie er wieder versucht, nicht zu lachen.

»Möchtest du noch was?«, frage ich Ben honigsüß. Ohne eine Antwort abzuwarten, greife ich nach dem Topf und klatsche ihm einen riesigen Nachschlag auf den Teller. »Bitte schön.«

»Toll. Danke.«

Er lächelt Dad zu.

»Gerne«, antworte ich.

Er schafft es, auch seine zweite Portion aufzuessen, und ich bemühe mich immer noch, das Lachen zu unterdrücken, als Ben fragt: »Oh – wer ist das?«

»Das ist Alice«, antwortet Dad, der Bens Blick zu dem eingerahmten Foto auf dem Kamin folgt, während er uns Wein nachschenkt, anscheinend ohne zu merken, dass ich meinen kaum angerührt habe. »Ihre Mum.«

»Gott, sie sieht aus wie du, Rebecca.« Ben steht auf, nimmt das Foto in die Hand und betrachtet es verblüfft. Ich wende den Blick ab, aber das Bild ist in mein Gedächtnis eingebrannt. Meine Mum beim Gärtnern. Ihr helles Haar ist oben auf dem Kopf zu einem lockeren Dutt zusammengebunden, und obwohl sie sich bückt, sieht man, wie klein sie ist. Ihre Latzhose hängt locker von ihren Schultern und ist unten über ihren winzigen, nackten Füßen umgeschlagen. Ich komme ganz nach meinem Dad bis auf … »Es sind die Augen! Das sind deine Augen. Unglaublich.«

Ich versuche, mich abzulenken und an etwas anderes zu denken. Ich trinke einen Schluck Wein, aber davon wird mir nur bewusst, wie trocken mein Mund geworden ist, und das Schlucken tut weh.

»Ich geh kurz aufs Klo«, verkünde ich und drehe mich schnell weg, sehe aber noch, wie verwirrt Ben guckt.

Auf dem Weg ins Bad schnappe ich mir meine Handtasche, schließe dann die Tür hinter mir ab, lehne den Hinterkopf dagegen und mache die Augen zu. Ich bin ein schrecklicher Mensch. Kein Wunder, dass Ben verwirrt ist – ich hab ihm nie irgendwas über meine Mum oder darüber erzählt, wie genau sie gestorben ist. Nicht, dass ich das geheim halten wollte oder so. Ich finde es einfach schwer zu …

Sobald ich wieder normal atmen kann, greife ich nach meiner Tasche und hole den Schwangerschaftstest heraus, den ich am Bahnhof gekauft habe. Ich dachte, ich könnte die Sache heute Abend noch ignorieren – so tun, als ob nichts wäre. Aber plötzlich wird mir klar, dass ich nicht wieder runtergehen kann, ohne es zu wissen.

Ich will gar nicht daran denken, wie Ben reagieren wird, wenn ich ihm davon erzähle. Wenn er nicht mal bereit ist, mit mir zusammenzuziehen, muss *Babys bekommen* ziemlich weit unten auf seiner To-Do-Liste stehen.

Meine Hand zittert so sehr, dass ich fast draufpinkele. Bitte, bitte werd negativ.

BEN

Die Teller sind abgeräumt, *Marc* stellt sie gerade in die Spülmaschine, als Rebecca zu uns in die Küche kommt. Ich lächle ihr zu, aber es ist, als würde ihr Blick mit meinem Verstecken spielen.

»Geht doch eine Weile raus«, schlägt ihr Dad vor. »Macht einen Verdauungsspaziergang, dann kann Ben auch noch ein bisschen was von Deal sehen.«

Rebecca kratzt sich an der Innenseite ihres Handgelenks und tut so, als hätte niemand etwas gesagt.

»Gute Idee«, antworte ich, und ihr Blick huscht endlich zu mir, aber nur für eine Mikrosekunde.

Ich merke, dass etwas nicht stimmt, und sie hat offensichtlich keine Lust auf einen Spaziergang, aber wenn ich etwas falsch gemacht habe, würde ich das gerne wissen, und vor ihrem Dad und ihrem Bruder kann ich sie schlecht fragen.

»Okay«, sagt Rebecca. Sie atmet einmal durch und schiebt die Hände über die Hüften nach vorne, sodass sie in ihren Bauch drücken. »Ein bisschen frische Luft würde mir sowieso guttun.«

Wir laufen eine gepflasterte Straße zum Stadtzentrum hinunter. In den vergangenen elf Monaten musste ich meine natürliche Schrittgeschwindigkeit an Rebeccas anpassen, weil sie überall hinsprintet, als gelte es, irgendeinen Rekord aufstellen. Normalerweise amüsiert mich das, aber heute muss sie eigentlich nirgendwo hin, und es fühlt sich fast so an, als wollte sie vor etwas davonlaufen.

Nach wenigen Minuten erreichen wir einen ruhigen Küstenabschnitt, der noch unentdeckt wirkt, oder so, als hätte er nie entdeckt werden wollen. Hier gibt es keine Spielhallen, und die Fish-'n'-Chips-Bude schließt bereits, obwohl es noch nicht mal acht Uhr ist.

Wir überqueren eine unbefahrene Straße und kommen an einen Bretterweg, der auf einen Kiesstrand führt. Aus irgendeinem Grund bin ich nervös.

»Wie geht's dir mit deinen Kopfschmerzen?«, frage ich, als mir das Nurofen wieder einfällt.

Eine Sekunde lang sieht sie mich an, als hätte sie keinen Schimmer, wovon ich rede. »Oh ja. Besser, danke.«

Wir treten auf den Kies hinunter, und man hört nichts als das langgezogene Pfeifen eines Mannes, der seinen Labrador ausführt. Die Flut kommt, und als sich das schäumende Wasser meinen Füßen nähert, springe ich zur Seite, um zu sehen, ob Rebecca lacht, aber sie lächelt nur pflichtschuldig.

»War das heute ein totales Desaster?«, frage ich. »Bist du deshalb so still geworden?«

Rebecca bleibt stehen.

»Ach Ben«, sagt sie, und ihr nachdenklicher Gesichtsausdruck verschwindet, als sie mir in die Augen sieht. »Das heute war gar kein Desaster.«

Sie lächelt mir beruhigend zu und hakt sich schuldbewusst bei mir unter, als wir weitergehen. Ich sehe zu ihr rüber und bemerke, dass ihre Augen auf einmal übermütig funkeln.

»Was ist?«, frage ich.

»Ich musste gerade an vorhin denken.« Sie presst die Lippen aufeinander. »Ich wusste gar nicht, wie gut du schleimen kannst.«

»Schleimen?«

»Na ja …« Sie neigt kurz den Kopf. »Ich hab dich noch nie so unterwürfig gesehen. Außer mir gegenüber natürlich.«

Ich lache, obwohl ich ihr nicht ganz folgen kann.

»Das ist einer der Gründe, weshalb ich mich in dich verliebt habe«, erklärt sie. »Du bist eine Art Che Guevara, wenn es um Autoritäten geht.« Bei Che Guevara macht sie Anführungszeichen in die Luft. »Wenn auch ein blasser, nicht so mysteriöser, viel weniger cooler Che Guevara.«

»Ich bin cool!«

»Aber heute, bei meinem Dad, warst du wie …«

»Und ich bin mysteriös.«

Sie bleibt stehen und blickt zu mir. »Okay, ich will fair sein. Ich erinnere mich, dass du ein einziges Mal, als wir uns gerade kennengelernt hatten, ewig lang nicht auf eine SMS von mir geantwortet hast.«

»Na, siehst du.«

»Fünfundvierzig Minuten oder so.«

»Ach, halt die Klappe, Penisfinger.«

»Fang bloß nicht auch *du* damit an!«, protestiert sie lachend. »Ich bin übrigens echt froh, dass du Dads Spaghetti Bolognese mochtest. Hat dir der Nachschlag geschmeckt?«

Ich starre sie an. »Ich kann nicht fassen, dass du das getan hast.«

»Eine so gute Gelegenheit konnte ich mir nicht entgehen lassen. Ich wusste, dass du zu höflich bist, um abzulehnen.«

Ich stoße sie mit der Schulter an, aber unsere Arme sind verschränkt, sodass sie mich anrempelt.

»Ich wollte einfach nur einen guten Eindruck machen.«

Rebecca sieht mir in die Augen. »Das ist lieb von dir.«

In Männerrunden wird man immer wieder gefragt, ob man mehr auf Hintern, Beine oder Brüste steht, und ich habe immer »Beine« geantwortet. Aber ich glaube, in den letzten elf Monaten, seit ich Rebecca kenne, tendiere ich zu Augen. Das würde ich natürlich niemals laut sagen, denn egal, mit wem ich unterwegs wäre – die Kerle würden ihre Biere exen, das Pub verlassen und sich nie wieder bei mir melden.

»Also servierst du mich nicht ab wie Nick McDermott?«

Sie lacht wieder. »Das wäre mir *nie* in den Sinn gekommen, Ben.«

Ich bin erleichtert, obwohl ich immer noch nicht weiß, was vorhin bei ihr zu Hause los war.

»Ich kann gar nicht fassen, dass Dad mir Geld für eine Anzahlung gibt«, sagt sie.

»Kann ich mir vorstellen«, erwidere ich. »Du solltest anfangen, dir Wohnungen anzuschauen, damit du ein Gefühl dafür bekommst, was es so gibt – ich komm mit.«

Meine Begeisterung ist nicht zu hundert Prozent echt, aber ich werde darüber hinwegkommen. Ich sollte wahrscheinlich dankbar sein, dass sie das Thema angesprochen hat. Ich würde ihr genau jetzt den »Willst du mit mir zusammenziehen?«-Antrag machen, wenn sie ihrem Dad nicht gesagt hätte, dass sie sich nicht vorstellen kann, die Wohnung mit einer anderen Person als Danielle zu teilen.

Ja, ich bin enttäuscht, aber, wie eine meiner Exfreundinnen mal sagte, ich bin eine Art emotionaler Schnellzug, und ich weiß, dass Rebecca eher eine Regionalbahn ist, die in jedem Dorf anhält. Das ist auch ein Grund, weshalb ich mich in sie verliebt habe. Vor Rebecca sind mir meine Freundinnen immer irgendwann langweilig geworden. Ich schätze, ich mag Herausforderungen.

Dann warte ich eben, und vielleicht können wir uns in ein paar Jahren zusammen etwas kaufen. Deshalb habe ich auch eine feste Stelle beim Londoner Verkehrsverbund angenommen – damit ich anfangen kann, für eine Anzahlung zu sparen. Wobei mir einfällt: Ich sollte tatsächlich mal anfangen, für eine Anzahlung zu sparen.

»Weißt du, dass ich an diesem Strand mein allererstes Gebäude entworfen habe?«, fragt sie. »Ich habe manchmal die Sommerferien hier verbracht, wenn Dad einen besonders stressigen Auftrag hatte. Granny ist oft mit uns an den Strand gegangen, aber damals fand ich das blöd. Aus Kieselsteinen kann man keine Sandburgen bauen.«

Ich grinse, weil ich mich freue, etwas Neues über sie zu erfahren.

»Einmal sind wir kurz vor Weihnachten hergekommen. Ich war sieben oder acht. Stefan und ich sollten ein paar Tage bei Granny bleiben, bevor Dad an Heiligabend anreisen und mit uns Weihnachten feiern würde. An dem Tag, als wir ankamen, hat es angefangen zu schneien. Es hat gar nicht mehr aufgehört, und am nächsten Tag hat Granny uns hierher gebracht, und ich schwöre dir, man hat keinen einzigen Kieselstein mehr gesehen. Der ganze Strand war weiß. Stefan wollte einen Schneemann bauen, aber ich habe ihn stattdessen ein Schneehaus bauen lassen. Ich war sozusagen die Vorarbeiterin und habe ihm Anweisungen gegeben, bis wir eine Mini-Villa hatten, mit Fenstern und allem. Sie hatte sogar einen Vorgarten.«

Ich reiße die Augen auf, um zu zeigen, dass ich angemessen beeindruckt bin.

»Als wir am nächsten Tag wieder hingegangen sind, war sie immer noch da, so gut wie unbeschädigt. Und auch am Tag danach, obwohl der meiste Schnee geschmolzen war. Noch einen Tag später ist Dad angekommen, und ich konnte es gar nicht erwarten, sie ihm zu zeigen. Er war total müde nach dem Flug, aber er muss gemerkt haben, wie aufgeregt ich war, also ist er mit mir an den Strand gegangen. Aber das Haus war nicht mehr da. Es war geschmolzen.«

Ich bleibe stehen und ziehe sie aus einem spontanen Gefühl der Zuneigung an mich.

»Dad behauptet immer noch, dass ich als Kind nie wieder so traurig war. Ich wollte nur, dass er stolz auf mich ist.«

Ein paar Augenblicke später lasse ich sie wieder los und nehme ihre Hände, als wollte ich etwas Ernstes, Tröstendes sagen. »Und du findest, dass ich gut schleimen kann?«

Sie lacht, aber es bleibt ihr im Hals stecken.

»Was ist los, Rebecca?«

Sie tippt sich mit einem Zeigefinger nacheinander in die Augenwinkel, wie um die Tränen zurück in ihre Kanäle zu schieben.

»Von der Meeresbrise tränen mir die Augen.«

»Hier ist keine Brise, Becs.«

Sie bohrt den rechten Fuß in die Kieselsteine, schaut zum Himmel und seufzt.

»Ich hab vorhin einen Schwangerschaftstest gemacht.«

Ich fühle mich wie eine Marionette, der man die Fäden durchgeschnitten hat. Meine Kinnlade klappt einfach hinunter. Und dann ist es, als würde ich sterben, nur dass vor meinen Augen nicht mein Leben in den *letzten* siebenundzwanzig Jahren vorbeizieht, sondern mein Leben in den *nächsten* siebenundzwanzig. Es ist das Leben mit einem bisher ungeborenen Kind, das in meinem Kopf ein Junge ist, und ich gehe mit ihm in seinem allerersten Man-City-Trikot in den Park, und dann ärgere ich ihn wegen des Flaums an seinem Kinn, und dann sitzen wir im Pub, als er zum ersten Mal legal ein Bier trinken darf.

»Er war negativ«, sagt Rebecca.

Ich spüre eine Schwere in meiner Brust, und mir wird bewusst, dass ich enttäuscht bin. Es kommt mir vor, als würden wir beide minutenlang schweigen.

»Ich verstehe das nicht«, sage ich verwirrt. »Du nimmst doch die Pille – wie kommst du überhaupt darauf?« Ich versuche, ihr in die Augen zu sehen, aber sie spielen wieder Verstecken. »Na ja, meine Jungs sind natürlich sehr stark, aber ...«

Ich lasse den Satz unvollendet. Das Warum und Weshalb spielt jetzt wohl keine Rolle.

»Also warst du deswegen die letzten paar Stunden so distanziert?«

»Nein.« Sie schüttelt den Kopf, aber es wirkt nicht überzeugend. »Keine Ahnung.«

Rebecca geht weiter. Ich folge ihr und will fragen, was los ist, aber sie nimmt meine Hand und drückt die Finger in meine Handfläche, und ich weiß, dass sie das tut, um wortlos zuzugeben, dass sie nicht gerade die unkomplizierteste Freundin ist.

»Ich glaube, ich würde mich gar nicht so schlecht machen als Dad«, sage ich schließlich.

»Das glaube ich auch«, erwidert sie. »Das heißt, wenn …« Sie nickt bedeutungsvoll in Richtung meiner Leistengegend.

»Was?«

»Tja, nach dem heutigen Ergebnis solltest du dich schon fragen, ob deine Jungs wirklich das Zeug dazu haben.«

Ich strecke einen Fuß aus, um sie zum Stolpern zu bringen, aber sie sieht es und lacht mich aus. Wir drehen um und gehen zurück, und als ich einen Arm um sie lege, dämmert mir, warum ich mir gewünscht habe, dass der Schwangerschaftstest positiv ist. Es hätte meinem Leben eine Art Sinn gegeben, aber das war dumm von mir, denn für einen Sinn hat Rebecca schon vor elf Monaten gesorgt.

»Ich wäre verloren ohne dich, Becs.«

Sie schaut zu mir hoch und lächelt, als wäre sie ausnahmsweise bereit, meine Sentimentalität zu tolerieren. »Ach.«

»Nein, im Ernst«, sage ich und sehe mich hektisch nach allen Seiten um. »Ich habe echt keinen Schimmer, wo ich bin.«

Sie lacht und tut nicht mal so, als wäre sie verletzt, und ich glaube, sie weiß, dass ich es eigentlich ernst gemeint habe.

REBECCA

Samstag, 4. Oktober

Die Immobilienmaklerin verspätet sich.

Ben und ich sitzen auf den Stufen vor einer »unglaublich geräumigen und charmanten Dreizimmer-Souterrainwohnung mit Altbau-Charakter« in East Greenwich und warten auf eine Frau namens Liudvik. Ich trommle mit einem Drumstick aus drei zusammengerollten Wohnungsexposés auf der Treppe herum.

»Wie viel Uhr ist es?«, frage ich.

Ben schaut auf seine Armbanduhr. »Zwei Minuten später als beim letzten Mal, als du gefragt hast.«

Ich seufze. Zwanzig Minuten Verspätung.

Die Treppe ist schon mal in keinem besonders guten Zustand – sie ist so bröckelig, dass die Stufen eher rund als eckig sind, und in den Rissen stecken Zigarettenstummel. Aber so leicht lasse ich mich nicht abschrecken. Ich habe realistische Vorstellungen davon, was ich kriegen kann. Ich werde in keine Musterwohnung einziehen. Aber das ist okay. Altbau-Charakter! Das trifft schon eher meinen Geschmack, und wenn es bedeutet, dass ich ein bisschen nachbessern muss, ist das in Ordnung. Dann ist die Wohnung nachher umso mehr meine eigene.

»Das ist doch echt mies«, jammere ich, während ich auf meinem Handy nach Anrufen in Abwesenheit schaue und mich frage, wie viel von meinem Ärger daher kommt, dass Ben anscheinend nicht mit mir zusammenziehen will.

Ich überlege, ob nur ich das mit uns als etwas Langfristiges betrachte. Vielleicht bilde ich mir etwas ein. Bens Begeisterung für eine Sache ist meist von kurzer Dauer.

»Ja«, gibt Ben zu. »Es ist ein bisschen … Oh, schau mal, das muss sie sein.«

Ein roter Mini kommt in einem Zwanzig-Grad-Winkel zum Bordstein quietschend zum Stehen.

»Sorry, sorry, sorry«, ruft eine Frau mit starkem – möglicherweise russischem – Akzent, dann springt sie aus dem Auto und eilt an uns vorbei hinunter zur Eingangstür. »Ich bin Liudvik. Ich hoffe, Sie habben nicht langge gewarrtet?«

»Ach, kein Problem«, sagt Ben freundlich. »Ich bin Ben, und das ist Rebecca.«

»Hallo«, antwortet Liudvik, ohne uns anzusehen. Sie probiert einen Schlüssel nach dem anderen aus.

»*Ach, kein Problem*«, wiederhole ich leise in Bens Ohr.

»Sie tut mir leid«, flüstert Ben zurück. »Sie ist total fertig.« In dem Moment, in dem er das sagt, lässt unsere Maklerin ihren Ordner fallen, und ihre Unterlagen fliegen in alle Richtungen.

»Bitte«, sagt sie lächelnd, als die Tür aufgeht, obwohl ihre Lippe zittert. »Diese ist schönne Wohnnunng. Sie werrden möggen.« Dann fängt sie an, ihre Papiere aufzusammeln, und redet dabei mit sich selbst.

Glaube niemals einem Makler, der sagt: *Sie werrden möggen.* Das sollte ich wissen. Ich sollte außerdem wissen, dass »charmant« nur ein anderes Wort für »klein« ist und »Altbau-Charakter« bedeutet, »nichts wurde renoviert, seit das Gebäude im vorletzten Jahrhundert errichtet wurde« – sodass es nun nicht nach liebenswertem Shabby-Chic aussieht, sondern nach Unfassbar-dass-das-noch-nicht-abgerissen-wurde.

Und »unglaublich geräumig«? Na ja, es ist in der Tat kaum zu glauben, dass das hier »geräumig« sein soll.

»Es hat Charrme, ja?«, fragt Liudvik und streicht über eine Wand, dann betrachtet sie ihre Fingerspitzen und wischt sie an ihrer Hose ab.

»Wenn Sie mit Charme meinen, dass man gleichzeitig duschen und kochen kann, ohne die Zehn-Uhr-Nachrichten zu verpassen, dann ja, auf jeden Fall.«

Acht Sekunden, nachdem ich die Besichtigung der Wohnung begonnen habe, stehe ich wieder an der Eingangstür.

»Pssst«, zischt Ben kichernd. »Hey, glaubst du, ich wäre ein guter Makler?«

»Ich dachte, du liebst deine Arbeit in der Personalabteilung?«

»Schade, dass ich nicht so witzig bin wie du, Becs, sonst könnte ich Comedian werden.«

Trotz meiner Sticheleien bin ich froh, dass Ben hier ist: Seine Anwesenheit bedeutet, dass wir das Beste aus der Sache machen. Im Nachhinein wird es nicht nur eine tragische Verschwendung meiner Zeit sein. Und hoffentlich auch nicht der tragische Fall einer russischen Immobilienmaklerin, die unter den Holzdielen einer baufälligen Wohnung in Südost-London gefunden wurde …

»Jeddenfalls«, sagt sie zu Ben, während ich noch mal ins Schlafzimmer schaue, »ich würrde balld kauffen – es ist beliebbte Geggend, und diese Apparrtement hat viele Pottenziall.«

»Potenzial« bedeutet »gegenwärtig nicht zu gebrauchen«, und ich überlege, dass ich Ben wahrscheinlich von ihr wegzerren sollte, bevor der impulsive Geldverschwender in ihm etwas sagt wie …

»Ich nehme es«, höre ich ihn sagen.

»Was fällt dir denn ein?«, rufe ich und eile zurück in die Wohnung. »Ich will nicht in diesem Dreckloch wohnen.«

Ich komme gerade rechtzeitig, um zu sehen, wie Liudvik Ben ihren Stapel Unterlagen reicht.

»Sie konnte den Schrank nicht mit einer Hand aufmachen«, erklärt Ben.

Ich seufze erleichtert. »Ich verstehe einfach nicht, wie man für so was so viel verlangen kann«, sage ich zu ihm.

Liudvik legt den Kopf schief und sieht mich an, als wäre ich minderbemittelt.

Der Grund dafür wird mir klar, nachdem ich die beiden anderen Wohnungen gesehen habe. Wie sich herausstellt, war die erste für mein Budget ein ziemlicher Knaller. Die zweite, die als »Freifläche für Kreative« beschrieben war, ist so leer, dass sie weder eine Toilette, noch eine Dusche oder Spüle hat. Die letzte ist eigentlich gar keine Wohnung. Im Ernst, als im ganzen Gebäude noch eine einzige Familie gewohnt hat, diente der Raum, den Liudvik mir jetzt als Apartment andrehen will, wahrscheinlich als Besenkammer. Sogar ein Staubsauger würde sich weigern, dort einzuziehen.

»Was denkst du?«, fragt Ben, obwohl mein Gesicht schon alles sagt.

»Ich brauch einen Drink. Verabschieden wir uns von der Russin, und dann lass uns von hier verschwinden.«

»Sie ist Ukrainerin.«

»Woher weißt du das?«

»Ich hab mich vorhin mit ihr darüber unterhalten.«

Natürlich hat er das, der liebenswürdige Mistkerl.

»Das war die deprimierendste Erfahrung meines Lebens.« Ich werfe mich theatralisch in unsere Nische im Arch 13 und lasse meinen Kopf auf den Tisch fallen. »Warum muss Danielle ausziehen?« Ich seufze tief. »Ich will nicht allein wohnen.«

Ben sieht mich an, als wäre er verwirrt.

»Was ist?«, frage ich.

»Nichts«, antwortet er und mustert mich noch ein, zwei Sekunden, dann wird sein Gesicht wieder normal. »Und was machst du jetzt?«

Ich seufze. Das ist die Millionen-Frage. »Vielleicht sollte ich meine Suche ausweiten. Es in einer Gegend versuchen, die ein bisschen mehr im Kommen ist?«

»Maklersprache für »völlig verwahrlost«?«

»Vielleicht sollte ich um einen größeren Kredit bitten.«

»Vielleicht solltest du dir ein bisschen mehr Zeit lassen. Du hast doch keine Eile, oder?«

»Vielleicht sollte ich eine meiner Nieren verkaufen.«

»Vielleicht sollten wir zusammenziehen.«

»Vielleicht sollte ich ...« Ich setze mich ruckartig auf. »Moment mal, was?«

»Was?«, wiederholt er.

»Hast du gerade gesagt ...?«

»Ja, okay.« Er rutscht auf seinem Platz herum, als wollte er es sich bequem machen, aber am Ende sitzt er genauso da wie zuvor. »Jetzt habe ich es gesagt: Wir könnten zusammenziehen. Wenn du willst. Ich dachte, du willst allein wohnen, aber wenn nicht, ich meine ja nur, ich ...« Er rutscht wieder auf seinem Sitz hin und her. »Pass auf, ich will dich zu nichts drängen. Aber das hier ist meine letzte Chance, etwas zu sagen, also ...«

Ich starre ihn verblüfft an. »Ben, willst du mit mir zusammenziehen oder nicht?«

Er starrt zurück. »Ja, ja, ja, ja, ja.«

»Du musst dich klarer ausdrücken, Ben ... Ist das ein Ja?«

»JA.«

»Warum hast du mich nicht früher gefragt? Ich dachte, du hättest Zweifel, ob es mit uns klappt, oder du wärst nicht bereit oder so.«

»Zweifel? Ich hab keine Zweifel, du Nuss – ich wollte dich fragen, aber dann hast du bei deinem Dad gesagt, du könntest dir nicht vorstellen, mit jemand anderem in der Wohnung zu wohnen, und dann hast du angefangen, was für dich allein zu suchen.«

»Ich dachte, ich hätte keine andere Wahl – du hast ja nicht gefragt. Also, ähm ...« Ich zucke mit den Schultern und kann mein Lächeln nicht verbergen. »Abgemacht?«

»Ich bin bereit, wenn du willst?«

»Ich bin auch bereit.« Und ich bin erleichtert – für ihn ist es doch was Langfristiges.

Er nimmt meinen Kopf in beide Hände, küsst mich auf den Mund und lacht über mein zerknautschtes Gesicht.

»Lass sie los, Nicholls, und trink dein Bier«, unterbricht uns Jamie, der ein Pint vor Ben stellt, bevor er einen Whisky, in dem Eiswürfel klirren, zu mir schiebt. »Und ein Scotch für die Lady.«

»Ich sehe hier keine Ladys«, sagt Danielle, die in einer Wolke Chanel No. 5 erscheint. »Sorry, dass ich spät dran bin.«

»Ganz was Neues«, erwidert Jamie zwinkernd. »Drink?«

»Einen Mojito bitte.«

»Kommt sofort.«

»Moment noch, Kumpel«, sagt Ben. »Wir müssen euch was erzählen.«

»Wir ziehen zusammen«, füge ich schnell hinzu, damit sie nicht womöglich denken, wir wollten eine Verlobung oder so was Absurdes verkünden.

Ist das absurd?

Ja, natürlich ist es das.

»Keine große Sache«, füge ich hinzu, während ich unter dem Tisch Bens Hand drücke und Danielles Reaktion beobachte. Meiner besten Freundin kann ich nichts vormachen – sie weiß, dass es eine Riesensache ist.

»Klar ist es eine große Sache«, sagt Jamie und klopft erst Ben, dann mir auf die Schulter. »Die Drinks gehen aufs Haus.«

»Dachtest du etwa, dass wir die bezahlen?«, fragt Ben.

»Gott sei Dank«, sagt Danielle in den Raum hinein. »Als Becs mir geschrieben hat, dass die Besichtigung ein Albtraum war, habe ich schon befürchtet, ich werde sie nie mehr los.« Dann zu mir: »Freut mich, Becs. Also bleibst du in der Wohnung?«

»Darüber haben wir noch gar nicht gesprochen«, gebe ich zu und schaue zu Ben.

»Ja«, bestätigt er. »Ihr habt die Neuigkeit praktisch live mitbekommen. Aber es wäre wahrscheinlich das Klügste, zumindest, bis ich ein bisschen mehr gespart habe.«

»Wird es Russ und Tom was ausmachen?«, frage ich.

»Nee, bevor ich dort eingezogen bin, haben sie auch nur zu zweit gewohnt – sie haben mir einen Gefallen getan, um ehrlich zu sein. Ich kann einziehen, sobald Danielle ausziehen kann.«

»Kein Grund, so übermäßig begeistert zu klingen«, sagt Danielle und gibt Ben einen Schubs. »Aber ich kann jeder Zeit umziehen. Nächstes Wochenende, wenn ihr wollt?«

»Das wäre perfekt«, antworte ich, doch als ich Danielle schmollen sehe, füge ich hinzu: »Ich meine, das wäre echt traurig.«

»Ich will Tränen sehen!«

»Ich werde innerlich weinen«, verspreche ich.

»Also abgemacht«, sagt Ben und klatscht in die Hände. »Das ist direkt vor unserem Jahrestag.«

»Er macht einen Überraschungsausflug mit mir«, erzähle ich den anderen, bevor ich mich zu Ben drehe, der immer noch grinst. Ich grinse zurück.

»Hast du siebenhundert Pfund, um Danielle ihre Kaution auszubezahlen?«, frage ich.

»Ja.« Er senkt die Stimme. »Außerdem brauchen wir einen neuen Esstisch.«

»Auf jeden Fall.« Ich lache. »Und ein neues Sofa, wenn wir schon mal dabei sind – das gehört auch Danielle.«

»Und ein neues Bett.« Er dreht sich selbstzufrieden zu den anderen. »Bei Rebeccas altem ist die Federung hinüber.«

»Jep, es hat sich nie richtig von meiner Zeit an der Uni erholt«, sage ich und versuche, nicht zu grinsen.

Jamie klopft Ben mitfühlend auf den Rücken. »Apropos, ich muss wieder an die Arbeit.«

An der Bar wartet eine Gruppe kichernder Mädchen auf ihn. Er unterhält sich immer noch mit einem von ihnen, als wir ausgetrunken haben und Ben aufsteht, um die nächste Runde zu holen. »Noch mal das Gleiche?«

»Ja, bitte«, antworte ich.

»Wenn du schon mal da bist«, ruft Danielle Ben hinterher, »sag Jamie, er soll aufhören, mit der Tollen Tania zu flirten, und mir meinen verdammten Mojito machen.«

Sie rutscht auf Bens Platz, um neben mir zu sitzen.

»Ist die Tolle Tania immer noch mit ihrem Freund zusammen?«, frage ich.

»Jep.«

»Schade.«

»Allerdings, aber wie auch immer ... Ich kann nicht fassen, dass du mit einem Kerl zusammenziehst.« Ihr Ton klingt missbilligend, aber ihr Lächeln sagt mir, dass sie mich nur ärgern will.

»Wir haben jahrelang mit Jamie zusammengewohnt«, erinnere ich sie.

»Du weißt, was ich meine. Mit einem *echten* Kerl.« Ich weiß genau, was sie meint. »Hast du Angst?«

»Nee, ich freu mich. Mit Ben ist das kein Problem.«

»Woher weißt du, dass Ben der Richtige ist?«

Mit der Frage habe ich nicht gerechnet, und ich will schon mit den Schultern zucken und *keine Ahnung* sagen oder einen Witz darüber machen, dass ich immer noch schwanke, ob er der Richtige ist oder nicht. Aber irgendwas an Danielles Tonfall und den traurigen Blicken, die immer wieder zu ihrem Handy auf dem Tisch wandern, bringt mich dazu, es mir anders zu überlegen. Sie öffnet sich. Das tun wir nicht oft – nicht, weil wir einander nicht vertrauen würden, sondern einfach, weil wir nicht das Bedürfnis dazu haben. Aber wenn sie mir ihre verletzliche Seite zeigt, zeige ich ihr auch meine.

»Und jetzt sei bloß nicht so fies und sag: *Das weiß man einfach*«, fügt sie verächtlich hinzu, als ich den Mund aufmache, um zu antworten.

»Das wollte ich gar nicht sagen!«, protestiere ich. Genau das wollte ich sagen.

Also denke ich weiter nach und suche auf dem Grund des leeren Glases in meiner Hand nach einer Antwort. Woher weiß ich, dass Ben der Richtige ist?

Ich weiß nicht, wie ich erklären soll, was ich fühle, wenn Ben mich ansieht. Als würde alles um mich herum einfach verschwinden. Und es klingt banal, wenn ich sage, es liegt daran, dass wir so viel zusammen lachen und dass alles mit ihm zu einem Abenteuer wird, selbst eine Partie Scrabble an einem Regentag.

»Ich hab's«, sage ich schließlich und schnipse entschlossen mit den Fingern. »Man findet die Fehler des anderen liebenswert.«

Danielle wirkt skeptisch, also fahre ich fort …

»Also, du beschwerst dich doch zum Beispiel immer, dass ich ein bisschen unordentlich bin?«

»Eine vollkommen chaotische Schlampe.«

»Wie auch immer. Es stört dich, dass ich nicht so ordentlich bin wie du, aber Ben macht das nichts aus. Er findet das süß.«

»Süß? Im Ernst?«

Es stimmt. Wenn ich bei Ben bin, lacht er, wenn er meinen linken Schuh mitten im Wohnzimmer findet, nachdem er den rechten schon aus dem Flur aufgesammelt hat. Und letzten Sonntag bei Dad kam er nach dem Frühstück in die Küche, als ich versucht habe, die Tür der vollgestopften Spülmaschine zuzudrücken. Ich war genervt, also hat er die Arme um mich geschlungen, mich auf die gerunzelte Stirn geküsst und gesagt, ich sei niedlich, wenn ich mich ärgere. Dann hat er die ungeschickt gefüllte Maschine ausgeräumt und lächelnd den Kopf geschüttelt, während er das Essen von den Tellern gekratzt und sie dann mit System wieder eingeräumt hat.

»Im Ernst. Und ich weiß, dass ich ihn immer wieder ärgere, weil er so ein Softie ist, aber das gehört zu den Dingen, die ich am meisten an ihm liebe. Übrigens, hat er dir schon von dem Esel in Irland erzählt, den er adoptiert hat?«

»Heißt er zufällig Shane?«

Ich pruste los. »Ich hätte ja nichts gegen eine Eselsadoption, aber er hat schon einen Elefanten in Indien, einen Tiger auf der Malaiischen Halbinsel und ein Kind in Afrika.«

»Sentimentaler Idiot.«

»Total. Aber weißt du was?« Ich senke die Stimme, obwohl Ben drüben an der Bar weit außer Hörweite ist. »Ich glaube, ich wusste schon an dem ersten Abend, als ich ihn hier kennengelernt habe, dass er der Richtige ist.«

Danielles Gesicht verfinstert sich, und ich könnte mich in den Hintern beißen. Das war der Abend, an dem sie und Shane sich getrennt haben.

Als sie am nächsten Morgen nach Hause kam, habe ich ihr lang und breit von Ben erzählt und davon, dass ich Jamie die Serviette gegeben habe, aber sie hat kaum ein Wort gesagt. Ich habe sie noch nie so gesehen – damals hat es sie wirklich hart getroffen.

Danielle seufzt und lächelt. »Ihr beide habt echt Glück, Rebecca – weißt du das?«

»Nicht so viel Glück wie derjenige, der dich mal abbekommt«, sage ich. »Und das wird nicht Shane sein. Sondern jemand, der was Besonderes ist, anders als Shane.«

»Glaubst du?«, fragt sie, während sie ihr Handy in die Hand nimmt und aufs Display schaut.

»Ja«, antworte ich bestimmt. »Er muss schon ziemlich besonders sein, wenn er dein Singen liebenswert finden soll. Und du wirst ihn nur erkennen können, wenn du dir Shane aus dem Kopf schlägst.«

»Ich muss ihn mir nicht mehr aus dem Kopf schlagen. Ich bin schon total über ihn hinweg.«

»Dann lösch seine Nummer.«

»Das kann ich nicht«, sagt sie, als hätte ich sie aufgefordert, sich ein Auge auszustechen.

»Aber ich.« Ich greife nach ihrem Handy.

»Nein!«

»Warum nicht?« Ich halte es hoch.

»Weil ich ... ich könnte ... ich sollte ... Also gut! Mach es.«

Ich tippe auf ein paar Felder, und wenige Sekunden später ist Shane gelöscht.

»Alles okay«, sagt sie. »Macht mir nichts aus. Kein. Bisschen.«

Sie trommelt mit ihren langen Fingernägeln betont gleichgültig auf die Tischplatte.

»Ich hab dich noch nie so unglücklich gesehen.«

»Das kommt daher, dass ich nach dem nächsten Wochenende nicht mehr mit dir zusammenwohne. Hat nichts mit Shane zu tun.«

»Danielle?«, sage ich, während ich mit einem Bierdeckel spiele und fühle, wie meine Wangen sich röten. Warum bin ich so grottenschlecht in so was? Ich kann nicht mal einen sentimentalen Moment mit meiner besten Freundin haben, ohne mir total bescheuert vorzukommen. »Du weißt doch, dass ich dich vermissen werde? Ich wohne total gern mit dir zusammen. Ich freue mich, mit Ben zusammenzuziehen, aber ich bin auch echt traurig, dass wir dann nicht mehr zusammenwohnen.«

»Ach, Rebecca«, ruft sie aus und rutscht noch dichter an mich heran, damit sie mich umarmen und so fest drücken kann, dass ich meine Arme gar nicht befreien könnte, um die Umarmung zu erwidern, selbst wenn ich das wollte.

»Ich weiß, dass dir das hier keinen Spaß macht«, murmelt sie an meiner Schulter. »Mir auch nicht. Aber so was tun Mädchen nun mal, also mach mit.«

Weder Danielle noch ich zeigen unsere Gefühle gern durch Körperkontakt; das ist einer der Gründe, weshalb wir uns so gut verstehen.

»Um Himmels willen, reiß dich zusammen«, ermahne ich sie, muss aber lächeln.

»Schon okay«, sagt Ben, der mit einem Tablett zurückkommt. »Ich hab das hier. Knutscht ruhig weiter.«

Danielle lässt mich los, um auf die Speisekarte zu schauen. Sie verzieht das Gesicht. »Essen wir was?«

Ben und ich verziehen ebenfalls das Gesicht. Wenn in diesem Laden eins zu wünschen übrig lässt, dann das Essen, aber wir haben keine Lust, heute Abend noch woanders hinzugehen.

»Oder«, sage ich langsam, »wir bestellen einfach Cocktails mit viel Obst, wenn wir Hunger kriegen.«

»Jep, so machen wir's«, stimmt Danielle mir zu und lässt die Speisekarte wieder sinken. »Da kommt Jamie.«

»Was ich noch fragen wollte«, sagt Jamie und quetscht sich mit einem Bier auf meine Seite der halbrunden Nische, während Ben sich ans andere Ende neben Danielle setzt. »Wie ist es mit Padre Giamboni gelaufen?«

»Gut«, antworten Ben und ich gleichzeitig. Wir schließen mit unseren Blicken stillschweigend einen Pakt, dass wir den leicht verstörenden Teil des Wochenendes nicht erwähnen. Der Rest hätte nicht besser laufen können.

»Rebeccas Dad ist toll«, fügt Ben hinzu.

»Ja, oder?«, sagt Danielle verträumt.

»Lass das«, ermahne ich sie.

»Ich meine ja nur, er ist ein alleinstehender, attraktiver Mann ...«

»Kein Wort mehr«, warne ich sie.

»Und wahrscheinlich merkst du das nicht, weil er dein Dad ist, aber er ist echt ziemlich …«

»La, la, la, la, la.« Ich halte mir die Ohren zu.

»Da würde ich nicht nein sagen«, höre ich sie trotzdem schwärmen.

»Mein Dad hat was viel Besseres verdient als dich«, sage ich grinsend und nehme dann einen großen Schluck Whisky. »Aber er mochte Ben wirklich. Und Stefan auch.«

»Ich glaube, Stefan steht ein bisschen auf mich«, sagt Ben.

»Stefan steht auf Jamie«, belehre ich ihn.

Jamie zuckt lässig mit den Schultern. »Er ist auch nur ein Mensch.«

BEN

Sonntag, 26. Oktober

»Herzlichen Glückwunsch zum Jahrestag, Becs«, sage ich.

Ich stelle den Picknickkorb ab und gebe ihr einen Kuss, dann gehen wir zusammen bis ganz an den Rand der Klippe. Als Kind hatte ich Höhenangst, aber es hat mir nichts ausgemacht, als ich mit Rebecca oben im Shard-Hochhaus war und auch nicht, als ich mit Russ und Tom mit dem London Eye gefahren bin. Daher überrascht mich die Übelkeit, die mich überkommt, als ich hinunter auf die Wellen schaue, die sich am Fuß der Klippe brechen.

»Sollte hier nicht eine gelbe Linie oder so was sein?«, frage ich. »Wie an Bahnhöfen, damit man nicht zu nah rangeht?«

»Warum bist du mit mir zum Beachy Head gefahren, wenn du Höhenangst hast?«

Ich ignoriere ihren spöttischen Blick und nehme sie in die Arme.

»Ich habe keine Höhenangst«, sage ich. »Und ich bin mit dir hergefahren, weil ich gesehen habe, wie du das Gemälde in deinem Schlafzimmer immer wieder anschaust.«

»In *unserem* Schlafzimmer«, korrigiert sie und schmiegt sich an mich. »Es sieht genauso aus wie auf dem Bild, findest du nicht? Der Leuchtturm, einfach alles.«

Da ich spüre, dass dies ein besonderer Augenblick für sie ist, kämpfe ich gegen die Übelkeit an und bleibe noch ein paar Minuten mit ihr so stehen.

»Na los, komm«, sagt sie schließlich.

Ich breite eine Decke aus und fange an, das Essen auszupacken, da schiebt sich eine Wolke in der Größe von Russland vor die Sonne.

»Willst du meine Jacke?«, frage ich und lade sie mit einer Handbewegung ein, Platz zu nehmen.

»Geht schon.« Sie folgt meiner Aufforderung und überkreuzt die Beine im Schneidersitz. »Aber danke.«

»Ich weiß, das Wetter ist im Oktober nicht unbedingt perfekt für ein Picknick.«

»Keine Sorge, ich friere nicht so schnell«, sagt sie. »Und das hier *ist* perfekt. Wenn es sonniger wäre, wären wir hier nicht so ungestört.«

Wir essen die Sandwiches, die ich vorbereitet habe – die eine Hälfte mit Speck, Salat und Tomate, die andere mit Käse und Pickle, alles in dreieckige Viertel geschnitten – und spülen sie mit schwarzem Kaffee (Becs) und Tee (ich) aus den Thermosflaschen hinunter, die ich extra gekauft habe.

»Warst du auf der Suche nach jemandem?«, fragt Rebecca und schiebt ein paar Haarsträhnen beiseite, die der Wind ihr ins Gesicht geweht hat.

»Was meinst du?«

»Vor einem Jahr, bevor wir zusammengekommen sind – warst du auf der Suche nach jemandem?«

Ich versuche, ihren Gesichtsausdruck zu deuten, aber er verrät nichts.

»Ich glaube, ich war immer auf der Suche nach *etwas*«, antworte ich.

Sie stützt die Hände hinter sich auf den Rasen und lehnt sich erwartungsvoll zurück.

»Ich habe mein ganzes Leben eine Sache nach der anderen ausprobiert«, sage ich. »Ich wollte herausbekommen, was das Ganze für einen Sinn hat.«

Sie beißt sich auf einer Seite auf die Unterlippe und versucht, nicht zu schmunzeln, eine Angewohnheit, die ich im Laufe des letzten Jahres sehr gut kennengelernt habe.

»Deshalb bin ich nach der Uni auf Reisen gegangen«, fahre ich fort und verfolge mit den Augen das langsame Vorrücken des meteorologischen Russlands. »Ich dachte, ich würde irgendwas finden, und es war eine echt tolle Zeit, aber manchmal …«

Ein Windstoß lässt mich frösteln, und nun schmunzelt Rebecca doch. »Willst du *meine* Jacke?«, fragt sie laut, um die Brise zu übertönen.

»Ach, halt die Klappe.«

»Sorry, erzähl weiter …«

»Jetzt habe ich vergessen, wo ich war.«

»Ich glaube, du warst auf der Suche nach etwas.«

»Danke«, sage ich sarkastisch. »Also, na ja, manchmal habe ich mir irgendwelche uralten Ruinen oder eine Stadt oder sonst was angeschaut, und es war, als würde ich die *Rolle* eines begeisterten Touristen spielen. Bei Google die Fotos anzuschauen hat sich kaum anders angefühlt.« Ich lache. »Ich bin zurückgekommen und hatte noch weniger Ahnung, was das Ganze für einen Sinn hat, als vor meiner Reise.«

»Das hier fühlt sich so an, wie wenn man jemandem mit begrenzten Sprachkenntnissen eine Frage stellt und derjenige eine ganz andere beantwortet.«

»Nur dass du dich über mich lustig machst, anstatt einfach höflich zu lächeln und zu nicken.«

Rebecca nickt ungeniert.

»Ich beantworte die Frage schon«, sage ich. »Denn ich habe immer noch darüber nachgedacht, was das Ganze soll, als ich an jenem Abend in Jamies Bar gekommen bin.«

Rebecca will sich Kaffee nachschenken, aber er ist alle. Ich greife in die Innentasche meiner Jacke und hole einen Flachmann mit ihrem Lieblingswhisky heraus.

Sie dankt mir mit einem Zwinkern.

»Erzähl weiter«, fordert sie mich auf, nachdem sie einen großen Schluck getrunken hat.

Ich blicke aufs Meer und versuche, den roten Faden wiederzufinden.

»Der Abend war wie die Geschichte von Kolumbus«, sage ich. »Eigentlich war er unterwegs nach Asien, um von Europa eine bessere Route als den mühsamen Landweg zu finden, und schließlich ist er auf einer Insel der Bahamas gelandet. So hat er Amerika entdeckt.«

Ich habe meine Abschlussarbeit über die Entstehung der Vereinigten Staaten geschrieben. Ich glaube, jetzt gerade nützt mir das zum ersten Mal was.

»Was willst du damit sagen?«, fragt Rebecca.

»Du bist mein Amerika.«

Sie nimmt noch einen kräftigen Zug Whisky. »Danke. Falls das ein Kompliment ist.«

Sie schraubt den Deckel zu, steckt den Flachmann zurück in meine Innentasche und küsst mich auf die Nasenspitze, bevor sie sich wieder nach hinten lehnt.

»Hast du mir nicht mal erzählt, Kolumbus ist in dem Glauben gestorben, er wäre wirklich in Asien angekommen?«, fragt Rebecca.

»Darum geht's jetzt nicht.«

»Ich meine ja nur, dein Vergleich hinkt ein bisschen.«

»Ich musste auch ein bisschen improvisieren.«

Ein Jahr! Es ist verrückt, aber ich muss mich wirklich anstrengen, um mich an mein Leben vor Rebecca zu erinnern. Als hätte es *Vor-Rebecca* gegeben – Wochenenden auf stickigen Tanzflächen, an denen ich mich fragte, ob ich je das richtige Mädchen finden würde – und dann *Mit-Rebecca* – Wochenenden mit dem Mädchen meiner Träume, an denen wir uns Esstische, Sofas und Betten kaufen.

»Gibt's auch ein Dessert?«, fragt sie.

Ich antworte, indem ich einen großen Riegel ihres Lieblings-Salzkaramells heraushole. Rebecca bricht ihn mit dem Knie in mehrere

Stücke, und dann betrachten wir zusammen die Palette von Blautönen vor uns: das trübe, schaumige Wasser, das gegen die Klippen kracht, danach Swimmingpool-Türkis und schließlich Tiefseeblau wird. Je weiter wir hinausblicken, umso tiefer wird die Farbe. Wir kennen uns jetzt seit einem Jahr, und ich merke, wie auch meine Gefühle für Rebecca immer tiefer werden.

»Was ist dir durch den Kopf gegangen, als Jamie dir am nächsten Morgen die Serviette gegeben hat?«

»Das hab ich dir schon hundertmal erzählt.«

Erst eine ganze Weile, nachdem ich ihre Nummer bekam, habe ich Rebecca durchschaut: Sie stellt Fragen, bombardiert einen quasi damit, damit sie nicht über sich sprechen muss. Und normalerweise macht mir das nichts aus, aber diesmal will ich nicht nachgeben.

»Erzählst du mir von dem Gemälde?«, frage ich.

Sie antwortet nicht sofort. Stattdessen holt sie den Flachmann wieder heraus, schraubt den Deckel auf und nimmt noch einen großen Schluck, dann lehnt sie den Rücken an meine Brust, sodass ich ihre Haare riechen kann, den Kokosduft ihres Shampoos. Ich lege die Arme um sie.

»Meine Mum ist ein paar Monate vor meiner Geburt hergekommen und hat es hier gemalt«, beginnt sie schließlich. »Dad hat mir erlaubt, es mitzunehmen, als ich fürs Studium ausgezogen bin.« Rebecca dreht für einen Moment den Kopf zum Leuchtturm. »Das war ihr liebster Platz auf der ganzen Welt.«

Wir waren etwa einen Monat zusammen, als ich Rebecca fragte, warum sie nie ihre Mum erwähnt, und sie antwortete, sie sei gestorben. Sie sagte nichts über die Umstände; nur, dass sie selbst damals sehr klein gewesen sei. Immer, wenn ich sie seither darauf angesprochen habe, hat sie mich auf ein anderes Mal vertröstet, deshalb sage ich jetzt nichts, damit sie nicht gehemmt wird und sich verschließt.

»Sie ist bei meiner Geburt gestorben.«

Rebeccas Stimme zittert, und ich spüre, wie ein dicker Kloß in meiner Kehle aufsteigt.

»Dad sagt, sie hat sich immer ein kleines Mädchen gewünscht, aber als ich auf die Welt gekommen bin, ist sie gegangen.«

Ich sitze fassungslos da. Ich kann mir das nicht mal annähernd vorstellen. Nun wird mir klar, dass Rebecca sich mit dem Rücken an mich gekuschelt hat, damit ich ihr Gesicht nicht sehe und sie meins auch nicht, während sie die Geschichte erzählt. Ich drücke sie fest und sage nichts, da ich weiß, dass tröstende Worte ihr nur unangenehm wären.

»Es ist seltsam zu denken, dass sie, wenn sie mich nicht bekommen hätte, immer noch hier wäre, mit Dad und Stefan.«

»So was darfst du nicht denken, Becs.«

Ich höre sie schniefen, also greife ich nach einem Taschentuch, aber als ich mich vorbeuge, merke ich, dass sie nicht weint. Sie sieht nur ein bisschen benommen aus. Ich gebe ihr trotzdem das Taschentuch für ihre Nase.

»Danke.«

Ich sehe, wie sie es inspiziert.

»Wie lange trägst du das schon mit dir herum?«

Sie prustet ein verschnupftes Lachen in das Taschentuch, bevor sie sich die Nase putzt.

»Whisky«, befiehlt sie, und ich gehorche und sehe ihr zu, wie sie den Kopf nach hinten und wieder nach vorne neigt. Sie atmet das Brennen weg.

»Sprichst du oft mit deinem Dad darüber?«, frage ich. »Ich meine, verdammt – du musst so viele Fragen gehabt haben, nachdem er es dir erzählt hat.«

Sie schüttelt den Kopf. »Ich habe Fragen, aber das alles liegt in der Vergangenheit. Ich weiß, dass er und Stefan nie mir die Schuld gegeben haben. Wir waren eine glückliche Familie, aber ich hatte immer das Gefühl, dass etwas fehlt. Das ist auch der Grund dafür, dass ich innerhalb von sieben Jahren in acht verschiedenen Ländern gewohnt habe – ich glaube, das Einzige, was meinem Dad geholfen hat, war, sich in die Arbeit zu stürzen.«

Langsam fallen die Bausteine an ihren Platz wie bei Tetris. Als Rebecca vor ein paar Wochen bei ihrem Dad so komisch drauf war – das war nicht nur wegen des Schwangerschaftstests. Wir hatten über ihre Mum gesprochen.

Ich will ihr sagen, dass es ihr helfen könnte, mit ihrem Dad zu reden, denn egal, was sie behauptet, es ist schon ein bisschen seltsam, dass wir bereits ein Jahr zusammen sind und ich das alles zum ersten Mal höre. Aber ich will auf keinen Fall, dass sie bereut, es mir erzählt zu haben, also beschließe ich, damit noch zu warten.

»Ich bin sicher, wenn deine Mum hier wäre, würde sie finden, dass er bei dir ganz gute Arbeit geleistet hat.«

Rebecca streicht über meinen Handrücken, ein Zeichen, dass das Gespräch beendet ist. Ich höre wieder das Rauschen der Wellen, die unten gegen die Klippe prallen, als wäre es auf Pause gewesen, während Rebecca gesprochen hat.

»Komm schon, wir wollten doch feiern.« Sie steht auf und streckt mir eine Hand entgegen, um mir hochzuhelfen. »Ich glaube, mir ist der letzte Schluck Whisky zu Kopf gestiegen.«

Rebecca zieht mich an sich, und wir fangen spontan an, langsam zu tanzen. Das Meer und der Wind begleiten uns mit ihrer Musik. Wir wiegen uns zusammen, und ich könnte platzen vor Liebe, als wäre mein Körper nicht groß genug, um meine Gefühle ganz in sich aufzunehmen. Wen kümmert es schon, was der Sinn ist? Das hier – *das hier* – ist alles, was zählt.

»In der kleinen Pension, an der wir vorbeigekommen sind«, sagt Rebecca, während wir lachend um die Picknickdecke herumtanzen,

»ich glaube, dort haben Mum und Dad gewohnt, als sie das Bild gemalt hat. Da würde ich auch gern mal übernachten.«

»Dann lass uns das heute machen.«

Sie verzieht ablehnend den Mund. »Wir müssen morgen arbeiten.«

»Wir können uns krankmelden.«

»Ich kann mich nicht krankmelden. Ich kann mich nicht mal krankmelden, wenn ich krank bin.«

Ich fühle mich, als hätte sie mich zurechtgewiesen, und das sieht Rebecca mir wohl an, denn nach ein paar Sekunden lächelt sie sanft.

»Komm schon«, sagt sie. »Lass uns ein Pub suchen.«

Wir packen unsere Sachen zusammen und gehen los.

»Also, willst du an deinem Geburtstag immer noch die Seilbahnfahrt machen?«, fragt sie.

»Warum denn nicht?«

»Ähm, weil du Höhen …«

»Ich hab keine Höhenangst!«

Rebecca lacht. Wir gehen an einer Schafherde vorbei den Hügel hinauf bis zum höchsten Punkt, 160 Meter über dem Meer. Irgendwann kommen wir an einem Pub namens The Beachy Head an.

»Wie sie wohl auf den Namen gekommen sind?«, scherzt Rebecca und bleibt stehen, um das Pubschild auf dem windschiefen Pfosten zu betrachten.

Sie tritt näher, als wollte sie die Stabilität des Stahlrahmens mit Architektenblick prüfen, doch dann bemerkt sie etwas auf dem Boden. Als sie es aufhebt, sehe ich, dass es ein Ring mit einem dicken Diamanten ist. Sie probiert ihn an.

»Schön«, sagt sie und betrachtet ihre ausgestreckte Hand. »Nicht mein Geschmack, aber hübsch.«

»Nicht dein Geschmack?«

»Keine Ahnung«, sagt sie nach einer Weile. »Er ist schön, aber irgendwie durchschnittlich.«

»Das werd ich mir merken«, sage ich.

Sie verdreht die Augen, aber ihr Lächeln bleibt noch, nachdem wir den Ring an der Bar abgegeben haben, und genau in dem Moment schlägt eine Idee in meinem Kopf Wurzeln.

REBECCA

Samstag, 1. November

Ich ziehe mir die Kapuze meines Parka über den Kopf, um mich vor dem Wind zu schützen, während wir alle vor dem Royal Victoria Dock stehen und auf Tom warten, damit wir in die Seilbahn steigen können.

»Echt schade, dass Jamie am Samstagabend nie dabei sein kann«, sagt Danielle.

»Wann war der letzte Samstagabend, an dem wir nicht irgendwann in seiner Bar gelandet sind?«, erwidert Ben.

»Stimmt.«

»Na toll«, murmelt Russ vor sich hin, als Tom mit einem Mädchen in Schlepptau erscheint. »Avril ist auch dabei.«

»Sorry«, sagt Ben fröstelnd bei einem weiteren kalten Windstoß. »Ich konnte sie nicht nicht einladen.«

»Wen?«, fragt Danielle, die sich ihre lederbehandschuhten Hände reibt.

»Toms Freundin«, erklärt Russ.

»Ihr dürft auf keinen Fall Avril Lavigne erwähnen«, sagt Ben zu Danielle und mir.

Russ nickt. »Ich habe Avril Lavigne erwähnt, als ich sie zum ersten Mal gesehen habe, und sie war echt angepisst.«

»Danke für den Tipp«, sagt Danielle lachend.

»Alles Gute, Kumpel.« Tom nimmt ein eingepacktes, buchförmiges Geschenk aus seiner rechten in die linke Hand und begrüßt Ben mit einem breiten Grinsen und Handschlag. Ich frage mich unwillkürlich, ob seine überschwängliche Begeisterung als Ausgleich dafür dienen soll, dass Avril dreinschaut wie eine Geisel, die von einem Stamm Wilder in einen Wald geführt wird und nicht von einer Gruppe von Freunden zu einer Seilbahn.

Ich drücke Ben am Arm, als wir in die Glaskabine steigen. Wie es aussieht, werden wir nicht mehr viel Tageslicht abbekommen.

»Nicht runterschauen«, flüstere ich Ben zu, während wir langsam hinauffahren.

»Ach, halt die Klappe«, sagt er und stößt mich mit der Schulter an.

»Moment mal.« Russ unterbricht sein Gespräch mit Danielle und starrt Ben an. »Hast du Höhenangst?«

»Nein, ich hatte …«

»Keine Sorge, Benji«, sagt Danielle, die zwei Flaschen Prosecco aus ihrer Tasche holt. »Das hier wird dir helfen.«

»Leute, ich hab keine Höhenangst.«

Russ prustet los. »Doch – du hast Höhenangst. Du Mädchen.«

»Was soll das heißen?«, fragt Avril – ihr erster ganzer Satz, seit sie angekommen ist.

Russ verdreht die Augen, wie um zu sagen: *Na bitte, es geht los.*

»Willst du damit andeuten, dass Mädchen in irgendeiner Weise von Natur aus schwächer sind als Männer und daher eher Höhenangst haben?«

Avril ist genauso dünn wie Tom, aber weniger drahtig. Sie hat ein Trägertop, eine spitzenbesetze Jacke und dazu einen langen Faltenrock an, der ihre Schuhe bedeckt, und trägt eine Baskenmütze auf ihrem dunklen, krausen, schulterlangen Haar. Wenn ich nicht schon wüsste, dass sie Lyrikerin ist, würde ich mich fragen, ob sie sich für eine Kostümparty als Lyrikerin verkleidet hat.

Mir ist nicht ganz klar, was Tom mit seinem Bowler darstellen soll, aber ich könnte wetten, dass Avril für das Accessoire verantwortlich ist.

»Nein, Avril«, sagt Russ entnervt, »das will ich damit nicht andeuten.«

»Wo ist der Big Ben von hier aus?«, fragt Tom in dem offensichtlichen Versuch, die Atmosphäre aufzulockern.

»Falscher Teil der Themse«, antworte ich eifrig, um ihn dabei zu unterstützen.

»Wisst ihr was?«, fragt Ben. »George aus dem Postraum auf der Arbeit hat mir erzählt, dass einmal eine Schar Stare auf dem Minutenzeiger von Big Ben gelandet ist und die Uhrzeit um fünf Minuten zurückgedreht hat.«

»Das muss der Moment gewesen sein, als du deine Uhr gestellt hast«, sage ich zu Danielle und bringe alle zum Lachen.

»Big Ben ist eigentlich gar nicht die Uhr«, sagt Avril und sieht uns der Reihe nach an, als wären wir alle schwer von Begriff. »Es ist die …«

»Ja, das wissen wir«, sagt Danielle. »Es ist die Glocke. Los, lasst uns was trinken.« Sie teilt ein paar Plastikbecher aus, aber Avril schnappt sich schnell den, den Danielle Tom geben will, und reicht ihn stattdessen Russ.

»Wir trinken doch nicht, oder, Tom?«, fragt sie.

Russ schaut durch die Glaswand hinaus, und ich merke, dass er absichtlich niemanden ansieht.

»Nope«, sagt Tom fröhlich.

»Ich finde einfach, wir müssen nichts trinken, um uns zu amüsieren«, fügt Avril herablassend hinzu.

»Spaßbremse«, flüstert Danielle mir zu, und ich könnte schwören, dass Avrils Kopf in unsere Richtung zuckt.

Wir stoßen auf Ben an, während wir über den Himmel schweben, und nippen eine Minute schweigend an unseren Drinks. Wir sehen zu, wie hinter der O_2-Kuppel die Sonne untergeht. Eine Spannung liegt in der Luft, und ich überlege, was ich sagen kann, um sie zu lösen, weil ich auf keinen Fall will, dass Ben dadurch der Tag verdorben wird.

»Ich hab für sieben Uhr bei Gaucho reserviert«, verkünde ich. »Ich dachte, wir können vorher noch was trinken.«

»Ich kann nicht bei Gaucho essen«, fährt Avril Tom an, als wären wir übrigen nicht da. »Vegetarier essen nicht in Steakhäusern.«

»Es wird auch für Vegetarier was geben«, sage ich zuversichtlicher, als ich bin. Ich muss mir jetzt schon auf die Zunge beißen. Wenn das hier anders herum wäre und ein Typ seine Freundin so bevormunden würde, würden alle ausrasten. Warum ist es umgekehrt akzeptabel?

Ben drückt meine Hand, und ich bin dankbar, was für ein gutes Paar wir sind. Wir sind zwar unterschiedlich, aber er versteht mich trotzdem. Er hat sich genau richtig verhalten, seit ich ihm von meiner Mum erzählt habe, denn er scheint zu spüren, dass ich nicht darüber sprechen will.

Ich wage einen weiteren Themenwechsel. »Was macht dein Liebesleben, Russ?«

Er antwortet mit einem *Pfft* und sagt dann: »Ich hab da so eine Theorie. Ich glaube, je länger man schon Single ist, desto länger bleibt man wahrscheinlich auch noch Single. Man wird verzweifelter – und Mädchen riechen so was kilometerweit.« Er lacht über sich selbst. »Ich stinke total.«

Ben lacht. »Wie diese vierzigjährigen Kreuzfahrtschiffsänger beim Casting für *X Factor* – man sieht die Verzweiflung in ihren Augen.«

»Und dann sind da noch die ganzen schlechten Angewohnheiten, die man nicht mehr los wird. Der einzige Unterschied zwischen mir und ihnen ist, dass ihre schlechte Angewohnheit darin besteht, durch die Nase zu singen und dabei die Fäuste zu ballen, und meine, um Punkt sechs Uhr zu Abend zu essen und ein paar Comics mit aufs Klo zu nehmen.«

»Mich würde beides abschrecken«, sagt Ben.

»Das verstehe ich voll und ganz, Kumpel«, sagt er. »Rebecca, hast du irgendwelche heißen Single-Freundinnen, die auf mich abfahren würden?«

»Keine Ahnung, Russ, ich hör mich um. Danielle, würdest du auf Russ abfahren?«

Danielle lacht und sieht so aus, als hätte sie eine Antwort parat, aber sie kommt nicht dazu, etwas zu sagen. Denn in jenem Augenblick dreht Avril den Mund zu Toms Ohr und bemerkt: »Falls ja, bist du der Einzige aus eurem Trio, den sie nicht gevögelt hat.«

Ich kapiere ihren Witz nicht und schaue zu den anderen, da ich erwarte, dass sie ebenso verwirrt sind. Aber die anderen wirken nicht verwirrt. Sie wirken völlig entsetzt. Ich lache in die Stille, werde aus irgendeinem Grund nervös, aber niemand stimmt mit ein. Und dann dämmert es mir: Das war kein Witz.

Euer Trio. Damit meint sie Russ, Tom und Ben.

Der Einzige, den sie nicht gevögelt hat. Was ist mit Ben?

»Was ist mit Ben?«, frage ich.

Tom kaut auf seiner Unterlippe herum, während die anderen Avril fassungslos anstarren.

»Was ist?«, fragt sie achselzuckend. »Mir war nicht klar, dass mich sonst noch jemand hören kann.«

Der Schmerz ist körperlich. Mein Magen krampft sich zusammen, in meinem Kopf dreht sich alles. Mir ist schlecht, ich habe das Gefühl, dass ich mich übergeben muss. Hat Ben sich so gefühlt, als er am Beachy Head am Rand der Klippe stand? Ich kriege mit, dass die anderen anfangen zu streiten, aber ich versuche immer noch zu verarbeiten, was ich gerade erfahren habe.

»Du hast echt ein Talent, mit Worten umzugehen«, zischt Danielle irgendwann. »Sag mal – wurde schon irgendeins von deinen Scheiß-Gedichten veröffentlicht?«

»Hast du ein Problem damit, dass ich Lyrikerin bin, Danielle?«

»Nein, ich habe ein Problem damit, dass du eine dumme Kuh bist, Avril.«

In meinem betäubten Zustand muss ich fast lachen. Es reden immer noch alle durcheinander, aber ich bekomme nichts richtig mit. Ich nehme vage wahr, wie Ben und Danielle abwechselnd immer wieder meinen Namen wiederholen, jedes Mal eindringlicher als zuvor, aber ich fühle mich, als wäre ich weit weg, als würde ich nur einen Fernseher in einem anderen Zimmer hören.

Ich habe den Kopf gegen die Scheibe gedrückt und sehe, wie die Sonne immer tiefer sinkt, bis der Horizont knallorange brennt. Wenn ich nicht versteinert wäre, würde ich ein Foto machen – meine Kamera ist in meiner Tasche. Ben und ich haben nicht viele Bilder von uns zu zweit, ist uns aufgefallen, als wir bei seinem Einzug die Wohnung umgeräumt haben. Ich habe ihm zum Geburtstag einen Bilderrahmen geschenkt.

Ben hat mit Danielle geschlafen. Es muss so sein. Avril hat es gesagt, und niemand hat es abgestritten. Das ist wirklich passiert, verdammt.

Ich stehe nicht auf sie. Das hat Ben an dem Abend gesagt, als ich ihn kennengelernt habe, nachdem ich behauptet hatte, jeder würde auf Danielle stehen.

Ich muss hier raus – warum bewegen wir uns so langsam? Ich lasse das Gesicht in meine Hände fallen, als würde mich dann niemand mehr sehen. Ich spüre eine Hand auf meinem Rücken, schüttle sie aber vehement ab. Endlich spüre ich einen Ruck, und wir bewegen uns nicht mehr.

»Wann?«, krächze ich, und obwohl es kaum zu hören war, verstummen alle.

Bitte sag »nie«. Sag mir, dass ich das in den falschen Hals gekriegt habe.

Ben holt tief Luft. »Vor Ewigkeiten. Du und ich waren noch nicht …«

Ich stehe auf und stürze zum Ausgang.

»Rebecca!«, ruft Ben, als die Glastür aufgeht. Aber ich bin schon halb draußen.

BEN

Ich verlasse die Kabine direkt hinter Rebecca, aber da ist sie schon weg, die Treppe hinunter und durch die Schranke.

Ich durchsuche panisch meine Taschen, und Rebecca wird in meinem Blickfeld immer kleiner. Wo zur Hölle ist meine Oyster-Card? Ich taste ein letztes Mal meine Taschen ab, aber mir bleibt wohl nichts anderes übrig.

Ich stütze die Arme auf beide Seiten der Schranke, schwinge mich hinüber und bleibe dabei mit dem linken Fuß hängen, schaffe es aber gerade noch, das Gleichgewicht zu halten.

Ein Mann ruft mir etwas hinterher, während ich meine Schritte beschleunige. Ich drehe mich um und sehe, wie ein Sicherheitsmann gestikulierend auf Danielle einredet. Die anderen beobachten mich besorgt, bis auf Avril, die die Schranke schon passiert hat und sich gelassen eine Zigarette anzündet.

Was zur Hölle hat sie sich nur gedacht?

Ich merke, wie die Leute sich zu mir umdrehen, als ich anfange zu sprinten. Damals, wenn Jamie und ich von der Schule nach Hause gerannt sind, hat niemand auch nur mit der Wimper gezuckt. Merkt man daran, dass man alt wird? Wenn man nicht mehr rennen kann, ohne dass einen die Leute anstarren? Warum denke ich jetzt darüber nach? Wahrscheinlich, weil mir diese ganze Situation so surreal erscheint.

Sollen sie doch starren. Rebecca ist der einzige Mensch, der jetzt zählt. Ich muss sie einholen, um es ihr zu erklären.

Ich sehe, dass sie nicht zum O_2-Komplex geht, sondern in Richtung der North Greenwich Station, also laufe ich um ein geparktes Auto herum und wende mich nach links.

Als ich an der Station ankomme, bleibe ich kurz stehen, um mich zu orientieren. Sie wird nach Hause oder zum Arch 13 fahren, was bedeuten würde, dass sie den Bus nimmt.

Ich fange wieder an zu rennen, aber da ist keine Spur von ihr. Und ich laufe die ganze Reihe von Bushaltestellen um die Station herum ab. Bei der letzten Haltestelle drehe ich verzweifelt und erschöpft um, und dann endlich sehe ich sie im Schatten eines Getränkeautomaten auf einer Bank sitzen. Ich bleibe eine Sekunde stehen und spüre die Erleichterung, bevor ich auf sie zugehe.

Sie tut so, als hätte sie mich nicht vorbeisprinten sehen, obwohl das ausgeschlossen ist. Sie hat die Hände unter den Achseln versteckt und die Augen zusammengekniffen, als würde sie sich stark auf etwas konzentrieren. Meine Mutlosigkeit, zusammen mit der Angst, nicht zu wissen, was sie denkt, fühlt sich an, als würde eine Hand mein Herz zerquetschen.

Wie einem seltenen Vogel, der im Garten gelandet ist, nähere ich mich ihr sacht. Sie streicht sich mit beiden Händen die Haare aus dem Gesicht, blickt mich aber immer noch nicht an.

Ich setze mich ans andere Ende der Bank, und sie dreht sich weg, sodass ich ihr Gesicht nicht mehr sehen kann, aber nach ein paar Sekunden merkt sie, dass das nicht genügt, und steht auf.

»Deine Reaktion ist übertrieben«, beginne ich.

Schweigen.

So ist sie immer, wenn wir streiten: Sie verschließt sich und blockt alles ab. Das ist der Grund, weshalb ich ihr nie erzählt habe, dass ich mit Danielle geschlafen habe.

Okay, das ist nicht der Grund, weshalb ich ihr nicht erzählt habe, dass ich mit Danielle geschlafen habe. Ich habe es ihr nicht erzählt, denn was hätte das schon gebracht? Ich hätte mir damit selbst ins

Bein geschossen. Das haben Soldaten im Ersten Weltkrieg ja tatsächlich gemacht, um vom Dienst befreit zu werden. Aber ich wollte von nichts befreit werden. Ich wusste nach ein paar Dates, dass ich dabei war, mich in Rebecca zu verlieben, und danach habe ich nie an uns gezweifelt. Was spielt es denn für eine Rolle, was passiert ist, bevor wir zusammengekommen sind?

»Können wir nicht darüber reden?«, frage ich.

Rebecca schnaubt. »Ach, plötzlich willst du darüber reden?« Ihre Worte sind Schreie, die vergeblich als Flüstern getarnt sind. »Damit bist du ein Jahr zu spät dran, Ben.«

Die Sonne ist verschwunden und hat anklagende Flecken in schmutzigen Lila- und Gelbtönen hinterlassen wie auf geprügelter Haut.

»Es war, bevor wir …«

Ich sehe, wie Rebecca zu einem Mann blickt, der sich dem Automaten genähert hat. Es ist ihr unangenehm, dass er zuhören kann. Er betrachtet den Inhalt, als würde er ein Buch lesen, von links nach rechts, von oben nach unten. Schließlich steckt er ein paar Münzen hinein.

»Ich will den Rest meines Lebens mit dir verbringen, Becs. Ich habe mich in *dich* verliebt.«

Der Automatenmann fängt an, mit der flachen Hand seitlich an die Maschine zu hauen, die ihren Teil des Deals offensichtlich nicht eingehalten hat. Ein paar Meter weiter sammeln sich Leute an der nächsten Bushaltestelle.

»Sag mir, was ich tun kann, um es wiedergutzumachen?«, versuche ich es erneut, aber Rebeccas Aufmerksamkeit ist nun auf einen heranfahrenden Bus gerichtet.

Der Mann schlägt fester zu, jetzt mit geballter Faust, aber es kommt nichts heraus.

»Komm heute Abend nicht in die Wohnung«, sagt Rebecca.

Ich will etwas antworten, aber in meinem Kopf ist Nebel. Sie entfernt sich von mir.

»Rebecca!«

»Komm mir nicht nach.«

Der Bus ist einer der neueren, in die man vorne, in der Mitte oder hinten einsteigen kann, und ich will ihr gerade noch sagen, dass ich ein paar Sachen brauchen werde, aber sie ist schon an den Leuten vorbeigeschlüpft und hinten eingestiegen. Ich sehe, wie sie die Treppe hinaufgeht und verschwindet.

Ich mache einen Schritt, um ihr nachzulaufen, aber etwas hält mich zurück. Ich kenne Rebecca, und wenn ich ihr im Bus eine Szene mache, wird alles nur noch schlimmer. Jetzt gerade braucht sie einfach Abstand.

Der Automatenmann folgt ihr in den Bus, nachdem er die Hoffnung auf was immer er wollte aufgegeben hat. Wenige Sekunden später fährt der Bus los, und ich bleibe allein auf dem Bussteig zurück und wünschte, es würde noch eine Schar Stare vorbeikommen und die Zeit zurückdrehen.

Ich stehe wie betäubt da und bekomme nur vage mit, wie im Automaten klappernd eine Dose hinunterfällt.

Wenn mir heute Morgen jemand gesagt hätte, dass mein achtundzwanzigster Geburtstag so enden würde, hätte ich gelacht, aber obwohl es beschissen gelaufen ist, weiß ich, dass ich für eine Sache dankbar sein sollte: dass Rebecca nicht alles weiß.

Ich muss nur dafür sorgen, dass das auch so bleibt.

REBECCA

Montag, 3. November

Ich kann nicht fassen, dass es gerade mal einen Monat her ist, seit ich Danielle voller Überzeugung erzählt habe, ich wüsste, dass ich den Richtigen gefunden habe, weil er meine Fehler liebenswert findet. Was zur Hölle habe ich mir nur dabei gedacht?

Ich bleibe in der Tür stehen und werfe noch einen Blick ins Wohnzimmer, bevor ich zur Arbeit gehe. Zwei verkrustete Cornflakesschüsseln dekorieren den Couchtisch; Kissen hängen vom Sofa hinunter; die Decke, in der ich den ganzen gestrigen Tag verbracht habe, liegt auf dem Fußboden – halb auf der offenen Pizzaschachtel und dem letzten Stück mit Schinken und Pilzen; sechs halb ausgetrunkene Kaffeetassen stehen auf vier verschiedenen Möbeln. *Sechs?* Gott, er ist erst zwei Tage weg.

Und dann wird mir schlagartig klar: Es ist niemand da, der *das hier* irgendwie liebenswert findet.

Mein Handy vibriert einmal in meiner Hand, und ohne hinzusehen weiß ich, dass es eine Nachricht von Ben ist. Ich entsperre die Tastatur und lasse den Daumen für eine Sekunde über dem Display schweben. Alle zärtlichen Gedanken an ihn und seine Ninja-Fähigkeit, hinter mir herzuräumen, verfliegen schnell. Das Bild von ihm und Danielle zusammen im Bett drängt sich wieder in mein Bewusstsein, gefolgt vom Bild seines Gesichts, als ich an der North Greenwich Station in den Bus gestiegen und abgefahren bin, und ich fühle mich wieder miserabel.

So ging es schon das ganze Wochenende. Ich habe ihn vermisst, und mein Handy hat geklingelt, und ich dachte mir, um mich nicht mehr so zu fühlen, müsste ich einfach nur rangehen. Aber dann kamen die Visionen. Bilder, die so lebendig waren, dass ich das Gefühl hatte, ich wäre dabei gewesen. Ich sah, wie Danielle nur mit perfekt aufeinander abgestimmter Unterwäsche bekleidet (ich wünschte, ich wüsste nicht, wie peinlich genau sie darauf achtet, dass ihre Höschen und BHs zusammenpassen) auf dem Bett kniete und die Knöpfe von Bens Hemd öffnete. Wie sie dann mit der Hand durch den dunklen Flaum auf seinem Bauch nach unten strich und nach seinem Gürtel griff.

Irgendwann musste ich dann zum Klo rennen, und die Pizza kam mir hoch, wobei im Hintergrund mein Handy klingelte.

Ich stehe immer noch in der Tür, ignoriere seine Nachricht und tippe das Wort *Putzfrau* in mein Handy, dann maile ich es an mich selbst und ziehe die Tür hinter mir zu.

Mein Fahrrad lehnt unten im Flur an Bens Fahrrad, schmiegt sich unter seinen Lenker, als hätte sein Fahrrad den Arm um meins gelegt.

»Verdammte Scheiße, Ben!«, schimpfe ich, während ich versuche, es freizubekommen. Ich meine, streng genommen ist das hier nicht Bens Schuld, aber es tut gut, ihn für alles verantwortlich zu machen. Ich muss wütend bleiben, denn Wut fühlt sich nicht so schlimm an, wie sich betrogen und verletzt und dumm vorzukommen.

»Alles in Ordnung?«, fragt die hochschwangere Frau aus der unteren Wohnung passiv-aggressiv, nachdem sie ihre Tür geöffnet hat. Was hat Ben gesagt, wie war noch mal ihr Name?

»Geht schon«, murmele ich, während sich die Fahrräder voneinander lösen. »Danke.«

Die Fahrt erfüllt ihren Zweck, mir den Kopf freizumachen, und als ich mein Fahrrad anschließe, bin ich erleichtert, bei der Arbeit zu sein. Ich habe heute Morgen überlegt, mich zum allerersten Mal krankzumelden. Ich habe das ganze Wochenende kaum geschlafen, also zog ich mir, als um sechs Uhr der Wecker klingelte, stur die Decke über den

Kopf und dachte: *Scheiß drauf.* Aber nach ein paar Minuten knickte ich ein und schleppte mich aus dem Bett, fest entschlossen, mich von dieser Sache nicht aus der Bahn werfen zu lassen, und ich bin froh, dass ich das getan habe. Es ist irgendwie tröstlich, bei der Arbeit zu sein. Von den imposanten gerahmten Postern von Gebäuden im Empfangsbereich bis zum typischen Geruch frisch gesaugter Teppiche. Es ist einfach nur ein ganz normaler Montag, sage ich mir.

Der einzige Nachteil daran, mit dem Fahrrad zur Arbeit zu fahren, ist, dass ich in der miefigen Kabine duschen muss, aber ich brauche nur ein paar Minuten. Nachdem ich meine Haare aus der Duschhaube geschüttelt, ein bisschen Make-up aufgetragen und ein schickes schwarzes Etuikleid angezogen habe, bin ich wieder am Empfang.

»Wie hast du das gemacht?«, fragt Jemma und reicht mir einen Tee. »Das war, wie wenn man einen Teilnehmer bei einer Castingshow hinter die Bühne verschwinden sieht, und dann kommt er verwandelt wieder raus. Nur eben als sexy Architektin, statt als Beyoncé für Arme.«

Ich erröte, bedanke mich für den Tee und nehme mir vor, mir in etwa einer Stunde bei Pret einen Kaffee zu holen.

»Ich glaube, ich stell mein Telefon auf den Empfang um«, sage ich, bevor ich hinaufgehe. »Wenn mich jemand anruft, sag einfach, ich bin beschäftigt.«

An meinem Schreibtisch angekommen werfe ich mein Handy wieder in meine Tasche, damit ich es nicht mitkriege, falls Ben und Danielle ihre SMS-Flut von gestern fortsetzen. Ich fühle mich schlecht, weil ich nicht auf Jamies Anrufe und Nachrichten reagiere, aber jetzt gerade habe ich zu viel Angst davor zu erfahren, dass er schon längst von der Sache wusste. Denn dann wäre er mehr Bens Freund als meiner, und das will ich nicht.

Als ich nervös Outlook öffne, erwarten mich E-Mails von Ben und Danielle. Ich lasse sie alle ungelesen.

Ich beantworte meine Putzfrauen-Mail mit: *Räum gefälligst selbst auf, du faules Stück.*

Dann konzentriere ich mich auf meinen aktuellen Auftrag, hole die Pläne für das Erdgeschoss hervor, die ich letzte Woche entworfen habe, und gehe damit in Jakes Büro, um sie ihm vorzulegen.

Bei meiner Arbeit weiß ich, wo ich stehe. Auf Bauplänen sind die Linien nicht verschwommen – sie sind festgelegt und klar. Entweder, sie sind da, oder sie sind nicht da, und ob jemand sie überschritten hat, ist keine Frage. Warum konnte das bei meiner Beziehung nicht auch so sein? Bin ich einfach schlecht in so was? Ich denke immer wieder zurück, suche nach Anzeichen dafür, dass es mit uns doch nicht so perfekt war, wie ich dachte, aber ich finde nichts und komme mir dadurch nur noch bescheuerter vor.

Mein Chef tippt sich an seine vorstehende Unterlippe, während er die Bögen betrachtet, und sieht mir dann in die Augen. Er will mich etwas Ernstes fragen – das merke ich ihm an.

»Du bist doch ehrlich zu mir, oder?«

Ich reiße die Augen auf und nicke. »Klar.«

»Findest du, ich sollte mir den Kopf rasieren?«

Ich blicke auf meine Entwürfe, dann wieder zu Jake.

»Wie bitte?«

»Meine Haare werden immer dünner. Dadurch sehe ich alt aus. Aber werde ich mit Glatze noch älter aussehen?«

Ich kannte diese ängstliche, verletzliche Seite von Jake gar nicht, bis seine Frau ihn letztes Jahr eine Woche vor seinem fünfzigsten Geburtstag verlassen hat. Seither ist er besessen von seinem Äußeren. Seine erste Maßnahme war eine Diät ohne Kohlenhydrate und mit viel Protein, die ihn aufblähte und altern ließ – sein Gesicht sah aus wie eine zu lange gebackene Kartoffel, in der zwei Rosinen steckten.

»Ähm, nein.« Ich schüttle den Kopf. »Eine Glatze ist gut.« Da ich jedoch nicht zu seiner Paranoia beitragen will, füge ich schnell hinzu: »Aber deine Haare sehen nicht dünn aus.«

Er lächelt. »Wunderschön.«

»Wie bitte?«

»Deine Entwürfe«, sagt er und tippt auf das Blatt. »Du denkst wie eine Senior-Architektin.« Ich atme erleichtert aus, wir sprechen wieder über die Arbeit.

Die Botschaft ist klar. Senior-Architektin ist für mich die nächste Stufe auf der Karriereleiter. Wenn ich das Kinoprojekt gut weiterführe, könnte Jake mich befördern.

Ich danke ihm und schaffe es dann, den restlichen Tag mit niemandem ein richtiges Gespräch zu führen. Mit Absicht – ich fürchte, wenn ich mit jemandem rede, werde ich erzählen müssen, was am Wochenende passiert ist, und dann wird mein Gegenüber, wer auch immer das ist, mir zwangsläufig Ratschläge erteilen wollen, und das will ich einfach nicht. Niemand hier kennt Ben. Niemand könnte irgendwas sagen, was mir hilft. Und ich will nicht, dass alle über mein Privatleben Bescheid wissen.

Um fünf Uhr klingelt mein Telefon, und ich schrecke auf. Ich frage mich, warum der Anruf nicht bei Jemma gelandet ist, dann merke ich, dass Jemma *dran* ist. »Hallo?«

»Ich bin's nur«, sagt sie. »Ich hab deinen Freund in der Leitung. Er sagt, er kann dich auf dem Handy nicht erreichen, also dachte ich, vielleicht willst du diesen Anruf annehmen.«

»Nein, er soll dir einfach sagen, was er will.«

Ich versuche, meine Stimme normal klingen zu lassen.

»Es hört sich an, als könnte es dringend sein.«

»Das ist es wahrscheinlich nicht.«

»Aber was ist, wenn ein Unfall passiert ist oder so was, und ...«

»Hör zu, es ist kein Unfall passiert«, fahre ich sie an. »Ich will den Anruf nicht annehmen. Er ist nicht mehr mein Freund.«

»Oh«, sagt sie. »Alles klar.«

Ich fühle mich schlecht, als ich auflege; ich hoffe, ich habe sie nicht gekränkt.

Aber dann taucht sie fünf Minuten später mit zwei Tassen Tee in der einen Hand und einer Packung Schokokekse in der anderen an meinem Schreibtisch auf, und ich wünsche mir fast, ich hätte sie gekränkt, denn dann wäre sie jetzt nicht hier.

»Also, was ist passiert?«, fragt sie, während sie einen Stuhl heranschiebt und sich neben mich setzt.

Ich tue so, als würde ich mich auf etwas auf dem Bildschirm konzentrieren. Ich kann hier nicht darüber sprechen.

Sie tunkt einen Keks in ihre Tasse. »Geht's dir gut?«

»Jep, mir geht's prima.« Meine Kehle ist trocken, also nippe ich an meinem Tee.

»Aber ihr wart über ein Jahr zusammen. Du hast gesagt, es ist was Ernstes.«

Ich zucke mit den Schultern und spüre, wie das Blut in meinen Kopf schießt. »Das war es wohl doch nicht.«

Sie sieht mir in die Augen – vermutlich auf der Suche nach roten Rändern oder Schwellungen. »Aber bist du gar nicht traurig?«

»Ich jammere nicht gern.«

Um die Wahrheit zu sagen: Innerlich heule ich Rotz und Wasser. Aber ich muss niemandem die Wahrheit sagen, den ich erst ein paar Wochen kenne.

»Na ja, ich denke mal, du hast noch jede Menge Zeit, um jemand anderen kennenzulernen«, überlegt Jemma und nimmt sich noch einen Keks.

»Klar, aber das ist nicht unbedingt mein ...«

»Ich meine, wie alt bist du? Dreißig? Zweiunddreißig?«

»Ich bin erst siebenundzwanzig«, korrigiere ich sie entsetzt.

»Du bist so alt wie *ich*? Ich dachte, du bist viel älter.«

Na, das hebt jetzt meine Laune.

»Also, du siehst nicht alt aus«, sagt sie schnell, als sie die Bestürzung in meinem Gesicht sieht. »Ich dachte, du benutzt irgendeine megateure Feuchtigkeitscreme, damit deine Haut jung bleibt. Ich meine nur, du wirkst alt. Nicht auf eine negative Art – einfach total gefasst und geordnet. Du machst richtig Karriere und hast so eine echt reife, würdevolle Ausstrahlung.«

Ich zwinge mich zu einem Lächeln. »Danke. Und es geht mir wirklich gut.«

Es geht mir nur gut, wenn ich nicht an das Ganze denke. Vielleicht bleibe ich heute länger, damit ich mit meiner Arbeit vorankomme. Hier kann ich mich besser ablenken als zu Hause.

»Ach, also hast du Schluss gemacht?«

»Wie kommst du darauf?«

»Weil es dir gut geht. Man braucht keine Zeit, um darüber hinwegzukommen, wenn man die Macht hat.«

»Welche Macht?«

»Die Beziehungsmacht. Derjenige, der den anderen abserviert, hat die Macht. Deshalb sollte man, wenn man glaubt, dass der andere Schluss machen will, den ersten Schritt tun und selbst Schluss machen. Dann hat man selbst die Macht. Der andere vergisst, dass er Schluss machen wollte, und will einen zurück.«

»Ich glaube nicht, dass Ben mit mir Schluss machen wollte«, sage ich verwirrt.

»Egal. Dir muss einfach klar sein, dass du die Kontrolle hast, weil *du* mit *ihm* Schluss gemacht hast. Du kannst ihn immer noch haben, wenn du ihn willst.«

Will ich ihn zurück? Ja. Nein? Keine Ahnung. Die einzige Macht, die ich will, ist die Macht, ungeschehen zu machen, dass Ben und Danielle miteinander geschlafen haben, aber das ist unmöglich.

»Das stimmt garantiert«, beharrt Jemma. »Es kann kein Zufall sein, dass ich immer abserviert werde und die Typen immer *so* schnell über mich hinweg sind.« Sie schnipst grinsend mit den Fingern.

Das bringt mich zum Lachen – ein echtes, richtiges Lachen, zum ersten Mal, seit ich am Samstag die Seilbahn verlassen habe –, und während ich mir die Tränen unter den Augen wegwische, hoffe ich, dass Jemma glaubt, sie kommen alle vom Lachen.

Ich arbeite bis acht Uhr, verlasse dann das Büro und fühle mich beschissen. Ich versuche, beim Radfahren meine Gedanken zu ordnen und mich auf den Weg zu konzentrieren, aber in meinem Kopf ist zu viel los.

Zum Beispiel, was soll ich zu Abend essen? Ben hatte immer das Essen fertig, wenn ich nach Hause gekommen bin. Ich kann ums Verrecken nicht kochen. Und ich muss noch aufräumen. Dann fällt mir ein, dass ich gestern Abend die Mülltonnen hätte rausstellen sollen, aber bevor ich mich deswegen allzu sehr fertigmachen kann, ertönt laut eine Hupe, und ich merke, dass ich gerade fast mit einem weißen Van zusammengeprallt wäre. Zum Glück steigt der Typ nicht aus oder kurbelt sein Fenster runter. Wäre auch nicht nötig gewesen – die Beschimpfungen, die seine Lippen formen, sind ziemlich unmissverständlich.

Ich fahre auf den Bürgersteig und warte, bis mein Herzschlag sich wieder normalisiert. Das war jetzt wirklich Bens Schuld – ich bin in Gedanken woanders. Und ich weiß auch, warum.

Da ist etwas, was ich aufgeschoben habe und das plötzlich nicht länger warten kann. Da ist jemand, mit dem ich reden muss. Ich springe vom Fahrrad und wähle per Kurzwahl seine Nummer. Es klingelt endlos, und ich will schon aufgeben, als ich seine Stimme höre.

»Rebecca! Gott sei Dank rufst du an, wie geht ...«

»Sei ehrlich, Jamie«, unterbreche ich ihn. »Wusstest du davon?«

BEN

Dienstag, 4. November

Benjamin Franklin hat einmal gesagt, wer geduldig ist, der kriegt, was er will. Aber wenn Rebecca mein Amerika ist, warum zur Hölle sollte ich auf jemanden hören, der die Unabhängigkeitserklärung unterzeichnet hat?

Außerdem, musste Benjamin Franklin je drei Nächte eingequetscht in den steifen Armen von Jamies Ledercouch verbringen? Ich glaube nicht. Musste er je drei Tage warten, bis Mrs Franklin ein Telegramm von ihm beantwortet hat?

Wahrscheinlich hat das wirklich etwa so lange gedauert, aber Benjamin Franklin kann mich trotzdem mal. Ich fahre heute Abend in die Wohnung. Wir müssen doch miteinander reden können. So machen das normale Menschen.

Ich warte schon so lange auf irgendein Zeichen von Rebecca, dass ich angefangen habe, Überlebensstrategien zu entwickeln. So weit ist es schon gekommen. Zum Beispiel lege ich mein Handy nachts außer Reichweite. Ich schiebe es über den Fußboden weg von mir, bevor ich das Licht ausschalte, damit ich nicht alle zwei Minuten draufschauen kann.

Ich schaue jetzt in die Ecke, in der es liegt, und wenn ich es nicht seit Tagen ununterbrochen erfolglos angestarrt hätte, würde ich an Uri Geller und David Copperfield schreiben, um mich dafür zu entschuldigen, dass ich je an ihnen gezweifelt habe, und anerkennen, dass es Magie wirklich gibt, denn es vibriert plötzlich. Aber wie gesagt, ich *habe* es seit Tagen ununterbrochen angestarrt, also können mich Uri Geller und David Copperfield auch mal.

Ich stürze mich auf mein Handy, lasse aber die Füße auf der Couch, da der Großteil meines Körpers noch in einem Schlafsack steckt, sodass ich wahrscheinlich aussehe, als würde ich an einem Schubkarrenrennen teilnehmen. Ich stütze mich auf einer Hand ab, strecke die andere nach dem Handy aus und schaffe es gerade so, es mir zu schnappen, ohne auf die Nase zu fallen.

Mein Herz hämmert einen Technobeat.

Setz Wasser auf, hat Jamie geschrieben.

»Vollidiot«, sage ich laut.

Ich lasse mich auf den Fußboden fallen, schubse das Handy mit einem Arm weg und sehe zu, wie es über den glatten Boden zur Kochnische schlittert, dann am Kickertisch abprallt und weiter in Richtung von Jamies Schlafzimmer rutscht, gerade als seine Tür aufgeht. Er bleibt stehen, mustert das Handy, das neben seinen nackten Zehen landet, und dann mich, ein verwundetes, verkrümmtes Etwas auf seinem Fußboden, und wirkt weniger verwundert, als man erwarten könnte.

»Ich frage gar nicht erst.«

Er geht in die Kochnische und legt eine Hand an den noch kalten Wasserkocher.

»Ich glaube, mit deinem Handy stimmt was nicht, Kumpel.«

Ich setze mich wieder auf die Couch. »Ich dachte, es ist vielleicht Rebecca.«

Er bleibt schweigend neben dem Wasserkocher stehen, bis das Wasser anfängt zu kochen.

»Ich hab gestern Abend mit ihr geredet«, sagt er schließlich. »Sie hat gesagt, du hast ihr im Laufe des Tages siebenmal geschrieben.«

»Du hast mit ihr geredet? Wie geht es ihr?«

»Sie ist kurz davor, dich wegen Stalkings zu verklagen, vermute ich.« Er schüttelt den Kopf. »Sie hat mich gefragt, ob ich es wusste.«

»Was hast du gesagt?«

»Die Wahrheit – dass ich genauso schockiert war wie sie. Wie konntest du es mit Danielle *tun,* ohne dass ich was mitkriege?« Ich spüre, wie er mich fragend ansieht. »Warum hat es mir keiner von euch erzählt?«

»Das haben wir doch schon durchgekaut«, sage ich matt, und dann, um das Thema zu wechseln: »Ich gehe heute Abend hin.«

»Ich glaube nicht, dass sie schon bereit dafür ist, Kumpel. Lass ihr noch ein paar Tage Zeit.«

»Verdammt noch mal – ich kann doch nicht ewig deine Klamotten anziehen.«

Er schenkt uns Tee ein und gibt in meinen ein halbes Stück Zucker, genau wie ich es mag.

»Es war nicht siebenmal.« Ich hole mein Handy und zeige ihm die Nachrichten, um es zu beweisen.

Er nimmt mir das Telefon aus der Hand. »Mann, hier sind eins, zwei, drei … sieben unbeantwortete Nachrichten, und das wirklich nur von gestern.«

»Aber schau auf die Uhrzeiten.« Ich deute auf das Display. »Ich habe fünf davon innerhalb von drei Minuten geschickt. Alles, was man innerhalb eines Drei-Minuten-Zeitfensters schickt, zählt nur als eine Nachricht, das weiß jeder.« Ich gehe mit meinem Tee zurück zur Couch. »Außerdem gelten die normalen Regeln nicht mehr, wenn man Streit hat – das haben wir Danielle auch gesagt, als sie Shane geschrieben hat.«

»Ich muss eine Lieferung in der Bar entgegennehmen«, sagt er und trägt seine Tasse in sein Schlafzimmer. »Hör auf rumzuspinnen.«

Ich sehe Russ etwas auf einen Block kritzeln, als ich an meinem Schreibtisch ankomme. Seine Zunge beult seine eine Wange aus wie bei einem Kind, das sich ganz stark auf eine Matheaufgabe konzentriert.

»Morgen«, begrüße ich ihn und Tom.

Russ mustert mich von oben bis unten. »Lassen Leute sich nicht normalerweise gehen, wenn sie abserviert werden? Wie kommt es, dass du dich besser anziehst?«

»Ich wurde nicht abserviert«, antworte ich. »Noch nicht.«

Tom lässt schuldbewusst den Kopf hängen, sodass sein halblanges Haar die Form eines Lampenschirms annimmt. »Avril tut es echt total leid«, sagt er.

Russ brummt abfällig, und mir fällt es ebenfalls schwer, das zu glauben, aber ich will meinen Ärger nicht an Tom auslassen. »Du kannst nichts dafür, Kumpel.«

»Du hättest in dein altes Zimmer zurückkommen können, Mann«, sagt Russ.

Ich lächle dankbar, aber wir wissen beide, dass das keine Option war. Avril ist ständig dort, und früher oder später hätte ich ihr mit ihrer Baskenmütze das Maul gestopft.

»Ich hab gestern mit Absicht ihre ganze Bio-Sojamilch ausgetrunken, falls du dich dadurch besser fühlst?«, sagt Russ.

»Das war meine Bio-Sojamilch«, erklärt Tom, aber es ist eher eine ruhige Feststellung als ein Protest.

Russ schüttelt den Kopf, als würde er Tom bedauern. Ein paar Minuten später, sobald Russ wieder damit beschäftigt ist, was auch immer auf seinen Block zu schreiben, legt Tom ein Geschenk auf meinen Schreibtisch.

»Ich hatte keine Gelegenheit, es dir an deinem Geburtstag zu geben.«

Ich packe es aus.

»Ist es das Buch, von dem du mir erzählt hast?«, frage ich, während ich freudig das Cover betrachte.

Ich habe gar nicht mehr aufgehört, von der Sixtinischen Kapelle zu schwärmen, nachdem Rebecca und ich von unserer Rom-Reise zurückgekommen sind, und Tom hatte mir gesagt, dass er ein tolles Buch über ihre Entstehung kennt. Er nickt nun, um zu bestätigen, dass ich richtig liege.

»Danke, Kumpel«, sage ich gerührt.

Russ verdreht die Augen, bis man fast nur noch das Weiße sieht. »Ich hätte dir auch ein Geschenk besorgt, wenn es ein richtiger Geburtstag gewesen wäre, zum Beispiel der einundzwanzigste oder der dreißigste. Hab ich schon erwähnt, dass ich in ein paar Wochen dreißig werde?«

Ich kann immer noch nicht glauben, dass Russ fast dreißig ist. Er sieht aus wie zwölf.

»Nein, ich glaube nicht«, sage ich.

»Ähm, doch, das hab ich bestimmt – Ende Nov …«

»Ich verarsche dich nur, Russ. Du hast es gut achtundfünfzigmal erwähnt.« Ich schaue auf seinen Notizblock. »Was schreibst du da?«

»Diane von parship.com sagt, sie will sich erst mit mir treffen, wenn wir telefoniert haben.« Er versucht, den Kugelschreiber zwischen seiner Oberlippe und Nase zu balancieren, aber er fällt ihm in den Schoß. »Ich mache eine Liste mit Dingen, über die wir reden können.«

»Was hast du bisher?«, frage ich, erfreut über die Ablenkung.

»Okay, also … Wenn sie irgendein Tier sein könnte, welches würde sie sich aussuchen?« Er schaut mich an, und ich nicke ermutigend. »Ihre fünf Lieblings-Superhelden? Und warum sie Single ist?«

»Darf ich dabei sein, wenn du anrufst?«, frage ich.

Russ schlägt grummelnd seinen Notizblock zu. »Zu irgendwas ist mein jämmerliches Möchtegern-Leben ja doch gut«, sagt er. »Das ist das erste Mal diese Woche, dass ich dich lächeln sehe.«

Ich schalte meinen PC ein in der Hoffnung, dass eine E-Mail von Rebecca auf mich wartet.

»Ich werde ihr sagen, dass mein Akku fast leer ist«, fährt Russ fort. »Wenn es komisch wird, kann ich einfach auflegen und behaupten, mein Handy wäre ausgegangen.«

Ich bekomme vage mit, wie Tom einen Witz macht und Russ dafür etwas Vulgäres über Avril sagt, aber ich habe mich ausgeklinkt, denn mein kaputter Monitor hat endlich aufgehört zu flackern, und mein Desktophintergrund ist erschienen. Es ist ein Foto von Rebecca und mir vor dem Kolosseum, am Tag vor unserem Besuch der Sixtinischen Kapelle. Rebecca hat es mit ausgestrecktem Arm gemacht und unsere Unterkiefer für die charakteristischen Bögen des Amphitheaters geopfert, die ihr so unheimlich gefallen haben. Plötzlich fühle ich mich, als würde ein Trupp Pfandfinder in meinem Magen Knoten üben, und bin fast erleichtert, als ich eine Hand an meiner Stuhllehne spüre.

»Kann ich dich bitte kurz sprechen, Ben?«, fragt unser Abteilungsleiter, wobei er das Wort »sprechen« mit einer Geste darstellt.

Nigel Richardson hat die Angewohnheit, alles, was er sagt, pantomimisch zu wiederholen, als wären alle um ihn herum taub. Als wir in seinem Büro sind und er mir von dem Vorschlag erzählt, alle Londoner Fahrkartenschalter zu schließen, tut er so, als würde er einen Schlüssel im Schloss drehen.

»Was ist mit den Mitarbeitern?«, frage ich und bemühe mich, nicht zu husten von der Aftershave-Wolke, die Richardson überallhin hartnäckig folgt.

»In dieser Phase handelt es sich nur um einen Vorschlag des Vorstands. Ich wollte die Personalabteilung einbeziehen, um ein paar Ideen in den Raum zu werfen.« Er wirft einen imaginären Ball.

Die Leute wundern sich immer, dass ich im Personalwesen arbeite, aber das kommt nur daher, dass sie glauben, es ginge ständig darum, Disziplinarverfahren einzuleiten und Leute zu feuern. Dabei geht es eigentlich die meiste Zeit darum, Leuten Jobs zu *geben* oder ihnen zu helfen aufzusteigen, und wenn es schlecht läuft, sehe ich es als meine Aufgabe, es den Chefs so schwer wie möglich zu machen, Leute zu entlassen.

»Dafür müsste es erst mal einen wasserdichten Business Case geben«, sage ich und verschränke die Arme.

»Na ja, wir leben im einundzwanzigsten Jahrhundert.«

Er deutet auf den Kalender, und ich runzle fragend die Stirn.

»Wenn man wissen will, wie man von South Ealing nach Angel kommt«, erklärt Richardson, »macht man sich nicht die Mühe, zu einem Fahrkartenschalter zu gehen – man schaut auf sein Smartphone.«

Ich taste meine Taschen ab und stelle fest, dass ich *meins* auf meinem Schreibtisch gelassen habe.

»Selbstbedienungskassen in den Supermärkten, Bankkarten – die Welt kommt ohne zwischenmenschliche Kontakte aus.«

Das stimmt allerdings: Rebecca ist seit Samstagabend ohne zwischenmenschlichen Kontakt ausgekommen. Zumindest, was mich anbelangt.

»Aber im Ernst, was passiert mit den Mitarbeitern?«, frage ich. »Ich meine, man muss prüfen, ob man sie versetzen kann, und man muss Beratungsgespräche führen, möglicherweise mit der Schlichtungsstelle, und weil es ziemlich viele Entlassungen geben kann, müssen wir wahrscheinlich die zuständigen Ministerien informieren, und natürlich muss man mit Streiks rechnen, und …«

»Der Vorstand kommt am Freitag hierher – denkst du, du kannst bis dann eine Übersicht über all das zusammenstellen?«

»Freitag?«

Ich bezweifle, dass ich in der kurzen Zeit irgendwas Sinnvolles zu Papier bringen kann, erst recht, solange mein Kopf in diesem Zustand ist, aber ich will so schnell wie möglich zurück zu meinem Handy, also nicke ich und antworte: *Ja, kein Problem.*

»Noch eine Sache«, sagt Richardson, als er aufsteht, um mich aus seinem Büro zu begleiten. »Du bist heute wieder sehr gut gekleidet, gefällt mir.«

Ich dachte immer, Jamie und ich würden uns ziemlich ähnlich anziehen, aber anscheinend nicht.

»Danke.«

An meinem Schreibtisch erwarten mich weder SMS noch E-Mails. Ich sehe auf die Uhr. Eine Stunde und siebenundvierzig Minuten des Arbeitstags sind vergangen, ohne dass ich versucht hätte, Rebecca zu kontaktieren. Benjamin Franklin wäre stolz auf mich, denke ich und gehe zur Tür. Ich spüre, wie mir Russ' und Toms besorgte Blicke folgen.

Sobald ich draußen bin, drücke ich mit dem Daumen auf Rebeccas Namen in meinem Handy und lächle Michelle aus der Buchhaltung höflich zu, die rauchend neben der Drehtür steht. Damit sie mich nicht hört, gehe ich die Straße hinunter.

Sie sind verbunden mit der Mailbox von Rebecca Giamboni. Hinterlassen Sie Ihren Namen und Ihre Nummer, dann rufe ich Sie zurück.

Beim Klang ihrer Stimme schließe ich die Augen und erinnere mich an unser Gespräch, nachdem ich ihre Ansage zum ersten Mal gehört hatte. Ich sagte ihr, dass die Mailbox-Rebecca ein bisschen kurz angebunden sei, und sie meinte grinsend, sie hätte jetzt gerade keine Zeit zum Reden, und ich solle nach dem Signalton eine Nachricht hinterlassen. Als ich dann wieder anfing zu sprechen, unterbrach sie mich mit einem *Piiiep,* das genauso klang wie das, das ich jetzt höre.

»Becs, ich bin's. Ich liebe dich, ich vermisse dich. Ruf mich zurück.«

Ich liege auf der Couch und lasse mich von Musik aus meinem Handy berieseln, das sich den ganzen Nachmittag nicht gerührt hat, als ich einen Schlüssel in der Tür höre.

»Ich dachte, du arbeitest heute Abend?«, sage ich.

»Ich dachte, du freust dich vielleicht über Gesellschaft.« Jamie stellt eine Plastiktüte ab und sieht seine Post durch. »Schon was von ihr gehört?«

Ich schüttle den Kopf. »Ich habe das Gefühl, mein Leben ist in einer Warteschleife.«

»Wenn das so ist …« Er wirft ein paar Werbesendungen in den Müll und zeigt mit einem Finger anklagend auf mein Handy. »Können wir die Warteschleifenmusik wechseln? Das da ist verdammt deprimierend.«

»Das ist Damien Rice – einer der besten …«

»Das ist Gesülze, nichts anderes.«

Jamie kommt herüber und schnappt sich mein Handy.

»Und das sagt einer, der eine signierte Chas-'n'-Dave-Platte im Wohnzimmer an der Wand hat«, gebe ich zurück.

Er geht wieder in die Kochnische, hebt die Plastiktüte hoch und schwenkt sie hin und her. »Ich dachte, wir können am Fluss ein Bier trinken?«

Ich wollte einen klaren Kopf bewahren für den Fall, dass Rebecca zurückruft, und es wird schon dunkel, aber er hat sich den Abend freigenommen, und er hat Bier.

Wir setzen uns auf das Betonufer direkt vor seinem Haus und lassen die Beine einen halben Meter über dem Wasser baumeln. Jamie holt zwei Dosen aus der Plastiktüte und wirft mir eine davon zu.

»Wo warst du letzte Nacht?«, frage ich.

Es war nach drei Uhr morgens, als ich die Tür gehört habe.

»Privatparty.« Er öffnet die Dose und nimmt einen langen ersten Schluck. »Mit der Tollen Tania.«

»Und ihr Freund war …?«

»Sie haben sich getrennt«, sagt er nüchtern. »Sie wollte mit zu mir kommen.«

»Und das wolltest du nicht, weil …?«

Er mustert mich. Ich trage noch die Sachen, die ich mir für die Arbeit ausgeliehen habe, das Hemd hängt mir auf der einen Seite aus der Hose. »Während du auf der Couch schläfst?«

Jamie zieht die Schultern hoch, als hätte ihm ohnehin nicht viel daran gelegen.

»Ich war zu müde«, sagt er. »Es war eine komische Woche.«

Er lächelt schief, aber nach ein paar Sekunden grinst er richtig. »Ich bin lieber in Bestform, wenn ich zum ersten Mal mit einer Frau schlafe. Ich versuche, alles in meiner Macht Stehende zu tun, damit sie ihren Freundinnen was zu erzählen hat.«

»*Ich* versuche, alles in meiner Macht stehende zu tun, damit sie ihren Freundinnen *nichts* zu erzählen hat«, entgegne ich.

Jamie nimmt noch einen Schluck. »Ich glaube, du musst dir keine Sorgen machen, dass Rebecca und Danielle ihre Erfahrungen austauschen.«

»Zu früh, Jamie.«

Er lacht reumütig.

»Es ist schon seltsam«, sagt er und streckt die Beine über dem Wasser aus. »Normalerweise willst du immer alles endlos besprechen, aber wir haben noch gar nicht richtig geredet, seit du hier bist.«

»Was bringt das denn?«

Jamie lässt die Beine gegen den Beton fallen und sieht mich fragend an. »So kenne ich dich einfach nicht, das ist alles.«

Ich schweige und überlege, was ich sagen soll, wie viel ich preisgeben soll. »Ich habe in diesem Jahr mit Rebecca so getan, als wäre das zwischen Danielle und mir nie passiert, und es war leicht, denn es war nur eine Nacht, es hat nichts bedeutet, und ich sehe eigentlich keinen Sinn darin, das Ganze jetzt wieder auszugraben, vor allem, weil es alles so gut lief zwischen Rebecca und mir.«

Jamie nickt in seine Dose. »Ich habe sie nie glücklicher gesehen.«

»Wirklich?«

»Wirklich. Du tust ihr gut. Vor ein paar Jahren war Rebeccas Leben nur Arbeit, Arbeit, Arbeit.«

»Und jetzt ist es Arbeit, Arbeit?«

»So ziemlich.« Er lacht. »Aber im Ernst – ihr tut euch gegenseitig gut.«

Wenn es noch hell wäre, würden sich die Gebäude gegenüber verschwommen in der Themse spiegeln wie impressionistische Versionen ihrer selbst, aber der Himmel hat sich zu einem orangestichigen Schwarz verdunkelt, und alle Leute haben das Licht eingeschaltet. Die Spiegelungen mussten den langen Lichtstreifen auf dem Wasser weichen. Es sieht aus, als wäre jedes Gebäude eine Rakete mit einem Feuerschweif, die gerade abhebt. Bevor ich mit Rebecca zusammengekommen bin, habe ich Gebäude nie richtig beachtet, aber anscheinend haben ihre Hinweise auf deren Besonderheiten und ihre Erklärungen für die Motive verschiedener Bauweisen auf mich abgefärbt.

»Ich wollte ihr einen Heiratsantrag machen.«

Jamie zieht die Füße hoch und setzt sich mir im Schneidersitz gegenüber. »Was hast du gerade gesagt?«

»Ich hab einen Ring gekauft.«

»Du hast keinen Ring gekauft.«

Ich bestätige meine Verrücktheit mit einem schwermütigen Nicken.

»Warum zur Hölle erfahre ich erst jetzt davon?«

»Ich dachte, du würdest mich für bescheuert halten.«

»Na ja ...«

Ich schaue hinunter auf die Spiegelung meiner Schuhe im Wasser. »An dem Tag, nachdem wir vom Beachy Head zurückgekommen sind, habe ich einen Kredit beantragt.«

Jamie faltet die Hände im Nacken und schiebt die Ellbogen aneinander.

»Mann«, sagt er und wirkt immer noch so, als könnte er es nicht richtig fassen. »Und wann wolltest du sie fragen – wann *wirst* du sie fragen?«

»Das wusste ich noch nicht – *weiß* ich noch nicht.« Ich schüttle meine Dose, um zu testen, wie viel noch drin ist, trinke sie dann aus und nehme mir eine neue. »Aber ich wusste, wie.«

Jamie nimmt die Dose, die ich ihm hinhalte, und macht sie auf.

»Als wir am Beachy Head waren, hat sie vor dem Pub einen Ring gefunden. Wir haben ihn an der Bar abgegeben. Da kam mir die Idee. Ich würde noch mal mit ihr hinfahren. Sie hat gesagt, dass sie mal in der Pension übernachten will, in der ihre Mum hat dort gewohnt hat. Also würden wir noch ein Picknick machen und alles wäre genau gleich, mit Flachmann und allem ...« Jamie lächelt. Der Flachmann war seine Idee. »Und dann würde sie wieder einen Ring neben dem schiefen Pubschild finden, aber diesmal würden wir ihn nicht beim Wirt abgeben.«

»Wie würde der Ring dort hinkommen?«

»Ich würde ein paar Tage vorher heimlich hinfahren und dem Wirt den Ring geben, damit er ihn hinlegt, bevor wir kommen. Dann würde ich Rebecca zu dem Pub führen, und wenn sie den Ring findet, würde sie ihren Augen nicht trauen. Und dann würde ich niederknien.«

Jamie legt eine Hand auf seine Brust. »Ich muss mich gleich übergeben, Nicholls.«

»Ich würde natürlich aufpassen, dass niemand in der Nähe ist, wenn ich das tue – du weißt ja, wie sie ist.«

»Ach, scheiß drauf – lass ihr von einer Tanzkapelle ein Ständchen bringen und filme es für YouTube.«

Ich lache. »Kannst du dir ihr Gesicht vorstellen?«

»Sie würde nie wieder mit dir reden.«

Ich seufze. »Sie redet vielleicht sowieso nie wieder mit mir.«

Ich lasse den Kopf in meine Hände sinken, und als ich wieder aufschaue, lässt Jamie erneut die Beine baumeln. »Du weißt doch, wie es ist, wenn man mit Rebecca irgendwo hingeht und es keinen Zweck hat, ihr zu sagen, sie soll langsamer laufen – man muss einfach warten, bis sie nicht mehr kann.«

Ich nicke, obwohl ich nicht weiß, worauf er hinaus will.

»So ist es auch jetzt. Ich verstehe, warum sie sauer ist. Das wäre ich auch. Aber nach einer Weile wird sie nicht mehr wütend sein können.«

Aus irgendeinem Grund muss ich an die Chas-'n'-Dave-Platte an der Wand seines Wohnzimmers denken. Er hat mich einmal gezwungen, mir ein Album von ihnen anzuhören, nachdem ich die beiden abfällig ein Komikerduo genannt hatte. Und das Unglaubliche ist: Sie sind eigentlich ganz okay. Ihre Lieder sind fröhlich, unkompliziert, aber wenn man genau hinhört, stecken die Texte voller Weisheiten. Und genauso ist Jamie. Aber was, wenn er diesmal falsch liegt?

»Danke, dass du dir den Abend freigenommen hast, Kumpel.« Ich sehe ihn an. »Und danke, dass ich auf deiner Couch pennen kann, und für die Klamotten.«

Er macht eine wegwerfende Handbewegung.

»Bei der Arbeit sagen alle, wie gut ich aussehe.«

»Ja, weil deine eigenen Arbeitsklamotten gammelig sind.«

»Sind sie gar nicht!«

»Doch. Das ist deine Art, gegen das System zu rebellieren.« Er deutet auf den heraushängenden Zipfel des Hemds. »Ich wette, du läufst schon den ganzen Tag so rum, hab ich recht?«

Ich lache, bis ich seine Hand unter dem losen Hemdzipfel fühle. Er zieht am Bund meiner Boxershorts.

»Ich will nur sichergehen, dass du nicht auch meine Unterhosen geliehen hast«, sagt er.

Ich stoße ihn mit dem Ellbogen weg.

»Ich meine, ich mag dich ja, aber …«

»Ich hab mir gestern in der Mittagspause welche gekauft.«

Beim Thema Boxershorts fällt mir ein, dass er gestern Abend die Chance hatte, ein Mädchen abzuschleppen, von dem er schon ewig schwärmt.

»Tut mir leid, dass ich dich davon abgehalten habe, die Tolle Tania mit nach Hause zu nehmen.«

Jamie lacht trocken. »Ich hätte sie sowieso nicht mit nach Hause genommen.« Er trinkt seine zweite Dose aus, holt die Schlüssel aus seiner Tasche und dreht sie um seinen Zeigefinger. »Sie hat sich gerade erst von ihrem Freund getrennt – sie ist zu verletzlich.«

»Rebecca hat recht, was dich anbelangt, Hawley.«

Sein Blick verlangt eine Erklärung.

»Sie sagt, du hast nur eine große Klappe, wenn es um Frauen geht.«

Jamie lächelt vor sich hin, sucht seinen Wohnungsschlüssel heraus und legt mir eine Hand auf die Schulter. »Gehen wir?«

»Ich komm gleich nach.«

Ich sehe ihm hinterher, wie er im Gebäude verschwindet, und warte, bis ich seinen Umriss hinter dem verdunkelten Glas des Haupteingangs nicht mehr erkennen kann, bevor ich ihre Nummer wähle. Ich warte wieder, bis die Verbindung hergestellt wird, und endlich klingelt es einmal, zweimal, dreimal.

Sie sind verbunden mit der Mailbox von Rebecca Giamboni.

Vielleicht liegt es am Bier, aber ich kann nicht hinhören. Der Klang ihrer Stimme hat einen weiteren Knoten in meinem Magen verursacht, und zum ersten Mal nimmt ein unerträglicher Gedanke in meinem Kopf Gestalt an.

Was ist, wenn ich ab jetzt nur noch die Mailbox-Rebecca kriege?

REBECCA

Donnerstag, 6. November

Es klingelt an der Tür. Das wird mein Curry sein.

»*Ciao!*«, begrüßt mich Stefan, sobald ich aufmache. »Was geht ab?«

»Was abgeht«, antworte ich meinem Bruder, »ist, dass ich einen stressigen Tag auf der Arbeit hatte und am Verhungern bin und dachte, du wärst mein Abendessen, aber das bist du nicht, also hasse ich dich.« Ich verschränke die Arme. »Was machst du hier?«

»Ich geh mit einem Kumpel in Greenwich was trinken, also dachte ich, ich bring dir dein Einzugsgeschenk vorbei.« Er hält mir eine Tüte aus einem Buchladen entgegen. »Und deine herzliche Begrüßung zeigt mir, dass das definitiv eine gute Idee war.«

»Ich wohne schon fast fünf Jahre hier, Stefan.«

»Ich weiß, aber bisher hast du nicht mit deinem Freund zusammengewohnt. Das ist ein großer Schritt.«

»Oh«, murmele ich, nehme die Tüte, hole das Buch heraus und verziehe den Mund, als ich den Titel lese. *»Kochen für Anfänger?«*

»Ich mag Ben«, erklärt Stefan. »Ich will nicht, dass du ihn vergraulst.«

Ich drehe mich weg und gehe zum Sofa, aber er muss meinen Gesichtsausdruck bemerkt haben.

»Rebecca? Was ist los?«

»Nichts.«

Ich schiebe die Hülle der *The-Killing*-DVD vom Sofa, damit er sich neben mich setzen kann. Ich war gefährlich nah dran, sie anzuschauen. Ich bin zwar wütend auf Ben, aber es fühlt sich trotzdem falsch an, das eiserne Gesetz zu brechen, eine Serie nicht weiterzugucken, die wir zusammen angefangen haben.

Stefan setzt sich und sieht sich um. »Wo ist Ben?«

»Ach, ähm, er ist …« Ich stehe auf und schenke uns beiden einen Whisky aus der Karaffe auf meinem Schreibtisch ein, hauptsächlich, damit ich ihn nicht anschauen muss. »Wir machen sozusagen eine Pause. Willst du was trinken?«

»Was?«, ruft er. »Was hast du getan?«

»Wie kommst du darauf, dass ich irgendwas getan habe?« Vor Empörung über diese Ungerechtigkeit drehe ich mich um. »Wenn du's unbedingt wissen willst: Ich hab ihn rausgeschmissen, nachdem ich erfahren habe, dass er mit Danielle geschlafen hat.«

Stefan schnappt nach Luft, steht dann auf und eilt zur Tür. »Wo ist er?«

»Stefan!«

»Niemand darf meiner Schwester wehtun.«

»Jetzt reg dich mal wieder ab«, beruhige ich ihn und zerre ihn zurück zum Sofa. Ich weise ihn nicht darauf hin, dass Ben ihn bei einer Schlägerei locker plattmachen würde.

»Dieser *Dreckskerl*«, murmelt er und greift nach einem der Gläser, die ich auf den Couchtisch gestellt habe. »Er macht so einen netten Eindruck. Ich hätte nie gedacht, dass er dich betrügen würde. Und dann auch noch mit deiner besten Freundin!«

»Na ja, er hat mich nicht direkt betrogen«, gebe ich zu. »Aber, ja! So ein Dreckskerl!«

»Wie meinst du das? Ich dachte, du hast gesagt …«

»Ja, hab ich – ich hab gesagt, er hat mit Danielle geschlafen«, erkläre ich und nehme dazu einen Schluck von meinem Whisky. »Es ist passiert, bevor wir zusammengekommen sind.«

Er wirkt verwirrt. »Und warum genau hast du ihn dann rausgeschmissen?«

»Ich hab es gerade erst erfahren.«

»Okay. Aber trotzdem, warum genau hast du ihn dann rausgeschmissen?«

»Er hat es mir nicht gesagt!«

»Verstehe. Aber auf die Gefahr hin, dass ich mich wiederhole: Warum genau hast du ...«

»Hey, auf wessen Seite stehst du eigentlich?« Ich haue ihn mit einem Kissen. »Was ist mit ›Niemand darf meiner Schwester wehtun‹?«

Genau dann klingelt es an der Tür. »Das wird mein Curry sein.«

Stefan geht ans Fenster und schaut hinaus. »Nope, es ist ein Kerl, aber er hat kein Essen dabei.«

»Shit.« Ich springe auf. »Ist es Ben?« Ich habe alle seine Anrufe und SMS ignoriert – natürlich wird er vorbeikommen und versuchen, mit mir zu reden.

»Nope, ich glaub nicht. Nein, warte – es ist dieser heiße Freund von dir, dem die Bar gehört.«

Ich laufe ans Fenster und erkenne einen Teil von Jamies perfekt gestylter Out-of-Bed-Frisur. Ich lasse ihn herein.

»Hi, Becs«, begrüßt er mich, als er das obere Ende der Treppe erreicht. »Willst du mich nicht mehr sehen?«

»Nein«, knurre ich. »Ich will deine Freunde nicht mehr sehen.«

»Unsere Freunde«, sagt er, kommt herein, geht schnurstracks auf die Karaffe zu und gibt Stefan unterwegs einen Klaps auf den Bizeps. »Alles klar, Kumpel? Lange nicht gesehen.«

»Hi, Jamie.«

»Will jemand noch was?« Jamie hält die Karaffe hoch.

»Auf jeden Fall«, antworte ich und strecke ihm mein Glas entgegen. Nicht schwer zu erraten, worüber Jamie mit mir reden will.

»Ich nicht, danke«, sagt Stefan und steht auf. »Ich bin gleich verabredet. Aber kannst du in *dieser Sache da* irgendwas tun?« Er deutet in meine Richtung. »Ihre Reaktion ist total übertrieben.«

Jamie nickt. »Deshalb bin ich hier.«

»Es ist gar nicht übertrieben«, protestiere ich.

»Doch«, sagt Stefan. »So schlimm klingt es gar nicht.«

»Das ist es auch nicht«, stimmt Jamie ihm zu.

»Ich will euch ja nicht zu nahe treten, aber du« (ich zeige auf Jamie) »hast mit der Hälfte der Frauen in London geschlafen, und du« (ich zeige auf Stefan) »hast mit der Hälfte der Männer geschlafen. Natürlich findet ihr es nicht schlimm.«

Beide recken stolz die Brust.

»Wie kommt sie auf die Idee, dass sie uns damit zu nahe tritt?«, fragt Stefan Jamie.

»Keinen Schimmer.«

Stefan verabschiedet sich, und ich begleite ihn hinaus. Als ich zurückkomme, hat Jamie einen Arm über die Sofalehne gelegt und die Füße auf meinem Couchtisch übereinandergeschlagen wie ein Model in einem Möbelprospekt.

»Bist du hier, um Klamotten für Ben zu holen?«, frage ich.

»Nee, in meinen sieht er viel besser aus.« Er beugt sich vor, nimmt meine Schlüssel vom Couchtisch und dreht den winzigen Chipstüten-Anhänger mit nachdenklichem Gesichtsausdruck in den Händen. Ich weiß, dass er daran denkt, wie Danielle ihn mir geschenkt hat, als wir alle hier zusammen waren.

»Lass es«, warne ich ihn, als er etwas sagen will.

»Was?«, fragt er unschuldig. »Ich wollte nur fragen, ob du weißt, warum genau die Chipstüte so zusammengeschrumpft ist.«

»Danielle hat sie angeschaut, und dann ist sie verschrumpelt?«

Jetzt ist er an der Reihe, *lass es* zu sagen.

»Na gut«, lenke ich ein und lasse mich seitlich aufs Sofa fallen.

»Also«, beginnt er und dreht sich zu mir. »Der Kunststoff besteht aus langen Molekülen, die Polymere heißen – sie sind ein bisschen wie Perlenketten. In Chipstüten sind diese Molekülketten fast ganz ausgestreckt.« Er sieht mich an, um sich zu vergewissern, dass ich ihm folge. »Wenn man sie in der Mikrowelle erhitzt, bekommen die Moleküle Energie und fangen an, zu vibrieren und sich zusammenzurollen. Die Tüte schrumpft und wird steifer, weil alle Polymerketten sich übereinandergeschichtet haben.« Er wirft mir den Schlüsselbund selbstzufrieden zu.

»Faszinierend«, sage ich, betrachte die Chipstüte und wende dann den Blick zu ihm. »Sag mal, hat sich schon jemand die Filmrechte an dieser großartigen Geschichte gesichert?«

Er tut so, als würde er mir gegen das Schienbein treten, und nippt dann an seinem Drink.

»Der hier ist nicht schlecht«, sagt er, »aber wann öffnen wir den dreißig Jahre alten Glenfiddich?«

»Ich hab dir doch gesagt, den trink ich nur zu einer besonderen Gelegenheit.«

»Wie wär's zur Feier des Tages, an dem du Ben nach Hause kommen lässt?«

»Der Tag kommt vielleicht nie.«

Ich stehe auf, um unsere Gläser nachzufüllen.

»Sag so was nicht.« Jamie reibt sich die Narbe über seiner linken Augenbraue, die er hat, seit er als Kind angefahren wurde. Diese kleine Geste ist das Einzige, woran man erkennen kann, ob Jamie unglücklich ist. »Ich fühle mich, als würden meine Eltern sich scheiden lassen.« Er lacht bitter. »Ehrlich gesagt hätte das viel weniger Einfluss auf mein Leben.«

»Hauptsache, du weißt, dass es nichts mit dir zu tun hat. Wir haben dich beide immer noch sehr lieb.«

»Aber im Ernst«, fährt er fort, »ich verstehe, warum du sauer bist. Es muss ein Schock gewesen sein. Aber du warst damals noch gar nicht mit Ben zusammen. Du kannst nicht wütend wegen einer Sache sein, die er getan hat, bevor ihr zusammengekommen seid.«

»Es geht nicht um die Tatsache, dass sie miteinander geschlafen haben«, erkläre ich. Darum geht es zwar schon, aber mir ist bewusst, dass das irrational ist. »Es geht um die Lügen.«

Und ich meine nicht nur, dass er gelogen hat, indem er es mir nicht von selbst erzählt hat. An dem Abend, als wir uns kennengelernt haben, hat er mir direkt gesagt, dass er nicht auf sie stehen würde. Trotzdem hatte er schon mit ihr geschlafen. Er hat sich so verhalten, als wäre ich das einzige Mädchen im Raum, aber das war totaler Bullshit.

»Was ist, wenn er sie immer noch toll findet?«, frage ich schwach. »Du kennst Ben. Er ist nicht gerade ein Typ für eine Nacht. Das ist deine Spezialität. Und Danielles. Er hatte eindeutig Interesse an ihr, und das kann man nicht einfach abstellen, nur weil der andere keins hat.«

Jamie lacht. »Wir reden hier von Ben – natürlich kann er von jetzt auf gleich das Interesse verlieren. Wie war das mit Astronomie? Klettern? Radfahren?« Jamie deutet in Richtung des Flurs, wo noch immer Bens selten genutztes Fahrrad steht. »Buddhismus? Denk bloß mal nach, Becs – das waren alles Strohfeuer. Mandarin lernen? Fotografie? Ist er der neue, Chinesisch sprechende David Bailey? Nein – sein Interesse ist genauso schnell verflogen, wie es gekommen ist. Aber weißt du, woran er nie das Interesse verloren hat? An dir.«

»Ja, aber was ist, wenn seine Gefühle für Danielle nie aufgehört haben?«, frage ich verärgert darüber, dass Jamie Ben verteidigt. »Was ist, wenn nur deshalb nichts daraus geworden ist, weil sie kein Interesse hatte? Jamie, ER HAT SIE GEVÖGELT.«

»Hör auf zu schreien.«

»ICH SCHREIE NICHT«, schreie ich. »Pass auf«, fahre ich mit erzwungener Ruhe fort, »ich weiß, dass du dachtest, meine und Bens Zukunft wäre gesichert. Das dachte ich auch. Aber ich dachte das auch von unserer Vergangenheit. Dass wir uns kennengelernt hätten und es sofort gefunkt hätte und wir füreinander bestimmt wären und bla bla bla.« Ich hole tief Luft und versuche, meine Stimme zu kontrollieren. »Ben kann lange behaupten, das wäre alles vorbei – dabei redet er doch andauernd davon, wie wichtig Geschichte ist. Das hier *ändert* unsere Geschichte.«

»Ich meine ja nur, sei nicht so streng mit ihm«, sagt Jamie sanft. »Angenommen, du und ich hätten miteinander geschlafen, bevor ihr beide zusammengekommen seid …«

Ich lache und sehe dann, wie Jamie eine Schnute zieht.

»Sorry«, sage ich. »Red weiter.«

»Angenommen, wir hätten miteinander geschlafen, und es hätte nichts bedeutet, und dann hättest du was mit Ben angefangen und wüsstest, dass es ihm was ausmachen würde, wenn du ihm von mir erzählst, hättest du es ihm gesagt?«

»Ja.«

»Wirklich?«

»Na ja, vielleicht nicht sofort, aber irgendwann schon.«

»Wann? Es gibt nie einen guten Zeitpunkt dafür, etwas zu sagen, wovon man weiß, dass es jemanden verletzt.«

»Das ist keine Entschuldigung dafür, dass er Geheimnisse vor mir hatte.«

»Nicht?«, fragt er herausfordernd. »Pass auf, ob es richtig war oder nicht, es dir zu verheimlichen, kann ich nicht sagen. Aber du kannst nicht leugnen, dass er gute Absichten hatte. Ben wollte dich nicht verletzen. Er wollte deine Beziehung zu Danielle nicht beschädigen. Und vor allem wollte er dir keinen Grund geben, nicht mit ihm zusammen zu sein. Er ist verrückt nach dir.« Er seufzt. »Ich glaube, mehr, als dir bewusst ist.«

Ich denke über seine Worte nach, weil es Jamie ist und er selten unrecht hat. Hätte ich Ben eine Chance gegeben, wenn ich gewusst hätte, dass er schon mit Danielle geschlafen hat? Auf keinen Fall. Gab es je einen Zeitpunkt, zu dem er es mir hätte sagen können, ohne dass ich sauer geworden wäre? Wahrscheinlich nicht. Mein Leben war besser, als ich noch nicht wusste, dass Ben Danielle nackt gesehen hat.

»Du hast immer gesagt, er gibt dir das Gefühl, etwas Besonderes zu sein«, erinnert mich Jamie. »Denk an das, was passiert ist, seit ihr zusammengekommen seid, nicht an das, was vorher passiert ist.«

Ich schließe die Augen und denke an Beachy Head, und wie perfekt es war.

»Na gut«, murmele ich schließlich.

»Na gut, du lässt Ben nach Hause kommen?«

»Na gut, ich rede mit ihm.«

»Das ist ein Anfang.« Jamie grinst und klopft mir auf die Schulter. »Übrigens«, fügt er hinzu, verschränkt einen Arm hinter seinem Kopf und lehnt sich auf dem Sofa zurück, »du könntest dich glücklich schätzen, mit mir zu schlafen. Ich bin unglaublich.«

Es klingelt an der Tür. »*Wehe,* wenn das jetzt nicht mein verdammtes Curry ist«, stöhne ich und renne zur Tür.

BEN

Freitag, 7. November

Die U-Bahn bremst abrupt zwischen Green Park und Hyde Park Corner, meiner Station, wenn ich zur Arbeit fahre. Ich stehe im morgendlichen Gedränge, und der unerwartete Halt lässt die etwas schrullig wirkende Frau neben mir mit der Brust gegen einen Mann mit buschigen Koteletten prallen. Sie entschuldigt sich, aber der Kotelettenmann reagiert nicht.

Ich vermute, dass wir auf ein Signal warten oder so, aber nach ein paar Minuten haben wir uns immer noch nicht bewegt. Die Leute fangen an, von ihren Handys aufzuschauen und zu stöhnen, und die schrullige Frau schaut sich durch ihre überdimensionale Brille im Wagen um, als suchte sie irgendeine Erklärung.

Als sie sich zu mir dreht, sehe ich, dass sie auf ihren Lippen herumkaut und blass geworden ist.

»Alles in Ordnung?«, frage ich sie.

»Ich hab nur ein bisschen Platzangst«, antwortet sie und blickt auf einen Punkt irgendwo über meiner Schulter. »Ich träume immer wieder, dass ich in so einem Ding feststecke, und wenn ich die Leute frage, wie wir rauskommen sollen, ignorieren sie mich.«

»Wir fahren bestimmt gleich weiter.«

Sie sieht sich wieder im Wagen um und zieht dabei an den Enden ihrer Zöpfe.

»Direkt hinter dieser Mauer ist eine stillgelegte Station«, erkläre ich ihr. »Sie heißt Down Street. Churchill hat sie im Krieg für geheime Treffen benutzt. Zu Fuß würden wir etwa eine Minute bis dahin brauchen, und von dort könnten wir zur Straße hinaufgehen.«

Die Frau sieht mich zum ersten Mal richtig an. »Wenn die Station stillgelegt ist, wird sie dann nicht abgeschlossen sein?«

»Ja, wahrscheinlich.«

»Und dunkel?«

»Daran habe ich nicht gedacht.«

»Das sind ja perfekte Bedingungen für jemanden mit Platzangst.«

Ich will mich schon entschuldigen, aber sie lächelt, um mir zu zeigen, dass sie es nicht ernst meint. Während die Bahn wieder losfährt, stellt sie sich als Sandra vor, und wir unterhalten uns weiter bis Hyde Park Corner. Nach dem Gespräch fahre ich lächelnd die Rolltreppe hinauf und nehme mir vor, Rebecca davon zu erzählen, wenn sie sich das nächste Mal beschwert über die ...

Dann fällt mir ein: Wenn es so weitergeht, kriege ich ihr Gejammer über die U-Bahn oder sonst etwas vielleicht nie wieder zu hören. Und bei dem Gedanken verschwindet das Lächeln augenblicklich von meinem Gesicht.

»Übrigens, wie ist eigentlich dein Telefongespräch vor dem Date gelaufen?«, frage ich Russ, denn wenn es einen Menschen gibt, der dafür sorgen kann, dass mir meine jetzige Situation weniger schlimm vorkommt, dann ihn.

»Ich will nicht darüber reden.«

So einfach ist das.

Ich arbeite weiter an meinem Bericht über die Konsequenzen einer Schließung der Fahrkartenschalter. Ich schlage mich gerade mit den Details einer obligatorischen neunzigtägigen Beratungszeit herum, als Russ sich vor mich stellt wie ein Erdmännchen.

»Warum ist es so schwer, jemanden kennenzulernen?«

»Ich dachte, du willst nicht darüber reden?«

Ich unterbreche meine Arbeit und lehne mich auf meinem Stuhl zurück.

»Du findest es heutzutage schwer?«, frage ich. »Sei froh, dass du nicht im Mittelalter lebst. Damals hättest du deiner Auserwählten ein Gedicht schreiben müssen.«

»Hast du so Avril den Hof gemacht, Tom?«, fragt Russ.

Tom reißt mit seinen dürren Fingern ein Stück von seinem Kichererbsensandwich ab und steckt es sich in den Mund.

»Ich hab ein Bild von ihr gezeichnet, um genau zu sein.«

Ich könnte Tom knutschen.

»Was hat sie dazu gesagt?«, frage ich.

Ich meine, ich sage ja immer, der Job im Personalwesen wäre für mich eine Übergangslösung, obwohl ich keine Ahnung habe, was ich danach machen könnte, aber Tom ist ein Künstler mit echtem Talent, und ich weiß, dass er bei der ersten Gelegenheit weg sein wird.

»Sie hat gesagt, ich hätte ihre Nase nicht getroffen.«

Russ und ich lachen, aber dann fällt mein Blick auf eine E-Mail, die unten rechts auf meinem Bildschirm erscheint. Als ich den Namen sehe, beuge ich mich aufgeregt über den Schreibtisch, aber schon von der kleinen Bewegung fängt mein defekter Bildschirm wieder an zu flackern.

»Scheißmonitor!«, rufe ich, als ich den Mauszeiger gerade dann verliere, als ich die E-Mail öffnen wollte.

»So was sagt man nicht«, ermahnt mich Russ, »in Anwesenheit von Damen.«

Er deutet auf Tom, während ich mich auf die Zehenspitzen stelle und mich über den Bildschirm beuge, um die Kabel fester einzustecken. Russ kommt herüber.

»Lass mich mal«, sagt er und schlägt seitlich gegen den Monitor, woraufhin das Flackern aufhört. »*Voilà!*«

Ich setze mich, diesmal ganz vorsichtig, wieder hin, obwohl der Technobeat in meiner Brust erneut angefangen hat.

»Verziehst du dich jetzt endlich?«, fahre ich Russ an, der einfach neben mir stehen geblieben ist.

Er ignoriert mich und kneift die Augen zusammen, um die E-Mail zu lesen. Ich lege eine Hand auf den Bildschirm.

»Sei doch froh«, sagt er und kehrt an seinen Schreibtisch zurück. »Anscheinend will sie sich mit dir treffen.«

Ich lese die E-Mail selbst.

Hast du heute Abend Zeit zum Reden? Um 18 Uhr in der Wohnung?

Endlich! Ich klicke auf »Antworten«.

Ich werde da sein. Ich liebe dich. B x

Meine Fantasie beginnt augenblicklich, ein Drehbuch für den Verlauf des Abends zu schreiben, das damit endet, dass ich Rebecca in die Arme schließe, ihren Duft in mich aufnehme und ihr zuflüstere, wie unheimlich leid es mir tut, doch als sie mir gerade sagen will, dass alles vergeben ist, höre ich ein strenges Hüsteln hinter mir.

Richardson.

»Du musst heute länger bleiben.« Er tippt auf sein linkes Handgelenk, obwohl er keine Uhr trägt. »Der Vorstand kann erst um Viertel nach sechs hier sein, also musst du deine Präsentation eben dann halten.«

»Präsentation? Du hast nie irgendwas davon gesagt, dass …«

Richardsons Handy piept, und er ermahnt mich mit erhobenem Zeigefinger, bevor er weggeht, um den Anruf anzunehmen.

»Ich bleibe überhaupt nicht länger«, sage ich zu Russ und Tom.

Russ zieht die Zungenspitze aus der Lücke zwischen seinen Schneidezähnen. »Viel Erfolg damit.«

Ich kehre zu Rebeccas E-Mail zurück, da ich ihr nun noch mal schreiben muss, um ihr zu sagen, dass ich später komme. Aus irgendeinem Grund habe ich kein gutes Gefühl dabei.

»Wir sollten wirklich eine Gewerkschaft gründen«, sage ich.

»Nicht schon wieder«, stöhnt Russ.

»Glaubst du wirklich, nach den Ticketschaltern werden sie aufhören? Denn das werden sie nicht.«

»Wir sind die Personalabteilung«, sagt Russ. »Das wäre, als würde Caesar bei Asterix und Obelix einziehen. Gewerkschaften sind unsere Todfeinde.«

Mein Bildschirm fängt wieder an zu flackern. »Ziehst du bei deinen Dates auch Comic-Vergleiche?«

»Nee, mit allem, was andere Leute seltsam finden könnten, wartet man mindestens bis zum zehnten Date.«

Russ kommt wieder herüber, und ich rechne damit, dass er noch mal auf meinen Monitor haut, aber stattdessen versucht er, meine oberste Schublade zu öffnen.

»Was willst du?«

»Einen Tacker«, sagt er verblüfft. »Wer schließt seine oberste Schublade ab?«

»Ich.«

»Warum?«

»Damit keiner meinen Tacker klaut.«

Ich hole den Schlüssel aus meiner Tasche, öffne die Schublade nur so weit, wie es nötig ist, um den Tacker herauszuholen, und gebe ihn Russ.

»Ich wusste gar nicht, dass du so ein Büromaterial-Fascho bist, Mann«, beschwert er sich.

Ich warte, bis er an seinen Schreibtisch zurückgekehrt ist, bevor ich die Schublade vorsichtig weiter öffne und mich dabei vergewissere, dass mich niemand beobachtet. Zufrieden nehme ich die Samtschachtel in die Hand, öffne sie und betrachte den antiken Ring mit dem Stein, der zu Rebeccas Sternzeichen gehört – Tansanit. Er ist hier, weil ich noch keine eigenen Verstecke in unserer Wohnung habe, aber jetzt, wo ich Jamie von meinem Plan erzählt habe, kann ich ihn wohl bei ihm unterbringen.

Ich stecke den Ring in die Tasche, knalle die Schublade zu und will gerade noch eine E-Mail an Rebecca schicken, aber damit werde ich noch warten müssen, denn die Erschütterung bringt meinen Desktophintergrund – das Foto von Rebecca und mir vor dem Kolosseum – wieder zum Flackern.

Und dann hört das Flackern auf, und das Bild ist ganz weg.

REBECCA

»Rebecca!«, ruft Jemma, als ich von meiner Ortsbegehung zurückkomme.

»Hey, was gibt's?«

Ich bleibe am Empfang stehen.

»Ach, das Übliche. Ich bin schwer beschäftigt.« Sie taucht den Pinsel in ihr Nagellackfläschchen und streicht den bordeauxroten Lack auf die Spitze ihres Daumennagels. »Ich wollte nur wissen, wie's mit deinem Kerl aussieht. Alles wieder okay?«

»Noch nicht.« Mein Magen zieht sich zusammen. Es fühlt sich komisch an, mit einer Quasi-Fremden darüber zu sprechen. »Aber er kommt heute Abend vorbei.«

»Glaubst du, ihr vertragt euch wieder?«

»Keine Ahnung.«

Sie spreizt die Finger und blickt zu mir auf. »Liebst du ihn noch?«

»Ja.« Ich erschrecke selbst, wie schnell meine Antwort kommt. Nicht das geringste Zögern.

»Was ist dann das Problem? Hat er dich betrogen?«

»Nein.«

»Hat er dir Geld gestohlen?«

»Nope.«

Sie schnappt nach Luft. »Hört er Schlager?«

Ich schüttle lachend den Kopf.

»Gut.« Sie taucht den Pinsel in das Fläschchen und beginnt mit der zweiten Schicht. »Ich hab das alles drei schon mal durchgemacht und wünsche es niemandem.«

Ich seufze, stütze die Ellbogen auf die Empfangstheke und lege das Kinn in meine Hände. »Er hat etwas getan – ohne richtig darüber nachzudenken –, aber ich dachte nicht, dass ich es ihm verzeihen kann. Jetzt denke ich, vielleicht kann ich es ihm doch verzeihen, aber ich weiß nicht, ob ich es sollte.«

Sie schaut von ihren Nägeln auf und mustert mich. »Du bist schon ganz schön stolz, was?«

Ich hole tief Luft. »Ein bisschen.«

»Würdest du lieber ...«

»Ich weiß, ich weiß ...«, murmele ich und beiße mir auf die Lippe. »Würde ich lieber auf meinem Stolz beharren und allein bleiben oder ihn runterschlucken und glücklich werden?«

»Nope. Ich wollte fragen, ob du lieber ein Mal mit einer Ziege Sex haben würdest, ohne dass jemand davon weiß, oder ob du lieber *nicht* mit einer Ziege Sex haben würdest, aber alle würden das denken.« Sie wedelt mit den Händen, um den Trockenvorgang zu beschleunigen. »Gott, Rebecca, immer geht es nur um dich und deine Probleme.«

»Oh ...«

»Argghh.« Jemma stößt mit einem Finger gegen das Fläschchen, es fällt um, und der Lack rinnt auf den Eichentisch. Sie springt auf. »Ich brauch einen Lappen. Sag mir wegen der Ziege Bescheid«, ruft sie über ihre Schulter.

»Mach ich«, antworte ich und denke tatsächlich auf dem Weg zu meinem Schreibtisch darüber nach. Ich gebe zu, dass dies ein ganz guter Tag ist, zumindest im Rahmen dessen, was ein guter Tag nach der Enthüllung sein kann.

Es ist noch zu früh, um etwas zu sagen, aber meine ersten Pläne für das Kino könnten nicht besser laufen. Als ich heute Morgen davor stand, stellte ich mir das fertige Gebäude vor – das prächtige Foyer, die hohen Decken und die geschwungene Treppe, wieder im alten

Glanz wie zur Blütezeit des Kinos, aber mit hochmodernen Anlagen, um alles auf den neusten Stand zu bringen.

Und vielleicht muss ich so auch an meine Beziehung herangehen. Nur weil sie angefangen hat zu bröckeln, heißt das nicht, dass sie nicht zu retten ist. Das Fundament kann restauriert werden, und den Rest können wir wieder aufbauen – vielleicht sogar etwas daraus machen, das besser und stärker ist, als es vorher war.

Als ich meine E-Mails durchgehe, finde ich eine von Danielle, in der sie mir mitteilt, sie habe früher Feierabend, und mich – fast betont beiläufig – fragt, ob ich Lust hätte, mich mit ihr auf ein Glas Wein zu treffen. Sie arbeitet als Anzeigenverkäuferin für ein Männermagazin und darf früher gehen, wenn ihr Team das Verkaufsziel erreicht hat, und ich habe freitags sowieso früher Schluss.

Ich merke, dass ich nicht mehr wütend auf sie bin und mich nicht mal mehr hintergangen fühle. Ich bin nur ... vielleicht hat Jemma recht. Stolz. Ich antworte ihr, dass Ben vorbeikommt. Soll ich ein x für ein Küsschen hinzufügen, damit sie nicht denkt, das wäre nur eine Ausrede? Ich verschicke nie Küsschen, also ist es vielleicht seltsam, wenn ich jetzt damit anfange.

Während ich darüber nachdenke, ploppt eine weitere E-Mail auf: Ben sagt, ihm sei auf der Arbeit was dazwischengekommen – er kann nicht vor 20 Uhr bei mir sein.

Ich versuche, mich nicht darüber zu ärgern, dass ich noch ein paar Stunden länger warten muss, bis ich ihn sehe. Jetzt, nachdem ich eine Entscheidung gefällt habe, will ich den ganzen Mist einfach nur hinter mich bringen.

Ich trommle mit den Fingern auf den Rand meiner Tastatur und überlege, dann lösche ich meine Antwort an Danielle und schreibe eine neue.

Ein Glas Wein kann doch nicht schaden?

Es ist erst kurz nach sechs, als ich im Arch 13 ankomme, aber die Bar ist schon voll mit Feierabendgästen, die aufs Wochenende anstoßen. Diese Gewohnheit konnte ich bisher nie ganz nachvollziehen, aber nach der Woche, die ich hinter mir habe, verstehe ich sie auf einmal vollkommen.

Jamie hat uns eine Nische reserviert, in der Danielle nun sitzt und an ihren manikürten Nägeln knabbert. Das macht sie sonst immer nur, wenn sie auf eine Nachricht von Shane wartet. Sie bemerkt mich erst, als ich meine Tasche auf den Platz neben ihr fallen lasse.

»Hi, Süße«, sagt sie, und ich habe keine Zeit, etwas zu erwidern, bevor sie zu einer Rede ansetzt, die sie eindeutig vorbereitet hat. »Hör zu, Becs, ich weiß, dass du nicht darüber sprechen willst, und das ist okay, aber es macht mich wahnsinnig, nicht zu wissen, was du denkst. Ich weiß, dass du sauer bist wegen dem, was zwischen Ben und mir passiert ist, und ich verstehe auch warum.« Sie holt zum ersten Mal Luft. »Aber es war wirklich nur eine einmalige, bedeutungslose, dumme Sache, und seither war nie wieder irgendwas zwischen uns ...«

Während sie spricht, nehme ich den Wein aus dem Kühler, schenke mir etwas in das Glas ein, das Danielle für mich bereitgestellt hat, und fülle ihres ebenfalls nach. Es ist ein neuseeländischer Sauvignon Blanc. Den bestellt Danielle immer, weil sie weiß, dass das mein Lieblings-Weißwein ist, obwohl sie Chardonnay lieber mag. Das rührt mich jedes Mal.

»Also, pass auf«, sagt sie ziemlich kämpferisch, »wenn du wütend auf mich bist, schrei mich an. Lass es raus. Sag mir, dass ich eine Schlampe und eine schlechte Freundin bin, wenn du das so siehst, und dann kann ich dir sagen, wie sehr es mir leid tut, und du kannst mir verzeihen, und dann vertragen wir uns wieder.« Dann fährt sie sanfter fort: »Du bist meine beste Freundin – einer der wenigen Menschen auf der Welt, denen ich wirklich vertraue, und es ist mir wichtig, dass wir uns wieder vertragen.«

Ich nippe an meinem Wein und tue so, als würde ich darüber nachdenken. »Du bist keine Schlampe«, sage ich schließlich.

Sie blickt zu mir. »Aber eine schlechte Freundin?«

»Die schlechteste, die man sich nur denken kann.«

»Es tut mir echt total leid.«

»Ich verzeihe dir.«

»Ist alles wieder gut?«

»Es ist alles wieder gut. Aber jetzt hör auf mit dem Gesülze – das macht mich ganz kirre.«

»Selbstverständlich.« Sie salutiert.

Nachdem die Dinge wieder einigermaßen normal sind, bringen wir uns gegenseitig auf den neusten Stand, und Ben wird nicht mehr erwähnt, bis mir einfällt, dass er jetzt wohl unterwegs zur Wohnung sein muss.

»Du weißt ja, dass ich nicht auf ihn stehe, oder?«, fragt Danielle, während sie den restlichen Wein zwischen uns aufteilt. »Hab ich auch nie. Ich meine, er ist toll und alles, aber da waren nie irgendwelche Gefühle im Spiel.«

Ich nicke. Das weiß ich.

»Daran zweifle ich nicht«, antworte ich und bemühe mich um einen lockeren Tonfall. »Beim Sex reiben einfach zwei Leute ein paar Körperteile aneinander.«

»Genau.« Sie klingt erleichtert. »Ich konnte nicht klar denken. Shane hatte wieder einmal Schluss gemacht, und Ben hat nur versucht, mich zu trösten, und es ist einfach ...«

Selbst jetzt sieht sie aus wie immer, wenn sie über Shane spricht – ein resigniertes Lächeln, das nicht bis an ihre Augen reicht. Jedes Mal, wenn er Schluss gemacht hat und aus ihrem Leben verschwunden ist, behauptete sie, es sei in Ordnung, es mache ihr nichts aus, und dann ließ sie sich volllaufen und schlief mit dem erstbesten Kerl, um das unter Beweis zu stellen.

»Ehrlich, Becs«, stöhnt und lacht sie zugleich, während sie ihr Gesicht versteckt, »dieses eine Mal war besonders demütigend.«

»Hilf mir auf die Sprünge.« Sie haben sich so oft getrennt, dass ich die einzelnen Geschichten nicht mehr auseinanderhalten kann.

»Gott, mir wird schon schlecht, wenn ich nur daran denke.« Sie späht zwischen ihren Fingern hindurch. »Er hat etwas gesagt, aber in genau dem Moment ist ein Zug an uns vorbeigefahren. Ich dachte, er hätte gesagt: *Ich kann nicht ohne dich leben.* Und ich dachte: *Endlich!* Er hat kapiert, dass wir perfekt zusammenpassen, und will nicht mehr rumdrucksen, und sein ewiges Gerede davon, er würde mich nach Irland mitnehmen und seiner Familie vorstellen, würde tatsächlich wahr werden. Also habe ich gesagt: *Du musst nie wieder ohne mich leben,* aber er war ganz entsetzt und hat gesagt: *Nein, nein, nein, ICH KANN DICH NICHT MITNEHMEN,* total laut, aber da war der Zug schon weg und die ganzen Raucher draußen haben sich nach uns umgedreht.«

Sie lacht, und ich drücke sie am Arm, aber irgendwas irritiert mich. Ich kann es nur nicht benennen. Außerdem fällt mir auf, dass ich diese Geschichte noch nie gehört habe, und ich frage mich, warum.

»Trotzdem hab ich es immer wieder mit ihm versucht, bis du mir geholfen hast, seine Nummer zu löschen. Ich meine, wie konnte ich nur?«, fährt sie fort. »Was habe ich je an einem arbeitslosen Musiker gefunden?«

»Er hat sich auf seine *Kunst* konzentriert«, zitiere ich Shane, obwohl ich jetzt abgelenkt bin. Diese Sache, die mich stört, fühlt sich an, als wäre sie nun zum Greifen nah.

»Gott«, jammert Danielle. »Eigentlich ist er einfach nur ein verlogener, mieser, egoistischer Schmarotzer, oder?«

»Vermisst du ihn?«

»Manchmal.«

»Wo genau war das?«

Danielle starrt mich an. »Was?«

»Ich dachte, du hättest Ben in der Bar kennengelernt, in der Jamie früher gearbeitet hat, aber du hast gesagt, es ist ein Zug vorbeigefahren.«

Danielle greift nach ihrem Weinglas, und ich merke, wie ihre Hand zittert, als sie einen Schluck trinkt.

»Ähm ...« Sie zuckt die Achseln und sieht sich im Raum um, als wäre da jemand, der sie retten könnte.

Denn genau das ist es, was mich irritiert hat. Die Bar, in der Jamie gearbeitet hat – in der er gearbeitet hat, als Ben und Danielle sich zum ersten Mal sahen –, war in der Stadt. Nicht in der Nähe eines Bahnhofs.

»Du meinst hier«, sage ich mit zitternder Stimme. Sie will widersprechen, aber ich sehe, wie ihr Verstand rattert. Ihr ist klar, dass sie sich verraten hat. Der Streit mit Shane hat sich in einem Bahnbogen abgespielt – ich kenne keinen anderen Ort, wo die Züge so laut sind, dass man jemanden falsch verstehen kann.

»Aber an dem Abend, als diese Bar eröffnet wurde, haben Ben und ich uns kennengelernt«, fahre ich fort. »Und du und Shane, ihr habt euch am selben Abend getrennt. Du wolltest nicht darüber reden.«

Ich erinnere mich, wie sie reagiert hat, als ich ihr am nächsten Tag von Ben erzählt habe, und nun fügt sich alles zusammen wie ein grausames Puzzle; ich sehe das ganze Bild in grellen Farben vor mir.

Ich stehe auf und schnappe mir meine Tasche und meinen Mantel.

»Rebecca, nicht«, sagt sie schnell und hält mich am Arm fest.

»Lass mich los«, schreie ich und schüttle sie ab. Sie wirkt erschrocken, und ich merke, wie Jamie hinter der Bar zu uns herüberschaut. Genauer gesagt sind alle Blicke auf uns gerichtet, aber ausnahmsweise ist mir das egal. Ich muss an die frische Luft.

»Bitte warte. Ich wusste, dass ihr beide euch unterhalten habt, aber ich bin gar nicht auf die Idee gekommen, dass das der Anfang von etwas sein könnte, bis du mir am nächsten Morgen geschrieben hast.«

»Natürlich bist du nicht auf die Idee gekommen«, entgegne ich giftig. »Wie hätte er sich denn für mich interessieren können, wenn du auch da warst?«

»Verdreh nicht alles«, sagt sie streng. »Ich meine, ich dachte nicht, dass du auf ihn stehst. Du stehst sonst nie auf irgendjemanden.«

»Warum hast du mir am nächsten Tag nichts davon erzählt? Warum hast du mich von dem Typen schwärmen lassen, aus dessen Bett du gerade erst gestiegen warst, verdammt noch mal?«

»Du warst ganz begeistert von ihm. Ich hab mich schlecht gefühlt. Ich hatte dich noch nie so über jemanden reden gehört, also wollte ich, dass du ihn bekommst.«

»Also hast du ihn mir *überlassen?* Willst du das damit sagen?«

»Nein. Hör auf, meine Worte zu verdrehen.«

Aber ich verdrehe gar nichts. Es ist alles glasklar.

Ich laufe weg, denn mir ist schlecht. Ich höre Danielle, dann Jamie meinen Namen rufen, aber ich muss raus.

Ich sehe ein Taxi mit leuchtendem Schild, also halte ich es an und springe hinein. Eigentlich brauche ich es nicht – ich will nur nicht, dass Danielle mich einholt.

»Wohin soll's gehen?«, fragt der Fahrer.

Ich gebe ihm meine Adresse.

»Alles klar.« Er schaltet das Taxameter ein und fährt los, und als ich in den Rückspiegel schaue, sehe ich, wie Danielle uns nachläuft.

»Hey, du«, begrüßt mich Ben, als ich die Tür öffne, aber ein einziger Blick in mein Gesicht reicht ihm, um zu verstehen, dass das hier nicht die Versöhnung wird, die er sich erhofft hatte. »Rebecca, was ist los?«

»Wann hast du mit Danielle geschlafen?« Ich lasse meine Schlüssel auf den Couchtisch fallen und lehne mich mit verschränkten Armen gegen das Sofa.

Er wird sichtlich blass. »Vor Ewigkeiten. Bevor du und ich ...«

»Ach, lass den Scheiß und sag mir die Wahrheit, Ben. Wann war das? Ich weiß es, aber ich will es aus deinem Mund hören.«

Sein Atem geht stoßweise, als er sagt: »An dem Abend, als das Arch 13 eröffnet wurde.«

»An dem Abend, den wir unseren Jahrestag nennen?«

»Rebecca, nicht.«

»Wie konntest du nur?«

Meine Stimme ist leise, aber so voller Schmerz, dass ich sie kaum wiedererkenne. Ben kommt auf mich zu, aber mein Blick zwingt ihn stehen zu bleiben.

»Raus«, sage ich.

»Rebecca.« Er sieht mich flehend an. »Ich liebe dich *so* sehr. Das hier war die schlimmste Woche meines Lebens. Können wir das Ganze nicht einfach vergessen?«

»Nein«, flüstere ich.

»Becs, wir können damit fertigwerden.«

»Ich weiß nicht, ob ich das kann.« Meine Stimme ist heiser vom Schreien.

»Sag das nicht.«

»Es stimmt.«

»Aber ...«

»Du musst gehen«, sage ich leise. »Für immer.«

»Rebecca, nein.«

Bens Augen haben sich mit Tränen gefüllt, und er versucht wieder, auf mich zuzugehen, aber ich weiche aus.

»Geh, Ben. Es ist vorbei.«

»Nein«, entgegnet er verzweifelt. »Ich gebe uns nicht einfach so auf. Ich liebe dich – ich hab sogar ...« Er unterbricht sich und holt tief Luft. »Pass auf, ich gehe nirgendwo hin, bis wir uns nicht ausgesprochen haben.«

»Ach, du willst, dass wir uns aussprechen? Bitte.« Ich setze mich an den Esstisch. »Dann erzähl mir doch mal, warum du mir gesagt hast, du würdest nicht auf Danielle stehen?«

»Was?«

»Das war höchstens, was? Etwa drei oder vier Stunden, bevor du mit ihr geschlafen hast? Du hast behauptet, du hättest kein Interesse an ihr. Dann hast du gewartet, bis ich weg war, und dich an sie rangemacht.«

»So war es nicht.«

Er reibt sich mit den Handballen die Augen und schaut dann an die Decke. »Es ist einfach passiert. Ich weiß, dass es sich bescheuert anhört, aber es stimmt.«

»Sorry, Ben, das reicht nicht.«

»Sie war unglücklich – Shane hatte mit ihr Schluss gemacht, und wir haben uns betrunken. Das ist alles.«

Er geht hektisch und wild gestikulierend im Zimmer auf und ab.

»Und dann fandst du sie plötzlich toll?«

»Nein!«

»Also fandst du sie überhaupt nicht toll, aber du hast mit ihr geschlafen, weil sie Bock darauf hatte? Willst du im Ernst behaupten, dass du der Typ dafür bist, Ben?«

»Nein«, blafft er. »Das bin ich nicht. Ich habe an dem Abend ein Mädchen kennengelernt, das mir wirklich gefallen hat, das aber scheinbar kein Interesse an mir hatte, also hab ich mich besoffen, um mich zu trösten, und als das nicht geklappt hat, hatte ich Sex, um mich zu trösten, und das hat auch nicht geklappt.«

»Ach, wie traurig. Warte mal«, ich sehe mich im Zimmer um, »ich hab hier bestimmt irgendwo eine Geige rumliegen – damit kann ich die passende Hintergrundmusik liefern.«

»Hör zu.« Er setzt sich auf den Stuhl mir gegenüber und lässt den Kopf in seine Hände sinken. »Ich gehe nirgendwo hin, bis du verstehst, was an dem Abend passiert ist.«

EIN JAHR ZUVOR

BEN

Der Abend der Eröffnung

»Glaubst du, da läuft irgendwas?«

Mein Blick ist auf Jamie und Danielle gerichtet.

»Nee, die flirten nur beide für ihr Leben gern«, antwortet Rebecca. »Jamie ist wahrscheinlich der einzige Mann hier, der nicht auf Danielle steht.«

Ich weiß nicht, ob sie mir eine Vorlage für ein Kompliment liefern will oder nur Small Talk betreibt.

»Ich stehe nicht auf sie«, sage ich in der Hoffnung, Rebecca würde daraus schließen, dass ich stattdessen auf *sie* stehe, denn jetzt gerade fühlt es sich an, als wäre sie das einzige Mädchen auf der Welt.

Aber sie sagt nichts.

Normalerweise fällt mir so was leicht. Jamie hat recht, es ist wie in der Fahrschule: Spiegel, Blinker, Gas – nur dass der Blinker vom Mädchen gesetzt wird. Schau in den Spiegel, um dich zu vergewissern, dass du gut aussiehst, warte, bis das Mädchen blinkt, also dir Signale sendet, gib Gas. Und ich sah gut aus, als ich aus dem Haus gegangen bin, und ich mag sie definitiv genug, um Gas geben zu wollen, aber, Mann, ich habe keinen Schimmer, ob mir dieses Mädchen Signale sendet oder nicht.

»Ben?«

»Ja?«

»Dein Drink tropft auf dein Hemd.«

»Arggghhh. Mist.«

»Soll ich dir eine Serviette holen? Das bin ich dir schuldig.«

Ich lache trotz meines Missgeschicks. Ich kann mich nicht erinnern, wann ich das letzte Mal so viel gelacht habe. Ich glaube, das macht ihr Tonfall. Alles, was sie sagt, klingt irgendwie trocken, und sie kneift immer ganz leicht die Augen zusammen, als würde sie permanent etwas infrage stellen, und im Grunde habe ich mich schon jetzt in sie verliebt.

Ich überlege, was Jamie tun würde, wenn ein unglaublich tolles Mädchen ihn fragen würde, ob er eine Serviette braucht. Er würde wahrscheinlich lässig an seinem Whisky nippen und so etwas sagen wie …

»Ja, wenn deine Nummer draufsteht?«

Die Worte sind raus, bevor mir wieder einfällt, dass ich einen rosa Cocktail und keinen Whisky trinke und auch nicht lässig daran nippen kann, weil er mit so vielen Obststücken garniert ist, dass ich einen Strohhalm benutzen muss.

Shit.

Rebecca wirkt unschlüssig. Bestimmt überlegt sie jetzt, wie sie am schnellsten von hier verschwinden kann, und genau das passiert nun mal, wenn man ohne Signal Gas gibt – man riskiert einen Unfall.

Es ist, als würde die Zeit die Einheit wechseln, denn die folgenden zwei oder drei Sekunden fühlen sich an wie zwei oder drei Wochen.

Ich versuche, mir eine peinliche Abfuhr zu ersparen, indem ich anbiete, noch was zu trinken zu holen, aber ich kann förmlich die Erleichterung in ihren Augen sehen, als sie Danielle entdeckt, die auf dem Weg zur Tür ist.

»Ich bin in zwei Minuten wieder da«, sagt Rebecca, und ich mache mir keine Sorgen, bis mir klar wird, dass ihre Zeit-Einheiten wahrscheinlich ebenfalls verschoben sind und zwei Minuten eigentlich, na ja, nie bedeutet.

Ich stehe da und bin, obwohl ich das Mädchen heute zum ersten Mal gesehen habe, ganz schön geknickt. Ich kann den Blick nicht von ihr lassen. Sie ist so elegant und gefasst und selbstsicher. Eigentlich, wird mir nun klar, verfügt sie über alle Eigenschaften einer Frau, die keine Probleme damit hätte, mir Signale zu senden, *wenn* sie interessiert wäre.

Also ist sie das offenbar nicht.

Ich bemerke, wie Jamie zu mir schaut. Er redet mit Rebecca. Also war sie gar nicht unterwegs zu Danielle, sondern hat nur eine Ausrede gesucht, um mich loszuwerden. Und jetzt erzählt sie Jamie wahrscheinlich von meiner Anmache, und er wird mich auf ewig damit aufziehen, aber eigentlich ist es zum Teil seine Schuld: Er hat versprochen, extra mir zu Ehren einen Cocktail zu kreieren, wenn ich ein paar Gläser wegräume, und dann bekam ich ...

... was auch immer das hier ist. Ich muss echt wie eine Witzfigur aussehen.

Ich nehme mir vor, nicht mehr hinzuschauen, damit sie nicht denkt, ich wäre ein Stalker oder so. Ich trinke den Cocktail aus und frage dann Russ und Tom, ob sie noch was trinken wollen. Wollen sie nicht.

»Noch mal das Gleiche?«, fragt Jamie, als ich an der Bar stehe.

Ich blicke mich nach Rebecca um und sehe sie gerade noch von hinten, als sie zur Tür hinausgeht.

»Sehr witzig«, antworte ich deprimiert. »Was zur Hölle war das?«

»Eine Mischung aus Margarita und Piña Colada«, erklärt er.

»Und inwiefern war dieses Gebräu mir zu Ehren?«

»Es kann sich auch nicht entscheiden, was es sein will.«

Er geht weg, um jemanden zu bedienen, und amüsiert sich dabei sichtlich über seinen Witz, aber ich kann Jamie heute Abend nicht böse sein. Diese Bar ist großartig, und sie gehört ihm allein.

»Ich muss nachher mit dir reden«, ruft er mir zu.

Na bitte, was hab ich gesagt – es geht schon los.

»Ich freu mich drauf.«

Ich setze mich ans Ende der Bar, bemitleide mich und schütte mein Bier hinunter in der Hoffnung, es würde das Bild von Rebecca in meinem Kopf verschwimmen lassen. Ich habe gerade noch eins bestellt, da sehe ich, wie Danielle sich ebenfalls auf einem Hocker an der Bar niederlässt. Sie bestellt einen Bramble und einen Black Russian, woraufhin ich mich frage, ob Rebecca zurückkommt, aber sobald die Drinks vor ihr stehen, ext sie den ersten und greift sofort nach dem zweiten.

Eine Gruppe von Leuten drängt sich neben sie, und um all den Ellbogen und Taschen auszuweichen, rückt sie verärgert näher zu mir.

»Hey, Ben.«

Ich sehe zu, wie sie den zweiten Drink kippt.

»Alles okay?«, frage ich.

»Ja, ich … Shane und ich haben uns gerade getrennt.«

»Oh.« Ich weiß nicht recht, was ich sagen soll. »Das war bestimmt nur ein Missverständnis.«

»Jep, ich hab ihn definitiv missverstanden.«

Sie öffnet den Mund, um ihren Lippenstift nachzuziehen, und ich versuche, mich zu erinnern, ob Rebecca welchen getragen hat. Ich glaube nicht.

»Klingt nicht gut«, sage ich.

»Danke, Ben«, erwidert Danielle. »Das hebt direkt meine Stimmung!«

»Sorry«, sage ich lächelnd. Mir wird klar, dass das wirklich keine besonders aufmunternde Bemerkung war.

Ich öffne den Mund, um ihr den Grund für meine schlechte Laune zu erklären, aber dann fällt mir ein, dass das nicht geht, weil sie mit Rebecca befreundet ist, und außerdem, wer kriegt schon schlechte Laune wegen eines Mädchens, das er ein einziges Mal gesehen hat?

»Ich habe Frauenprobleme«, sage ich vage.

»Oh, also, wenn das so ist«, erwidert sie, »lass uns zusammen einen draufmachen.«

Sie winkt Jamie herüber und scheint mich nicht zu hören, als ich ihr sage, dass ich schon ziemlich hinüber bin.

»Zwei Flying Hirsch bitte, schöner Mann!«

Jamie mustert sie einen Moment.

»Ach, schau mich nicht so an, Jamie«, sagt sie. »Ich trink dich locker unter jeden Tisch hier. Na los, such dir einen aus.«

Jamie lacht und macht sich an die Drinks.

Wir exen die Shots, und ich habe noch nicht mal mein Glas abgestellt, als Danielle bei den ersten Takten von Justin Timberlakes »SexyBack« aufspringt. »Ich liebe dieses Lied!«

Sie reißt beide Arme in die Luft und fängt allein an zu tanzen. Ein paar Typen, einschließlich dem, der vorhin Rebecca angerempelt hat, drehen sich zu ihr um, und sie schenkt ihrem Publikum ein Lächeln, während sie mit dem Kopf hin und her wackelt. Sie versucht, mich mit einem Finger zu sich zu locken, aber ich bleibe auf meinem Platz.

Als das Lied zu Ende ist, kehrt Danielle auf ihren Hocker zurück. Sie greift nach ihrem letzten Cocktail, nimmt diesmal aber nur einen kleinen Schluck.

»Rebecca sagt immer, wenn es um Shane geht, bin ich ein anderer Mensch«, gesteht sie traurig. »Kennst du Rebecca?«

»Flüchtig«, antworte ich, während ich versuche, mich zu konzentrieren. Der Alkohol fängt echt an, mir zu Kopf zu steigen. »Wir haben uns vorhin unterhalten.«

»Ich liebe Rebecca.«

»Ich auch.«

Als Danielle zu mir aufschaut, wird mir bewusst, was ich gerade gesagt habe. »Du liebst Rebecca?«

»Nein, ich habe eine andere Rebecca gemeint – eine alte Freundin.«

»Tja, ich hoffe, sie hat dich nie leiden lassen, denn ich kann dir sagen: Wer auch immer behauptet hat, es ist besser zu leiden und zu lieben, als Leiden zu vermeiden, hat keine Ahnung.«

Ich entscheide mich, sie nicht darauf hinzuweisen, dass der Spruch ein bisschen anders geht.

»Tennyson«, sage ich stattdessen.

»Hä?«

»Tennyson hat das gesagt. Er war zweiundvierzig Jahre lang verheiratet und ist vor seiner Frau gestorben.«

»Woher will er dann wissen, ob es besser ist, zu leiden und zu lieben, verdammt noch mal?«

Sie schaut zu mir auf und lächelt in ihren Drink, während sie einen Schluck nimmt.

»Du nimmst mich nicht ernst, oder, Ben?«

Rebecca hat recht, Danielle könnte wahrscheinlich jeden Kerl hier haben. Und auch wenn ich weiß, dass sie für ihr Leben gern flirtet, schmeichelt es mir, dass sie es mit mir tut. Wenigstens lenkt es mich ab, obwohl ich immer noch wünschte, Rebecca würde hier neben mir sitzen.

Ich halte Ausschau nach Jamie, um ihn zu fragen, worüber er mit mir reden will, aber wahrscheinlich wechselt er gerade ein Fass oder so.

»Wo ist Rebecca eigentlich?«, fragt Danielle und sieht sich im Raum um.

»Ich glaube, sie ist nach Hause gegangen.«

»Typisch«, sagt Danielle. »Vielleicht sollte ich mir ein Beispiel an ihr nehmen. Wenn ich noch einen Cocktail trinke, tanze ich auf dem Tresen, und ich werde dir bestimmt nicht erzählen, was passiert ist, als ich das zum letzten Mal gemacht habe.«

Ich lache müde.

»Wenn ich noch ein Bier trinke, schlafe ich auf dem Tresen ein.«

»Sollen wir uns ein Taxi teilen?«

»Okay.«

Danielle steht auf.

»Sollten wir nicht warten, bis Jamie zurückkommt?«

»Ich schreib ihm«, sagt sie. »Ich habe mich für heute Abend genug von Männern verabschiedet.«

Wir warten unter dem neonroten Arch-13-Schild auf ein Taxi, aber es dauert nicht lange.

»Wo wollt ihr hin?«, fragt der Fahrer, als wir einsteigen.

»Keine Ahnung.« Danielle sieht mich an. »Wo wollen wir hin, Ben?«

Als ich aufwache, habe ich das Gefühl, mein Kopf würde in tausend Scherben zerspringen, wenn ich ihn auch nur einen Millimeter bewege.

Ohne die Augen zu öffnen, versuche ich mich zu erinnern, wie ich mich so gnadenlos betrinken konnte, dass ich mich nun so fühle, aber die Nacht ist in Nebel gehüllt. Ich gehe zurück zum Anfang des Abends, und langsam fallen mir die Details wieder ein. Das Gespräch mit Rebecca, bei dem ich erfahren habe, dass sie in Japan gelebt hat, das viele Lachen. Ich bin an der Stelle, an der mein Cocktail auf mein Hemd tropft, als die Rekonstruktion von einem unbekannten SMS-Ton unterbrochen wird.

Ich öffne die Augen gerade lang genug, um das blonde Haar auf dem Kissen neben mir zu sehen, und kneife sie wieder zu.

Fuck.

Ich spüre, wie Danielle neben meinem Bett nach ihrem Handy tastet. Als ich mich traue, die Augen wieder zu öffnen, sehe ich, dass sie angestrengt auf ihr Display starrt. Ich nehme an, es ist Shane. Sie wirkt etwas verwirrt.

Etliche Minuten später steckt sie das Handy wieder in ihre Handtasche und wirft mir schließlich einen Blick zu. Ich antworte mit einem neutralen Lächeln, denn ich will sie nicht damit vor den Kopf stoßen, dass ... na ja, dass aus dieser Geschichte nichts wird. Wer weiß, vielleicht können wir irgendwann sogar Freunde werden, wenn sie es nicht zu schlecht aufnimmt.

»Lass uns einfach so tun, als wäre das hier nie passiert, okay?«, schlägt sie vor.

Danielle setzt sich auf und kommt mit einer einzigen flinken Bewegung auf die Beine, dann schlüpft sie ebenso rasch in ihr Kleid, wie sie es letzte Nacht abgestreift hat. Ich bekomme den Eindruck, dass diese ganze Sache nichts Neues für sie ist, und ganz ehrlich, wenn ich Gefühle für Danielle hätte, würde ich diese Showeinlage ziemlich mies finden. Zum Glück waren die einzigen beteiligten Gefühle – anscheinend beiderseits – die, die wir vergessen wollten.

Ich biete an, sie zur Tür zu bringen, aber sie lehnt dankend ab, das sei nicht nötig, und dann ist sie buchstäblich keine zwei Minuten, nachdem sie ihr Handy in der Tasche verstaut hat, aus dem Haus.

Ich bleibe liegen und kapiere noch nicht ganz, was gerade passiert ist. Ich höre Avril ihm Zimmer nebenan. Sie jammert Tom irgendwas vor, aber ich verstehe seine Antworten nicht, obwohl die Wände dünn sind wie Papier.

Mit achtzehn ertrug ich einen Kater mit Stolz, aber mit Mitte zwanzig bin ich an dem Punkt angelangt, wo ich mich einfach nur für einen Tag, oder auch zwei, vor der Welt verkriechen will, und genau das habe ich auch vor, bis ich ebenfalls eine SMS erhalte, die mich daran erinnert, dass ich mit Jamie zum Frühstück verabredet bin. Er fügt hinzu, dass er etwas für mich habe.

Ibuprofen, hoffentlich.

Frank's ist rein äußerlich nichts Besonderes. Am Fensterbrett splittert die Farbe ab, und fast alle Tassen sind angeschlagen, aber das englische Frühstück kann mit dem meiner Mum mithalten, und Frank selbst begrüßt einen immer, als würde man zur Familie gehören.

»Du siehst heute aber übel aus, Ben«, sagt er, während er mich an einen Tisch führt, unter dessen einem Bein ein paar Servietten stecken. »Aber nach einer Portion von meinem Tagesgericht wird es dir gleich besser gehen.«

Frank ist Grieche. Die untere Hälfte seines Gesichts ist von dunklen Stoppeln bedeckt, während die obere permanent gebräunt ist, sodass er ein bisschen aussieht wie ein Phantombild bei *Aktenzeichen XY ... ungelöst.*

»Zwei Portionen bitte, Frank – Jamie ist unterwegs.«

Ein paar Minuten später schneit Jamie herein und sieht aus, als wäre er bereit für einen Siebenkampf.

»Als ich gesagt habe, du musst dir überlegen, was du mit deinem Leben machst«, sagt er, während er sich mir gegenübersetzt, »habe ich nicht gemeint, du sollst *es* mit einer meiner besten Freundinnen machen.«

»Woher weißt du ...«

»Rebecca hat es mir gesagt.«

Ich vergrabe mein Gesicht in den Händen. »Es war nur eine Nacht, Mann.«

»Das scheint Rebecca anders zu sehen.«

Wie bitte?

»Was genau hat sie gesagt?«

»Dass sie auf dich steht. Na ja, das hat sie nicht ausdrücklich gesagt, aber ...«

»Wer steht auf mich?«

»Rebecca.« Jamie schüttelt den Kopf. »Mann, was denkst du denn, wen ich meine?« Glücklicherweise scheint das eine rhetorische Frage zu sein. »Sie hat mir das hier gegeben.«

Er streckt mir eine Serviette entgegen, und für ein paar Sekunden betrachte ich sie verblüfft in seiner Hand.

»Also, das ist nicht gerade die Reaktion, die ich erwartet habe«, sagt er. »Ich dachte, du flippst aus vor Begeisterung.«

»Das tue ich ja, aber ...«

Ich dachte wirklich, ich wäre ihr egal. Ich hätte nie irgendwas mit Danielle gemacht, wenn ich geglaubt hätte, dass auch nur die geringste

Chance bestünde ... Aber das hab ich nicht, also hab ich es, und ich weiß, das bedeutet, ich kann nicht ... Andererseits, wenn wir wirklich so tun, als wäre es nie passiert, dann vielleicht ...

Obwohl mich ein leises Schuldgefühl plagt, will ich nach der Serviette greifen, aber Jamie zieht sie zurück.

»Erst musst du mir was versprechen«, sagt er.

»Was meinst du?«

»Ich gebe dir die Serviette nur, wenn du sie magst.«

Ich denke eine gute Achtelsekunde darüber nach.

»Tue ich, Mann, tue ich.«

»Wenn du sie wirklich magst, meine ich. Du kriegst die Serviette nur, wenn du mir versprichst, sie gut zu behandeln und dich zu nichts hinreißen zu lassen, bis du dir sicher bist, dass es nicht wieder nur eine Spinnerei von dir ist.«

Er sieht mir direkt in die Augen.

»Ich versprech's dir, Kumpel«, sage ich und verschließe alles, was passiert ist, nachdem ich gestern Abend die Bar verlassen habe, in einer mentalen Gruft. »Kein Grund zur Sorge.«

REBECCA

Montag, 10. November

Erst als ich mit dem Fahrrad über die Brücke fahre, wird mir schlagartig bewusst: Ich habe das ganze Wochenende das Haus nicht verlassen. Ich habe mich nicht mal angezogen. Kein Sport, keine frische Luft, kein menschlicher Kontakt. Das ist nicht gesund.

Aber ich habe es geschafft, Folgendes nicht zu tun:

- Mit Ben zu reden. Das Einzige, was ich zu ihm gesagt habe, seit er sich an unseren Esstisch gesetzt, unsere Kennenlerngeschichte in tausend winzige Teile zerfetzt und zu etwas Mangelhaftem, Klebrigem und viel weniger Poetischem wieder zusammengestückelt hat, war, er solle verschwinden und nie wiederkommen.
- *Über* Ben zu reden. Wenn ich es mir recht überlege, habe ich seit Freitag gar nicht geredet. Ich habe meine Stimme zum letzten Mal benutzt, als ich Ben rausgeschmissen habe. Seltsamer Gedanke.
- Heulend im Bett zu sitzen, dabei Eis zu essen und mir Fotos unserer schönsten Momente anzusehen.
- Von jedem Paar Schuhe von Ben den linken wegzuwerfen, sein eingerahmtes Manchester-City-Trikot zu zerstören oder in sein Duschgel zu pinkeln.
- Mit Ben zu reden.

Jedenfalls geht es mir, im Gegensatz zu den gängigen Trennungsklischees, ganz okay.

Meistens.

Wenn ich ganz ehrlich bin, gehört eigentlich auch noch Folgendes auf die Liste der Dinge, die ich nicht getan habe:

- Kochen. Überhaupt nicht. Zum Essen habe ich mir am Wochenende einmal was Indisches, einmal was Chinesisches und einmal eine Pizza bestellt.
- Die Wohnung aufräumen. Sie riecht langsam wie die Abfallecke eines internationalen Streetfood-Markts. Genau genommen war das einzige halbwegs Produktive, das ich dieses Wochenende geschafft habe, mir das einzugestehen und eine Putzfrau zu organisieren, die einmal die Woche vorbeikommen soll. Sie fängt heute an.
- Schlafen. Ich bin total kaputt – meine Glieder sind Sandsäcke, und meine Augenlider fühlen sich an, als wären Ein-Pfund-Münzen daran festgeklebt, trotzdem gibt mein Verstand keine Ruhe. Außerdem fing jedes Mal, wenn ich kurz vor dem Einschlafen war, das neugeborene Baby unter mir an zu schreien.

Deshalb ist das Erste auf meiner To-Do-Liste, sobald ich mein Fahrrad bei der Arbeit angeschlossen habe, mir Kaffee zu besorgen.

»Huhu! Rebecca!«

Jemma steht ganz vorne in der riesigen Schlange, die mich erwartet, als ich Starbucks betrete. Ich gehe direkt auf sie zu, wobei mir schmerzlich bewusst ist, wie sehr alle – einschließlich mir – Vordrängler hassen. An jedem anderen Tag würde ich es schon allein deshalb nicht machen. Aber heute ...

»Bestell mir einen schwarzen Kaffee, dein Getränk geht auf mich«, flüstere ich, stecke ihr einen Zehner zu und warte dann am Tisch mit dem Zucker und der Milch.

»Willst du auch irgendwas essen?«, ruft Jemma zu mir herüber, woraufhin mich böse Blicke treffen. Ich schüttle den Kopf. Die Blicke der anderen durchbohren mich.

»Morgen fange ich mit einer Diät an«, sagt Jemma, sobald wir draußen sind, und hält ihren Latte Macchiato mit doppeltem Espresso, Haselnusssirup und extra Sahne hoch. »Dann nehme ich nur noch fettarmen Milchkaffee.«

»Du musst nicht abnehmen, Jemma.«

Sie hat eine tolle Figur mit weiblichen Rundungen im Gegensatz zu meiner hohen, jungenhaften Statur. Ihr Körper ähnelt Danielles. Eine Kleidergröße mehr vielleicht, aber nicht weniger sexy. Der Unterschied ist, dass Jemma anscheinend nicht weiß, dass sie sexy ist. Danielle schon. Sie würde es nie zugeben, aber man merkt es an ein paar Kleinigkeiten, zum Beispiel, wenn sie in einer Bar zur Toilette tänzelt, statt zu gehen, oder mit der Kamera flirtet, wenn sie für ein Foto posiert.

Der Gedanke trägt nicht dazu bei, meine Laune zu verbessern.

»Wie war dein Wochenende?«, fragt Jemma und schlürft ihren Kaffee, während wir über die Straße gehen.

Es war einsam und deprimierend. Noch schlimmer als das Wochenende, an dem ich von Ben und Danielle erfahren habe. Denn jetzt ging es um mich. Es ist nicht passiert, bevor wir uns kannten. *Das* hätte ich verzeihen können, wird mir nun klar. Das tat weh, aber wenigstens war es nichts Persönliches. Zu wissen, dass es an dem Abend passiert ist, als wir uns kennengelernt haben, ändert alles. Für immer.

»Gut, danke«, antworte ich Jemma.

Um kurz nach acht bin ich an meinem Schreibtisch – noch weniger als eine Stunde, um einen detaillierteren Entwurf für das Kino auszuarbeiten. Ich muss alles geben.

»Wir halten dich vom Schlafen ab, was, Rebecca?«, ruft Eddie Riley durchs Büro.

Ich wäre fast eingenickt, meine Augen sind zugefallen und mein Kopf auf die Brust gesunken.

Shit. »Wenn mich jemand vom Schlafen abhält, Riley, dann ganz sicher nicht du«, rufe ich zurück, ohne hinzusehen, und die anderen kichern, was Eddie zum Schweigen bringt.

Ich bohre die Fäuste in meine Augenhöhlen und bin froh, dass ich heute Morgen auf Mascara verzichtet habe.

Es wird neun Uhr, doch als ich hinunter zum Empfang spähe, ist Adam nirgends zu sehen. Ich sitze zwar oben, aber die Wand gegenüber von Jemma unten ist aus Plexiglas, also kann ich von meinem Schreibtisch aus den Eingang beobachten.

Um fünf nach immer noch keine Spur von ihm. Ebenso um zehn nach. Gegen Viertel nach spaziert er endlich herein, und Jemma schickt ihn hinauf, bevor sie meine Durchwahl wählt.

»Der sexy Vampir hat das Gebäude betreten«, quietscht sie.

»Jep, hab ihn gesehen – danke, Jem. Fünfzehn Minuten zu spät – der Mistkerl hätte ruhig anrufen können.«

Stille.

»Jemma?«

»Ähm, wo du schon mal dran bist, ich hab da eine Nachricht für dich. Adam Larsson hat angerufen und gesagt, er kommt fünfzehn Minuten zu spät.«

»Okay, kein Problem.« Wenigstens habe ich es erfahren, bevor ich Adam gegenüber eine Bemerkung gemacht habe. »Jetzt ist er ja da.« Ich lege auf.

»Giamboni.« Er kommt grinsend auf mich zu. »Freut mich.«

»Freut mich ebenfalls«, lüge ich, ergreife seine ausgestreckte Hand und schüttle sie fest. Ich führe ihn in ein Besprechungszimmer, breite meine Pläne auf einem Tisch aus und fange an zu reden.

»Wir dürfen nur nicht vergessen, dass das Interieur unter Denkmalschutz steht«, beende ich meinen Vortrag. »Also müssen wir so viel wie möglich von den Art-déco-Elementen erhalten, aber die Außenmauern sind ziemlich heruntergekommen und haben keine gesunde Bausubstanz.«

Er sagt nicht viel, brummt nur ab und zu etwas, aber als ich fertig bin, nimmt er das Blatt in die Hand. Während er die Zeichnung studiert, studiere ich ihn. Ich würde lügen, wenn ich behaupten würde, er sähe nicht gut aus – was ich vor Jemma niemals zugeben würde. Schlank, blond, mit blauen Augen und Dreitagebart, sodass er eher teuflisch heiß als harmlos und süß wirkt. Trotzdem lässt er mich kalt.

Mir wird bewusst, dass ich mir nicht mehr vorstellen kann, jemals mit einem anderen Mann als Ben Sex zu haben. Aber Ben und ich werden wahrscheinlich nie wieder Sex haben. Traurigkeit breitet sich in mir aus, als ich ihn mir über mir vorstelle, mit wirrem Haar, während er die Augen schließt und sich auf die Lippe beißt. Dann ist plötzlich in meinem Kopf Danielle unter ihm statt mir, an dem Abend, als wir uns kennengelernt haben, während ich mich mit einem dämlichen Grinsen in mein eigenes Bett lege und mich frage, ob Ben wohl auch an mich denkt. Ich verachte mich ebenso wie ihn und Danielle.

»Sieht super aus«, sagt Adam und lässt das Blatt wieder auf den Tisch fallen.

»Danke. Als Nächstes will ich herumexperimentieren mit …«

»Wie gesagt, es sieht super aus«, unterbricht er mich. »Aber was mache ich, wenn ein Feuer ausbricht?«

»Rausgehen und die Feuerwehr rufen?«, scherze ich, aber noch während ich das sage, erkenne ich meinen Fehler.

»Genau. Das mit dem Rausgehen macht mir Sorgen. Was ist, wenn ich oben bin und die Treppe brennt? Wie komme ich raus? Durchs Klofenster oder …?«

Ich schnappe mir den Entwurf und mustere ihn in dem Versuch, eine Ausrede zu finden. Hab ich wirklich die Scheiß-Feuertreppe vergessen?

»Mach dich deswegen nicht fertig«, grinst er.

Tue ich nicht. Ich will Ben fertigmachen. Weil er meine Gedanken besetzt, sodass ich improvisieren muss.

»Gut gemacht«, sage ich und werfe das Blatt wieder auf den Tisch. »Du hast den Test bestanden. Du darfst in meinem Team bleiben.«

Er lacht und zieht den Plan mit den Fingerspitzen wieder auf seine Seite des Tischs, und ich bete, dass ich nicht rot geworden bin.

Ich schaue aus dem Fenster und sehe zu, wie eine schwarze Wolke die Farbe des Himmels verändert. Adam greift derweil zu seinem Stift und dekoriert meine Zeichnung mit ein paar Vorschlägen, um dem Konzept eine solidere Substanz zu geben. War es das, was an Bens und meiner Beziehung nicht gestimmt hat? Sie wirkte zwar flüchtig betrachtet ganz hübsch, aber war die Substanz mangelhaft? Unsere Beziehung konnte sich nicht weiterentwickeln, weil sie kein starkes Fundament hatte. Sie ist einfach zusammengebrochen unter dem Gewicht eines Geheimnisses, weil ihre Bausteine von Anfang an nicht stabil genug waren. Na ja, wenigstens ist es jetzt passiert. Wir haben zwar zusammen ein Bett, ein Sofa und einen Esstisch gekauft, aber was wäre der nächste Schritt gewesen? Die Verlobung? Wahrscheinlich. Gott, wenn er gefragt hätte, hätte ich ja gesagt. Dann wäre es jetzt noch schwerer.

»Sorry, langweile ich dich?«, fragt Adam leicht gereizt, als ich gähne.

»Ein bisschen«, sage ich im Spaß, fürchte aber augenblicklich, es könnte zickig geklungen haben.

Genau dann beginnt mein Handy zu vibrieren, und Bens Name erscheint zusammen mit seinem blöden Grinsegesicht – ein Selfie, das er einmal, während ich in einem anderen Zimmer war, gemacht und zu seinen Kontaktdaten hinzugefügt hat, um mich zu überraschen.

»Dein Freund?«, murmelt Adam.

»Nicht mehr«, murmele ich zurück und drücke den Anruf weg. Ich bereue die Worte, sobald ich sie ausgesprochen habe, und warte darauf, dass Adam nun, da ich ihn auf einen wunden Punkt hingewiesen habe, draufhauen wird, aber als ich den Blick hebe, wirkt er peinlich berührt.

»Sorry, ich wollte nicht …«

»Nein, schon okay. Also, sind wir hier fertig? Denn ich muss an diesen Skizzen eindeutig noch arbeiten.«

»Klar. Ähm, bis bald.« Er steht auf, um zu gehen, dreht sich in der Tür aber noch mal um – ein Sicherheitsabstand, sodass ich mich nicht an seiner Schulter ausheulen kann, schätze ich – und fügt dann hinzu: »Ich hoffe, du kommst klar.«

Nachdem er weg ist, bleibe ich wie angewurzelt auf meinem Stuhl im Besprechungszimmer sitzen. Ich weiß nicht, was schlimmer ist – dass der sexistische Baustatiker denkt, ich wäre aufgrund von Männerproblemen nicht auf der Höhe, was belegt, dass Frauen zu emotional sind, um Verantwortung zu tragen, oder dass er annimmt, ich wäre immer so nachlässig, was die These unterstreichen würde, dass Frauen inkompetent sind und keine gute Arbeit leisten.

Ich lasse den Kopf in meine Hände fallen. Giamboni, du dumme Kuh.

BEN

Ich sehe zu, wie sich eine apokalyptische Wolke vor die Vormittagssonne schiebt und London in Grau taucht, und von meinem Platz am Fenster aus fühlt es sich plötzlich an, als wären die gesamte Stadt, die Themse und alle Gebäude am anderen Ufer und sogar ich, wie ich hier stehe, mit einem stumpfen Bleistift gezeichnet.

»Was machst du denn noch hier?«, fragt Jamie, während er aus seinem Zimmer kommt und seinen Bademantel zuknotet.

»Ich hab mich krankgemeldet.«

Ich hätte heute Morgen eine Besprechung mit Richardson gehabt, aber ich fühle mich, als könnte ich mich kaum bewegen. Die Leute glauben, Liebeskummer ist ein emotionaler Schmerz, und das stimmt, aber es ist auch ein körperlicher Schmerz. Es ist ein allgegenwärtiges Drücken in meinem Bauch, eine Enge in meiner Kehle, eine Taubheit in meinem Kopf und eine Müdigkeit in allen Gliedern.

Vielleicht wäre es anders, wenn ich einen Job hätte, der mir Spaß machen würde, in den ich mich hineinstürzen könnte, um mich abzulenken, aber den habe ich nicht, und bei der Aussicht auf eine Runde *Wie war dein Wochenende?* wurde mir schlecht.

»Ich wünschte, ich hätte Zigaretten.«

»Soll ich dir welche kaufen?«

Ich kehre zur Couch zurück und hülle mich wieder in den Schlafsack. »Ich dachte, du hättest gesagt, jede Zigarette verkürzt das Leben um sieben Minuten?«

»Stimmt«, antwortet er, während er Brot in den Toaster steckt. »Soll ich dir welche kaufen?«

An seinem angestrengten Ton merke ich, dass es nur zur Hälfte ein Scherz ist. Er war das ganze Wochenende ziemlich angepisst, aber was hätte ich denn machen sollen? Weil ich Rebecca bezüglich des Zeitpunkts meiner Nacht mit Danielle angeschwindelt hatte, konnte ich ihm schlecht die Wahrheit sagen, denn er ist genauso *ihr* Freund wie meiner. Ich hätte ihn in eine furchtbare Lage gebracht. Aber jetzt sagt er andauernd so Sachen wie: *Deshalb hast du so komisch reagiert, als ich dir die Serviette gegeben habe* und *Ich hätte sie dir nicht gegeben, wenn ich das gewusst hätte.*

Während er schweigend Frühstück macht, schalte ich schweigend meinen Laptop ein, und ich muss wohl vollkommen in meine eigene Welt versunken sein, denn ich erschrecke mich zu Tode, als er sich neben mich auf die Couch fallen lässt.

»Willst du Toast?«, fragt er und hält mir den Teller hin.

»Nein, danke«, antworte ich.

»Du musst was essen.«

Ich frage mich, ob es wohl einen Satz gibt, den Liebeskummerpatienten noch häufiger hören. Obwohl, wenn ich's mir recht überlege, weiß ich, dass es einen gibt, denn was die Leute auch immer sagen, ist: *Lenk dich ab.* Was hilft, bis man aufhört, sich abzulenken, und der Schmerz doppelt so stark zurückkommt, als wäre er wütend, dass man versucht hat, sich seinen Klauen zu entziehen. Das Ganze aufzuschieben scheint sich kaum zu lohnen.

Jamie beißt in seinen Toast und nickt dann zum Laptop. »Bist du auf Rebeccas Profil?«

Ich drehe den Bildschirm von ihm weg. »Nein.«

»Das ist das Adrenalin«, sagt er selbstzufrieden. »Wenn dir etwas peinlich ist, setzt dein Körper jede Menge davon frei, und das Adrenalin sorgt dafür, dass sich die Blutgefäße in deinem Gesicht weiten, was wiederum noch mehr Blut zuströmen lässt, und im Prinzip bist du deswegen knallrot geworden.«

Ich klappe den Laptop schmollend zu. »Sie nimmt meine Anrufe nicht an, sie antwortet nicht auf meine SMS. Ich drehe durch.«

Jamie steht kopfschüttelnd auf. Er stellt sich vor die Kreidetafel, die neben seinem Kühlschrank hängt, und wischt mit der Faust die Nummer irgendeiner Anna weg.

»Was machst du da?«, frage ich, als er ein Stück Kreide zwischen Daumen und Zeigefinger nimmt.

»Ich finde, da du nun etwas länger hier sein wirst, als wir zuerst dachten, brauchen wir ein paar Regeln.« Er fängt an zu schreiben. »Regel Nummer eins, kein Damien Rice. Regel Nummer zwei, nicht mehrere SMS hintereinander verschicken.«

Ich will widersprechen, aber er bringt mich mit einer erhobenen Augenbraue zum Schweigen. »Und Regel Nummer drei, kein Facebook-Stalking.«

»Ich wusste, ich hätte wieder zu Russ und Tom ziehen sollen.«

Jamie deutet mit ausgestrecktem Arm zur Tür, wie um zu sagen: *Tu dir keinen Zwang an,* und ich komme einem Lachen so nahe, wie es mir in meinem jetzigen Zustand überhaupt möglich ist.

Was zwar nicht sehr nahe ist, aber immerhin.

In dem Versuch, *mich abzulenken,* habe ich beschlossen, das Haus zu verlassen. Ich hatte nicht vor hierherzukommen. Es ist einfach passiert, denn manchmal im Leben tut man Dinge ohne einen richtigen Grund. Wie Danielle und ich.

Ich steige in der Nähe des Souvenirladens aus dem Bus und ziehe den Reißverschluss meiner Jacke hoch, dann betrete ich den Kalksteinpfad, der sich durch die olivfarbene Landschaft schlängelt.

Ich hole das Päckchen Zigaretten, das ich an der Waterloo Station gekauft habe, aus meiner Jackentasche und bleibe kurz stehen, um mir eine anzuzünden. Mich sieben Minuten weniger so zu fühlen wie jetzt gerade, erscheint mir momentan ziemlich verlockend.

Ich habe immer nur geraucht, wenn ich Stress hatte, aber dann ganz aufgehört, als Rebecca und ich zusammengekommen sind. Sie hat nie was dazu gesagt, aber schon an ihrem leichten Stirnrunzeln konnte ich erkennen, dass sie es nicht gut fand. Und außerdem war ich in dieser Zeit so glücklich wie nie, mein Job war mir egal; was zur Hölle hätte mich stressen sollen?

Manchmal, wenn wir uns gestritten haben, ging ich hinaus und rauchte eine – ein kleiner Akt des Widerstands –, aber es ist Monate her, seit ich den kratzigen Rauch in meiner Luftröhre gespürt habe.

Ich folge der Wegschleife um die Pension und nähere mich dem nackten Rand der Klippe. Eine einsame Möwe schreit am Himmel wie ein winselnder Hund und segelt mit starr aufgespannten Flügeln durch den Wind.

Du musst gehen ...

... für immer.

Von all den Worten, die Rebecca am Freitag gesagt hat, lassen mich besonders die zwei letzten nicht mehr los. Ich fange an zu weinen und merke, dass der Trick, den Atem anzuhalten, nicht funktioniert, wenn die Tränen nicht von Zwiebeln kommen, sondern von den Fehlern, die man gemacht hat.

Ich stehe da und blicke mit feuchten Augen aufs Meer. Am Beachy Head gibt es keine Zäune, die einen vor dem Hinunterfallen bewahren, falls man von einem heftigen Windstoß gepackt wird, und eine instinktive Angst hält mich davon ab, zu nah an den Rand zu gehen. Ich bin beinahe erleichtert, auch noch etwas anderes als Liebeskummer zu spüren.

Ich bewege mich zentimeterweise auf den Abgrund zu und stelle mir vor, wie mein Körper am Fuß der Klippe zerschellt, aber ich weiß, ich könnte es niemals tun, und zwar nicht, weil mir das Leben im Moment nicht völlig unerträglich erscheint. Ich hätte einfach nie den ...

Ich erschrecke, als ich eine schwere Hand auf meiner Schulter spüre. Ich mache instinktiv einen Satz, wobei sich mein Körper um 180 Grad dreht und ich einem tödlichen Sturz plötzlich deutlich näher bin als zuvor.

»Alles in Ordnung«, sagt der wildfremde Mann, hält beschwichtigend die Hände hoch und geht ein paar Schritte zurück. »Ich hab dich nur hier oben gesehen und dachte, vielleicht willst du dich ein bisschen unterhalten?«

Der Mann trägt eine gelbe Leuchtjacke, ein rotes T-Shirt, das nur knapp seinen Bauch bedeckt, und Jeans. Der Wind hat sein ergrauendes, aber dichtes Haar durcheinandergebracht. Er stellt sich als Brian vor.

»Ich bin von der Beachy-Head-Seelsorge«, sagt er fast fröhlich.

»Oh, okay«, antworte ich, ohne zu verstehen, was er von mir will.

»Weißt du, das hier ist der zweitbeliebteste Ort für …«

Er blickt über den Rand, und ein weiterer Adrenalinstoß färbt meine Wangen, als mir klar wird, dass er hier ist, um mir etwas auszureden.

»Ich hab mir schon gedacht, dass du nicht springen würdest, aber ich wollte lieber auf Nummer sicher gehen.«

Nun regt sich meine Neugier. »Warum sollte ich nicht springen wollen?«

Er zuckt die Achseln. »Du scheinst dich hier oben nicht sonderlich wohlzufühlen. Du bist zurückgewichen, sobald du nur noch einen Meter vom Rand entfernt warst.«

Er lacht, und ich stimme ein, da mir dieser ganze Ausflug plötzlich ein bisschen albern vorkommt.

»Außerdem haben junge Leute wie du meistens ihr Handy in der Hand und telefonieren, wenn sie überlegen zu springen.«

»Warum das?«

Ein weiteres Achselzucken. »Vielleicht, um sich zu verabschieden.«

Von wem würde ich mich verabschieden wollen? Rebecca blockt alle Kontaktversuche ab, Jamie wird mir wahrscheinlich nie verzeihen, und Danielle? Wie können wir jetzt noch Freunde sein?

»Wir haben hier pro Jahr etwa vierhundert Gefährdete, und davon gibt es etwa dreißig, die …« Brian beschreibt mit dem Finger einen Bogen zum Meer. »Man kriegt ein Gefühl dafür, wer es wirklich durchziehen könnte. Manchmal machen sie es direkt vor unseren Augen, und wir können nichts tun.«

Ich setze zu einer Entschuldigung an, weil er mit mir seine Zeit verschwendet.

»Wir haben etwas weiter am Weg eine kleine Hütte«, unterbricht er mich. »Lust auf ein Tässchen Tee?«

Brians Hütte ist leer bis auf ein paar Stühle, einen großen Karton voller Decken und einen Klapptisch mit einem Wasserkocher. An der Wand hängt eine Pinnwand mit einer Adressliste, Speisekarten von Lieferdiensten und einem Dienstplan.

»Woher kommst du ursprünglich?«, fragt Brian und fordert mich mit einer Handbewegung auf, mich auf den gepolsterten Stuhl am Tisch zu setzen, während er Tee kocht.

»Manchester«, antworte ich.

»City oder United? Und denk dran, wenn du United sagst, kann ich dir immer noch einen kleinen Schubs von der Klippe geben.«

Ich lächle und antworte »City«, und er reicht mir einen Pappbecher. Ich trinke einen Schluck, verbrühe mir aber die Oberlippe.

»Und was machst du hier?«, fragt er und zieht einen Hocker unter dem Tisch hervor.

»Na ja …« Ich komme mir zwar blöd dabei vor, aber ich erzähle ihm alles.

»Ich wollte mit ihr herkommen, um ihr einen Heiratsantrag zu machen«, beende ich meine Geschichte.

Brian lässt meine Worte eine Weile im Raum stehen, bevor er antwortet.

»Ich würde das zwar niemals vor meiner Frau sagen, aber ich habe immer gedacht, Beziehungen sind wie eine lange Reise. Manchmal ist die Landschaft atemberaubend, und manchmal fährt man eine Ewigkeit über langweilige Autobahnen.« Er lächelt sehnsüchtig über etwas, vielleicht eine Erinnerung. »Und manchmal kann man nicht sehen, was vor einem liegt, weil es so heftig regnet, und dann muss man abbremsen, darf nichts überstürzen, denn der Regen hört immer irgendwann auf, und dann kann man wieder klar sehen.«

Er merkt, dass ich ihm nicht ganz folgen kann.

»Lass ihr Zeit«, fügt er hinzu. »Wenn ihr füreinander bestimmt seid, wird sie das schließlich einsehen.«

»Ich hoffe, du hast recht.«

Ich starre in meinen Tee und trinke dann einen Schluck. Nun ist er etwas abgekühlt.

»Rebecca ist Architektin«, sage ich, und Brian ermutigt mich mit einem Nicken fortzufahren. »Sie hat mir einmal gesagt, wenn man bei einem Gebäude einen Fehler macht, bleibt er für immer da. Man kann ihn nicht mehr korrigieren.« Ich beiße mir auf die Fingerknöchel, drücke die Zähne in die Haut. »Mir war nicht klar, dass sie dasselbe Prinzip auch auf uns anwendet.«

Brian bekommt eine SMS, ignoriert sie aber.

»Ich muss los«, sage ich und stehe auf.

»Schon?«

»Es ist okay. Es war echt toll, dich kennenzulernen, aber ich glaube, es gibt Leute, die deine Zeit viel dringender brauchen als ich. Meine Probleme habe ich alle selbstverschuldet.«

Er steht ebenfalls auf und gibt mir zum Abschied die Hand.

»Weißt du, was 1788 mit dem österreichischen Heer passiert ist?«, frage ich. »Es hat sich aus Versehen selbst angegriffen und zehntausend Mann verloren.«

Er schmunzelt.

»Das bin ich – ich bin das österreichische Heer.«

REBECCA

Freitag, 28. November

Ich bin mir nicht sicher, ob es sich wie eine Million Jahre oder wie fünfzehn Minuten anfühlt, seit Avril verraten hat, dass Ben und Danielle miteinander geschlafen haben und ich die Seilbahn und ihn verlassen habe. In Wirklichkeit ist es ein Monat. Ein Monat, seit ich einen Freund hatte. Ein Monat, seit ich einen ganzen Tag lang glücklich war. Ein Monat, seit ich eine ganze Nacht lang geschlafen habe.

Was auch der Grund dafür ist, dass ich schon den halben Vormittag damit verbringe, diese Materialbestellung für das Kino auszufüllen. Zu berechnen, wie viel ich brauche, ist einfach, aber es kommt mir vor, als würde ich versuchen, eine unlösbare quadratische Gleichung zu knacken.

Ich bin endlich so weit, ein paar Zahlen einzutragen, als mein Telefon klingelt.

»Was geht, Becca G«, begrüßt mich Jemma.

»Nenn mich nie wieder so.«

»In Ordnung.«

Aber ich muss trotzdem darüber lächeln. »Was ist los?«

»Was hast du morgen Abend vor?«

»Ich muss eine Menge Sachen erledigen.« Wahrscheinlich esse ich Käsetoast und schaue einen alten Film, aber ich ahne, dass Jemma mich fragen will, ob wir was trinken gehen, denn ich habe sie vorhin mit Eddie darüber sprechen hören, also müssen meine Pläne wichtiger klingen. Ich will Berufliches und Privates nicht vermischen.

»Ich treffe mich mit ein paar Kollegen. Lass mich nicht allein mit den ganzen Kerlen.« Sie kichert. »Ehrlich gesagt liebe ich es, mit den ganzen Kerlen allein zu sein, aber es macht noch mehr Spaß, wenn du mitkommst.«

»Sorry, Jem. Es geht nicht.«

»Okay.« Sie seufzt. »Ich habe übrigens nicht deswegen angerufen – da ist jemand für dich am Empfang.«

Ich bin nicht bereit für die Person, die ich in der Lobby warten sehe, als ich aus dem Aufzug trete.

Meine Kehle schnürt sich zu, sodass meine Stimme als ein kaum hörbares Flüstern herauskommt. »Danielle.«

»Hey.« Meine ehemals beste Freundin begrüßt mich mit einem vorsichtigen Lächeln. »Wie geht es dir?«

»Gut«, antworte ich ungehalten angesichts der vielen Leute, die jetzt zur Mittagszeit durch den Eingang hinaus- und hereinströmen. Ich muss sie loswerden, ohne eine Szene zu machen.

»Können wir reden?«

»Nicht jetzt.«

Ich ertrage es nicht mal, sie anzusehen – der Verrat schmerzt jedes Mal aufs Neue.

»Wann dann? Du ignorierst meine Anrufe. Jedes Mal, wenn ich bei dir zu Hause vorbeikomme, tust du so, als wärst du nicht da.«

Ehrlich gesagt hatte ich keine Ahnung, dass sie bei mir war, denn ich habe jeden Abend lange gearbeitet, aber ich habe keine Lust, sie zu korrigieren.

»Gib mir doch eine Chance, es dir zu erklären«, bettelt sie laut.

»Psssst«, flüstere ich. »Geh einfach.«

»Nein.« Sie verschränkt die Arme. »Erst, wenn du mit mir zu Mittag essen gehst.«

Ich sehe sie kalt an, aber sie erwidert meinen Blick und starrt direkt zurück.

»Ich kann nicht«, sage ich.

»Warum nicht?«

»Ich hab schon was vor.«

»Was hast du vor?«

»Ich gehe mit einer Freundin essen.«

»Mit wem?« Danielle ist nicht blöd.

»Bist du fertig, Becs?«

Danielle und ich drehen uns beide zu Jemma um, die ihren Dufflecoat zuknöpft.

»Wa ...«, beginne ich, aber dann macht es klick. »Ich meine, ja! Ich bin fertig.«

»Oh«, höre ich Danielle murmeln. »Na dann ein anderes Mal?«

Als ich nicht antworte, lächelt sie mich traurig an, dreht sich dann um und geht.

»Danke«, sage ich zu Jemma, während das Klacken von Danielles Stilettos in der Ferne verhallt.

»Keine Ursache. Aber es ist windig draußen – du brauchst wahrscheinlich eine Jacke.«

»Ähm ...«

»Wir gehen essen.«

»Oh, ich dachte nicht, dass du wirklich gemeint hast, wir sollen jetzt essen gehen.«

»Ach, komm schon. Gleich um die Ecke hat ein neuer Vietnamese aufgemacht«, versucht sie mich zu überreden. »Wenn man ein Hauptgericht bestellt, kriegt man diese Woche ein Glas Wein gratis dazu.«

Ich brauche etwas, das mich aufmuntert, und plötzlich klingt die Aussicht auf einen Drink ungemein verlockend.

»Na gut, okay«, stimme ich zu. »Mit ›ein Glas Wein gratis‹ hast du mich überzeugt.«

»Das war das Allerletzte, was ich gesagt habe«, ruft sie mir nach, während ich hinauflaufe, um meinen Mantel zu holen.

Beim ersten Schluck Wein schließe ich die Augen und spüre, wie sich wenigstens ein kleiner Teil meiner Anspannung löst.

»Also, ich hatte gestern Abend ein Date«, platzt Jemma heraus, sobald wir unser Essen bestellt haben.

»Wie war's?«, frage ich aus Höflichkeit, bereue es aber bereits. Eine glücklich verliebte Begleitung beim Mittagessen wünsche ich mir in etwa so sehnlich wie einen Tritt in den Magen.

»Es war beschissen.«

Jemma erzählt, wie er sie bei der Vorspeise gefragt habe, ob sie für oder gegen die schottische Unabhängigkeit sei und dann den Rest des Essens auf ihr rumgehackt habe, weil sie keine Meinung dazu hat.

Ich pruste los, wobei mir auffällt, dass ich seit Wochen nicht mehr richtig gelacht habe und das hier tatsächlich meine Laune hebt.

»Und wie findest du das Singleleben?«, fragt Jemma.

»Ganz okay.«

»Blödsinn. Es ist scheiße.«

»Single zu sein ist nicht scheiße.« Ich nippe an meinem Wein. »Zu erfahren, dass der Mensch, den du für den Richtigen gehalten hast, an dem Abend, als du ihn kennengelernt hast, deine beste Freundin mit nach Hause genommen und mit ihr geschlafen hat – das ist scheiße.«

Sie ist der erste Mensch, dem ich es erzähle, und es laut zu sagen verursacht bei mir das gleiche Schwindelgefühl wie damals, als ich es herausgefunden habe.

Jemma fallen fast die Augen aus dem Kopf. »Die Tussi am Empfang?«

»Genau die.«

Ich hatte nicht vor, ins Detail zu gehen. Abgesehen davon, dass es wehtut, darüber zu sprechen, ist es auch ziemlich peinlich. Was sagt es über mich aus, wenn mein Freund an dem Abend, als wir uns kennengelernt haben, mit einer anderen geschlafen hat?

Ich weiß nicht, warum ich es Jemma erzähle. Vielleicht liegt es an der Selbstironie, mit der sie ihr eigenes Liebesleben betrachtet, dass ich mich so entspannt fühle. Oder vielleicht gibt mir die Tatsache, dass sie mich vorhin vor Danielle gerettet hat, das Gefühl, sie wäre auf meiner Seite.

»Oh Shit. Eine Trennung aus heiterem Himmel.«

»Was?«

»Es gibt da so eine Theorie, dass die Zeit, die man braucht, um über eine Trennung hinwegzukommen, vom Grund der Trennung abhängt.«

»Das heißt?«

»Also, bei der ›Einvernehmlichen Trennung‹ kommt man schnell drüber weg, weil beide es wollen, also fühlt man sich eher erleichtert als verletzt oder schuldig. Aber wenn es eine ›Ich-wurde-verlassen-Trennung‹ ist, dauert es länger.«

»Das war es beides nicht.«

»Ich weiß – es gibt noch mehr, zum Beispiel die ›Trennung durch äußere Umstände‹ und die ›Erste-Liebe-Trennung‹. Und ganz am Ende der Skala gibt es die ›Trennung aus heiterem Himmel‹. Die, mit der man nicht gerechnet hat. Darüber hinwegzukommen dauert am längsten.«

»Das ist deprimierend«, sage ich. »Aber das stimmt doch nicht wirklich, oder?«

»Doch, ich hab es wirklich in einer Zeitschrift gelesen.«

»Aber, warte mal, ich habe Schluss gemacht, also habe ich in gewisser Weise schon damit gerechnet. Und was ist, wenn er auch meine erste Liebe war? Und wenn es auch …«

»Keine Ahnung, ich hab den verdammten Artikel ja nicht geschrieben.«

»Und wird Ben noch länger brauchen, um darüber hinwegzukommen, weil er verlassen wurde?«

»Bei Männern ist das anders – die sind sehr egozentrisch.«

»Aber genau das ist es ja«, protestiere ich. »Ben ist nicht egozentrisch. Ehrlich nicht. Er hat monatelang als Freiwilliger in Malaysia Waisenhäuser gebaut, verdammt noch mal.«

Jemma lächelt verständnisvoll und nickt. »Vielleicht ist er pädophil.«

Ich spucke den Wein, den ich gerade in den Mund genommen habe, über den ganzen Tisch, woraufhin mir Jemma meine Serviette zuwirft.

»Oder gedankenlos?«, schlägt sie vor.

Ich schüttle den Kopf. »Ben ist der aufmerksamste Mann, den ich kenne.« Das ist eins der Dinge, die mir zu schaffen machen, denn man rechnet nicht mit so einem Mist bei einem Typen, der einen zum Jahrestag zu einem Überraschungspicknick am Beachy Head einlädt, weil man ein Bild davon an der Wand hängen hat, oder zum Geburtstag nach Rom, weil man gesagt hat, dass man schon immer das Kolosseum sehen wollte.

»Was zur Hölle tust du da mit der Serviette?«, fragt Jemma.

»Ich falte ein Huhn. Das hab ich in Japan gelernt.«

»Okaaay.« Sie sieht skeptisch zu. »Jedenfalls, lass dich nicht fertigmachen. Meine Freundin Holly war auch total fertig, nachdem ihre Affäre mit ihrem Chef komplett in die Hose gegangen ist.« Sie spießt ein Stück echtes Huhn auf ihre Gabel und steckt es sich in den Mund. »Aber sie ist drüber weggekommen. Ich gehe übrigens nächsten Monat zu ihrer Hochzeit.«

»Schön für Holly.« Ich lächle. »Aber das Letzte, worauf ich Lust habe, ist, jemand Neuen kennenzulernen.«

»Kann aber nicht schaden, sich ein bisschen umzuschauen – damit du nicht mehr nur an Ben denkst.«

»Ich weiß nicht mal, wo ich jemanden kennenlernen sollte«, gebe ich zu.

Vielleicht bin ich einfach nicht der Typ Mädchen, der von Männern umschwärmt wird. Vielleicht fliegen sie eher auf jemanden wie Danielle, mit klimpernden Wimpern und Schmollmund. Ich dachte immer, nur eine bestimmte Art von Männern würde davon angezogen werden. Aber anscheinend sind es alle.

»Ich glaube, ich brauch einfach Zeit, Jem«, füge ich hinzu. »Ich habe immer noch Mühe zu verstehen, dass Ben und ich nicht mehr zusammen sind.«

»Na gut. Und keine Sorge, ich bin sicher, er kriegt auch noch sein Fett weg. Das tun sie immer.«

»Rache interessiert mich nicht«, sage ich. »Ich habe nicht mit ihm Schluss gemacht, um ihm eins auszuwischen. Ich kann nur einfach nicht mehr mit ihm zusammen sein. Zu wissen, was er getan hat und wie er mich angelogen hat, das hat einfach ...« Ich schiebe das Essen mit meiner Gabel hin und her und frage mich, warum ich versuche, etwas in Worte zu fassen, was ich selbst noch nicht mal richtig begreifen kann. »Es hat einfach etwas zwischen uns verändert, und ich weiß nicht, ob ich das je akzeptieren kann.«

»Du bist ein besserer Mensch als ich«, sagt sie. »Ich will mich immer rächen. Einmal hat ein Typ, mit dem ich was hatte, einen Anruf bekommen, während wir Sex hatten, und er hat aufgehört, um ranzugehen. Dann hat er zugegeben, dass er eine Freundin hat und dass sie am Apparat war und wissen wollte, wo er steckt.«

»Unfassbar. Was hast du gemacht?«

»Na ja, der Idiot ist so schnell abgehauen, dass er sein Handy bei mir vergessen hat, also hab ich ...«

»Es zertrümmert?«

»Nein, ich ...«

»Du hast seine Freundin angerufen und ihr gesagt, was er getan hat?«

»Nein, aber das sind großartige Ideen – ich wünschte, ich wäre darauf gekommen. Ich hab die Sprache in seinem Handy auf Finnisch umgestellt, bevor ich es per Kurier an sein Büro geschickt habe.«

»Das geschieht ihm recht.« Ich lache wieder, und es fühlt sich gut an. Vielleicht ist das der Wein.

Jemma nimmt stirnrunzelnd meine Serviette in die Hand. »Ist das eine Vagina?«

»Nein, ich hab dir doch gesagt, das ist ein Huhn.«

»Es sieht aus wie eine Vagina. Schau, hier ist …«

»Warum sollte ich aus meiner Serviette eine Vagina falten?«

»Warum solltest du aus deiner Serviette ein Huhn falten?«

Ich will sie ihr wieder wegnehmen, aber sie hält sie so, dass ich sie nicht erreichen kann.

»Zeig mir, wie das geht.«

»Nächstes Mal. Bist du bereit zurückzugehen?«

»Wenn's sein muss«, mault Jemma. Sie will noch etwas sagen, grinst dann aber plötzlich, setzt sich gerade hin und blickt über meine Schulter.

»Auf zwei Uhr checkt dich ein total heißer Typ ab«, flüstert sie gut hörbar.

»Hä?«, frage ich und schaue auf meine Uhr. »Ich weiß nicht …«

Jemma starrt mich an, als wäre ich schwer von Begriff, bis der Groschen fällt.

»Er sieht super aus«, sagt sie aufgeregt. »Schau hin!«

»Nein, ich will nicht …«

»Schau hin«, drängt sie.

Ich folge ihrer Blickrichtung und nehme unwillkürlich Augenkontakt zu dem bärtigen Mann im Anzug am Tisch hinter mir auf.

»Starr ihn nicht so an«, zischt Jemma.

»Aber du hast doch gesagt …«

»Ich weiß, was ich gesagt habe, aber du hättest unauffälliger schauen können. Was sagst du?«

»Wozu?«, frage ich mit ebenfalls gedämpfter Stimme zurück.

»Zu dem haarigen Typen.«

Ich zucke die Achseln. »Ganz okay.«

»Rede mit ihm.«

»Sei nicht albern«, entgegne ich und stehe auf, um meinen Mantel anzuziehen. »Komm schon, lass uns zurückgehen.«

Wie das Unglück es will, stehen der bärtige Mann und sein Begleiter – ein schmächtiger Glatzkopf, der ebenfalls einen Anzug trägt – auch gerade auf, um zu gehen. Ich gebe mir Mühe, nicht in seine Richtung zu schauen, aber er erreicht die Tür im selben Moment wie ich.

»Nach Ihnen«, sagt er lächelnd und hält sie mir auf.

»Nein, schon gut, gehen Sie vor«, antworte ich.

»Nein, gehen Sie«. Er winkt mich durch.

»Nein, ehrlich – gehen Sie«, insistiere ich mit einer ähnlichen Geste.

Er zögert, geht dann durch und blickt draußen in den Himmel.

»Es regnet bestimmt gleich«, sagt er, während ich nach Jemma sehe, die kurz vor der Tür stehen geblieben ist. Sie kramt in ihrer Tasche herum, um zu prüfen, dass sie nichts vergessen hat, und der Freund des Bärtigen wartet geduldig hinter ihr.

»Jep, ganz schön trostlos«, antworte ich und öffne die Tür wieder, die zugefallen ist. »Komm schon, Jemma!«

Der Bärtige und sein Kumpel gehen in die eine Richtung und wir in die andere. Jemma wartet, bis wir uns ein paar Meter entfernt haben, bevor sie mich fragt: »Was zur Hölle war das denn? Er hat total mit dir geflirtet und du hast ihn total abgeblockt.«

»Hab ich nicht. Er hat einfach nur irgendwas gesagt, während ich auf dich gewartet habe.«

»Das war nicht irgendwas. Das war das Flirt-Äquivalent der Frage, ob du öfter hier bist, und der Versuch, deine Nummer zu kriegen.«

»Quatsch. Außerdem war ich total höflich zu ihm.«

»Höflich? Das war das Flirt-Äquivalent der Aufforderung, er möge das Weite suchen.« Ich starre sie verständnislos an. »Du hast ihm im Prinzip gerade gesagt, er soll abhauen«, erklärt sie.

Wirklich? Heilige Scheiße, woher weiß man so was? Bin ich froh, dass ich kein … Oh. Doch, das bin ich.

Single.

Der Bärtige hatte recht – es schüttet, als ich mich zum Kino aufmache, also lasse ich mein Fahrrad stehen und nehme die U-Bahn; eine Entscheidung, die ich zwanzig Minuten später bereue, als wir zehn Minuten am Bahnsteig warten, während die Türen immer wieder auf- und zugehen und der Fahrer genervt per Durchsage mitteilt, dass wir nirgendwo hinfahren, bis derjenige, der die Türen blockiert, sich nicht bewegt.

Als ich auf der Baustelle ankomme, ist Adam Larsson schon da und unterhält sich mit Ravi und Bobby, den Bauunternehmern.

Ich eile auf sie zu und schüttle dabei mein nasses Haar aus, das ich zu einem hohen Pferdeschwanz zusammengebunden hatte, damit ich meinen Helm aufsetzen kann. Adam sagt etwas, was ich nicht höre, und alle drei lachen.

»Hi«, sagt er lauter mit einem Blick auf seine Uhr.

»Ich weiß, ich bin zu spät. Sorry – U-Bahn-Probleme.« Ich hoffe, Jake erfährt nicht davon – mein Verschlafen letzte Woche habe ich auch schon auf die U-Bahn geschoben.

»Keine Sorge, Mädchen«, sagt Bobby. »Besser spät als nie. Mit Milch und doppelt Zucker für mich, bitte.«

Adam und Ravi lachen beide.

»Ich bin untröstlich, dass ich diese Sprüche nicht schon seit ein paar Minuten zu hören kriege«, sage ich mit kaum verhohlenem Sarkasmus, woraufhin Bobby und Ravi die Stirn runzeln und Adam lächelt.

»Also, fangen wir an?«, murmele ich und stapfe los.

»Vorsicht«, ruft Adam immer noch lachend. »Der Boden ist nass.«

Ich ignoriere ihn. Ich trage Stiefel mit gutem Profil – ich bin nicht dumm.

»Ich hab nur Spaß gemacht«, sagt Bobby, als er mich einholt. »War nicht böse gemeint.«

»Ach, ich weiß.« Ich zwinge mich dazu, ihn freundlich anzulächeln. Ich arbeite nicht zum ersten Mal mit Bobby zusammen – er ist ein guter Kerl. »Die öffentlichen Verkehrsmittel machen mich immer aggressiv, und das kriegt ihr jetzt ab. Reden wir lieber über das Projekt. Wie läuft es denn so?«

Bobby erklärt uns die Einzelheiten. Es geht alles nach Plan, obwohl es hier aussieht, als hätte eine Bombe eingeschlagen.

Aber das ist normal. Es wird schlimmer, bevor es besser wird. Man muss etwas nieder- oder herausreißen, bevor man anfangen kann, es zu reparieren. Man kann die Risse nicht einfach zuspachteln.

»Es wird toll aussehen, wenn es fertig ist«, sagt Ravi zum Abschluss und klappt seine Mappe zu. »So schöne Entwürfe.« Er will sich bei mir einschleimen für den Fall, dass er mich vorhin beleidigt hat.

»Schön«, stimmt Adam zu. »Wenn auch etwas unpraktisch.«

Bobby und Ravi tauschen einen Blick, beginnen daraufhin in stillem Einverständnis ein Gespräch über Zementkellen und schlendern davon.

»Wäre es nicht besser, die alte Treppe abzureißen? Ich finde, sie nimmt sehr viel Platz weg«, fährt er fort, ohne meinen skeptischen Blick zu beachten. »Du kannst hier ein Treppenhaus anbauen.« Er fährt mit dem Finger über den hinteren Gebäudeteil auf meinem Grundriss. »Dann kannst du den ganzen freien Raum effizient nutzen.«

Ich studiere den Plan. Ärgerlicherweise hat Adam nicht unrecht. Aber als ich das Gebäude zum ersten Mal betreten habe, war ich überwältigt von der Vorstellung, wie die Haupttreppe in ihrer Blütezeit ausgesehen haben muss.

»Ich werde darüber nachdenken«, sage ich unverbindlich und stapfe wieder davon.

»Hey, warte – das ist noch lange nicht fertig.«

»Wie kannst du es wagen«, beginne ich fassungslos, aber bis ich kapiere, dass er nicht meine Entwürfe meint, sondern die Bretterkonstruktion, auf die ich gerade getreten bin, rassle ich schon durch den Boden.

BEN

Bis vor vier Wochen habe ich nie richtig verstanden, was Tagträume sind. Ich dachte immer, man ist entweder anwesend oder nicht anwesend, aber in den letzten Wochen habe ich diesen Zwischenort entdeckt, wo der Körper da ist, aber der Kopf nicht.

Jetzt gerade, an diesem verregneten Freitagabend, ist mein Körper im Arch 13, aber mein Kopf ist …

»Aua«, schreie ich und halte meinen Arm fest. »Kannst du mal damit aufhören?«

Jamie schlendert zurück an die Bar, als wäre nichts geschehen.

»Das ist seine neuste Regel«, erkläre ich Tom und Russ, die besorgt aussehen, und Avril, die aussieht, als würde sie sich lieber lebendig begraben lassen, als hier mit uns zu sitzen. »Er glaubt, er darf mir jedes Mal auf den Arm hauen, wenn ich vor mich hinstarre wie dieser eine hässliche Fisch.« Ich drehe mich zu Jamie, um ihn zu fragen, wie der Fisch heißt, aber er bedient einen Gast.

»Forelle?«, schlägt Russ vor. Er hat sich die Haare an den Seiten kurz schneiden lassen wie ein Fußballer aus der Premier League.

»Nein, er fängt mit B an.«

Russ legt den Kopf schief und denkt nach. »Mir fällt kein Fisch ein, der mit B anfängt«, sagt er. »Aber die Regel finde ich gut. Wir müssen was tun, damit mein Dreißigster ein Fest wird, das alle von den Flossen haut.«

»Socken«, verbessert Avril.

Russ verdreht die Augen. »Ich weiß, Avril – das war ein Witz, weil Jamie gesagt hat, Ben sieht aus wie ein …«

Er gibt auf.

»Du hast sowieso erst am Sonntag Geburtstag«, sagt Avril.

Russ und ich tauschen einen Blick über den Rand unserer Biergläser.

Ich habe Toms Beziehung zu Avril immer als Beweis dafür gesehen, dass Liebe blind macht, aber in den letzten Wochen ist mir aufgegangen, dass Liebe hundertprozentige Sehschärfe mit sich bringt, zumindest im Vergleich zu *unerwiderter* Liebe. Denn obwohl ich mich dunkel erinnere, dass mich gewisse Dinge an Rebecca gestört haben, könnte ich beim besten Willen nicht sagen, was das war. Die Rebecca in meinem Kopf ist nun eine Art Muster für die perfekte Frau.

»Brasse?«, sagt Russ.

»Nein.«

Russ spitzt die Lippen und macht ein hoch konzentriertes Gesicht, bis er das Geschenk entdeckt, das an Toms Barhocker lehnt. »Ist das für mich?«

Selig grinsend reißt er das Papier auf. Zunächst ist er verwirrt, doch dann erkennt er auf einem Bild die Comic-Version seines eigenen Gesichts neben dem einer vollbusigen Superheldin.

»Tom hat es gezeichnet«, sage ich.

»Und Ben hat es rahmen lassen«, fügt Tom hinzu.

Russ ist sprachlos.

»Du bist aber nicht einer dieser Comicnerds, die sich in die weiblichen Figuren verknallen, oder?«, fragt Avril.

Russ stützt einen Ellbogen auf den Tisch und hebt den Zeigefinger, als wollte er etwas Wichtiges sagen. »Danke, dass du dieses Thema ansprichst, Avril – und ihr beide ...« Er wirft Tom und mir einen tadelnden Blick zu. »... hättet es besser wissen müssen.«

Avril beugt sich interessiert vor, doch ihr Gesicht bleibt ausdruckslos.

»Seit ich alt genug war, um Judith Butler und die feministische Sache zu verstehen«, fährt Russ fort, »habe ich mich immer darüber aufgeregt, dass Comiczeichner anscheinend glauben, eine Superheldin wäre keine richtige Heldin, wenn sie nicht ihr Dekolletee und möglichst viel Bein zeigt.«

Avril schiebt das Kinn vor und nickt angenehm überrascht.

»Zumindest sage ich das immer, wenn ich will, dass mir ein Mädchen seine Nummer gibt.«

Ich trinke gerade einen Schluck Bier, und vom Lachen steigen mir Bläschen in die Nase. Bis ich mich wieder gefangen habe, hat Jamie seine Schürze aufgehängt und sich zu uns gesetzt.

»Das ist das erste Mal, dass ich ihn diese Woche lachen sehe«, sagt er zu den anderen dreien.

»Ich hab ihn schon gewarnt«, sagt Russ. »Wenn er nicht aufpasst, sind die Trauerfalten um seinen Mund bald tiefer als die Themse.«

»Ich glaube, es ist längst zu spät«, erwidert Jamie. »Und ich hab ihm schon so oft auf den Arm gehauen, dass es mir vorkommt wie häusliche Gewalt.«

»Das hab ich immer zu Rebecca gesagt«, werfe ich ein. »Dass schlechte Laune sich ins Gesicht eingräbt – nicht das mit der häuslichen Gewalt.«

Jamie sieht mich an, als wäre ich irgendwas Ekliges, das unter seinem Schuh klebt. »Okay, ab jetzt musst du die Hand heben, wenn du etwas sagen möchtest.«

Russ' und Toms Gelächter wird davon unterbrochen, dass Avril nach ihrem Mantel greift. »So unterhaltsam das hier auch ist … ich muss noch zu einem Vortrag.«

Russ legt die Hand auf sein Herz, als wäre er am Boden zerstört. »Du gehst?«

Avril tut so, als hätte sie ihn nicht gehört, und hält Tom eine Wange hin, damit er sie küssen kann. Sobald sie weg ist, erzählt Russ uns von seinem letzten Date.

»Das Erste, was sie gesagt hat, war: *Ich habe gehofft, du wärst größer.*«

Jamie prustet los. »Hattet ihr euch vorher noch nie gesehen?«

»Er lernt Frauen online kennen«, antworte ich an Russ' Stelle.

Russ schnauft. »Ein teurer Spaß.«

»Avril hat bei allen Dates darauf geachtet, dass wir uns die Rechnung teilen«, sagt Tom, und wir übrigen tauschen weitere verstohlene Blicke.

»Es ist schön, wenn Frauen wenigstens so tun, als wollten sie bezahlen«, sagt Russ. »Aber ich möchte, dass sich meine zukünftige Frau später an unser erstes Date erinnern und denken kann: *Er war ein Gentleman.*«

Ich sollte wahrscheinlich genau zuhören, da ich nun anscheinend auch Single bin, aber mir ein Leben ohne Rebecca vorzustellen, ist, als sollte ich eine neue Farbe erfinden.

»Blanklachs?«, fragt Russ.

Ich schüttle den Kopf, und Tom erklärt einem verwirrten Jamie, dass Russ versucht, den Namen des Fischs zu erraten, dem ich angeblich ähnlich sehe.

»Sag's mir nicht«, bittet Russ, als Jamies Handy anfängt zu klingeln. »Ich hab's gleich.«

Jamie entfernt sich, um den Anruf anzunehmen, und Russ beobachtet ihn mit einem bewundernden Glanz in den Augen.

»Vielleicht hätte ich besser ein Bild von ihm und Jamie zeichnen sollen«, flüstert Tom mir zu.

»Das hab ich gehört«, sagt Russ und funkelt uns an, aber dann wird sein Ausdruck weicher. »Obwohl, ich glaube, das würde mir gefallen. Kannst du dir das schon mal für Weihnachten merken?«

Wir lachen alle drei, aber dann sagt für ein paar Sekunden niemand etwas, und schon versinke ich erneut in meinen Gedanken.

Ich glaube, was das Ganze noch schlimmer macht, ist, dass ich absolut nicht damit gerechnet habe. Rebecca und ich haben uns nicht langsam auf das Ende zugeschleppt wie ein Walkman mit schwacher Batterie. Es lief gut, mehr als gut, und dann plötzlich gar nicht mehr. Wie bei einem iPod, der abrupt mitten im Lied abschaltet, wenn der Akku leer ist. Ich wünschte nur, sie würde meine Anrufe annehmen oder auf eine meiner Nachrichten antworten, damit wir wenigstens herausfinden könnten, ob ein Wiederaufladen möglich ist.

»Blobfisch! Das hässlichste Tier der Welt!«, sagt Russ aufgeregt.

»Ja, genau, das war's.«

»Ich hab mir gerade dein Gesicht angesehen, da ist es mir eingefallen.«

Ich will mich gerade entschuldigen, weil es sein Geburtstag ist und ich so eine Spaßbremse bin, aber Jamie kommt mir zuvor.

»Rebecca hat angerufen«, sagt er. »Sie hatte einen Unfall.«

»Was?« Ich stelle mein Glas ab. »Was für einen Unfall? Geht es ihr gut?«

Ich greife ebenfalls nach meinem Handy, aber Jamie legt seine Hand auf meine. »Es geht ihr gut, Kumpel. Sie hat sich nur das Handgelenk verstaucht und ist ein bisschen erschrocken, das ist alles.«

»Was hat sie gesagt?«, frage ich verärgert, weil er das Ganze so locker nimmt. »Was ist passiert?«

»Sie ist bei einer Baustellenbegehung gestürzt, aber es geht ihr wirklich gut. Ich dachte nur, du würdest es wissen wollen.«

Ich höre, wie er seufzt und mir etwas hinterherruft, als ich hinausrenne, um sie anzurufen, aber die Welt ist gedämpft, als wäre ich unter Wasser, als würde ich in all den Worten ertrinken, die ich ihr sagen will.

»VERDAMMTE SCHEISSE«, schreie ich, als nach dem ersten Klingeln ihre Mailbox rangeht.

Erst dann merke ich, dass ich in einer riesigen, tiefen Pfütze stehe, die mir mein eigenes verschwommenes Spiegelbild entgegenwirft.

Und mir wird schlagartig etwas klar: Ich habe Rebecca immer um ihre unsentimentale Art beneidet, mir sogar gewünscht, ich könnte auch mehr so sein. Aber genau die hindert uns jetzt daran, diesen ganzen Mist zu klären.

»Komm schon, Nicholls«, höre ich Jamie sagen. Er muss mir nach draußen gefolgt sein. »Du verscheuchst die Gäste.«

Ich lasse mich von ihm wieder hineinschieben, wobei meine Schuhe schmatzende Geräusche machen, und will ihm danken, aber ich weiß, wenn ich auch nur ein einziges Wort sage, kann ich die Tränen nicht mehr zurückhalten.

»Die nächste Runde geht auf mich«, erklärt Russ und schlängelt sich durch eine Horde Türsteher in den Club.

Ich hatte überlegt, nach Hause zu gehen, aber dort gibt es nichts, was mich von meinen Gedanken ablenkt, und als Russ behauptete, ich müsse meine Sorgen ertränken, dachte ich, einen Versuch wäre es wert.

»Drei Lager und drei Sambuca«, sagt Russ zu dem Barmann, der ein goldenes Glitzerhemd und eine schwarze Afroperücke trägt. »Oh, und eine Cola für meinen Kumpel. Seine Freundin verbietet ihm zu trinken.«

»Es war meine Entscheidung«, sagt Tom, aber ich glaube, sogar er weiß, dass ihm das niemand abnimmt.

Jamie ext seinen Sambuca, also folgt Russ natürlich seinem Beispiel. Ich überlege, meinen unauffällig stehen zu lassen, aber alle Blicke sind auf mich gerichtet, und außerdem habe ich Sorgen zu ertränken, also schließe ich die Augen, schlucke ihn hinunter und knalle das leere Glas auf den Tresen.

»Guter Haarschnitt übrigens«, sagt Jamie.

»Danke, Mann«, antwortet Russ. »Ich hab in letzter Zeit viel darüber nachgedacht, warum ich Single bin, und beschlossen, dass mein

Frisör schuld daran ist.« Er greift nach seinem Bier, trinkt aber nicht. »Also bin ich zu einem anderen gegangen.«

Am gegenüberliegenden Ende des Raums rückt der DJ seinen falschen Schnurrbart zurecht, während er zu »Le Freak« von Chic herumhüpft.

»Wo sind wir denn hier gelandet?«, frage ich.

Auf der Suche nach einer Antwort schaue ich zu Russ, aber er ist damit beschäftigt, an seinen Achseln zu riechen. Er wirkt zufrieden und deutet auf die Tanzfläche. »Dann mal los.«

Er führt uns an eine Stelle, wo anscheinend alle vorbeimüssen, die aufs Klo wollen, und meine Hosensäume sind nass von der Pfütze vorhin, und die Boxen sind so laut, dass ich kein Wort von dem verstehe, was die anderen sagen, also muss ich von ihren Gesichtsausdrücken ableiten, ob ich nicken oder lachen soll.

Russ tanzt, als würde ihm niemand zusehen, was dazu führt, dass ihm alle zusehen, aber vielleicht haben die ganzen Mädchen auch nur ein Auge auf Jamie geworfen. Tom hingegen schafft es zu tanzen, ohne die Füße oder Arme zu bewegen, wie ein Baum, der im Wind hin und her schwankt.

Und ich? Ich gebe mir Mühe, in Stimmung zu kommen, ehrlich, aber das mit dem Sorgenertränken ist kompletter Schwachsinn. Man denkt, man kann sie ertränken, aber die kleinen Biester kriegen schnell raus, was man vorhat, und lernen schwimmen. Inzwischen würden meine Sorgen locker einen Profischwimmer abhängen, verdammt noch mal.

Ich weiß nicht, für wie lange ich mich ausgeklinkt habe, aber das Nächste, was ich mitkriege, ist, wie Tom vorwärtsstolpert und es gerade noch schafft, sein Glas festzuhalten, und als ich mich umsehe, entdecke ich einen Typen etwa in meiner Größe mit hohem, weit geöffnetem Kragen, der sich mit den Ellbogen durch die Menge boxt. Ich spüre eine feste Hand auf meinem Rücken, seine Hand. Er sucht weder Augenkontakt, noch entschuldigt er sich, sondern versucht, mich mit seinem Gewicht aus dem Weg zu drängen.

Ich leiste Widerstand, woraufhin sein Ellbogen in der Mitte meiner Wirbelsäule landet, und in diesem Augenblick werden alle rationalen Gedanken vom Frust in mir überwältigt. Ich drehe mich um, lege beide Hände auf seine Brust und schiebe ihn mit mehr Kraft weg, als ich beabsichtigt hatte. Er stolpert nach hinten und schafft so einen Durchgang auf der Tanzfläche, aber er kommt sofort zu mir zurück.

»Ganz locker«, ruft Jamie, schlingt einen Arm um meine Brust und hebt den anderen, um den Typen mit dem Kragen abzuwehren.

Mein Blick ist zwar schon vom Alkohol getrübt, aber ich sehe, wie sie einander lauernd beäugen, bis der Typ sich schließlich mit grimmigem Gesichtsausdruck zurückzieht.

»Kommt schon, Leute. Wir legen mal eine Pause ein«, sagt Jamie und führt uns von der Tanzfläche weg.

Wir quetschen uns auf eine Bank gegenüber der Bar.

»Du warst gerade wie Batman, ehrlich, Mann«, höre ich Russ sagen.

Jamie winkt ab, als wäre das nicht der Rede wert. »Wenn du mich unbedingt mit einem Superhelden vergleichen willst«, sagt er, »dann halt dich an Spiderman. Der gilt, glaube ich, im Allgemeinen als der Beste.«

»Da stimme ich Jamie zu«, sagt Tom. »Ich meine, selbst wenn man Spiderman alle Superkräfte wegnehmen würde, wäre er immer noch ein Genie.«

Russ nickt, als hätte Tom ein stichhaltiges Argument vorgebracht, wie jedes Mal, wenn Tom es wagt, eine Meinung zu irgendwas zu äußern, was mit Superhelden oder Comics zu tun hat, aber in ein paar Sekunden wird er zu einer vernichtenden Replik ansetzen, die alles zerpflückt, was Tom gerade gesagt hat.

Doch dann nickt Jamie, um Tom zuzustimmen, also verschränkt Russ natürlich die Arme und macht ein nachdenkliches Gesicht. »Und außerdem«, räumt er ein, »hatte Spiderman Erfolg bei den Frauen – Mary Jane, Gwen Stacy, Kitty Pryde.«

Als Nächstes will Russ ein Gruppenselfie machen.

»Könntest du bitte lächeln?«, beschwert er sich, als ich nicht die nötige Begeisterung zeige. »Es ist, als würde man mit Morrissey feiern gehen.«

Russ betrachtet sein frisch geschossenes Foto, während Jamie Tom erzählt, dass er jemanden in einer Galerie in Covent Garden kennt. Ich frage mich gerade, ob es einer von ihnen merken würde, wenn ich klammheimlich verschwinde, als ich spüre, wie sich ein Körper in die kleine Lücke neben mir auf der Bank schiebt.

»Sorry«, sagt eine Frau in einem grünen Kleid und blickt lächelnd auf unsere aneinandergeschmiegten Oberschenkel. »Ich bin Natalie.«

Ihr Akzent klingt nach Heuhaufen und Traktoren, sodass man ihn instinktiv nachahmen möchte.

»Ben«, sage ich.

Ich lächle höflich und drehe mich wieder zu Russ, aber er geht weg in Richtung Toilette, und Jamie und Tom sind immer noch ins Gespräch vertieft, und ich weiß nicht so richtig, wo ich hinschauen soll, als der DJ die Musik leiser dreht, um etwas zu sagen, also studiere ich den Rand meines Glases.

»Einen schlechten Club erkennt man daran, dass der DJ zwischen den Liedern ins Mikro spricht«, höre ich Natalie sagen.

Ich lache und schaue dann auf mein Handy, um zu sehen, wie spät es ist.

»Langweile ich dich?«, fragt Natalie, wobei ihre Lippen amüsiert zucken.

»Gott, nein, sorry«, antworte ich.

Natalie greift nach ihrem Cola-Gemisch, nimmt den Strohhalm zwischen Daumen und Zeigefinger und setzt ihn an ihre hellrosa Lippen. Ich sehe zu, wie die Flüssigkeit in ihren Mund hochsteigt. Obwohl ich eigentlich keine Lust habe, fühle ich mich verpflichtet, etwas zu sagen. »Was ist das für ein Akzent?«

»Ich komme aus Weymouth«, antwortet sie und legt einen Finger hinter ihr rechtes Ohrläppchen. »Ist das Boney M.?«

»Von dort hat sich der Schwarze Tod ausgebreitet – Weymouth.«

Natalie wirkt etwas erschrocken. »Also, das hab ich noch nie gehört.«

Ich sehe zu, wie sie austrinkt, und mir fällt auf, dass ihre Wangen von Make-up gerötet sind. Mir kommt der Gedanke, dass sie ohne hübscher aussehen würde, aber das ist eins der Komplimente, die nie so aufgefasst werden, wie sie gemeint sind.

»Um ehrlich zu sein«, bemerkt sie und stößt mit dem Fuß gegen mein Schienbein, als sie die Beine übereinanderschlägt, »ich glaube, mir wäre der Schwarze Tod lieber als noch ein Abend hier.«

»Da ist was dran.«

Ich drehe mich wieder zu den anderen. Russ ist zurückgekommen, deutet auf sein Handy und grinst mich an, aber ich habe keine Ahnung, was er damit meint.

»Wir gehen noch mal tanzen«, sagt Jamie. »Kommst du mit?«

Ich beuge mich zu ihm. »Ich glaube, ich gehe bald nach Hause.«

Ich höre seine Antwort nicht, also versuche ich, seinen Gesichtsausdruck zu deuten, und beschließe, mit *Okay* zu antworten. Er sieht mich zweifelnd an, bevor er Russ und Tom auf die Tanzfläche folgt.

»Ich weiß nicht, wie es dir geht«, sagt Natalie und steht auf, »aber ich muss noch was trinken, wenn ich noch länger hierbleibe.«

Ich habe vor, ihr das Gleiche wie Jamie zu sagen, nämlich, dass ich nach Hause will, aber sie streckt mir ihre Hand entgegen, sodass mir kaum etwas anderes übrig bleibt, als zuzugreifen und ihr an die Bar zu folgen.

Als wir mit unseren neuen Drinks anstoßen, treffen sich unsere Blicke, und ich weiß nicht, wie es kommt, aber plötzlich starren wir uns in die Augen, als würden wir spielen, dass derjenige, der zuerst wegsieht, verliert, und irgendwie bin ich zum ersten Mal seit Wochen wirklich da, in diesem Moment.

Ich klammere mich an diesem Gefühl fest, der Erlösung von den Gedanken an Rebecca, und das führt mich bis in Natalies Wohnung, und ohne, dass sie es versteht, sehe ich die ganze Zeit nicht weg, um das Spiel nicht zu verlieren. Denn ich schaffe es nur, hier mitzumachen, im Moment zu bleiben, ihn sogar zu genießen, solange ich nicht die Augen schließe …

… Darum reiße ich sie auf, verbanne Rebeccas Bild aus meinen Gedanken, weiche kurz zurück und bewege dann die Lippen über Natalies Kinn und an ihrem Hals hinunter. Ich halte die Augen offen, als sie sich unter mir zur Seite dreht. Sie streift ihre enge Jeans und ihr Höschen ab und legt die Beine um meine Hüften.

Ich versuche, die Übelkeit hinunterzuschlucken, die in meiner Kehle aufsteigt. Ich fand immer, mit einer Frau zu schlafen, ist, wie mit der U-Bahn unterwegs zu sein. Beim ersten Mal hat man absolut keine Ahnung, wo man hinfährt, und der U-Bahn-Plan scheint nichts mit der Stadt zu tun zu haben. Erst wenn man ein paar Fahrten hinter sich hat, geht es einem in Fleisch und Blut über. Bei Rebecca zum Beispiel weiß ich, welche Linien ich nehmen muss, ich kenne die schnellsten Wege, die schönsten Orte, um zu verweilen. Aber das hier in Natalies Schlafzimmer fühlt sich fremd an, und es hat einen gewissen Reiz, diesen fremden Körper auf mir zu spüren, aber ich muss aufhören, die Augen zu schließen …

Ein Schuldgefühl regt sich in mir. Was ist, wenn Rebecca und ich uns wieder versöhnen und sie fragt, ob ich in der Zwischenzeit was mit einer anderen Frau hatte?

Natalies Hände nähern sich dem obersten Knopf meiner Hose, den sie mit einer einzigen, geschickten Bewegung öffnet, und nun küssen ihre Lippen meinen Hals, und ich muss mich ganz stark konzentrieren, um die Augen offen zu halten. Ich merke, wie sich eine Schweißlache auf meiner Stirn bildet, als ihre rechte Hand flach auf meiner Brust liegt und ihre linke …

»Alles in Ordnung?«, fragt sie.

Als ich nicht antworte, lässt sie sich neben mir aufs Bett fallen. Unsere Fahrt wird von außerplanmäßigen Bauarbeiten unterbrochen.

»Das müssen die Sambucas sein«, sage ich schließlich.

»Vielleicht.«

Auf ihr *Vielleicht* folgt kein Punkt; es ist ein elliptisches *Vielleicht*, ein *Vielleicht*, dessen Bedeutung ich selbst erkennen soll.

»Vielleicht?«, frage ich zurück und ahme dabei versehentlich ihren West-Country-Akzent nach.

Natalie setzt sich auf, zieht die Knie an ihre Brust und schlingt die Arme um sich. »Ich glaube, ich hab's kapiert.«

»Was hast du kapiert?«

»Du hast eine Freundin, stimmt's?«

Ich setze mich auf. »Ich hab dir doch gesagt, es ist der Alkohol.«

»Ach, ich meine nicht nur *das*«, sagt sie und zeigt mit dem Finger auf meine Weichteile. »Das passiert öfter, als du denkst.«

»Was dann?«

»Na ja, erstens fühlt es sich an, als wärst du in einem Paralleluniversum unterwegs.« Sie zählt die einzelnen Punkte an den Fingern ab. »Zum Beispiel machst du nicht die Augen zu, wenn wir uns küssen, was ziemlich seltsam ist.«

»Ich hab nur …«

»Und einmal dachte ich, du fängst gleich an zu heulen.« Ich will widersprechen, aber Natalie lässt mich nicht zu Wort kommen. »Und dann schaust du andauernd auf dein Handy.«

»Vielleicht warte ich auf einen wichtigen Anruf.«

»Am Freitag um Mitternacht?«

Ich ziehe die Decke über meine Brust, da mir kalt ist. »Fahren Sie fort, Miss Marple …«

»Mir ist aufgefallen, wie dein Kumpel uns angesehen hat, als wir aus dem Club gegangen sind – als wäre er besorgt oder so.«

»Welcher Kumpel?«

»Der heiße.«

Sie erwidert meinen starren Blick, ohne mit der Wimper zu zucken.

»Ich hab keine Freundin.«

Nun legt sie den Kopf schief und mustert mich mit zusammengekniffenen Augen.

»Ich habe mich gerade von jemandem getrennt, vor ein paar Wochen. Es ist alles ziemlich kompliziert. Ich hab noch …«

»Also bin ich deine Lückenbüßerin?« Natalie lächelt. »Nur dass du's irgendwie nicht hingekriegt hast.«

»Autsch.«

Nun ist ihr Lächeln mitfühlend.

»Sollen wir einfach schlafen?«, fragt sie und lässt sich wieder auf den Rücken fallen.

»Ich dachte, ich kann das hier durchziehen, aber …«

Langsam dämmert mir, dass ich deshalb aus der Gegenwart fliehe, weil die Gegenwart der Ort ist, an dem Rebecca nicht bei mir ist.

Schließlich erlaube ich meinen Augen, sich auszuruhen, gebe mich einem weiteren Tagtraum hin, und da ist sie, und ich sehne mich so sehr nach ihr, dass ich weiß, obwohl ich im Bett eines anderen Mädchens liege, diesmal werde ich weinen.

»Ich glaube, es ist das Beste, wenn ich nach Hause gehe.«

REBECCA

Samstag, 29. November

Ich weiß nicht, ob ich vom Regen an meinem Fenster oder dem Vibrieren meines Handys geweckt werde.

Alles okee süße?, steht in der SMS von Danielle. Eine Anspielung auf die Art Facebook-Kommentare, die wir beide bescheuert finden, und für einen Sekundenbruchteil muss ich lächeln. Jamie muss ihr von meinem Unfall erzählt haben.

Ich hebe meinen bandagierten Arm, wackle mit den Fingern und seufze.

Ich schätze, ich hatte Glück, dass ich mit einem verstauchten Handgelenk, einer geprellten linken Pobacke und leicht verletzter Würde davongekommen bin.

REDE MIT MIR, steht in Danielles nächster Nachricht.

BITTE, in einer weiteren.

Löschen, löschen, löschen.

Wenn ich noch irgendwelche Zweifel daran gehabt hätte, ob ich Danielle auf Abstand halten soll, wären sie spätestens zerstreut worden, als ich sie gestern am Empfang stehen sah. Die einzige Möglichkeit, den Schmerz einzudämmen, ist, sie nicht zu sehen. Wahrscheinlich drücke ich Bens Anrufe aus dem gleichen Grund immer noch weg.

Da ich nun ganz wach bin, stehe ich auf und mache mir einen Instantkaffee, bevor ich mich mit meinem Laptop aufs Sofa setze. Ich überfliege die Nachrichten, dann – weil ich nichts Besseres zu tun habe – öffne ich Facebook.

Die Kombination von schlechtem Schlaf und stumpfsinnigen Statusmeldungen von Freunden lässt mich gähnen, während ich nach unten scrolle, aber dann fällt mir etwas ins Auge.

Russell MacDougall hat Ben im Arch 13 getaggt. Daran ist nichts Außergewöhnliches, und ich rechne überhaupt nicht damit, irgendwas zu finden, als ich weiter auf Russ' Profil klicke. Daher springt mir das Foto ganz oben ins Gesicht wie ein wildes Tier.

Ben mit einem Mädchen. Und da sind sie nicht im Arch 13.

Mein Kaffee wird zu Säure in meiner Kehle, während meine Augen jedes Detail des Fotos analysieren, das letzte Nacht gepostet wurde. Zum Beispiel, wie nah sie beieinandersitzen und wie vertraut ihr Gespräch wirkt.

Ich betrachte Bens schönes, lächelndes Gesicht und das Mädchen, das die Hand auf seinen nackten Unterarm gelegt hat. Sie ist hübsch. Blass, mit unschuldigem Blick und geröteten Wangen. Sie trägt ein feminines grünes Kleid und wirkt zierlich, wie eine Tänzerin. Ich kann mir vorstellen, wie Ben sie in die Arme nimmt, sie hochhebt und im Kreis dreht – was mit mir lächerlich ausgesehen hätte.

Haben sie sich erst gestern Abend kennengelernt, oder waren sie verabredet? Ist er mit ihr nach Hause gegangen? Ist sie jetzt noch bei ihm?

Ein weiteres Foto zeigt ihn, Tom, Russ und Jamie, wie sie alle in die Kamera grinsen. Ich unterdrücke das Gefühl des Verrats, das in mir aufsteigt, und scrolle zum nächsten Bild – Ben, bevor er einen Shot ext.

Er amüsiert sich prächtig. Anscheinend hält er diese Trennung für das Beste, was ihm passieren konnte. Statt auf dem Sofa Serien zu gucken, feiert er jetzt am Wochenende wilde Partys mit seinen Kumpels, trinkt Shots und reißt Mädchen auf.

Vielleicht kenne ich ihn doch nicht so gut, wie ich dachte.

Es folgen keine weiteren Bilder von dem Mädchen, also klicke ich auf Bens Profil, um zu sehen, ob die beiden auf Facebook befreundet sind. Noch bevor ich mit der Hälfte seiner kilometerlangen Freundesliste durch bin – er ist so ein scheißfreundlicher Mistkerl –, gebe ich auf. Das ist albern.

Ich bin albern.

Selbst wenn ich sie finde, was genau hoffe ich, auf ihrem Profil zu erfahren? Es kann zu nichts Gutem führen, sie auf Facebook zu stalken.

Oder ihn.

Die Entscheidung dauert nur eine Sekunde, und ich setze sie in die Tat um, bevor ich es mir anders überlegen kann. Ein Klick, und Ben und ich sind nicht mehr befreundet.

Als ich merke, dass ich zittere, schaue ich auf die Uhr, um mich zu vergewissern, dass es nach zwölf Uhr mittags ist – ganz knapp –, und schenke mir aus der Karaffe einen Whisky ein. Dann setze ich mich auf den Stuhl, der am nächsten am Fenster steht, und drücke die Stirn gegen das Glas. Die Bürgersteige sind voller Pfützen, aber menschenleer.

Es ist einer dieser Tage, an denen man das Haus nicht verlässt, wenn es nicht sein muss. Ich betrachte die umliegenden Gebäude und frage mich, was darin wohl vor sich geht.

Mir wird klar, dass ich über niemanden in meiner Straße irgendwas weiß. Mir ist bekannt, dass das Paar unten mit dem neugeborenen Baby die Kilgannons sind, aber nur, weil ich manchmal im Treppenhaus die Post verteile. Ben hat mir mehrmals ihre Vornamen gesagt, aber ich vergesse sie immer wieder. Um ehrlich zu sein: Es gibt keine einzige Tür, an die ich jetzt klopfen könnte, um zu fragen, ob jemand Lust auf Gesellschaft hat. Tränen steigen mir in die Augen, aber ich weigere mich, sie fließen zu lassen, und nippe an meinem Whisky, um mich abzulenken. Der Kloß in meinem Hals macht mir das Schlucken schwer.

Plötzlich fühlt es sich so an, als würde ich aus meinem Körper schweben und mich selbst von außen betrachten. Wie ich an einem

Samstag hier sitze, mit dem Gesicht am Fenster, und mit glasigen Augen in den Regen starre und Whisky trinke.

Gibt es was Erbärmlicheres?

Warum habe ich Jemma gesagt, ich müsste heute Abend was erledigen? Ich hole mein Handy von meinem Bett, tippe eine Nachricht und schicke sie ab, bevor ich es mir anders überlegen kann.

Das Pub in Soho ist brechend voll, als ich ankomme, aber ich kann niemanden von der Arbeit entdecken. Ich schaue mich kurz um und stelle mich dann an, um mir was zu trinken zu holen.

In dem Moment, in dem ich meinen Drink bekomme, spüre ich, wie mich jemand in den Hintern kneift.

»Dachtest du, da steht jemand auf dich?«, fragt Jemma, als ich mich umdrehe.

»Du hast Glück, dass ich dir nicht mein Knie in den Schritt gerammt habe«, antworte ich. »Willst du was trinken?«

Während ich ihr etwas bestelle, wartet Jemma neben einem Tisch, an dem ein paar Leute gerade ihre Mäntel anziehen, und besetzt schnell einen Platz, sobald der Erste von ihnen aufsteht.

»Was hast du mit deinem Handgelenk gemacht?«, fragt sie, als ich die Gläser abstelle und meinen nassen Mantel ausziehe.

Nachdem ich es ihr erzählt habe, braucht sie etwa fünf Minuten, bis sie wieder aufhört zu lachen, und als ich meine Jeans hinten ein paar Zentimeter hinunterschiebe, um ihr meinen blauen Fleck zu zeigen, fängt sie erneut an.

»Danke für dein Mitgefühl«, sage ich, während sie immer noch kichert.

»Was gibt's zu lachen?«

»Nichts«, antworte ich Eddie, der gerade aufgetaucht ist.

Er vergewissert sich, dass wir mit Getränken versorgt sind, und geht dann an die Bar, wo sich kurz darauf zwei der Baukalkulatoren und noch ein Typ in einer blauen Jeans und einem weißen T-Shirt zu ihm gesellen, dessen Gesicht ich nicht sehe, bis Eddie sich vorbeugt, um mit der Bardame zu reden.

»Na super«, flüstere ich Jemma zu. »Ich wusste nicht, dass Adam auch kommt.«

»Nicht?«

Sie sieht mich mit großen Augen an.

»Natürlich nicht.« Ich wäre nie auf die Idee gekommen, obwohl ich mich frage, warum – ich weiß doch, dass er mit Eddie befreundet ist.

Ich muss zugeben, dass Adam echt nett war nach meinem Sturz. Er hat sich sofort um mich gekümmert, mich in ein Taxi zum Krankenhaus gesetzt, weil ich behauptete, ich bräuchte keinen Krankenwagen, und es geschafft, seine Schadenfreude zu verbergen. Es wäre mir fast lieber gewesen, wenn er sie gezeigt hätte – dann hätte ich mich mehr ärgern und weniger schämen können.

»Sag nicht, du würdest nicht mit ihm vögeln«, bemerkt Jemma.

Ich starre sie entsetzt an. »Ich würde nicht mit ihm vögeln.«

»Ich hatte letzte Nacht Sex.«

»Danke für die Info. Mit wem?«

»Mit einem Typen, den ich im Pub bei mir um die Ecke kennengelernt habe. Er ist der Barmann, um genau zu sein. Also kann ich nie wieder bei mir um die Ecke was trinken gehen, aber es hat sich trotzdem gelohnt.«

Ich frage mich, warum sie mir das erzählt, und das sieht man mir wohl an, denn sie fügt hinzu: »Ich dachte, vielleicht willst du indirekt durch mich leben, weil bei dir ja nichts läuft.«

»Danke«, erwidere ich. »Aber mir fehlt nichts.«

»Du bist selbst schuld daran«, fährt sie fort. »Bei dir könnte ständig etwas laufen, wenn du wolltest, aber du weigerst dich, zu Dates zu gehen, und schreckst mit deiner Eisköniginnen-Nummer jeden ab, der dich anspricht.«

»Das haben wir doch schon durchgekaut. Online-Dating ist nichts für mich.«

»Mit einer so negativen Einstellung wirst du nie einen Mann finden.«

»Ich brauche keinen Mann«, beharre ich. »Ich arbeite am größten Projekt, das ich je hatte – es ist gut, dass ich mich mit meiner ganzen Energie darauf konzentrieren kann.«

»Erzähl das mal deiner Vagina«, sagt sie abfällig.

Bevor ich kontern kann, haben sich die Männer zu uns gesellt und begrüßen uns. Sie wirken erfreut, aber überrascht, mich hier zu sehen. Adam setzt sich mir gegenüber.

Einer der Typen verkündet, er dürfe sich nicht zu sehr betrinken, weil seine Freundin ihn sonntags in die Kirche schleppt und ihn umbringt, wenn er einen Kater hat. Jemma fragt ihn daraufhin, ob es ihm lieber wäre, wenn jedes Mal eine Glocke läutet, sobald er sexuell erregt ist, oder wenn er jedes Mal Seitenstechen bekommt, sobald jemand seinen Namen sagt.

Adam beugt sich zu mir vor, während sich die anderen alle unterhalten, und ich erwarte, dass er mich fragen wird, wie es mir geht.

»Ich glaube, wir müssen beim Kino ein bisschen auf die Tube drücken«, sagt er stattdessen. »Wir hängen total hinterher, und es gibt immer noch ein paar Probleme, die wir ...« Er bemerkt, dass mir buchstäblich die Kinnlade runtergeklappt ist. »Was ist los?«

»Du hast mir gerade gesagt, ich muss auf die Tube drücken!«

»Ich sagte *wir.*«

»Du hast mich gemeint.« Ich verschränke die Arme, sodass der bandagierte oben liegt. »Und mir geht's gut, danke der Nachfrage.«

Er lehnt sich auf seinem Stuhl zurück und mustert mich nachdenklich. »Du magst mich nicht besonders, oder?«

Ich werfe einen Blick zu den anderen, um herauszufinden, ob sie zuhören.

»Wie laut wäre diese Glocke genau?«, fragt Eddie. Jemma ahmt ein lautes Bimmeln nach.

»Du hast mich zuerst nicht gemocht«, beschuldige ich Adam und richte meine Aufmerksamkeit wieder auf ihn. Gott, das ergibt nicht mal Sinn. Er lächelt und reibt über die dunkelblonden Stoppeln an seinem Kinn, aber als sich unsere Blicke treffen, sieht er mich ernst an. »Wie kommst du darauf?«

»Du machst mich andauernd fertig.« Ich zucke die Achseln und fühle mich unwohl. »Du kommandierst mich herum, du sprichst mich mit meinem Nachnamen an, du versuchst nicht mal, höflich zu bleiben, wenn du meine Arbeit kritisierst. Du hast einfach keinen Respekt vor mir. Die anderen Frauen behandelst du nicht so.«

Er nippt nachdenklich an seinem Bier. »Und was denkst du, woran das liegt?«

»Weil du glaubst, ich wäre nicht gut genug für den Job.« Der Alkohol gibt mir den Mut, Adam in die Augen zu sehen und wütend zu sagen: »Ich schätze, du arbeitest einfach lieber mit Männern.«

Er spuckt fast seinen Drink aus. »Also mag ich dich nicht, weil ich ein Sexist bin? Rebecca, du hast dir gerade komplett widersprochen. Du glaubst, ich mag dich nicht, weil ich dich behandele wie einen Mann, aber du denkst auch, ich behandele dich so, weil du eine Frau bist?«

Jetzt klingt er ein bisschen verärgert, hält aber die Stimme gesenkt.

»Gerade weil ich dich respektiere, behandele ich dich nicht anders, als ich einen Kerl behandeln würde. Du bist doch sonst nicht so empfindlich. Wenn du's unbedingt wissen willst: Genau *deswegen* mag ich dich.«

Ich öffne den Mund, um etwas Schnippisches zu erwidern, merke aber, dass mir nichts einfällt. Er hat recht. Ich suche Gründe, mich über ihn zu ärgern. Und hat er gerade gesagt, dass er mich mag?

Nicht, dass es mich interessieren würde, aber meint er, er mag mich oder er *mag* mich?

Adam sieht mich herausfordernd an, aber genau in dem Moment steht Jemma auf. »Die nächste Runde hole ich«, verkündet sie. »Hilfst du mir, Rebecca?«

»Was war das denn?«, fragt sie an der Bar.

»Ach, Adam ist einfach ein Vollidiot«, sage ich, obwohl ich mir da jetzt nicht mehr so sicher bin. Hab ich übertrieben?

»Als ich zu euch rübergeguckt habe, habt ihr beide mit verschränkten Armen dagesessen und euch angestarrt, als wolltet ihr gleich eine richtig aggressive Partie Schach spielen.«

Sie bestellt die Drinks und sieht mich dann vielsagend an. »Wenn man die Körpersprache des anderen imitiert, ist das angeblich ein Zeichen von Anziehung.«

»Vergiss es, Jem.«

»Betrachte es als vergessen. Und jetzt lass uns einen Shot trinken, wo wir schon mal an der Bar sind.«

Wir gehen wieder an den Tisch zurück, und Adam erwähnt das Kino nicht mehr. Ich spüre, wie sich meine Stimmung bessert. Alle sind ein bisschen angeheitert, bis auf Adam, der anscheinend zu den Menschen gehört, die bechern können, wie viel sie wollen, ohne die Kontrolle zu verlieren. Das sagen die Leute auch über mich, aber jetzt gerade fühle ich mich nicht so, als hätte ich mich besonders gut unter Kontrolle.

»Was hast du das restliche Wochenende vor?«, frage ich Adam entschlossen, mich um mehr Freundlichkeit zu bemühen.

»Morgen Vormittag gehe ich klettern.«

»Ungewöhnlich.« Erklärt aber die muskulösen Unterarme.

Er lächelt. »Am Nachmittag werde ich wahrscheinlich ein bisschen arbeiten.«

»Du arbeitest zu viel«, sage ich und bereue es auf der Stelle. Das hat Ben immer zu mir gesagt, und er tat mir dann jedes Mal leid, weil er keinen Job hat, der ihm wichtig genug ist, um zu viel arbeiten zu wollen. Ich will nicht, dass Adam denkt, mein Job wäre mir unwichtig.

»Du solltest öfter mitkommen«, sagt Eddie zu mir, als Jemma und ich am Ende des Abends aufstehen, um zu gehen.

Erst in der kalten Luft draußen merke ich, wie betrunken ich eigentlich bin.

Jemma geht es auch nicht besser. »Mist, ich finde meinen Schlüssel nicht«, jammert sie und kramt eine Weile in ihrer Tasche herum, dann kippt sie einfach den gesamten Inhalt vor einem Hauseingang aus. »Scheiße, Scheiße, Scheiße, Scheiße, Scheiße.«

Sie steht auf und tastet die Taschen ihrer Jeans ab. »Vielleicht hab ich ihn im Pub verloren.«

»Dann geh und schau nach«, fordere ich sie auf. »Ich kümmere mich um den Kram hier.«

Ich räume ihre Sachen wieder in die Tasche, als plötzlich ein Paar schwarze Lacoste-Turnschuhe vor mir auftauchen.

»Alles in Ordnung?«, fragt die zugehörige Stimme.

»Adam.« Ich stehe auf. »Jemma hat ihren Schlüssel verloren – sie ist kurz …«

»Ja, ich hab sie gesehen, als ich rausgegangen bin.«

Wir schauen einander einen Moment an, schauen dann beide weg.

»Fährst du nach Hause?«, frage ich.

»Jep. Ich muss früh raus.«

»Klar. Die Felsen erklettern sich nicht von allein.«

»War schön, dich heute Abend zu sehen.«

»Dich auch«, erwidere ich, und ich glaube, ich meine es auch so.

Aber was dann passiert, sehe ich nicht kommen. Er beugt sich vor, nähert sich mit seinem Gesicht meinem. Ich rieche sein Aftershave und spüre die Wärme seines Körpers, trotz der kühlen Luft und der Tatsache, dass wir uns nicht einmal berühren. Noch nicht.

Aber in dem Sekundenbruchteil, bevor es so weit ist, schießt mir Ben in den Kopf. Er beugt sich hinunter, legt die Lippen auf den Mund des Mädchens in dem grünen Kleid.

»Sorry.« Ich weiche zurück und schüttle den Kopf. »Ich kann das nicht.«

»Okay«, sagt Adam, macht einen Schritt zurück und streicht sich mit einer Hand durch die Haare.

Jemma stürmt aus dem Pub. »Ich finde ihn nicht, und meine verdammte Mitbewohnerin ist bis morgen auf einem verdammten Junggesellinnenabschied.«

Im selben Moment explodieren dicke, schwarze Wolken, sodass wir alle augenblicklich klatschnass sind.

»Mein Leben ist Scheiße«, schreit Jemma in den Regen.

»Du kannst bei mir übernachten«, sage ich und versuche, Adam nicht anzusehen.

Als ein freies Taxi auftaucht, streckt Adam sofort einen Arm aus.

»Bitte schön, Mädels«, sagt er, als es anhält.

»Sicher?«, frage ich.

Er nickt und öffnet die Tür. »Bis Montag.«

»Bis Montag«, wiederhole ich und bin dankbar, dass Jemma da ist, sodass ich mit ihm nicht über das reden muss, was gerade passiert ist.

Sobald wir bei mir sind, ziehe ich meine nassen Sachen aus und meinen Bademantel an und gebe Jemma den, den Ben hiergelassen hat.

»Alles in Ordnung?«, fragt Jemma, stellt die Kebabs ab, für die wir das Taxi haben anhalten lassen, und zieht sich um. »Du warst so still im Taxi.«

Ich zwinge mich zu einem Lächeln. »Mir geht's gut. Willst du was trinken?«

»Da sag ich nicht nein.« Sie wickelt sich in den Bademantel und setzt sich aufs Sofa, mit den Füßen auf dem Couchtisch und Kebab auf dem Schoß. »Also, wie kommst du klar ohne Ben?«

»Gut«, antworte ich und reiche ihr ein Glas Rotwein und eine Gabel. Es ist das erste Mal, dass sie ihn heute Abend erwähnt.

»Gut?«

»Jep.«

»Jep?«

»Klar.«

»Du redest echt nicht gern darüber, oder?«

»Ich glaube einfach, es bringt nichts, sich damit aufzuhalten.« Ich packe meinen Lammspieß aus.

»Absolut richtig!« Jemma schiebt ihr Essen beiseite, nimmt meinen Laptop vom Couchtisch und schaltet ihn an.

»Was machst du da?«

»Ich melde dich bei einem Online-Dating-Portal an.«

»Auf keinen Fall.«

»Was hast du zu verlieren?«

»Ich verstehe einfach nicht, was so toll daran sein soll, kostbare Zeit mit fremden Leuten zu verschwenden.«

»Und was ist mit Ben?«, fragt Jemma. »Glaubst du wirklich, er sitzt rum und heult in seinen Whisky?« Sie nickt zu dem Glas, das ich vorhin auf dem Couchtisch habe stehen lassen.

»Wahrscheinlich nicht«, antworte ich mit zusammengebissenen Zähnen und denke an das Mädchen in dem grünen Kleid.

»Schau einfach mal rein«, redet Jemma mir Mut zu und drückt ein paar Tasten, während ich unsere Gläser nachfülle. »Hier!« Als ich zurückkomme, dreht sie den Bildschirm triumphierend zu mir. »Sag nicht, dass du den nicht nehmen würdest?«

»Pilot Unterstrich Dan«, lese ich laut und betrachte das Bild von einem Typen mit Sonnenbrille, der anscheinend in einem Cockpit sitzt. »Er sieht gut aus«, gebe ich zu.

»Ja.« Sie rutscht aufgeregt auf ihrem Platz hin und her. »Also machen wir dir ein Profil?«

»Vielleicht ein anderes Mal«, sage ich und klappe den Computer zu. Ich bin nicht bereit, mich mit Pilot Unterstrich Dan zu verabreden oder mit Adam zu knutschen oder sonst was mit sonst jemandem zu machen.

Und ich kann nicht glauben, dass Ben zu so was bereit ist.

BEN

Montag, 1. Dezember

Ich stehe von meinem Bürostuhl auf.

»Ich hau ab«, sage ich zu Russ und Tom.

Ich stecke die Arme in meine Jacke und merke, wie Russ auf die Uhr auf seinem Bildschirm schielt.

»Es ist noch nicht mal drei«, sagt er.

»Richardson hat den restlichen Tag Besprechungen«, erkläre ich. Ich koche heute Abend für Jamie – meine Art, ihm für alles zu danken, was er im letzten Monat für mich getan hat –, also brauche ich die nächsten paar Stunden, um alles Nötige einzukaufen und das Essen zuzubereiten.

»Aber du hast uns immer noch nicht erzählt, was am Freitag mit Natalie passiert ist. Das ist gegen den Kodex.«

»Was für ein Kodex?«

»Der Männer-Kodex.« Russ breitet die Arme aus, als wäre das selbstverständlich. »Derselbe Kodex, der besagt, dass du deine Freunde stehen lassen kannst, sogar wenn jemand Geburtstag hat ...« Hier räuspert er sich nachdrücklich. »... wenn die Chance auf Sex besteht. Der Kodex spricht dich frei, Ben, aber – und das ist das Entscheidende – er verlangt auch, dass du uns *alles* erzählst.«

»Ein Gentleman genießt und schweigt.«

Russ reißt empört den Mund auf, aber ich bin weg, bevor er weiter protestieren kann, und überlege im Hinausgehen, ob der Gentleman, der das als Erster gesagt hat, wohl ebenfalls im Bett einer fremden Frau geheult hat.

Jamie telefoniert, als ich nach Hause komme, also packe ich meine Zutaten aus und stelle dabei fluchend fest, dass ich das Dessert vergessen habe. Als er schließlich auflegt, bin ich gerade dabei, eine heiße Zitrone ins Hinterteil eines Hühnchens zu manövrieren.

Er sieht mir verblüfft zu.

»Man sticht die Zitrone an, und der Saft hilft dabei, das Hühnchen von innen zu kochen«, erkläre ich. »So braucht es weniger Zeit und bleibt saftig.«

Jamie reibt sich erwartungsfroh die Hände.

»Wer war am Telefon?«, frage ich.

»Danielle.«

Ihr Name steht im Raum.

»Wie geht es ihr?«

Jamie steckt die Hände in die Taschen. Ich schiebe den Vogel in den Ofen.

»Sie kann verstehen, warum Rebecca nicht mit ihr redet, aber *du* …«

»Rebecca könnte es nicht ertragen, wenn Danielle und ich uns jetzt noch treffen würden. Ich versuche nur, das Richtige zu tun.«

Jamie reibt sich die Schläfen. »Wahrscheinlich hast du recht; ich wünschte nur …« Er lässt den Satz unvollendet. »Und, hast du was von Natalie gehört?«

Ich sehe, wie er sich bemüht, ein Lachen zu unterdrücken.

»Ach, leck mich doch.«

»Ich meine, in meinem Bett haben Mädchen schon *Freudentränen* geweint, aber …«

Ich seufze. »Apropos weinen: Erinnerst du dich an meinen Zwiebeltrick?«

»Jep, man hält den Atem an.«

»Gut.« Ich hole ein Hackbrett heraus. »Du machst die Bratensoße.«

»Ich kann keine Bratensoße machen.«

»Es kommt Alkohol rein – es ist praktisch ein Cocktail.«

Ich erkläre ihm, wie er die Zwiebeln dünsten und dann zusammen mit der Karotte und dem Sellerie anschwitzen soll, und habe plötzlich Spaß daran. Kurz bevor er den Rotwein hinzufügt, hält er inne und geht zur Kreidetafel.

»Was ist denn jetzt schon wieder?«, frage ich.

»Deine Statusmeldungen bei Facebook. Das wollte ich schon länger ansprechen.«

»Ich war seit letzter Woche nicht mehr auf Facebook – ich will ja nicht *die Regeln* brechen.«

»Wie war das noch mal?« Er legt einen Finger an den Mund und denkt nach. *»Es ist Donnerstagabend und mir ist langweilig,* oder so ähnlich.«

»Warum passt dir das nicht?«

»Weil das, was du schreibst, nicht das ist, was die Leute lesen. Du schreibst: *Es ist Donnerstagabend und mir ist langweilig,* aber deine Freunde lesen: *Ich bin so einsam ohne Rebecca, ich wünschte, sie würde mir noch eine Chance geben.*«

»Schwachsinn.«

Er ignoriert mich und nimmt ein Stück Kreide in die Hand. »Okay, also Folgendes ist verboten: Facebook-Stalking, mehrere SMS hintereinander, das Damien-Rice-Gesülze«, er wickelt sich eine unsichtbare Schlinge um den Hals, »und Statusmeldungen, die klingen wie ein Hilfeschrei.«

»Und du darfst mir auf den Arm hauen?«

»Nur, wenn du schaust wie ein Blobfisch.«

»Ich schätze, du wirst mich vermissen, wenn ich weg bin.«

Er lächelt. »Ich glaube, da könntest du recht haben.«

Es ist zwar komisch, das zu sagen, denn ich wünsche mir nichts sehnlicher, als wieder bei Rebecca einzuziehen, aber ich fände es auch schade, nicht mehr mit Jamie zusammenzuwohnen. Das Zusammenwohnen kann eine Beziehung schon ganz schön belasten. Man hockt aufeinander, man lernt alle nervigen Angewohnheiten des anderen kennen. Aber unsere Freundschaft hat es sogar noch stärker gemacht.

Wahrscheinlich sollte ich das lieber für mich behalten.

»Wie läuft's auf der Arbeit?«, fragt er.

Ich mache den Ofen auf, um das Huhn mit der Soße zu begießen, dann hieve ich mich auf die Arbeitsplatte und beantworte seine Frage mit einem gelangweilten Achselzucken.

»Vielleicht sollte ich einfach die Klappe halten und mich damit abfinden«, sage ich. »Ich meine, die meisten Leute mögen ihre Jobs nicht, oder? Und es ist ja nicht so, als müsste ich meine Arbeit je mit nach Hause nehmen. Außer, man zählt das eine Mal mit, als Russ Toms Mousepad in meiner Tasche versteckt hat.«

»Du solltest definitiv die Klappe halten«, sagt er und lässt sich auf die Couch fallen. »Aber dich einfach damit abfinden? Auf keinen Fall. Guck dir an, wie viel Mist ich mitgemacht habe, bis ich einen Job hatte, der mir Spaß macht. Meine Eltern sind immer noch nicht darüber hinweggekommen, dass ihr einziger Sohn eine Bar betreibt.«

»Aber was ist denn so schlimm daran, eine Bar zu betreiben?«

»Es eignet sich nicht zum Angeben bei den Treffen der ...« Er verschluckt die Vokale, als er fortfährt: »... Cheshire Law Society.« Seine Brust zuckt unter einem einzigen, tonlosen Lacher. »Der Witz dabei ist, dass ausgerechnet ihre Art zu arbeiten mich davon überzeugt hat, dass ich was anderes will.«

Jamie redet eigentlich nie über seine Eltern, und ich fühle mich geehrt, dass er mir nun etwas anvertraut, um mir zu helfen, *mein* Leben in den Griff zu kriegen.

»Für sie zählt nur, wie viel man verdient, wo man auf der Karriereleiter steht. Sie haben es beide gehasst, Anwälte zu sein – gehasst. Und doch haben sie Überstunden gemacht, nie Urlaub genommen.« Er steht auf und betrachtet von seinem Fenster aus die Themse.

»Erinnerst du dich an meinen elften Geburtstag?«, fragt er. »Als ich mit meinem neuen Mountainbike vorbeigekommen bin?«

»Ja.«

»Ich hab dir das damals nicht erzählt, weil es mir peinlich war, aber ich hab meine Eltern den ganzen Tag nicht gesehen. Ich bin nur aufgewacht und habe das Fahrrad, in Silberpapier eingepackt, im Wohnzimmer gefunden, und als ich von der Schule nach Hause gekommen bin, waren sie noch nicht von der Arbeit zurück, also bin ich zu dir gekommen.«

Ich erinnere mich. Wir hatten ihn nicht erwartet, und als Mum erfuhr, dass er Geburtstag hatte, ist sie losgelaufen, um noch vor Ladenschluss einen Kuchen aus dem Supermarkt zu holen. Mir war nicht klar, dass er traurig war, aber er hat es all diese Jahre nicht vergessen können.

»Sie haben sich im Prinzip damit abgefunden, unglücklich zu sein, damit sie mit fünfzig genug Geld haben, um sich zur Ruhe setzen zu können.« Sein Ton ist nüchtern, nicht verbittert. »Aber weißt du, was? Jetzt sind sie immer noch unglücklich. Was bringt es, sich für eine glückliche Zukunft abzurackern, wenn diese Zukunft vielleicht nie kommt?« Seine Brust hebt sich, als er tief Luft holt. Er hält sie eine Sekunde lang an und atmet dann aus. »Das Huhn riecht übrigens genial.«

Er kommt herüber, um die Auflaufform zu begutachten, die ich aus dem Ofen ziehe.

»Rebecca wird es schwer haben, wieder eine so gute Hausfrau wie dich zu finden«, sagt er, und als ich lache, wirft er mir einen Blick zu, den ich nicht ganz deuten kann.

»Was ist?«, frage ich.

»Das ist das erste Mal, dass ich mehr als eine halbe Stunde mit dir verbracht habe und dir nicht auf den Arm hauen musste. Weißt du, was«, er stellt sich wieder vor die Kreidetafel, »Regel Nummer sechs: für Jamie kochen.«

Nach dem Essen geht Jamie ein Dessert kaufen.

Während er weg ist, versuche ich, auf dem Kickertisch das Finale der Saison 2011/12 nachzustellen, das Spiel mit dem ultimativen Happy End. Es steht 2:2 im Etihad, die letzten Sekunden laufen, als Balotelli das Gleichgewicht verliert, es aber irgendwie schafft, den Ball in den Strafraum der Queens Park Rangers zu bringen. Ich will gerade AGUERRRRRO schreien und den Meistertitel von Manchester City feiern, als der kleine Plastikball unter dem Fuß des Stürmers stecken bleibt und das Ganze einen anderen Ausgang nimmt, die Geschichte plötzlich neu geschrieben wird.

Ich setze mich auf die Couch und starre auf die eingerahmten alten Werbeplakate für Spirituosen, die über dem Tisch hängen. Rebecca hat sie Jamie vor ein paar Jahren zum Geburtstag geschenkt, bevor auch unsere Geschichte neu geschrieben wurde.

Ich ignoriere Jamies Regeln, schalte meinen Laptop ein und gehe auf ihr Profil, aber …

Ihr Foto ist verschwunden, ersetzt durch eine weiße Silhouette.

Was zur Hölle ist denn jetzt los?

Ich wusste nicht, wohin ich sonst gehen soll. Ich weiß nur, dass es so nicht läuft. Rebecca kann mich nicht aus ihrem Leben löschen, meine Anrufe und SMS abblocken und so tun, als hätte sie bei all dem keine andere Wahl. Also hab ich mir die kleine Samtschachtel geschnappt und bin zur Wohnung gefahren.

Ich hatte vor, sie am Beachy Head zu fragen, ob sie mich heiraten will, aber manchmal muss man sich im Leben anpassen, wie damals, als die Engländer die spanische Armada besiegten, indem sie während der Schlacht ihre Formation änderten. Genau das muss ich jetzt tun, die Formation ändern, mich anpassen, denn Rebecca muss mir doch zuhören, wenn ich vor ihr knie, oder?

Meine Hand zittert, als ich den Schlüssel ins Schloss stecke, ich bin auf ihren Protest gefasst, aber noch bevor die Tür ganz offen ist, spüre ich, dass die Wohnung leer ist und ich wohl warten muss.

Ich laufe umher und mache mich wieder mit den Dingen vertraut, die wir erst vor ein paar Monaten zusammen gekauft haben. Ich setze mich aufs Bett, streiche mit den Fingerspitzen über die Nussholzplatte des Esstischs, betrachte die Couch. Es fühlt sich an, als wäre mein Leben auf Pause geschaltet und ich würde es besichtigen, alles steht still außer mir.

Die Lieferanten haben damals anderthalb Stunden gebraucht, um die Couch die zwei Treppen hochzukriegen, und mir tat alles weh vom Helfen, aber sobald die Männer weg waren, schlug Rebecca die Tür zu und zog mich auf die leinenbezogenen Polster. Durch die Bewegung unserer Körper rutschte die Couch über den Holzboden, sodass sie, bis wir schließlich atemlos und duselig zusammenbrachen, fast in der Küche stand.

Als ich heute Abend von Jamie weggegangen bin, habe ich damit gerechnet, eine überquellende Spülmaschine vorzufinden und über Rebeccas Kram zu stolpern, aber die Wohnung ist blitzsauber, und das kratzt an meinem Ego. Die DVD-Box der Serie, die wir geschaut haben, bevor sie mich rausgeschmissen hat, steht ordentlich im Regal, als hätte sie sie ohne mich beendet.

Ich sinke auf den Fußboden, den Rücken gegen den kalten Heizkörper gelehnt, und es ist, als würde jemand in mir einen Luftballon aufblasen und mich mit Leere füllen. Ich schaue auf die Uhr. Kurz nach acht. Ich bekomme eine SMS von Jamie. Er will wissen, wo ich bin, aber ich ignoriere sie. Ich frage mich, wo Rebecca steckt, wie lange sie noch wegbleibt. Ich weiß nicht, wann genau mir ein blaues Blinken an der Wand auffällt.

Irgendwann stehe ich auf und suche seinen Ursprung. Es kommt von Rebeccas Laptop. Ich hebe ihn mit beiden Händen hoch, wie um sein Gewicht abzuschätzen. Ich spüre deutlich, wie mein Herz in meinem Brustkorb schlägt, wie es Blut durch meine Adern pumpt, Sauerstoff durch meinen Körper transportiert.

Ich habe früher noch nicht mal aufs Display ihres Handys geschaut, wenn es gepiept hat, und ich würde nicht darüber nachdenken, worüber ich jetzt nachdenke, wenn Rebecca mit mir reden würde, aber vielleicht finde ich ja etwas, das mir hilft zu verstehen, was in ihrem Kopf vorgeht? Eine E-Mail an eine Freundin oder so was?

Ich erstarre.

Das Geräusch einer zuschlagenden Tür irgendwo im Haus. Ich horche vier, fünf, sechs Sekunden. Es ist ein viktorianisches Haus, und obwohl die Treppe vermutlich angebaut wurde, als man das Gebäude in einzelne Wohnungen unterteilt hat, ist sie trotzdem so alt, dass jede dritte Treppenstufe knarrt. Aber jetzt höre ich nichts mehr. Es müssen Angus oder Tasha aus der unteren Wohnung gewesen sein, oder Carl im Erdgeschoss.

Ich blicke wieder auf den Laptop, während mir hundert verschiedene Gedanken durch den Kopf schießen. Fast alle davon raten mir, es nicht zu tun.

Ich halte die Luft an, so lange ich kann, entziehe meinem Gehirn damit den Sauerstoff, den es zum Denken braucht, und atme schließlich wieder aus.

Ich klappe den Bildschirm auf, und das, was ich sehe, habe ich so wenig erwartet, dass ich lachen muss.

Eine Dating-Website?

Das Profil irgendeines Typen ist geöffnet, aber ich bin zu verblüfft, um richtig hinzuschauen.

Das würde Rebecca doch nicht tun, oder? Das passt nicht zu ihr, und, Gott, ich bin erst einen Monat weg. Ich weiß, dass sie nicht der Typ dafür ist, sich mit einer Schachtel Taschentücher zu verkriechen und in Dauerschleife Adele zu hören, aber so schnell kann sie doch nicht darüber hinweggekommen sein?

Ich schließe den Laptop und atme durch, suche nach einer anderen Erklärung, aber meine Fantasie überschreibt alles und wurde anscheinend zu HD upgegradet, denn es ist, als wären sie mit mir hier im Raum, Rebecca und dieser Pilot_Dan-Vollidiot. Er schenkt ihr einen Whisky aus der Karaffe ein, aber ausnahmsweise will sie keinen Whisky. Sie packt ihn bei seiner Krawatte und zerrt ihn auf die Couch – unsere Couch –, und danach schauen sie eine Folge *The Killing.*

Mit geballten Fäusten beuge ich mich zur Couch, um festzustellen, ob sie sich verschoben hat, seit ich zum letzten Mal hier war. Von der Vorstellung, dass Rebecca sich in einen anderen verliebt, dass ich ihr nicht mehr wichtig bin, wird mir schlecht.

Ich trete mit dem rechten Fuß gegen die Wand, aber das Abreagieren hilft nicht, sondern führt nur dazu, dass mein großer Zeh – einer der wenigen Teile von mir, der bisher nicht höllisch wehtat – höllisch wehtut.

Ich muss hier raus.

Ich nehme das signierte Man-City-Trikot von der Wand des Gästezimmers und stecke möglichst viele von meinen Sachen in Müllsäcke. Ich besitze nicht viel, hauptsächlich Klamotten, aber ich will, dass Rebecca sieht, dass sie weg sind; ich will, dass sie weiß, wie ich mich fühle.

Ja, ich bin mit Natalie nach Hause gegangen, aber ich war besoffen, und es ist nichts gelaufen, weil ich nur an Rebecca denken konnte, aber diese Scheiße hier, das ist vorsätzlich, und ich frage mich, ob die Sache mit Danielle ihr vielleicht gelegen kam. Ob sie schon länger wollte, dass es aus ist?

Ich schaffe es noch nicht, zu Jamie zurückzufahren, und mit dem ganzen Zeug werde ich sowieso ein Taxi rufen müssen, also lehne ich mein Fahrrad gegen eine Bank auf dem Rasen hinter dem Haus. Ich setze mich, lasse den Kopf in die Hände fallen, und die Enttäuschung und Fassungslosigkeit und Sehnsucht der vergangenen Wochen verwandeln sich in etwas Neues.

Wut. Sie brodelt in mir, lässt meine Beine zittern.

Mein Handy fängt an zu klingeln, und mein erster Gedanke ist, dass Rebecca nach Hause gekommen ist; sie hat gesehen, dass meine Sachen weg sind, und nun ruft sie beunruhigt an.

Ich schaue hoch zur Wohnung, aber es brennt immer noch kein Licht.

Niedergeschlagen ziehe ich mein Handy aus der Tasche, und wenn der Name von sonst irgendwem auf dem Display stehen würde, würde ich nicht rangehen, aber irgendein Urinstinkt übernimmt, ein Instinkt, der mir sagt, dies könnte der einzige Mensch sein, der mich trösten kann.

»Hallo Schatz«, sagt Mum. »Störe ich dich?«

Wie konnte ich überhaupt annehmen, dass es jemand anderes sein könnte? Mum ruft jede Woche um die gleiche Zeit an. Das kommt davon, wenn man fünfunddreißig Jahre in einer Schule gearbeitet hat. Ihre Zeit ist nach dem Gong eingeteilt und getaktet.

»Na ja, ich hab nicht mit dir gerechnet, aber …«

»Sehr witzig, Schatz.«

Ich mache jede Woche den gleichen Scherz, und jetzt gerade hat die Routine unseres Gesprächs etwas Beruhigendes. Sie erzählt mir von Dads neustem Hobby (aktuell Flohmärkte), ich frage sie nach der Arbeit. Sie sagt etwas davon, dass ihre Stelle umstrukturiert wird, von Sekretärin zu Verwalterin oder so was, aber es fällt mir schwer, richtig zuzuhören.

»Wie läuft's bei dir auf der Arbeit?«, fragt sie.

»Wie immer.«

»Ach, na ja …«

Mum hat die Angewohnheit, oft nicht direkt zu sagen, was sie denkt. Im Lauf der Jahre habe ich im Kopf meine eigene Version von

Google Translate entwickelt, sodass ich alles, was sie sagt, kopieren und einfügen, dann auf Enter drücken und erfahren kann, worauf sie eigentlich hinaus will. *Ach, na ja …* bedeutet in diesem Fall: *Glaubst du wirklich, mir macht es Spaß, als Sekretärin in der Schule zu arbeiten?* Was schon komisch ist, denn ich bin absolut sicher, dass es ihr Spaß macht, da sie nichts mehr liebt, als Sachen zu organisieren und anderen zu sagen, was sie zu tun haben.

»Und wie geht's Rebecca?«, fragt Mum.

Ich wusste, dass die Frage kommt, und hatte vor, so zu antworten wie in den letzten Wochen. Rebecca geht's gut, habe ich ihr jedes Mal gesagt, denn ich dachte wirklich, wir würden über diese Sache hinwegkommen.

»Weißt du schon, ob sie an Weihnachten mit dir mitkommt?«

Ich schließe für ein paar Sekunden die Augen, dann schaue ich wieder zum Küchenfenster, und in jenem Moment wird mir schließlich klar, was das hier ist: die dritte Phase, für die ich nicht bereit bin.

Nach-Rebecca.

»Ich komme allein, Mum.«

Es folgt eine kurze Pause. »Ist alles in Ordnung, Schatz?«

»Ja, es ist nur …« Ich versuche zu schlucken, aber meine Kehle fühlt sich an wie vakuumverpackt. »Rebecca und ich, wir haben uns getrennt.«

REBECCA

Erster Weihnachtstag

»*Buongiorno!*« Stefan stürmt in die Küche, nimmt mein Gesicht in die Hände und küsst mich auf beide Wangen. »Frohe Weihnachten. Was ist los?«

»Was los ist«, erkläre ich, während ich die Füllung mische und Dad Würstchen in Teig einwickelt, »ist, dass wir keine Lust mehr hatten, auf dich zu warten, und angefangen haben, das Essen vorzubereiten. Der Truthahn ist im Ofen.«

»Was ist das?« Er deutet auf meine Schüssel.

»Das ist, ähm ... eine köstliche Mischung aus Ciabattabröseln, italienischer Wurst, Putenleber und Kräutern.« Ich versuche, mir nicht anmerken zu lassen, dass ich direkt von der Packung ablese, die ich ihm an den Kopf schmeiße, als ich ihn grinsen sehe. »Halt die Klappe und schneide die Karotten.«

»In Scheiben oder Stifte?«

»Mir doch egal.«

»Wird gemacht.«

»Schön, dich zu sehen, mein Sohn«, sagt Dad und klopft Stefan auf den Rücken.

»Dich auch, Marco.« Stefan gibt Dad zwei Küsschen. »Sollen wir einfach alles zusammen mit dem Truthahn in den Ofen schieben und zu den Geschenken übergehen?«

Also ab in den Ofen damit.

Wir gehören nicht zu den Familien, in denen die Geschenke der Reihe nach ausgepackt werden – wir reißen alle gleichzeitig das Papier auf, sodass die Bescherung um 12.03 Uhr beginnt und um zehn nach endet.

»Hier kommt noch eins«, ruft Stefan und wirft mir einen roten Umschlag zu. Darin ist eine Karte mit einem Schneemann, der Kohlen als Augen und Mund und eine Karotte als Genital hat; und außerdem sind da zwei Tickets für Erasure.

»Cool!« Ich grinse. Wir beide lieben Erasure – mein Bruder hatte früher eine ramponierte alte Kassette von ihnen, die uns in jedem Auto in jedem Land, wo wir als Jugendliche wohnten, begleitet hat. Eine meiner frühesten Erinnerungen ist, wie wir beide zu der Musik singen, während wir aus Frankreich zurück nach England fahren, um an Weihnachten Granny zu besuchen.

»Sie sind im April im Roundhouse.«

»Ich kann's gar nicht erwarten. Willst du dein Ticket behalten, oder soll ich beide mitnehmen?«

»Oh, die sind beide für dich. Ich hab uns je zwei besorgt, weil ich noch jemanden mitnehme und dachte, du würdest auch ... jemanden mitnehmen.«

Ben. Er wollte Ben sagen.

»Okay, schön.« Ich zwinge mich zu einem Lächeln. »Danke.«

Stefan und Dad tauschen einen Blick. Meine Familie hat aufgehört zu fragen, wie es mir nach der Sache mit Ben geht. Wahrscheinlich, weil meine Antwort immer die gleiche war: *Mir geht's gut.* Aber ehrlich gesagt bin ich mir gar nicht mehr so sicher, ob es mir gut geht. Wir sind jetzt schon fast zwei Monate nicht mehr zusammen. Sagt man nicht, die Zeit heilt alle Wunden? Bei mir fühlt es sich eher so an wie ein Kratzer, der sich zu einem tiefen Schnitt ausgeweitet hat.

»Du fängst heute aber früh an mit dem Wein.« Ich merke, wie Dad sich um einen lockeren Ton bemüht, während er auf das Glas blickt, das ich gerade hochgehoben habe. »Normalerweise trinkst du erst beim Abendessen.«

»Interessiert es keinen von euch, wen ich mit zum Konzert nehme?«, fragt Stefan. Dad und ich sehen ihn an. »Meinen festen Freund Jonny.«

Ich schlucke meinen Wein hinunter und breche dann urplötzlich in Tränen aus.

Die Bestürzung in Dads Gesicht ist verständlich – Stefan ist nie in einer Beziehung, und ich weine nie. Selbst als Kind, wenn mein Bruder mich geärgert hat oder wenn ich sauer war, weil wir wieder umziehen mussten, habe ich mich eher schmollend verkrochen oder einen Wutanfall bekommen. Stefan hat mehr geweint als ich.

»Ich ... freue mich nur so ... für Stefan«, stoße ich zwischen Schluchzern hervor.

»Das ist ein bisschen seltsam, Schwesterherz«, bemerkt Stefan stirnrunzelnd.

Dad legt eine Hand auf meine Schulter. »Was ist los, Kleine?«

»Nichts«, antworte ich stur. »Stefan, erzähl uns von Jonny.«

»Na ja, wir sind Arbeitskollegen«, beginnt mein Bruder mit ungewohnt verträumtem Blick.

Ich weiß ehrlich nicht, was mit mir los ist. Ich freue mich für Stefan, aber deshalb muss ich nicht weinen. Ich schätze, es hat mit Ben zu tun und damit, dass er sich mit anderen Leuten trifft und mich nicht mal an Weihnachten anruft. Er hat sich seit Wochen nicht mehr gemeldet.

Und es hat damit zu tun, dass ich ein zweites Ticket für Erasure habe und niemanden mitnehmen kann, weil Jamie der Einzige ist, den ich noch habe, und er bestimmt arbeiten muss.

Bevor ich Danielle und Jamie kennengelernt habe, hatte ich eigentlich nie richtig gute Freunde. Ich habe immer zu lange gebraucht, um mich zu öffnen, und dann zogen wir um, und der Kontakt brach ab.

»Die anderen haben schon die ganze Zeit gesagt: *Wir müssen dich unbedingt mit Jonny verkuppeln, ihr würdet euch echt super verstehen*«, erzählt Stefan. »Und ich dachte: *Warum? Weil wir beide schwul sind? Bedeutet das automatisch, dass wir was voneinander wollen?* Aber wie sich herausgestellt hat, wollen wir tatsächlich was voneinander.«

Ich wurde auch einmal verkuppelt. Sally – die Einzige aus der Oberstufe, mit der ich in Kontakt geblieben bin, weil sie auf die gleiche Uni gegangen ist wie ich – hat mich mit ihrem Kumpel Tommy verkuppelt. Es ist nicht viel daraus geworden, und danach waren Sally und ich auch nicht mehr so eng befreundet. Ich glaube, sie hatte das Gefühl, zwischen zwei Stühlen zu sitzen.

Aber wir treffen uns noch ab und zu, um einander auf den neusten Stand zu bringen. Ob sie wohl Erasure mag?

Ben hat es so viel einfacher, denke ich verärgert und wische mir noch eine Träne weg. Ihm fällt es so leicht, Leute kennenzulernen. Außerdem hat er schon gesagt, dass er Silvester in der Bar ist, also darf er mit Jamie feiern.

Was soll ich an Silvester machen? Am liebsten würde ich zu Hause bleiben, mir was zu essen bestellen und früh ins Bett gehen, aber ich sehe die Gesichter der Leute schon vor mir, wenn ich ihnen sage, dass ich nichts vorhabe, und ich kann Mitleid nicht ertragen.

»Riecht es hier verbrannt?«, fragt Stefan, der immer wieder, während er gesprochen hat, Bällchen aus zusammengeknülltem Geschenkpapier in den geflochtenen Abfalleimer in der Ecke geworfen hat.

»Der Truthahn!«, rufen wir alle einstimmig, springen auf und rennen in die Küche.

Die Kartoffeln sind genauso verbrannt wie der Truthahn, der Rosenkohl ist matschig und die Karotten und Pastinaken noch hart, aber wir gratulieren einander zu unseren Bemühungen und essen unser Festmahl bis auf den letzten Bissen auf, spülen es mit reichlich Rotwein hinunter und beenden es mit Tiramisu aus dem Supermarkt, das Stefan mitgebracht hat. Ich bin froh, dass Dad und Stefan nichts dazu sagen, dass ich vorhin geweint habe.

»Lasst uns Trivial Pursuit spielen«, sagt Stefan.

»Oder Cluedo?«, schlage ich vor.

»Oder Karten?«, fragt er zurück.

»Ehrlich gesagt, bin ich total voll.« Dad lehnt sich zurück und reibt sich den Bauch. »Ich glaube, ich mache zuerst einen Spaziergang. Kommt jemand mit?«

»Nee«, antwortet Stefan. »Ich habe Converse an – die sind nicht wasserdicht.«

»Es regnet nicht«, entgegnet Dad. »Es ist schon den ganzen Tag trocken.«

»Echt? Verdammt. Das war eine Ausrede – ich hab einfach keine Lust auf einen Spaziergang.«

Dad lacht. »Rebecca?«

»Klar«, sage ich. Ich habe zwar auch keine große Lust, aber vielleicht hilft mir die frische Luft, den Kopf freizukriegen. »Während wir weg sind, kann Stefan die Spülmaschine einräumen.«

»Vergiss nicht, nach deinem Schneehaus zu schauen, wenn ihr schon mal am Strand seid, ja?«, kontert er.

»Du kannst mich mal.«

Er pfeift immer noch »Walking in the Air«, als Dad die Haustür hinter uns schließt.

»Alles in Ordnung mit dir?«, fragt Dad vorsichtig, als wir die Straße hinaufgehen.

»Ja, Stefan und ich haben nur herumgealbert.«

»Ich weiß. Ich meinte nicht wegen Stefan.«

»Mir geht's gut.« Ich seufze, da ich weiß, dass mein Dad außer Jamie der einzige Mensch ist, dem ich nichts vormachen kann. »Ben ist ausgezogen.« Er ist an einem Abend, bevor ich von der Arbeit zurück war, vorbeigekommen und hat seine Sachen abgeholt, nur wenige

Tage, nachdem ich ihn mit diesem Mädchen auf Facebook gesehen hatte. »Ich fühle mich einfach ein bisschen leer, weißt du?«

»Ich weiß.« Er nickt. »Aber wenn das mit Ben und dir nicht das Richtige war, dann hast du eine gute Entscheidung getroffen. Eine Trennung gehört zu den schmerzhaften Dingen, die man durchmachen muss, um es später besser zu haben und glücklicher zu sein.«

Ich habe Dad nicht den eigentlichen Grund erzählt, weshalb wir uns getrennt haben. Obwohl wir uns sehr nahestehen, erscheinen mir die Details doch ein bisschen zu persönlich, um mit ihm darüber zu sprechen.

»Aber was ist, wenn es das Richtige war?«

Direkt nachdem Schluss war, hatte ich wenigstens die Kontrolle. Wenn ich meine Meinung geändert hätte, hätte ich es nur sagen müssen.

Aber jetzt? Ich habe keine Ahnung, ob er mit dem Mädchen auf seinen Facebook-Fotos was angefangen hat – ich habe zu viel Angst, um Jamie danach zu fragen. Ich habe nicht nur Angst, dass er es mir bestätigt, sondern ich will Jamie auch nicht zwischen zwei Stühle setzen. Sonst wäre es wieder so wie mit Sally und Tommy.

»Das kannst nur du beantworten«, sagt Dad, und wir gehen eine Weile schweigend weiter.

»Es ist nicht nur wegen Ben«, gestehe ich, als wir den Weg zum Strand einschlagen. »Ich kann nicht schlafen. Fast gar nicht. Also bin ich den ganzen Tag müde.«

Wir bleiben am Ende des Piers stehen und blicken hinaus auf das Meer, das im Wind tost. Ich ziehe meinen Mantel enger um mich.

»Und ich fühle mich langsam überfordert von diesem Projekt auf der Arbeit«, fahre ich fort. »Ich spüre, wie alles außer Kontrolle gerät, ich sehe es, aber ich kann nichts dagegen tun.«

»Dann übernimm wieder die Kontrolle«, sagt er, als wäre das so einfach.

Ich starre weiter hinaus aufs Meer. Vielleicht ist es so einfach. Wir setzen unseren Spaziergang fort, und ich hake mich bei Dad unter. »Erzähl mir, woran du gerade arbeitest.«

Ich finde es immer spannend, wenn Dad über Gebäude spricht, und ich hoffe, ich werde eines Tages auch so gut und selbstsicher sein wie er, aber nun bekomme ich auf einmal Angst, dass ich es nicht schaffe. Ich lächle ihm weiter ermunternd zu, während er spricht, damit er das nicht mitkriegt.

Als wir zurückkommen, ist das Geschirr weggeräumt, und Stefan sitzt mit drei Gläsern Scotch und einer Schachtel After Eight am Esstisch und mischt einen Satz Karten.

»Sollen wir mit Rommé anfangen?«, fragt er.

Ich habe das Bedürfnis, eine Weile allein zu sein, also streiche ich mir über den Bauch.

»Mir tut der Magen ein bisschen weh«, schwindele ich und gehe mit meinem Glas ins Wohnzimmer. »Ich leg mich zehn Minuten hin.«

Ich liebe dieses Zimmer. Am schönsten ist es, wenn es draußen in Strömen regnet und ich mich in einer der Decken, die Granny gestrickt hat, aufs Sofa kuscheln kann. Heute ist natürlich seit Ewigkeiten der erste Tag, an dem es nicht regnet – kein Wunder bei meinem Glück zurzeit.

Ich lasse mich aufs Sofa fallen, stelle den Whisky neben mich auf den Fußboden und schalte den Fernseher ein. Die Nationalhymne ertönt und markiert den Beginn der Rede der Queen.

»In den Ruinen der alten Coventry Cathedral steht die Skulptur eines Mannes und einer Frau, die einander umarmen«, beginnt sie. »Sie heißt ganz einfach *Reconciliation* – Versöhnung.«

Ich lache fast laut in meinen Whisky, während sie darüber spricht, dass Weihnachten, hundert Jahre nach dem Beginn des Ersten Weltkriegs, die Zeit ist, um Vergebung zu feiern.

Ich hätte die Flasche mit rübernehmen sollen.

Letztes Jahr an Weihnachten war ich glücklich. Zwischen Ben und mir herrschte kein Krieg, und ich bin nicht jeden Tag mit dem Gefühl einer Niederlage von der Arbeit nach Hause gegangen. Wer hätte gedacht, dass alles so kolossal den Bach runtergehen würde?

»Dieses Weihnachtslied ist auch heute noch sehr beliebt. Es wurde während des weihnachtlichen Waffenstillstands gesungen und soll uns alle daran erinnern, dass es auch dort, wo niemand damit rechnet, immer noch Hoffnung gibt«, schließt die Queen.

Mir steigen Tränen in die Augen, als ich auf mein Handy schaue und der Chor »Stille Nacht« anstimmt.

Ich leere mein Glas, stelle es dann auf den Fußboden und nehme stattdessen mein Handy in die Hand.

Übernimm wieder die Kontrolle, hat Dad gesagt.

Ich suche Bens Nummer und schwebe mit dem Daumen über dem Anruf-Button. Ich weiß noch nicht, was ich sagen werde, aber ich weiß, ich muss seine Stimme hören, nur um mich zu vergewissern, dass er auch an mich denkt.

Ich drücke auf »Anrufen«.

BEN

Dad schaut auf die Uhr.

»Zehn nach drei«, sagt er. »Jetzt ist die alte Hexe bestimmt fertig.«

Er hebt sein Bierglas, um mit mir anzustoßen.

»Auf die Queen!«, sage ich pflichtschuldig.

Es war meine Idee, die Rede dieses Jahr sausen zu lassen und stattdessen ins Pub zu gehen. Ich hatte einfach genug von diesen ganzen Jahresrückblicken.

Mum die Sache zu vermitteln, war am schwierigsten. Sie liebt die Queen. Das muss an ihrer Erziehung liegen, denn bei Onkel Pete und Tante Helen ist es genauso. Manchmal reicht schon der bloße Anblick Ihrer Majestät am Weihnachtstag, um Onkel Pete zu Tränen zu rühren. Obwohl das auch etwas mit dem »Weihnachtsbrandy« zu tun haben könnte. Der übrigens der gleiche Brandy ist, den er auch an jedem anderen Tag trinkt, aber weil er ihn anders nennt, ist es ihm weniger peinlich, dass er morgens um halb elf schon einen sitzen hat.

Schließlich schlug Dad vor, Rebecca als Ausrede zu nehmen. Er sagte Mum, ich müsse mir einmal alles von der Seele reden, in einem Gespräch unter Männern.

»Ich hab ein schlechtes Gewissen«, gestehe ich ihm jetzt.

»Ich nicht«, sagt er. »Sie schenkt mir zu Weihnachten einen verdammten Rechen.«

»Woher weißt du das?«

Wir öffnen die Geschenke immer erst nach dem Abendessen, und Mum weigert sich, mit dem Kochen anzufangen, bevor die Rede zu Ende ist.

»Hast du schon mal versucht, einen Rechen so zu verpacken, dass man nicht sieht, was es ist?«

Ich lache, froh über die Ablenkung. Nachdem ich gesehen habe, wozu Rebecca ihren Laptop im Moment benutzt, habe ich eine Entscheidung getroffen: Meine einzige Chance, über sie hinwegzukommen, bestand darin, den Kontakt abzubrechen. Trotzdem hofft immer noch jeden Tag ein Teil von mir, dass sie sich endlich fragt, warum ich mich nicht mehr melde, und merkt, dass das alles ein dummer Fehler war. Aber ich mache mir nur etwas vor, und jeder Blick auf mein leeres Display erinnert mich daran, dass Rebecca sehr gut ohne mich klarkommt, danke der Nachfrage. Ich habe das Handy zu Hause gelassen, als Dad und ich abgehauen sind, denn heute will ich nicht wütend sein.

»Wir sollten zurückgehen«, sagt Dad und leert sein Glas.

Die Bürgersteige sind heute einen Tick heller. Der Regen, der gefühlt monatelang andauerte, hat endlich aufgehört. Dad zeigt auf einen Spatz, der auf der Stange eines Klettergerüsts im Biergarten landet.

»Frohe Weihnachten, Piepmatz«, sagt er.

Wir beobachten, wie sich der Spatz nach beiden Seiten umsieht, wie um zu prüfen, ob seine Flugbahn frei ist, und dann davonflattert.

»Glaubst du, der weiß überhaupt, dass Weihnachten ist?«, frage ich.

»Meinst du, wie in ›Do They Know It's Christmas‹?«

Ich lache wieder und lehne ab, als er mir eine Zigarette anbietet.

»Erinnerst du dich, wie du mich damals beim Rauchen im Schuppen erwischt hast?« Ich lehne mich gegen Dads Taxi, während er vor sich hin pafft. »Du hast gesagt, ich soll dir die Packung geben, und ich hatte solches Herzklopfen – ich hab mir fast in die Hose gemacht.«

Ich sehe, wie die Erinnerung zu ihm zurückkehrt.

»Dann habe ich kapiert, dass du sie nur wolltest, um dir selbst eine anzuzünden«, fahre ich fort.

»Ich war aus dem gleichen Grund wie du dort draußen«, sagt er. »Um deiner Mutter zu entkommen.«

Danach haben wir uns regelmäßig dort hingeschlichen. Unser kleiner Akt des Widerstands.

Dad bückt sich, um seine Zigarette am Gitter eines Abwasserkanals auszudrücken, und wir fahren los. Weil keine anderen Autos auf der Straße sind, klingt das Tuckern seines Dieselmotors noch lauter als sonst, jeder Gangwechsel ist ein lautes Klacken.

Ich bemerke einen Kratzer in seiner Windschutzscheibe und erinnere mich an eine Werbung von vor ein paar Jahren: Alle Kratzer werden irgendwann zu Rissen. War mein Danielle-Geheimnis auch so was? Ein Kratzer in der Windschutzscheibe?

Dad scheint meine Gedanken gelesen zu haben, denn er fragt, ob ich was von Rebecca gehört hätte. Ich schüttle den Kopf und belasse es dabei. Ich konnte Mum und Dad immer alles erzählen, aber heute Nachmittag fühle ich mich zum ersten Mal sein Monaten wieder wie *ich,* und ich möchte, dass das noch ein bisschen so bleibt. Außerdem habe ich nicht mal Jamie erzählt, dass ich den Kontakt abgebrochen habe. Wie hätte ich ihm den Grund dafür erklären sollen?

»Deine Mutter und ich haben uns auch einmal fast getrennt, weißt du das?«, fragt Dad, als wir an einer Ampel anhalten. »Lange bevor du überhaupt geplant warst.«

Ich drehe mich schockiert zu ihm. Ich habe die beiden immer für unzertrennlich gehalten. Sogar ihre Kennenlerngeschichte ist etwas ganz Besonderes. Dad hatte als Jugendlicher kein Zuhause. Seine Eltern haben ihn rausgeschmissen, als er fünfzehn war, nachdem er von der vierten Schule geflogen war – er hatte sich mit einem Lehrer geprügelt. Er hat zwei Jahre auf der Straße gelebt, bevor jemand bereit war, ihm einen Job zu geben: Er sollte Taxis waschen. Dabei lernte er fahren, indem er die Taxis auf dem Hof der Firma umparkte, und eines Tages wurde dringend ein Fahrer gebraucht, also bekam er eine Chance. So hat er Mum kennengelernt: Er hat sie von einer Weihnachtsfeier früh nach Hause gefahren. Sie fragte ihn, mit wem er Weihnachten verbringen würde, und er antwortete, mit niemandem, und als sie sagte, es gebe bestimmt Feiern für Leute, die niemanden haben, sagte er, davon wisse er nichts. Also veranstaltete Mum eine in ihrer Schule, und Dad ist hingegangen. Das war vor über dreißig Jahren. Ich hatte keine Ahnung, dass die ganze Geschichte danach fast den Bach runtergegangen wäre.

»Ich hab gesehen, wie so ein Typ in einer Bar eine Hand auf ihren Arm gelegt hat«, erklärt Dad und trommelt mit den Fingern aufs Lenkrad. »Also hab ich ihn umgehauen.«

Ich bin jedes Mal überrascht, wenn Dad mir solche Geschichten erzählt. Das ist nicht der Mann, den ich kenne.

»Leider war es ihr Boss.«

Ich verziehe das Gesicht.

»Sie hat einen Monat lang nicht mit mir geredet«, sagt er, während er auf die Ampel schaut. »Ich hab zwei Hosengrößen abgenommen.«

»Wie das?«

»Mir ging's so schlecht, dass ich nicht essen konnte.«

Ich strecke eine Hand aus und tätschle ihm den Bauch, als die Ampel umschaltet und das Auto mühsam wieder in Bewegung kommt. »Vielleicht sollte Mum wieder ein paar Monate nicht mit dir reden?«

Mum war allein, als wir losgingen, aber inzwischen ist der Großteil ihrer Seite der Familie eingetroffen. Onkel Pete sitzt mit einem Taschentuch in der Hand in einem Lehnstuhl. Er hat nie geheiratet und ist kinderlos, aber zwei von Tante Helens Kindern sind hier. Felicity, die vor kurzem siebzehn geworden ist, schenkt Dad und mir ein pflichtschuldiges Lächeln, während der zwei Jahre jüngere Conor irgendeinen Gruß brummt, aber nicht von *meinem* iPhone aufschaut.

»Hey.« Ich nehme es ihm weg und klicke das Spiel weg, in das er vertieft war.

»Ihr habt eine wunderbare Rede verpasst«, sagt eine Stimme hinter uns.

Ich drehe mich um und sehe Tante Helen, die einen Hut aus roten Servietten trägt, als wäre es eine Krone. Ich bemühe mich, betrübt auszusehen wegen der verpassten Rede.

»Keine Sorge«, sagt sie triumphierend. »Wir haben sie aufgenommen, damit ihr sie später anschauen könnt.«

Tante Helen breitet die Arme aus. Ich küsse sie auf die Wange und rieche eine Mischung aus Haarspray und Pfefferminz. Sie flüstert mir ins Ohr: »Aber warte besser, bis Onkel Pete weg ist – es war wieder alles ein bisschen zu viel für ihn.«

»Danke, Tante Helen.«

Sie greift nach meinen Händen und drückt sie. »Und jetzt lass dich ansehen.« Sie mustert mein Gesicht wie durch eine Lupe. Schließlich sagt sie: »Gut.«

Ohne eine weitere Erklärung lässt Tante Helen meine Hände los. »Conor und Felicity sind da«, informiert sie mich für den Fall, dass ich nicht mitbekommen habe, dass die beiden ein paar Schritte entfernt sitzen. Ich tue ihr den Gefallen und winke ihnen zu, und diesmal ignorieren sie mich komplett. »Dein Cousin Matthew hat es leider nicht geschafft«, fügt Tante Helen hinzu. »Er ist mit Freunden in die Schweiz gefahren.«

Ich weiß, dass Matthew mit seiner Verlobten in der Schweiz ist – ihre Eltern haben dort eine Hütte –, aber Tante Helen will offensichtlich meine Gefühle als frischer Single schonen. Während wir uns gegenseitig auf den neusten Stand bringen, gibt sie sich solche Mühe, Rebecca nicht zu erwähnen, dass es eigentlich ziemlich witzig ist.

Ich gehe zu Mum in die Küche, wo sie das Lamm ausbeint, um es mit ihrer Spezial-Weihnachtsmischung zu füllen: Datteln, Cranberrys, Nüsse und Semmelbrösel. Sie hat mir alles beigebracht, was ich kann.

Ich hole die Mischung aus dem Kühlschrank, der vollgestopft ist mit Quiches und Mini-Pizzen und Zutaten für Häppchen. Mum ist stolz darauf, dass sie immer Essen »nur für den Fall« im Haus hat, aber an Weihnachten entwickelt sich das Ganze von »nur für den Fall, dass jemand zu Besuch kommt« zu »nur für den Fall, dass es ein Erdbeben gibt und unser Haus zu einer Notunterkunft erklärt wird«.

»Wie läuft's auf der Arbeit?«, frage ich sie.

Mum schüttelt den Kopf, als gäbe es nichts zu berichten.

»Sie wird nach Strich und Faden verarscht, so läuft es auf der Arbeit«, wirft Dad ein.

Ich erinnere mich, dass Mum vor ein paar Wochen erwähnt hat, ihre Stelle werde umstrukturiert, aber ich war so sehr mit meinen eigenen Problemen beschäftigt, dass ich nicht mehr nachgefragt habe, was daraus geworden ist.

»Warum, was ist los?«, frage ich jetzt und habe ein schlechtes Gewissen.

»Lass uns an Weihnachten nicht über die Arbeit reden, Schatz.«

»Sie haben ihre Stelle geändert, ohne sie zu fragen«, erklärt Dad. »Jetzt graut es ihr jeden Tag davor, zur Arbeit zu gehen.«

»Ach, übertreib doch nicht, Trevor.«

»Das wäre nicht passiert, wenn du in deiner Gewerkschaft geblieben wärst«, sagt er.

»Also gibt es deine alte Stelle nicht mehr?«, frage ich.

Mum nickt.

»Und diese neue Stelle wolltest du nicht und hättest dich auch nie darauf beworben?«

Sie schüttelt den Kopf, diesmal entschiedener als zuvor.

»Du weißt schon, dass dir eine Abfindung zusteht, oder?«, frage ich. »Ich kann dir helfen einzufordern, was dir zusteht – ich kann das alles für dich erledigen.«

Mum schaut zu mir, dann zu Dad, und rümpft dann die Nase, als hätte ich vorgeschlagen, sie solle sich einem Cheerleaderteam oder so was anschließen. »Ich bin zu alt, um mir einen anderen Job zu suchen. Was soll ich denn machen?«

Sie füllt das Lamm und rollt es zusammen, und ich höre sie *Abfindung* murmeln und vor sich hin lachen, während ich die Schnur halte.

»Warum essen wir keinen Truthahn wie normale Leute?«, mault Conor, der in die Küche schlurft, als Mum das Fleisch zubindet.

»Wo sind deine Manieren, Conor?«, ruft Tante Helen herüber.

»Sie haben mir gerade geschrieben, um Bescheid zu sagen, dass sie es heute nicht schaffen vorbeizukommen.«

Ich höre Tante Helen im Wohnzimmer missbilligend seufzen, aber sie lässt die Sache auf sich beruhen.

»Lamm ist ein gutes Essen, wenn viele Leute da sind«, erkläre ich Conor. »Es hat viel Fett, also trocknet das Fleisch nicht aus.«

Er nickt interessiert und fragt dann: »Bist du schwul?«

Tante Helen kommt in die Küche und scheuert ihm eine. »Übrigens«, sagt sie zu ihm, »deine Geschenke haben gerade geschrieben – sie schaffen es auch nicht, heute vorbeizukommen.«

»Ein Kindle!«, ruft Felicity begeistert. »Danke, Ben!«

Als Conor sieht, was ich Felicity geschenkt habe, reißt er schnell die Verpackung seines Geschenks auf.

»Das sind ja echte Beats!« Er setzt sich die Kopfhörer auf. »Danke, Benny Boy – die sind arschgeil!«

»Pass auf, wie du dich ausdrückst, Conor!«, ermahnt ihn Tante Helen.

»Was denn? Ich hab arschgeil gesagt, nicht porno.«

Tante Helen wendet ihre Aufmerksamkeit mir zu. »Du hättest wirklich nicht so viel Geld ausgeben sollen, Ben.«

Sie hat recht, das hätte ich wirklich nicht. Aber ich wollte, dass dies ein besonderes Weihnachten wird.

»Ein Rechen!«, ruft Dad. »Genau, was ich mir gewünscht habe, meine Liebe.«

»Kein Grund, sarkastisch zu werden, mein Lieber.«

Nachdem Conor alle seine Geschenke ausgepackt hat, wirkt er gelangweilt, bis ich mein Geschenk von Mum und Dad öffne. Er hält sich einen Arm vors Gesicht und prustet in seinen Ellbogen.

»Zieh ihn an«, grölt er.

Onkel Pete sieht verwirrt aus. »Was ist das?«

»Ein Einteiler«, sagt Dad.

»Ein Bären-Einteiler«, präzisiert Mum.

Onkel Pete hilft das nicht weiter. »Was zur Hölle ist ein Bären-Einteiler?«

»Ein Einteiler, in dem man aussieht wie ein Bär«, erklärt Conor und kann seine Aufregung kaum im Zaum halten. »Jetzt zieh ihn schon an, Benny-Bärchen.«

Onkel Pete hat den Versuch aufgegeben, zu verstehen, was gerade los ist, aber Felicity hat ihr Handy weggelegt, und sogar Tante Helen wirkt amüsiert.

»Wir wollen ihn an dir sehen, Ben«, bettelt sie.

»Okay, okay«, sage ich betont beleidigt. »Aber vergesst nicht, dass ich morgen für den Brunch zuständig bin. Es wäre wirklich schade, wenn ihr alle über die Feiertage eine Lebensmittelvergiftung bekommen würdet.«

Als ich in dem Einteiler zurückkomme, klatscht Tante Helen begeistert und fordert Felicity auf, ein Foto zu machen.

»Schon erledigt«, sagt Conor, der sein neues iPad auf mich gerichtet hat, »ich maile es dir, wenn ich es bei Instagram hochgeladen habe.«

Ich tue so, als würde ich ihn auf den Arm boxen, aber das bringt ihn nicht zum Schweigen. Inzwischen sind alle in Gelächter ausgebrochen, sogar Onkel Pete.

»Och, tut mir leid, wenn ich dich bloßgestellt habe, Ben«, sagt Mum und zieht mich am Puschel, den ich ihr mit einem gespielt empfindlichen *Hey* wieder wegnehme.

»Ja, er fühlt sich bestimmt ganz er-*bär*-mlich«, ruft Conor, und das Gelächter verdoppelt sich, und ich lache mit und bin zum ersten Mal seit Monaten entspannt und glücklich.

»Ich dachte nur, es wäre schön für dich, was zum Kuscheln zu haben«, sagt Mum.

»Da du ja nicht mehr mit Rebecca kuscheln kannst«, wirft Conor ein und bringt damit alle zum Schweigen.

»Conor!«, sagt Tante Helen und verpasst ihm einen festen Klaps auf den Hinterkopf.

»Sorry. Aber ansonsten habe ich es doch ganz gut hingekriegt, Rebecca nicht zu erwähnen.«

Er fängt sich einen weiteren Klaps ein.

»Wofür war der denn jetzt?«, beschwert er sich, aber Tante Helen lacht schon wieder über mich.

Ich schaue an mir hinunter.

»Ich geh mal kurz in den Laden um die Ecke«, scherze ich, um die Spannung zu lösen. »Soll ich jemandem was mitbringen?« Alle lachen wieder, alles ist wieder normal.

Ich behalte den Einteiler an, als wir uns für das *EastEnders*-Weihnachtsspecial vor den Fernseher setzen, aber ich schaue gar nicht richtig hin.

Ich werfe aus Gewohnheit einen Blick auf mein Handy, aber da hat sich natürlich nichts getan, und aus irgendeinem Grund muss ich an den Kratzer in der Windschutzscheibe denken. Rebecca ist so stur, dass sie bei uns immer nur diesen Kratzer sehen wird. Ich muss einfach akzeptieren, dass es vorbei ist.

»Sorry wegen vorhin«, flüstert Conor, während alle anderen gebannt verfolgen, was auch immer gerade im Queen Vic passiert. »Wegen Rebecca, meine ich.«

»Schon okay, Kumpel«, antworte ich, und als das *Damm Damm Damm* nach der letzten Szene ertönt und der Abspann beginnt, merke ich, dass es wirklich okay ist. Ich fühle mich okay.

Nicht gut und ganz sicher nicht super, aber okay, und das ist schon mal ein Fortschritt.

REBECCA

Silvester

Du kannst kein neues Kapitel beginnen, wenn du das letzte immer wieder liest.

Ich stöhne lauf auf, schiebe das Handy unter mein Kopfkissen und versuche wieder einzuschlafen. Das ist der dritte Motivationsspruch, den meine Freundin Sally mir geschickt hat, seit ich ihr von der Sache mit Ben erzählt habe.

Dabei habe ich ihr nicht mal irgendwelche Einzelheiten anvertraut – ich hab es nur beiläufig einfließen lassen, als ich am Ersten Feiertag auf ihre »*Frohe Weihnachten*«-Sammel-SMS geantwortet habe.

Kurz zuvor hatte Ben meinen Anruf nach dem ersten Klingeln weggedrückt, und als mein Handy piepte, dachte ich, dass vielleicht er es wäre, um sich zu entschuldigen und zu sagen, er sei gerade beim Essen, werde aber zurückrufen. Der Ton meiner Nachricht muss mich verraten haben, denn jetzt hat Sally offensichtlich den Eindruck, sie müsste mich vor einem Sprung in die Tiefe bewahren.

Als sie mit ihren gefühlsduseligen Zudringlichkeiten begann, hatte ich leider ihre Einladung schon angenommen, mit ihr und ihren Freunden in einem Pub in Waterloo ins neue Jahr zu feiern.

Sie meint es gut, ich weiß. Und ich sollte dankbar sein – ich glaube, ich muss wirklich mal raus. Wenn man in einer Beziehung ist, sind die Tage zwischen den Jahren die ideale Gelegenheit herumzuhängen, Serien zu gucken und Käse zu essen.

Wenn man Single ist, fühlt man sich allein und isst Cornflakes direkt aus der Schachtel.

Aber vielleicht mache nur ich das.

Weil mir heiß ist, drehe ich mich auf den Rücken und kicke mit einem tiefen Seufzer meine Decke weg. Ich würde mich vielleicht mehr auf heute Abend freuen, wenn Sally nicht auch noch erwähnt hätte, dass ihr Kumpel Tommy, mit dem sie mich in der Uni verkuppelt hat, auch kommt. Wir waren nur ein paar Wochen zusammen, aber währenddessen hatte er mehr Interesse daran, einen draufzumachen, als eine Beziehung zu führen. Er hat mich versetzt, nur um sich auf irgendwelchen Studentenpartys volllaufen zu lassen. Aber er war offensichtlich fähig, sich für die richtige Frau zu ändern: Er hat vor Kurzem geheiratet.

Nicht, dass mir das irgendwas ausmachen würde – aber das Letzte, was ich jetzt brauche, ist eine Erinnerung an eine weitere gescheiterte Beziehung.

Du lieber Gott, vielleicht hat Sally recht. Ich muss dringend an meiner Einstellung arbeiten. Sie ist ein guter Mensch und will mich aufmuntern. Es war nett von ihr, mich einzuladen. Und es muss sich wirklich etwas ändern. Vielleicht sollte ich mir ein paar Neujahrsvorsätze aufschreiben.

Ich versuche, die Schublade meines Nachttischs zu öffnen, aber sie hat sich verklemmt von dem ganzen Kram, den ich jedes Mal hineinstopfe, wenn mir einfällt, dass die Putzfrau kommt. Vielleicht mache ich die Liste einfach im Kopf.

Meine Vorsätze:

- Mehr schlafen. Walgesänge hören?
- Keinen Mist mehr bauen auf der Arbeit. Wird leichter, wenn ich mehr schlafe.
- Mich nicht mehr fragen, ob Ben sich heute melden wird. Wir sind seit zwei Monaten getrennt. Mich damit abfinden.
- Kochen lernen. Irgendwas. Ganz egal.
- Meinen Freundeskreis erweitern.

Das dürfte fürs Erste reichen.

Ich springe voller Entschlossenheit aus dem Bett, halte aber nach der Landung inne, als mir einfällt, dass ich bis zu dem Treffen mit Sally noch gut neun Stunden vor mir habe.

Ich versuche es mit einem Bad. Ich will es den Frauen in der Werbung gleichtun, die aussehen, als würden sich ihre Sorgen in Luft auflösen, sobald sie sich in der Wanne zurücklehnen, zünde Kerzen an und schalte mein Radio auf Magic FM.

Während ich auf dem Wannenrand sitze und warte, bis das Wasser eingelaufen ist, wird mir bewusst, dass ich nicht mehr gebadet habe, seit Ben behauptet hat, es wäre romantisch, zu zweit zu baden.

Als ich meinen Körper schließlich in das heiße Wasser gleiten lasse, läuft gerade »She's Always a Woman to Me« von Billy Joel, und während ich spüre, wie sich meine Muskeln entspannen, denke ich an jenes Bad mit Ben. Nachdem er galant angeboten hatte, die Seite mit dem Wasserhahn zu nehmen, konnte er keine Position finden, in der sein Nacken nicht total steif wurde. Irgendwann lag er diagonal in der Wanne, und ich musste mich auf die Seite drehen und mich an seinen Fußknöcheln festhalten, um nicht unterzugehen. Wir haben uns schlappgelacht, während wir versuchten, es uns bequem zu machen, und landeten schließlich beide mit den Köpfen am selben Ende in einer Art Löffelchenstellung, wobei er das Gesicht an meinen Hinterkopf drücken musste.

»Ich hab dir doch gesagt, es ist romantisch«, bemerkte Ben kurz darauf, und wir prusteten wieder los.

Jep, das hier ist viel einfacher. Bequem, entspannend und … irgendwie langweilig.

Als Céline Dion läuft, platzt mir endgültig der Kragen.

Ich ziehe meinen Bademantel an und gehe mir einen Kaffee kochen, den ich zehn Minuten später in die Spüle spucke. Was kann man denn bei Kaffee falsch machen?

Ich habe Ben tausendmal dabei zugesehen. Drei Löffel in die Kaffeepresse, heißes Wasser draufgießen, runterdrücken, einschenken, einen köstlichen, milden Kaffee genießen.

Warum schmeckt er dann bei mir wie dreckiges Badewasser? Ich kippe den Rest der trüben, braunen Brühe in den Abfluss und knalle die Tasse ins Becken. Der Henkel bricht ab. Mist.

Ich schenke mir stattdessen einen Whisky ein – schließlich ist es ein besonderer Tag – und suche die Küche nach Essen ab.

Null, nichts, nada ... Was soll's! Ich werde mich anziehen und im Arch 13 was essen gehen. Jetzt wird nicht viel los sein vor der Party heute Abend, also kann ich mich mit Jamie unterhalten, denn Ben wird erst später dort aufkreuzen.

Die Bar ist praktisch leer, als ich ankomme, aber Jamie bemerkt mich nicht. Ich setze mich auf einen Barhocker, während er mit dem Rücken zu mir steht und eine Ananas schneidet.

»Was muss ein Mädchen tun, um hier einen Drink zu kriegen?«, rufe ich, die Ellbogen auf den Tresen gestützt und das Kinn in den Händen, als wäre ich schon ewig da.

Jamie dreht sich um, und ein Grinsen breitet sich auf seinem Gesicht aus. »Was machst du denn hier?«

»Mir war total langweilig.«

»Na danke«, sagt er bissig, während er Whisky in zwei Gläser einschenkt und dabei zu mir aufschaut. »Du siehst fertig aus.«

Ich antworte mit einem Achselzucken.

»Prost«, sagt er und schubst meinen Drink über den Tresen, sodass ich das Glas mit der Hand abfangen muss, damit es nicht über den Rand fliegt.

»Das war riskant«, sage ich und trinke einen Schluck.

»Ich vertraue dir«, erwidert er. »Und jetzt sag mir, was los ist.«

»Ehrlich, mir geht's gut. Ich bin nur kein Fan von Silvester.«

»Letztes Jahr hattest du hier viel Spaß.«

»Jep, und du und Ben, ihr werdet heute Abend bestimmt wieder viel Spaß haben.« Ich wollte das nicht so gehässig sagen, wie es rausgekommen ist, und als Jamie mich verletzt ansieht, würde ich es am liebsten zurücknehmen. Es ist nicht seine Schuld.

»Das ist nicht fair, Becs – ich will euch am liebsten beide hier haben, und ich werde mich nicht für die eine oder andere Seite entscheiden.« Er stellt seinen Drink ab, bringt dann sein Hackbrett herüber und schneidet weiter. »Ich kann nichts dafür, wenn du wie eine Märtyrerin zu Hause bleiben willst«, fügt er mit einem herausfordernden Grinsen hinzu.

»Ach, halt die Klappe«, sage ich und beuge mich vor, um ein Stück Ananas zu klauen. »Außerdem bleibe ich nicht zu Hause – ich gehe in einen Pub in Waterloo.«

»Mit wem?«

»Erinnerst du dich an Sally aus der Uni?«

»Selbsthilfe-Sally?«

»Genau die.« Mein Magen knurrt, und mir fällt ein, weshalb ich hergekommen bin.

Jamie geht ein paar Flaschen holen, um die Vorräte aufzufüllen, also bestelle ich bei Erica etwas zu essen. Sie serviert es mir beunruhigend schnell.

»Guten Appetit«, säuselt sie und stellt den Teller auf eine Weise vor mich hin, die ich nur als entschuldigend beschreiben kann.

»Du liebe Güte, Jamie – was ist das?«, frage ich, als er zurückkommt.

»Na ja, was hast du denn bestellt?« Er späht auf meinen Teller.

»Die Orientalische Platte. Aber was ist das genau?« Ich zeige ihm die beigegraue Pastete, von der ich abgebissen habe und aus der nun braunes Zeug heraustropft.

»Wie schmeckt es?«

»Scheiße.«

»Tja, dann …«

»Im Ernst – ich weiß nicht mal, ob es Fleisch oder sonst was ist.« Ich tauche es in Sojasoße und stecke es mir angewidert in den Mund. »Mann, ich vermisse Bens Essen.«

Jamie antwortet nicht, also tunke ich ein weiteres nicht identifizierbares Dreieck in meine Soße und sehe ihm in die Augen. »Wie geht es Ben?«

»Ben geht's gut.«

Gut?

»Gut?«, wiederhole ich und warte darauf, dass Jamie noch mehr verrät, ohne dass ich danach fragen muss. Wie er wohl die letzten Tage verbracht hat? Vielleicht hat er sich mit seiner neuen Freundin getroffen. Vielleicht haben sie zusammen gebadet. Ich wette, es war total romantisch.

»Jep, gut«, wiederholt er ebenfalls. »Du kennst ja Ben. Er ist ein bisschen frustriert von seiner Arbeit, also helfe ich ihm herauszufinden, was er machen soll.«

»Na, dann viel Glück.« Ich lache trocken. Das ist das Einzige, was ich an Ben nicht vermisse – dass er jeden Tag, wenn er von der Arbeit nach Hause kommt, über seinen Job jammert, aber nichts dagegen tut.

Ich schiebe meinen Teller beiseite, aber ich bin nicht sicher, ob mein mangelnder Appetit am Gesprächsthema oder am Essen selbst liegt.

»Komm doch auch heute Abend her«, bittet Jamie.

»Ben kommt.«

»Na und? Ich sage ja nicht, dass du ihn um Mitternacht auf den Mund küssen musst oder so. Aber ihr müsst lernen, euch beide im selben Raum aufzuhalten.«

»Warum?«

Jamie guckt wie ein angeschossenes Reh. »Mir zuliebe.«

Ich fühle mich schrecklich. Ich habe nicht ansatzweise genug darüber nachgedacht, wie sehr diese Sache auch ihm wehtun muss. Seine Freunde bedeuten ihm alles.

»Sorry«, sage ich. »Das werden wir. Aber nicht heute Abend.«

»Willst du noch was trinken?«, fragt er. »Oder musst du schon los?«

Ich blicke zögernd hinaus auf den windigen Vorplatz und strecke ihm dann mein Glas entgegen. »Wie spät ist es?«

Er schaut auf die Uhr. »Fünf Uhr.«

»Ich hab noch jede Menge Zeit. Einen Doppelten bitte.«

Sally und ihre Freunde sind schon in der Bar in Waterloo. Sie sitzen am Fenster, also schleiche ich mich an, drücke das Gesicht gegen die Scheibe und klopfe. Sally erschrickt kurz und lacht dann.

»'nen Zehner bitte«, blafft mich der Türsteher an.

»Holla, die Waldfee!«, rufe ich aus und hole mein Portemonnaie aus der Tasche. Es ist kein besonders gutes Pub. Normalerweise kostet es keinen Eintritt.

»Silvester«, knurrt er.

»Hallloooooooooooo«, begrüße ich Sallys Freunde laut, sobald ich drin bin. Das Lächeln auf all ihren Gesichtern friert ein. »Sorry, dass ich so spät dran bin.«

»Hi«, antwortet Sally und steht auf, um mich zu umarmen. Die gute alte Sally. Eine große Verfechterin der Heilkraft einer Umarmung. »Ähm, geht's dir gut?«

»Großartig. Könnte nicht besser sein. Ist heute nicht ein wundervoller Tag?« Ich zeige nach draußen. »Achtet übrigens nicht auf meine Haare – die sind ein bisschen vom Winde verweht.« Da fällt mir auf, dass ich mich nicht erinnere, sie gekämmt zu haben, als ich kurz zu Hause war, um mich umzuziehen. Aber ich erinnere mich, wie ich mir einen Whisky eingeschenkt habe. Und noch einen.

»Alles in Ordnung, Rebecca?«, fragt Tommy unsicher, als er aufsteht, um mich auf die Wange zu küssen. »Wie geht es dir?«

»Ich frage mich eher«, unterbricht ihn Sally, »wie betrunken du bist?«

»Ich bin nicht betrunken.«

Ich bin hackedicht. Trotzdem: Ich habe mir vielleicht nicht die Haare gekämmt, aber wenigstens überlege ich nicht mehr, ob Ben sich heute melden wird oder nicht, also, na ja, es hat alles seine Vor- und Nachteile.

»Ich hol dir ein Wasser«, sagt Sally. »Warte hier.«

»Wo sollte ich denn hingehen?«, rufe ich ihr hinterher, dann drehe ich mich zu Tommy. »Du hast geheiratet«, sage ich und halte Sallys Weißwein hoch. Tommy hat sich nicht verändert – er spielt Rugby und sieht auch so aus, aber auf eine irgendwie weiche, knuddelige Art.

»Ja, ich weiß.« Er stößt mit seiner Bierflasche an das Glas, das ich zu ihm geneigt habe, und ich merke, dass er sich Mühe gibt, nicht zu lachen.

»Hesslichen Glühwunsch.«

»Meinst du ›herzlichen Glückwunsch‹?«

»Was ich gesagt habe.«

»Trink das hier.« Sally ist mit einem großen Glas zurückgekommen.

»Nur, wenn da Gin drin ist«, scherze ich. Niemand lacht. »Ich brauche kein Wasser«, widerspreche ich, aber noch während ich das sage, dreht sich der Raum, und plötzlich habe ich so tierischen Durst, dass ich glaube zu sterben, wenn ich das Wasser nicht trinke.

»Na gut«, sage ich und nehme das Glas großmütig an. »Wenn es dich glücklich macht.«

Ich leere es in einem einzigen Zug und denke für einen schrecklichen Moment, es würde wieder hochkommen, aber es ist nur Schluckauf.

Wir schweigen alle für ein, zwei Minuten – sogar die Freunde, die sich bisher untereinander unterhalten haben –, bis Sally sagt: »Halt die Luft an«, und ich merke, dass ich immer noch Schluckauf habe.

»Alles okay?«, fragt die Bardame, die am Tisch nebenan Gläser einsammelt. Es ist laut hier, aber eher vom Reden und Gläserklirren als von der Musik oder der Party.

»Ja, danke«, antwortet Tommy. »Kann ich bitte eine Portion Pommes haben?«

Die Bardame nickt und geht weg.

»Rebecca?« Sally greift nach meinen Händen und streicht mir mit den Daumen über die Handflächen. »Hat Ben dich deshalb verlassen? Weil du zu viel trinkst?«

»*Was?* Nein«, sage ich. »Und er hat mich nicht verlassen. Ich habe ihn rausgeschmissen.«

»Warum?«, fragt Sally, während Tommy die Augenbrauen hochzieht.

»Er hat mit Danielle geschlafen.«

Beide schnappen nach Luft.

»Mit deiner besten Freundin Danielle?«, fragt Tommy leise. »Gott. Warte, ich bestell dir dein Glas Gin.«

»Ich kann das nicht glauben«, meint Sally. »Ich weiß, ich habe ihn nur einmal gesehen, aber er hat nicht wie so jemand gewirkt.«

»Er hat uns alle getäuscht«, sage ich.

»Wie ist es passiert?«

»Sie war traurig, und er hat sie getröstet.«

»Mann, das ist übel.« Tommy schüttelt den Kopf.

»Ich weiß. Er ist ein schrecklicher Mensch.«

»War das seine Ausrede?«, fragt Sally angewidert.

»Jep, und dass wir noch nicht zusammen waren, bla, bla, bla.«

»Moment mal ... Wie meinst du das?«, fragt Sally und hört plötzlich auf, meine Hände zu streicheln. »Ihr wart noch nicht zusammen?«

»Doch, waren wir. Mehr oder weniger.«

Tommy schiebt die Pommes, die die Bardame gerade gebracht hat, zu mir. »Hier, iss die. Also, wie lange wart ihr damals schon ein Paar?«

»Na ja, wie waren nicht offiziell ein Paar«, sage ich und stürze mich auf die Pommes. »Aber wir kannten uns schon. Seit genau dem Abend.«

»Ist was gelaufen? Habt ihr euch geküsst?«

»Nein, aber wir haben geredet. Außerdem«, füge ich hinzu, als ich sehe, wie Tommy und Sally wieder einen Blick tauschen, »ist das Problem nicht, dass er mit ihr geschlafen hat. Sondern dass er mich von Anfang an belogen hat.«

»Hat er das?«, fragt Tommy. »Hast du dich erkundigt, ob er mit ihr geschlafen hat, und er hat Nein gesagt?«

»Darum geht es nicht«, kommt Sally mir zu Hilfe. »Er war nicht ehrlich, und dass sie noch nicht zusammen waren, ist reine Formsache.«

»Genau.« Ich liebe Sally.

»Hör zu«, wendet sie sich an mich, »es wird wieder besser. Du weißt ja, wie man sagt: Einen Pfeil kann man nur abschießen, indem man ihn nach hinten zieht. Das heißt, wenn das Leben dich runterzieht, wird es dich bald umso höher fliegen lassen.«

»Wer sagt das?«, frage ich, während Tommy die Augen verdreht.

»Macht euch ruhig darüber lustig. Ich meine ja nur, du hast deine ganze Zukunft noch vor dir.«

»Jeder hat seine Zukunft noch vor sich«, bemerkt Tommy.

»Rebecca«, beschwört mich Sally, ohne auf Tommy zu achten, »du wirst darüber hinwegkommen.«

»Oder«, sagt Tommy nach einer Weile, »ganz verrückte Idee ...« Er fuchtelt mit den Händen um seinen Kopf herum, um das Verrückte darzustellen. »... du könntest ihm verzeihen.«

»Soll das ein Witz sein?«, frage ich.

»Warum nicht?«

»Hast du nicht gehört, dass er mit meiner besten Freundin geschlafen und es mir verheimlicht hat?«

»Doch, und ich glaube nicht, dass irgendjemand das nicht gehört hat. Du sprichst ziemlich laut, wenn du betrunken bist.«

»Jep«, bestätigt die Bardame, die die leere Pommesschüssel wegträgt. »Wir wissen alle Bescheid.«

»Du kannst doch bestimmt verstehen, warum er es dir nicht gesagt hat, oder?«, fährt Tommy fort. »Und warum ist man bei dir nach dem ersten Ausrutscher gleich weg vom Fenster?«

»Was soll das denn heißen?«

»Erinnerst du dich, warum wir uns getrennt haben?«

»Weil du nicht bereit warst für eine Beziehung. Zumindest nicht mit mir. Du wolltest lieber mit deinen Kumpels auf irgendwelche Partys gehen.«

»Das ist ein einziges Mal passiert«, sagt Tommy nun ebenfalls lauter. »Ich mochte dich wirklich und dachte, alles läuft super, aber dann wollten meine Freunde an einem Abend mit mir feiern und haben mich fertiggemacht, weil ich zu dir wollte, also bin ich bei ihnen geblieben. Ich war ein neunzehnjähriger Student, aber du hast es so dargestellt, als könnte man sich nicht auf mich verlassen, und hast mich abgesägt.« Er senkt die Stimme wieder. »Nicht, dass mir das was ausmachen würde oder so – ich bin jetzt verheiratet.«

Ich versuche, über seine Worte nachzudenken, aber in meinem Kopf ist alles ganz wirr. Ich glaube, ich kriege einen Kater. Hat er recht? War es nur ein einziges Mal?

»Tommy hat recht«, sagt Sally sanft, obwohl sie ihn komisch ansieht. »Nicht in der Sache mit Ben – was er getan hat, war falsch, und ich verstehe, warum es dir schwerfällt, ihm wieder zu vertrauen. Aber du hast wenig Verständnis dafür, wenn andere Leute Fehler machen. Es scheint fast so, als hättest du solche Angst, jemanden zu brauchen, dass du abhaust, sobald derjenige dich ein einziges Mal im Stich gelassen hat. Hat Ben dich vorher schon mal irgendwie verletzt?«

Ich denke an unser gemeinsames Jahr zurück. Wir haben uns ab und zu gezofft, aber nie in diesem Ausmaß.

»Ich glaube nicht«, gebe ich zu.

»Hab keine Angst, Leute an dich ranzulassen. Mehr sage ich nicht.«

Ich will etwas entgegnen, aber ich merke plötzlich, dass Sallys und Tommys Freunde alle ihre Gespräche unterbrochen haben. Selbst die, die nicht zu mir schauen, schweigen, um unauffällig lauschen zu können; manche wirken amüsiert, andere entsetzt. Ich spüre, wie ich rot werde. Was tue ich hier? Ich kenne diese Leute nicht. Mit ihnen fühle ich mich viel einsamer, als wenn ich allein zu Hause zu wäre.

»Weißt du was, Sally?« Ich stehe schwankend auf. »Ich glaube, ich gehe. Ich fühle mich nicht gut.« Sie versucht nicht, mich aufzuhalten. »Aber wir treffen uns bald wieder, ja?«, füge ich aus Höflichkeit hinzu.

»Unbedingt«, sagt sie strahlend. »Vielleicht zum Mittagessen? Oder auf einen Kaffee?«

»Gern.« Sie muss wirklich glauben, dass ich ein Alkoholproblem habe.

Die frische Luft tut gut. Ich gehe weit genug von der Bar weg, damit keiner mich sieht, bleibe dann stehen und setze mich auf eine Mauer. Wie bin ich hier gelandet? Die Straßen sind voll mit Freunden, die lachend unterwegs zur nächsten Party sind, und händchenhaltenden Paaren, die zur Brücke laufen, um sich einen guten Platz für das Feuerwerk zu sichern.

Vor einem Jahr hatte ich das alles auch: Freunde, Spaß, jemanden, den ich um Mitternacht küssen konnte. Vielleicht hatte Jamie recht. Vielleicht hätte ich auf seine Party gehen sollen.

Ein Taxi schiebt sich zwischen den Leuten durch, und obwohl ich eigentlich den Zug nehmen wollte, winke ich es heran.

»Wo soll's hingehen?«

Ich will dem Fahrer meine Adresse nennen, zögere aber. Ich schaue auf seine Uhr. 23.27 Uhr.

»Zum Arch 13«, sage ich ihm und beuge mich vor. »Fahren Sie zur Greenwich Station, von dort lotse ich Sie weiter.«

BEN

»Ich fühle mich okay«, sage ich zu Jamie. »Nicht gut, nicht super, aber okay, weißt du?«

»Das ist ein Fortschritt«, kommentiert er und steht von seinem Barhocker auf, um der Band zu applaudieren, die er für die Silvesterparty gebucht hat.

Sie haben die erste Hälfte ihres Sets beendet, und Erica dreht für die Pause die Hintergrundmusik auf. Jamie macht dem Sänger ein »Daumen hoch«-Zeichen, bevor dieser mit seinen Bandkollegen zum Rauchen nach draußen geht.

»Weihnachten war der Wendepunkt«, sage ich. »Ich habe irgendwie akzeptiert, dass es vorbei ist.«

Er lächelt, um zu zeigen, dass er mich gehört hat, äußert aber immer noch keine Meinung, als wäre er skeptisch. Ein paar Sekunden verstreichen.

»Was machen denn Danielle und Rebecca heute Abend?«

Ich lasse die Frage beiläufig klingen, um zu zeigen, dass es mir wirklich besser geht, sodass ich nebenbei über meine Ex reden kann, ohne mir großartig Gedanken zu machen.

»Danielle wollte nicht ohne Rebecca in Greenwich feiern, also geht sie mit ihrer Cousine auf eine Privatparty in Shoreditch.« Jamie seufzt, und ich weiß, dass er daran denkt, wie wir *letztes* Jahr alle zusammen gefeiert haben. »Und Rebecca trifft sich mit Freunden.«

Ich will fragen, mit welchen Freunden, aber das würde meine beiläufige Frage in eine Frage verwandeln, die einen Smoking mit Fliege trägt, also wechsele ich das Thema.

»Ich hab das Buch gelesen, das Tom mir zum Geburtstag geschenkt hat«, erzähle ich. »Wusstest du, dass Michelangelo eigentlich gar keine Lust hatte, die Sixtinische Kapelle zu bemalen? Er wollte als Bildhauer arbeiten, aber wenn der Papst einen um etwas bittet, kann man ja schlecht Nein sagen. Also hat er jahrelang etwas gemacht, woran er keinen Spaß hatte, aber am Ende war da die Sixtinische Kapelle, während ich nach meinen Jahren bei London Transport nichts vorweisen kann, als eine Reihe Richtlinien für zulässige Internetnutzung. Solange ich mit Rebecca zusammen war, hat das keine Rolle gespielt, denn alles andere in meinem Leben war perfekt, ich hatte ein Ziel, aber ... Hörst du mir überhaupt zu?«

»Ich höre dir schon zu, aber manche Dinge, die du sagst, landen direkt in meinem Spam-Ordner.«

Ich bin auf diese Antwort nicht vorbereitet und ignoriere schmollend sein sarkastisches Grinsen. Nach ein paar Minuten Schweigen frage ich mich, ob mein Hunger mich überempfindlich macht.

»Ich will gar nicht wissen, was die Spezialsoße des Chefkochs wohl ist«, sage ich mit einem Blick auf die Speisekarte.

Ich bestelle einen Cheeseburger, und während Jamie Erica beim Bedienen hilft, fällt mir etwas wieder ein, was er vorhin gesagt hat. *Rebecca trifft sich mit Freunden.* »Freunde«, das würde ich einem Kumpel auch sagen, wenn seine Ex einen Neuen hätte. In meinem Kopf geht ein JPEG auf, ohne dass ich es mit einem Doppelklick geöffnet habe: Rebecca, die mit Pilot_Dan flirtet.

»Hat Rebecca einen Neuen?«, frage ich Jamie, sobald er sich wieder auf seinen Barhocker setzt.

»Was?« Er dreht sich zu mir. »Nein, nicht dass ich wüsste.«

Ich betrachte den letzten Schluck Bier in meinem Glas und überlege, ob er wohl die Wahrheit sagt, als die Band mit Marvin Gaye wieder einsetzt.

»Ich weiß, dass sie angefangen hat, online Typen zu daten«, sage ich.

Er sieht mich gelangweilt an. »Rebecca?«

»Es stimmt.«

»Woher weißt du das?«

Ich trinke mein Bier aus und greife nach dem neuen, das Jamie gerade auf den Tresen gestellt hat. »Hab ich gehört.«

Er verzieht abfällig das Gesicht.

»Im Ernst, wie kommst du darauf, dass Rebecca – Rebecca! – sich online mit irgendwelchen Typen verabredet?«

Er sieht mich erwartungsvoll an, und mir wird klar, dass ich in eine Sackgasse gefahren bin, in der es keinen Platz zum Umdrehen gibt.

»Ich hab's auf ihrem Computer gesehen.«

»Wovon redest du?«

Nun bin ich an der Reihe zu seufzen. Ich erkläre ihm alles.

»Also, nur um das klarzustellen«, sagt er. »Sie hat dich bei Facebook gelöscht, und dann bist du hingefahren, um ihr einen Heiratsantrag zu machen?«

»Ja.«

»Und weil sie nicht da war, hast du das Naheliegendste getan: Du hast in ihrem Laptop herumgeschnüffelt«, er zieht die Augenbrauen hoch, »und gesehen, dass sie auf einer Dating-Website war?«

Ich dachte, Jamie würde darüber ebenso empört sein wie ich, aber er scheint höchstens auf *mich* sauer zu sein.

Ich kriege am Rande mit, wie der Sänger sich bei seinem Publikum bedankt, aber weder Jamie noch ich hören weiter zu. Ich bin erleichtert, als mein Cheeseburger kommt, denn nun muss ich Jamies anklagende Blicke nicht mehr sehen, aber ich fühle mich von ihm beobachtet, während ich esse.

»Du kaust zu viel drauf rum«, sagt er schließlich.

Ich halte inne. »Wie bitte?«

»Das fand ich schon immer. Keine Ahnung, warum ich es noch nie erwähnt habe.«

Ich nehme noch einen Bissen von meinem Burger, und um ihm das Gegenteil zu beweisen, schlucke ich nach nur zweimal Kauen hinunter. Ich bereue es augenblicklich.

»Ganz ehrlich«, sage ich zu Jamie, »dieser Burger ist so totgebraten, wenn ich den nicht dreißigmal kauen würde, müsste ich einen Schornsteinfeger engagieren, um meine Kehle wieder freizubekommen.«

Er wirkt nicht beleidigt.

»Ich meine nicht nur beim Essen«, sagt er.

»Soll ich mich etwa freuen, dass sie sich mit anderen Typen trifft?«

»Das hab ich nicht gesagt, aber manchmal im Leben muss man einfach schlucken.«

Wir grinsen wie Teenager, die Spannung zwischen uns verfliegt, dann drehen wir uns um und sehen der Band zu. Mir fällt auf, dass eins der Mädchen, die ganz vorne tanzen, die Tolle Tania ist. Sie schielt zu uns, und ich merke, dass Jamie gerade eine weitere Chance opfert, etwas mit ihr anzufangen, um den Abend mit mir zu verbringen.

»Also«, sagt er, »nach dem Wendepunkt ist doch nicht alles anders geworden, oder?«

»Ach, halt die Klappe, Hawley.«

Ärgerlicherweise hat er recht. Als ich aus Manchester zurückgefahren bin, dachte ich, ich würde klarkommen, aber jetzt bin ich mir da nicht mehr so sicher. Das liegt daran, dass ich hier bin, an diesem Ort, wo wir uns kennengelernt haben und wo wir vor einem Jahr so glücklich waren. Und obwohl Jamie behauptet, dass es nicht sein kann, weiß ich, was ich auf dem Laptop gesehen habe.

Ich schiebe meinen Teller weg und spüre, wie der Ärger wieder hochkocht.

»Vielleicht solltest du dir langsam eine Wohnung suchen«, sagt Jamie.

Ich merke, wie er mir einen verstohlenen Blick zuwirft, aber ich reagiere nicht, sondern warte, bis er alle Karten auf den Tisch legt. »Es ist toll, mit dir zusammenzuwohnen, und ich habe noch nie so gut gegessen, aber wenn du wirklich an einen Wendepunkt kommen willst ...«

Ich konzentriere mich darauf, einen Streifen Kondenswasser von meinem Bierglas zu wischen.

»Sagst du das, weil dir mein Fahrrad im Weg ist?«

»Es geht nicht um das Fahrrad.«

Die Band erntet erneut tosenden Applaus, und die Tolle Tania wirft Jamie einen Blick zu, wie um zu sagen *Oh Gott, sind die gut.*

»Worum dann? Willst du einfach, dass ich ausziehe, damit ich dir nicht mehr auf die Nerven gehe?«

»Du weißt, dass ich nicht ...«

»Was dann?«

»Soll ich ehrlich sein?«

»Tu dir keinen Zwang an.«

Der Sänger fragt den Bassisten nach der Uhrzeit, aber das gehört alles zur Show. Mit Schweißperlen auf der Stirn kündigt er dem Publikum an, es sei noch Zeit für ein Lied vor dem Mitternachts-Countdown.

»Niemand wünscht sich mehr als ich, dass du wieder mit Rebecca zusammenkommst, aber das ist nicht sehr wahrscheinlich, oder?«

»Das weiß ich, und ich habe dir schon gesagt, dass ich das akzeptiert habe.«

»Ja, und dann hast du mich den halben Abend über sie ausgefragt.«

Ich umklammere mein Glas. Nun bin ich in der Defensive. »Kannst du noch mehr übertreiben?«

»Ich weiß, dass du leidest, aber in ihrem Laptop rumzuschnüffeln, das ist nicht gut, Mann.«

Warum sagt er das? Ich weiß, dass er frustriert ist, weil Rebecca und Danielle nicht hier sind, und ich weiß, dass diese ganze Sache auch ihn betrifft, aber als mein ältester Kumpel sollte er mich unterstützen, und dennoch scheint es, als wäre es für ihn völlig okay, dass Rebecca schon wieder Dates hat.

»Ich sage dir das als Freund«, fährt er fort. »Dein Verhalten macht mir Sorgen.«

»Was soll das denn heißen?«

Ich verwandele mich in einen bockigen Teenager, aber ich kann nichts dagegen tun.

»Schau mal, wenn was Trauriges passiert, kannst du dich entweder davon auffressen lassen oder versuchen, der Sache etwas Positives abzugewinnen. Du lässt dich davon auffressen, und das Leben ist …«

»Sag jetzt nicht: *Das Leben ist zu kurz.*«

Jamie legt Daumen und Zeigefinger an seine Nasenwurzel, als würde er versuchen, einem Idioten etwas zu erklären.

»Weißt du, wie oft das Herz eines Menschen im Durchschnitt schlägt?«

»Klär mich auf.«

»Drei Milliarden Mal, wenn die Leute Glück haben. Du darfst deine Zeit nicht verschwenden, indem du nur rumhängst und dich bemitleidest. Du musst so vielen dieser Herzschläge wie möglich eine Bedeutung geben.«

»Also darf ich nicht traurig sein, weil das Mädchen, das ich über alles geliebt habe, mich nicht mehr will?«

Er reibt sich die Narbe über seiner Augenbraue. »Du hast gerade sieben Herzschläge damit verschwendet, mich das zu fragen.«

Er macht einen auf witzig, aber das nervt.

»Es ist nicht nur das mit Rebecca«, sagt er, als er merkt, dass ich nicht lächle. »Es ist genau das gleiche Problem mit deiner Arbeit. Ich höre mir das seit Jahren an, und du hast recht, dass es nicht so schlimm war, als du mit Rebecca zusammen warst, aber wenn die

Trennung von ihr dir gezeigt hat, wie sehr du deinen Job hasst, sieh das als eine Chance; tu was, statt nur darüber zu reden.«

Der Sänger bedankt sich wieder beim Publikum, und dann beginnt der Countdown. Zehn, neun, acht …

»Ich wusste, dass dich das vorhin nicht interessiert hat.« Nun spricht mein verletzter Stolz. »Dieser ganze Scheiß mit dem Kauen war einfach deine Art, mir zu sagen, ich soll die Klappe halten, oder?«

Jamie hebt beschwichtigend die Hände. »Beruhige dich, Kumpel. Ich bin nur …«

»Sag du mir nicht, ich soll mich beruhigen.« Ich stehe auf. »Du verstehst einen Scheißdreck davon, wie schlimm die letzten Monate für mich waren. Wie auch? Du hattest seit der Oberstufe keine feste Beziehung mehr.«

Drei … zwei …

»Du kannst nichts ernst nehmen, deshalb hast du dich auch dazu entschlossen, eine Bar aufzumachen, statt dir einen richtigen Job zu suchen.«

Der Trompeter beginnt mit »In the Midnight Hour«. Jamie ist völlig perplex.

Ich stehe da und bereue alles, was ich gesagt habe, weiß aber nicht, wie ich es zurücknehmen kann. Stattdessen haue ich ab, weg von den knutschenden Partygästen und dem totgebratenen Burger, weg von Jamie. Ich gehe hinaus auf die Straße. Das Feuerwerk erstrahlt am Londoner Himmel.

Ich bin erleichtert, als frische Luft in meine Lungen strömt, aber das Gefühl dauert nicht lange an. Mir wird klar, dass ich zwar vor einer ganzen Menge Dinge davonlaufen kann, aber nicht vor der einen Sache, die am meisten schmerzt – vor der Wahrheit.

REBECCA

Freitag, 2. Januar

Neues Jahr gegen Rebecca: 1:0.

Der erste Arbeitstag. Eigentlich wollte ich voller Schwung durchstarten, aber ich kann nicht nur immer noch nicht schlafen, sondern muss jetzt auch noch mit einer ganz neuen Dimension von Ängsten fertigwerden.

Arrghhhh, stöhne ich innerlich und reibe mir die Augen. Warum bin ich nur an Silvester noch mal in die Bar gegangen? Oder warum bin ich nicht wenigstens wieder weggegangen, als ich gemerkt habe, dass Ben doch nicht da ist? Wenn ich nicht so enttäuscht gewesen wäre, weil ich ihn verpasst habe, wäre das nie passiert.

Als ich heute Morgen aufgewacht bin, wurde die Erinnerung an Jamie in meinem Schlafzimmer sofort wieder lebendig. Egal, wie sehr ich versuche, mir einzureden, es wäre nicht passiert, mein Verstand erlaubt mir nicht, es auszublenden.

Ben und Danielle aus dem Weg zu gehen, war schon schwer genug – ich will nicht auch noch Jamie ausweichen müssen. Aber wie kann ich ihm jetzt noch gegenübertreten?

»Rebecca?« Die Stimme lässt mich auf meinem Stuhl zusammenzucken.

»Sorry, Jake. Ja?«

»Können wir uns kurz unterhalten?«

»Klar«, antworte ich und überlege, ob er mich wohl fragen wird, ob er über die Feiertage zugenommen hat oder ob er zu alt für sein neues Kinnbärtchen ist.

»Ich will direkt zum Punkt kommen«, sagt Jake und macht mir ein

Zeichen, mich im Besprechungszimmer auf den Platz ihm gegenüber zu setzen. »Wir stehen schlecht da. Die Planungsphase sollte längst abgeschlossen sein. Das liegt zum Teil an Problemen mit der Belegschaft, also haben wir mehr Leute eingestellt, aber ich brauche deine Hilfe, um ein paar Dinge zu klären.«

Er öffnet seinen Notizblock.

»Dem Plan nach sollten die Rohrleitungen vor Weihnachten an die Baustelle geliefert werden. Sie sind noch nicht aufgetaucht, und das hält den Innenausbau auf.« Er schaut zu mir auf. »Weißt du noch, an welchem Tag du die Bestellung abgeschickt hast?«

»Auf jeden Fall vor drei Wochen.« Da habe ich sie in meine oberste Schublade gestopft mit der Absicht, sie direkt nach dem Mittagessen in die Post zu geben, aber ich habe es vergessen. Verdammter Mist. »Ich kümmere mich darum.«

»Bitte mach das, es ist dringend. Außerdem finde ich keine unterschriebene Genehmigung von der örtlichen Planungsbehörde. Hast du eine Kopie davon?«

Meine Handflächen werden schwitzig. Ich habe nichts rausgeschickt, um es unterschreiben zu lassen. Anfängerfehler.

»Wurde irgendwas beanstandet?«

Bitte sag Nein. Ohne die unterschriebene Einwilligung können wir nicht weitermachen und werden tonnenweise Geld verlieren. Ich werde gefeuert werden. Und dann bin ich Single und arbeitslos und muss wahrscheinlich wieder zu meinem Dad ziehen und …

»Nein«, antwortet Jake. »Aber wir brauchen sie unbedingt.«

»Ich finde sie«, verspreche ich.

Jake schiebt seine Brille nach oben auf seinen Kopf und reibt sich die Augen. »Darf ich noch was sagen, Rebecca?«

»Klar«, antworte ich und grabe die Fingernägel in meine Handflächen. Niemand bittet um Erlaubnis, etwas zu sagen, wenn er etwas Gutes sagen will.

»Und bitte nimm das jetzt so auf, wie es gemeint ist.«

Ach du Scheiße.

»Dieses Projekt ist für die Firma sehr wichtig.« Er faltet die Hände wie zum Gebet und tippt sich damit ans Kinn, als würde er überlegen, wie er sich ausdrücken soll. »Und wir haben es dir übertragen, weil du eine unserer gewissenhaftesten Architektinnen bist. Deine natürlichen Instinkte, die dir sagen, was sich zu restaurieren lohnt und was modernisiert werden muss, sind genau das, was wir für das Kino-Projekt brauchen. Und ich weiß, dass du es drauf hast. Dies ist deine Chance, es allen zu zeigen und dir einen Namen zu machen.«

»Danke«, sage ich langsam, da ich weiß, dass er noch nicht fertig ist.

»Aber unterm Strich müssen wir wissen, ob du der Sache gewachsen bist.«

Mein Herz hämmert in meiner Brust. Jake weiß nicht, ob ich der Sache gewachsen bin?

Ich weiß, dass ich in letzter Zeit einiges übersehen habe, aber ich hatte keine Ahnung, dass mein Chef meine Fähigkeiten grundsätzlich infrage stellt.

»Das bin ich«, versuche ich ihn zu beruhigen. Ich überlege, ob ich ihm sagen soll, dass ich persönliche Probleme hatte, aber ich will nicht, dass er denkt, ich würde nach Ausreden suchen.

Er lächelt und nickt, als er aufsteht, um mich zur Tür zu begleiten, und ich schlurfe zurück an meinen Schreibtisch, wobei seine Worte immer noch in mir nachklingen.

Mein Schreibtischtelefon klingelt, und Jemmas Name erscheint auf dem Display.

»Weißt du, wie viele Kalorien ein Stück Terry's Chocolate Orange hat?«, fragt sie, ohne mich zu Wort kommen zu lassen. »Sechsundvierzig. Und jetzt überleg mal, wie viel das komplette Ding hat. Ich hasse mich. Alles okay bei dir?«

Ich mache ein Geräusch, das andeutet, es könnte besser sein.

»Schlechter Tag?«

»Kann man so sagen.«

»Willst du darüber reden? Der Lion wurde gerade renoviert, wir könnten nach der Arbeit mal vorbeischauen?«, fährt Jemma fort. »Und uns ein Gläschen Wein gönnen nach dieser anstrengenden Woche?«

»Klingt gut.« Ich trinke aber wirklich nur ein Glas, denke ich, als ich auflege. Um mich zu entspannen.

»Guten Morgen, Sonnenschein!«

»Was zur Hölle …? Moment mal, wer ist da?« Ich blinzele zu der Gestalt, die gerade die Vorhänge geöffnet hat. »Jem? Bist du das?«

»Richtig. Ich wollte dich in deinem Zustand nicht allein in ein Taxi stecken, also bin ich mit zu dir gekommen und habe hier geschlafen.«

»War ich betrunken?«

»Hackedicht.«

»Autsch!« Als ich das Wickelkleid öffne, das ich anscheinend immer noch anhabe, entdecke ich einen großen lilablauen Fleck an meiner rechten Hüfte. »Oh Gott!«

»Das ist bestimmt passiert, als du vom Tisch gefallen bist«, sagt Jemma.

»Haha, aber Spaß beiseite …«

Jemma hört nicht zu. Sie schaut auf ihr Handy und hält es mir dann vors Gesicht. Ich erkenne ein unscharfes Video von jemandem, der auf einem Tisch zu »I Don't Feel Like Dancing« tanzt. Als ich gerade begriffen habe, dass ich das bin, kracht es laut, und ich verschwinde aus dem Bild.

»Falls ich das je wieder tun sollte, könntest du mich vielleicht dazu bringen runterzusteigen, statt mich zu filmen?«

»Kann ich nicht versprechen. Aber keine Sorge, das hier bleibt zwischen dir, mir und bisher einhundertvier YouTube-Zuschauern.«

»Das ist nicht dein Ernst!«

»Natürlich nicht. Hast du einen Kater?«

»Nope.« Ich setze mich auf und lege mich dann sofort wieder hin. »Jep. Ein bisschen. Wahrscheinlich, weil ich nichts gegessen habe.«

»Bis auf fast ein ganzes Huhn.« Sie bemerkt meinen fragenden Gesichtsausdruck. »Erinnerst du dich nicht? Lucky Fried Chicken? Der Typ hat gefragt, wie viele Nuggets du willst, und du hast gesagt, er soll schauen, wie viele in eine Box passen?«

»Das hat Stil.« Ich stöhne. »Wie haben wir es nur geschafft, uns so zu betrinken?«

»Ich glaube, das waren die Shots in diesem Club nach dem Lion.«

Wir waren nach dem Lion noch woanders?

»Warum haben wir Shots getrunken?«

»Weil ich mir für das neue Jahr vorgenommen habe, zwölf Kilo abzunehmen, und mir dachte, Mixgetränke haben nur unnötige Kalorien.«

»Du musst keine zwölf Kilo abnehmen, Jem«, sage ich und schließe wieder die Augen in der Hoffnung, damit das Pochen in meinem Schädel zu stoppen.

»Ich will nicht nur dünn sein, sondern vollkommen dürr. Sodass die Leute sich fragen, ob ich heroinabhängig bin. Hast du irgendwelche Neujahrsvorsätze?«

»Allgemein weniger Mist zu bauen.«

»Tja, bisher hast du das ja ganz gut hingekriegt.«

Ich fange an zu lachen, aber davon tut mein Kopf noch mehr weh.

»Sorry übrigens, dass ich dich geweckt habe«, sagt Jemma. »Das Datenvolumen auf meinem Handy ist alle, also kann ich nicht den Weg nach Hause nachgucken. Ich will nur wissen, wie ich zum Bahnhof komme.«

»Gib mir fünf Minuten, dann begleite ich dich.« Wahrscheinlich sollte ich die Büroklamotten von gestern ausziehen.

»Es ist noch so weit bis zu mir«, jammert Jemma, als wir am Fluss entlang zum Bahnhof gehen. »Meine Freundin Holly wohnt in Blackheath, und von da brauche ich auch immer eine Ewigkeit, bis ich zu Hause bin.«

»Kein Wunder, bei deinem Tempo«, scherze ich.

»Man muss nicht mit einer Million Stundenkilometer laufen, wenn man in der Nähe der U-Bahn wohnt. Ihr solltet alle in den Norden von London ziehen, das ist so viel bes ...« Sie bremst ab – bleibt fast ganz stehen – und blickt konzentriert auf die andere Straßenseite. »Okay, na gut. Ich ziehe stattdessen hierher.«

Drüben steht Jamie und winkt uns zu. Ich spüre, wie sich meine Wangen röten. Wir verlassen den Weg und gehen über die Straße auf ihn zu, während vor meinem geistigen Auge Bilder von ihm in meinem Schlafzimmer auftauchen. Ich verdränge sie und winke zurück.

»Hey.«

»Hi«, sagt er mit beneidenswerter Selbstsicherheit. Er küsst mich auf die Wange und streckt dann Jemma eine Hand entgegen. »Ich bin Jamie.«

»Oh mein Gott ... und ich bin Jemma! Unsere Namen sind fast gleich«, sprudelt sie hervor, während sie ihm die Hand schüttelt. »Rebecca hat mir schon von dir erzählt.«

Jamie sucht meinen Blick, und ich hoffe, er denkt nicht, ich hätte ihr von neulich nachts erzählt.

»Ich mache gleich die Bar auf, falls ihr Mädels Lust habt, auf einen Kaffee mitzukommen?«

»Jemma muss ihren Zug kriegen«, antworte ich und weiche seinem Blick aus.

»Ach, ich nehme den nächsten«, sagt Jemma. »Ein Kaffee wäre toll.«

»Oder vielleicht was Hochprozentiges gegen den Kater?«, schlage ich vor. Ich glaube, ich brauche einen Drink, um das durchzustehen.

»Und, wie geht's dir 2015?«, fragt Jamie ein wenig später, während ich ihm helfe, die Stühle von den Tischen herunterzuheben. Jemma läuft umher und sieht sich um.

»Ganz okay«, murmele ich. »Und dir?«

»Nicht schlecht.«

»Gut.« Ich frage mich, ob er Ben irgendwas von der Silvesternacht erzählt hat, aber ich kann mich nicht überwinden, das Thema anzusprechen, also frage ich nur: »Wie geht's Ben?«

»Ich hab ihn seit der Party nicht mehr gesehen«, sagt Jamie.

»Warum?«

»Ich glaube, er ist wieder in Manchester.«

Nun weicht Jamie meinem Blick aus, und ich will gerade fragen, warum Ben wieder hingefahren ist, nachdem er doch erst an Weihnachten dort war, als Jamie sagt: »Ich glaube, ich habe eine Idee, was er jobmäßig machen kann.«

Er bleibt stehen und lehnt sich gegen den Stuhl, den er gerade auf den Boden gestellt hat, und ich erwarte, dass er mir mehr über seine Idee für Ben erzählt, aber stattdessen beginnt er: »Hör mal, wegen neulich nachts ...«

»Wir müssen echt nicht darüber reden, Jamie«, flüstere ich und sehe ihm endlich in die Augen. »Vergessen wir es einfach. Es ist alles gut.«

»Diese Bar ist der Hammer«, ruft Jemma aus einer der roten halbrunden Nischen.

Jamie dreht sich zu ihr und lächelt. »Ich schmeiß die Kaffeemaschine an.«

»Für mich einen Irish Coffee«, rufe ich ihm nach und setze mich neben Jemma auf die Bank, als sie gerade auf der anderen Seite wieder herausrutscht.

»Ich geh ihm helfen«, erklärt sie.

Ich sehe, wie sie auf einen Barhocker klettert und sich über den Tresen beugt, um sich mit Jamie zu unterhalten. Ich muss schon sagen: Was Männer angeht, hat sie keine Hemmungen, die Initiative zu ergreifen. Egal, wie viele Rückschläge sie einsteckt, sie geht immer wieder aufs Ganze.

Ein paar Minuten später verschwindet Jamie nach hinten, kommt mit Papier und Stift wieder zurück und reicht ihr beides. Oh Gott – gibt sie ihm ihre Nummer?

»Ich weiß genau, was du vorhast«, bemerke ich, als sie kurz darauf wieder zu mir kommt.

»Ach ja?«

Sie wirkt leicht verlegen.

»Jem, es ist so offensichtlich«, sage ich. »Warum solltest du an die Bar gehen, wenn nicht, um mit Jamie zu reden, ohne dass ich es höre?«

»So, bitte schön, die Damen.« Jamie bringt die Getränke auf einem Tablett zu uns, zieht dann einen Stuhl heran und setzt sich rittlings drauf. Er und Jemma tauschen einen Blick.

Was läuft hier?

»Sie weiß es«, berichtet Jemma.

»Sie hat es gehört?«, fragt Jamie.

»Hey, das ist schon in Ordnung«, sage ich schnell. Ich will nicht, dass einer von ihnen denkt, ich hätte ein Problem damit, dass sie ihre Nummern austauschen. Vor allem will ich nicht, dass Jamie sich von der Sache beeinflussen lässt, die neulich nachts passiert ist.

Jemma seufzt, zieht einen Zettel aus ihrer Tasche und hält ihn hoch, um mir die mit Kuli hingekritzelten Buchstaben zu zeigen.

»Uoitu ... also, ich kann das echt nicht ...«

»Sorry«, ruft sie und dreht das Blatt. »Es war falsch herum.«

Intervention.

»Ähm ...?«

Jemma holt tief Luft. »Jamie macht sich Sorgen um deinen Alkoholkonsum, und ich mir auch. Also ist dies hier eine Intervention.«

»Im Ernst?« Ich grinse. »Ihr veranstaltet eine Intervention wegen meines Alkoholkonsums ... in einer Bar?«

Sie tauschen wieder einen Blick, dann zuckt Jemma mit den Schultern. »Es ist eine spontane Intervention. Eine Spintervention, sozusagen.«

»Also, wenn ich mir das jetzt anhören muss, brauch ich einen richtigen Drink. Für mich einen großen Scotch, bitte.«

Sie lächeln nicht mal.

»Ich hab kein Alkoholproblem«, widerspreche ich lachend.

»Genau das würde jemand mit einem Alkoholproblem auch sagen«, bemerkt Jemma traurig zu Jamie.

»Das hab ich gehört.«

»Solltest du auch – sonst hätte ich es nicht in deiner Gegenwart gesagt.«

»Rebecca«, sagt Jamie lachend und faltet Jemmas Schild zusammen, »du trinkst schon ziemlich viel in letzter Zeit.«

»Ich hab immer viel getrunken. Wir trinken alle viel.«

»Aber nicht so. Du wusstest, wann du aufhören musst. Du hast nicht allein getrunken. Du hast keine Filmrisse gehabt. Du hast nie eine Besprechung auf der Arbeit verpasst, weil du einen Kater hattest.« Er lächelt sanft. »Du warst nicht nachlässig oder ungeschickt oder unfähig, auf dich aufzupassen. Ich mache mir Sorgen, dass du dich verletzt, wenn du nicht vorsichtig bist.«

»Sie ist gestern Abend von einem Tisch gefallen«, berichtet Jemma. »Zeig ihm deinen blauen Fleck!«

»Ich zeige ihm nicht meinen blauen Fleck.«

»Oh, ich hab ein Video davon, wie es passiert ist. Hier, Jamie.« Sie spielt es ab, als säßen wir vor Gericht und es wäre Beweisstück Nummer eins.

Jamie gibt sich Mühe, sorgenvoll die Stirn zu runzeln, aber seine Augen lachen.

»Mach das aus.« Ich schnappe ihr das Handy weg. »Und sei nicht so eine Petze, Jemma.«

»Das ist sie nicht«, wendet Jamie ein. »Ich habe es zuerst angesprochen. Ich mache mir Sorgen, und Jemma sich auch.« Ich werfe Jemma einen Blick zu, aber sie starrt nur mit großen, unschuldigen Augen zurück. »Wir sagen ja nicht, du wärst Alkoholikerin. Aber wenn sich deine Trinkgewohnheiten auf deine Arbeit und deine Beziehungen auswirken oder dich Dinge tun lassen, die du hinterher bereust, ist das ein Problem.«

Ich kann nur vermuten, dass sich der letzte Punkt auf die Silvesternacht bezieht. Meine Wangen glühen. Ich muss mich wie eine Erwachsene verhalten und damit fertigwerden. Ich habe schon Ben und Danielle verloren – ich kann nicht auch noch Jamie verlieren.

Oder Jemma, wenn wir schon mal dabei sind. Ich weiß nicht, was ich ohne sie gemacht hätte. Meine Freundschaft mit ihr ist wahrscheinlich das Beste, was mir die Trennung von Ben gebracht hat. Jemma ist wie ein Gegengift, wenn der Schmerz über Danielles Verrat meine Gedanken verseucht.

»Niemand sagt, dass du gar nichts mehr trinken darfst«, fährt Jamie fort.

»Nein, um Himmels willen«, kreischt Jemma. »Das wäre ja noch schlimmer. Ich meine, *wir* könnten dann keine Freunde mehr sein.«

»Aber du bist in letzter Zeit nicht du selbst. Wir wollen nur, dass es dir gut geht, deshalb sollst du wissen, dass wir für dich da sind, wenn du reden willst oder so.«

»Genau«, wirft Jemma ein. »Wende dich an uns. Nicht an die Flasche.«

Ein Teil von mir ist beleidigt und will Jamie anschreien, er könne mich mal, und rausstürmen.

Aber der andere Teil von mir ist vernünftig und sieht ein, dass alles, was Jamie gerade gesagt hat, stimmt. Und dass es ihm sicher nicht leicht gefallen ist, mit mir darüber zu sprechen.

Der beleidigte Teil hält mich jedoch davon ab, ihm zu danken.

Jamie zwinkert mir zu. »Ich muss weiter aufbauen. Sagt Bescheid, wenn ihr was braucht.«

»Na, herzlichen Dank«, zische ich Jemma zu, sobald er weg ist.

»Wofür?«, fragt sie, als könnte sie kein Wässerchen trüben.

»Dass du dir Sorgen machst, genau wie Jamie.«

»Er ist heiß.« Sie zuckt die Achseln. »Er hätte mich auch bitten können, eine Leiche zu verscharren, und ich hätte mitgemacht.«

Ich schüttle den Kopf, muss aber doch lachen. »Lass uns gehen.«

Ich bringe sie zum Bahnhof und verabschiede mich mit einer kurzen, verlegenen Umarmung. »Danke, Jem.« Sie wirkt zufrieden.

»Kein Problem.« Sie läuft die Treppe hinauf, bleibt dann aber stehen und dreht sich noch mal um. »Hey, was hast du vorhin gemeint, als du gesagt hast, du wüsstest, was ich vorhabe? Du warst überrascht, als ich es dir erzählt habe.«

»Ich dachte, du hättest Jamie deine Nummer gegeben.«

»Haha, als ob.«

»Ich dachte, du findest ihn toll?«

»Klar. Aber du hast mir ja gesagt, wie die Mädchen dort jeden Abend bei ihm Schlange stehen. Ich bin viel zu unsicher, um mit so jemandem was anzufangen.«

Dann fährt der Zug ein, also habe ich keine Zeit mehr, ihr zu sagen, dass sie keinen Grund dazu hat.

BEN

Montag, 5. Januar

Ich bin mit dem ersten Zug aus Manchester gekommen und fahre vom Bahnhof Euston direkt ins Büro. Ich habe zwar absolut keine Lust, zur Arbeit zu gehen, aber ich freue mich immerhin, Russ und Tom wiederzusehen.

»George Riley hört auf«, ist das Erste, was Russ zu mir sagt.

George arbeitet im Postraum. Wir haben am selben Tag angefangen, und trotz über dreißig Jahren Altersunterschied gehört er zu den Leuten, mit denen ich mich hier am besten verstehe.

Die Leute haben schon spekuliert, wie lange er noch bleiben würde, nachdem Dorothy vom Empfang letzten Monat in Rente gegangen ist. Es ist wie bei einem alten Ehepaar: Wenn einer von beiden stirbt, denken alle, dass der andere allein nicht weiterleben kann. Er stirbt an gebrochenem Herzen. Außer, er ist wie Rebecca, dann vergisst er, dass es den anderen je gegeben hat, und lebt ganz normal weiter.

»Wann hat er die Kündigung eingereicht?«, frage ich, weil es mich wundert, dass ich noch nichts davon weiß.

»Gar nicht. Richardson hat *mich* gebeten, sie *ihm* zu überreichen. Er meint, die neue Empfangsdame kann jetzt die Post sortieren.«

»Er wird gefeuert?«, frage ich fassungslos. »Das kann ja wohl nicht wahr sein!«

Russ nickt ernst, dann bemerkt er meine Tasche und fragt, wo ich war.

»Ein paar Tage oben im Norden«, antworte ich. »Die Familie besuchen.«

Ich musste raus aus London. Ich war so wütend auf mich. Keine Ahnung, warum ich Jamie das alles entgegengeschleudert habe. Ich bewundere Jamie von allen Menschen, die ich kenne, am meisten, und zu sagen, was ich gesagt habe ... Es schaudert mich immer noch. Und das Dumme daran ist, dass alles, was er gesagt hat, stimmt. Ich *sollte* versuchen, der Trennung von Rebecca etwas Positives abzugewinnen, denn ich *habe* dadurch gemerkt, wie sehr ich meinen Job hasse.

Ich musste nur eine Weile weg, um das alles sacken zu lassen, und jetzt weiß ich genau, was ich tun muss. Ich werde mich die nächsten drei Monate nach neuen Jobs umsehen und so viel wie möglich von meinem Gehalt sparen, und dann höre ich hier auf.

»Ich bin gestern von meiner Schwester zurückgekommen«, erzählt Russ. »Ich hatte das absolut geilste Silvester.«

»Was hast du gemacht?«

»Auf meine Neffen aufgepasst.«

Ich sehe ihn skeptisch an.

»Im Ernst«, sagt er. »Keine bescheuerten Türsteher, keine Frauen, die angewidert gucken, wenn ich versuche, sie um Mitternacht zu küssen.« Er reißt ein Blatt von seinem Block ab, knüllt es zusammen und wirft es ohne ersichtlichen Grund auf Toms Schreibtisch. »Keine Lachen von Erbrochenem auf der Straße. Obwohl, Jackson hat nach der zweiten Tüte Weingummi auf den Fußboden seines Zimmers gekotzt.« Er lächelt selig bei der Erinnerung. »Sie sollten um neun im Bett sein, aber ich hab sie geweckt, damit sie aus dem Kinderzimmerfenster das Feuerwerk sehen konnten.«

»Das klingt tatsächlich nach einem tollen Silvester«, sage ich etwas gerührt. »Was ist mit dir, Tom? Was hast du unternommen?«

»Avril und ich sind mit einer Decke und einer Thermosflasche Pfefferminztee auf den Primrose Hill gegangen.«

»Das klingt auch super«, sage ich. »Das Feuerwerk sieht bestimmt toll aus von dort oben.«

Er zuckt mit den Schultern.

»Er hat nichts gesehen«, erklärt Russ. »Avril hat sich über die vielen Leute aufgeregt, also sind sie wieder nach Hause gegangen und haben sich den Countdown auf Radio 4 angehört.«

»Radio 4?«

»Avril hat keinen Fernseher«, sagt Tom. »Sie behauptet, das verschmutzt den Geist.«

»Wer hätte das gedacht«, bemerke ich.

Nachdem mein Monitor endlich aufgehört hat zu flackern, bearbeite ich meine E-Mails. Die neuste ist von Delilah, der Büroleiterin. Sie beschwert sich über das Essen, das über die Feiertage im Kühlschrank vergammelt ist, und kündigt an, dass ab jetzt alle Lebensmittel, die am Freitag nach Büroschluss noch im Kühlschrank sind, ENTSORGT WERDEN. Die Betreffzeile der E-Mail lautet: *Das Jahr der Sauberkeit.*

»Manche Leute haben echt Sorgen«, sage ich in den Raum hinein.

»Das Jahr der Sauberkeit?«, fragt Tom.

»Ja.« Ich lösche die E-Mail. »Für mich wird dies das Jahr, in dem ich von hier verschwinde.«

»Für mich wird es das Jahr, in dem ich freitags Sachen im Kühlschrank lasse«, sagt Russ und lehnt sich auf seinem Drehstuhl zurück. »Und das Jahr, in dem ich meine zukünftige Frau kennenlerne.«

Ich überlege, einen Witz zu machen, entscheide mich aber dagegen. »Was ist mit dir, Tom?«

Tom atmet hörbar aus, als hätte er mit der Frage überhaupt nicht gerechnet.

»Avril den Laufpass geben?«, schlägt Russ vor.

Tom macht ein missbilligendes Geräusch und liefert dann, wie um Russ' Worte nicht im Raum stehen zu lassen, sofort eine Antwort. »Ich hoffe, dieses Jahr kann ich irgendwo meine Zeichnungen ausstellen.«

Russ hebt die Tasse, in der er seine Stifte aufbewahrt. »Auf mich und meine Zukünftige beim Besuch von Toms Ausstellung.«

Tom und ich heben ebenfalls die Tassen mit unseren Schreibsachen. Wir stoßen miteinander an. Ich bemerke einen Hauch Aftershave. Richardson steht neben uns und lächelt ungeduldig.

»Wir haben Ben gerade gefragt, was er dieses Jahr vorhat«, sagt Russ.

Richardson legt eine Hand auf meine Schulter. »Die Fahrkartenschalter schließen, hoffe ich?«

Er mimt das Herunterziehen eines Gitters an einem Fahrkartenschalter und lacht vor sich hin, weil es ja *so* lustig ist, dass hunderte Leute ihre Jobs verlieren werden. Plötzlich muss ich an George Riley denken. Er war derjenige, der mir erzählt hat, wie die Stare auf Big Ben die Zeit zurückgedreht haben.

»Nein, das werde ich nicht«, sage ich.

Ich sehe, wie Richardson zu Russ schaut, dessen Gesicht erstarrt vor Anstrengung, nicht loszuprusten, und dann zu Tom, der plötzlich konzentriert auf seine Tastatur blickt, als müsste er etwas ganz Wichtiges tippen.

»Was meinst du mit *Nein?*«, fragt Richardson und hakt die Daumen in seine Hosentaschen wie ein dicker Metzger.

»Genau, was ich gesagt habe: Nein.«

Ich spüre, wie sich aus dem ganzen Büro ungläubige Blicke auf mich richten.

»Tja, glücklicherweise hast du in dieser Sache ja nicht viel zu melden«, sagt Richardson und schickt ein selbstzufriedenes Grinsen in die wachsende Runde der Schaulustigen, und für ein paar Sekunden zögere ich.

Ich denke wieder an alles, was Jamie an Silvester gesagt hat.

»Doch, das habe ich.« Ich stehe auf. Adrenalin durchströmt meinen Körper. »Ich kündige.«

Richardson bricht in wieherndes Gelächter aus. »Nun, wie du weißt, musst du dafür erst einen formellen Kündigungsbrief schreiben«, erklärt er affektiert und lächelt siegessicher.

»Ich habe einen anderen Vorschlag«, sage ich und strecke ihm meine Handfläche entgegen, als wäre sie ein Blatt Papier. »Wie wär's, wenn ich dir das stattdessen pantomimisch darstelle?«

Jamie und ich haben uns nicht mehr gesehen, seit ich aus der Bar gestürmt bin, und er wirkt etwas verwundert, als ich zur Tür hereinkomme.

Er steht allein am Kickertisch. An jedem anderen Tag würde ich zu ihm gehen und versuchen, an der Flugbahn des Balls abzulesen, welches City-Tor er gerade nachspielt, aber zuerst müssen einige Dinge geklärt werden.

Ich lasse meine Tasche fallen und will gerade loslegen, als ich die Toilettenspülung höre. Ich bemerke ein Paar Stilettos neben der Tür.

»Hast du Damenbesuch?«, frage ich.

»Nein.« Er wirkt immer noch so, als hätte er nicht mit mir gerechnet. »Na ja, schon, aber ...«

Die Badezimmertür geht auf.

»Oh.« Danielle bleibt kurz stehen und geht dann unsicher zum Kickertisch. »Hi, Ben.«

Ich sehe sie zum ersten Mal seit der Trennung, und es dauert ein, zwei Sekunden, bis ich einen Gruß herausbringe. »Hi, Danielle.«

Ich stehe da und weiß nicht, wie ich weitermachen soll. Jamie schaut zu mir, dann zu Danielle, dann wieder zu mir, und sein zweiter Blick drängt mich, etwas zu sagen.

»Wie steht's?«, frage ich, um ihm den Gefallen zu tun.

Jamie antwortet nicht, sodass Danielle einspringen muss.

»Keine Ahnung«, sagt sie. »Wie steht's, Jamie?«

»Ich weiß es auch nicht«, erwidert er.

Danielle kichert und dreht sich zu mir. »Er verliert gerade acht zu zwei.«

»Acht zu zwei?« Ich gehe hinüber, um mir das anzusehen. »Meine Güte, Jamie.«

»Dazu muss ich sagen«, verteidigt er sich, »dass meine Leute andauernd *davon* abgelenkt werden.« Er deutet mit der Hand, die den Torwart bedient, auf Danielles Dekolleté über ihrem tief ausgeschnittenen Pulli. Ich wende den Blick ab, um weitere Peinlichkeiten zwischen ihr und mir zu vermeiden.

»Und sie singt andauernd«, beschwert sich Jamie.

»Das tut man nun mal beim Fußball«, sagt sie. »Man singt.«

»Weshalb ich dich nie zu einem Fußballspiel mitnehmen werde.«

Danielle erklärt, dass sie später einen Termin in Greenwich habe und bis dahin offiziell im Home Office sei. Sie zeigt auf ihren Laptop. »Ich muss ab und zu die Maus bewegen, damit es aussieht, als wäre ich online.«

»Müsstest *du* nicht bei der Arbeit sein?«, fragt mich Jamie.

Ich zögere lange. Sie starren mich an, bis ich schließlich antworte. »Ich habe gerade gekündigt.«

Sie lassen beide die Griffe los.

»Mann, Ben, warum hast du das nicht als Erstes gesagt, nachdem du reingekommen bist?«, fragt Jamie.

»Eigentlich wollte ich mich als Erstes entschuldigen, aber dann ...«

Ich schaue zu Danielle, und als sie lächelt, fällt mir auf, wie sehr ich das hier vermisst habe. Sich als Gruppe zu treffen. Ich war so sehr damit beschäftigt, Rebecca zu vermissen, dass ich gar nicht richtig darüber nachgedacht habe, aber Jamie hat offensichtlich darüber nachgedacht, und inzwischen habe ich auch verstanden, dass an Silvester alles aus ihm rausgeplatzt ist, weil die ganze Situation ihn frustriert.

»Ich hoffe, du weißt, dass ich die Dinge, die ich gesagt habe, nicht so gemeint habe. Du bist mein absoluter Held, und du machst deine

Arbeit großartig. Ich habe mich von meinem verletzten Stolz leiten lassen, aber ich weiß, dass alles, was du gesagt hast, stimmt. Ich kaue wirklich zu viel.«

Danielle lacht auf, versucht aber, es als Husten zu tarnen, als sie merkt, dass weder Jamie noch ich einstimmen.

»Lange Geschichte«, sagt Jamie zu ihr und nimmt den winzigen Ball vom Feld.

»Im Prinzip«, erkläre ich beiden, »habe ich mich wie ein kompletter Vollidiot verhalten, und es tut mir leid.«

»Du musst dich *überhaupt nicht* entschuldigen«, sagt Jamie und studiert den Ball, statt mich anzusehen. »Ich hab mich auch wie ein kompletter Vollidiot verhalten, also lass uns den ganzen Abend einfach vergessen.«

Er streckt mir eine Hand entgegen, und ich schüttele sie, und jetzt lachen wir doch.

»Also, was zur Hölle war los auf der Arbeit?«, fragt Jamie. Die beiden lehnen sich gegen den Kickertisch, während ich mich auf die Couch setze und erzähle, was passiert ist.

»Ich hatte nicht vor, es *heute* zu machen. Ich wollte noch ein, zwei Monate warten, um ein bisschen was zu sparen, aber dann ist Richardson gekommen und hat so einen Mist gelabert, und ich dachte einfach: *Scheiß drauf.* Ich meine, wenn ich arbeitslos bin, habe ich Zeit, mich darauf zu konzentrieren, was Neues zu finden, oder?«

»Folge deinem Bauchgefühl«, sagt Danielle.

Jamie sieht sie an. »Normalerweise würde ich dir da zustimmen«, sagt er. »Aber nicht bei Ben. Sein Bauch hat einen extrem schlechten Orientierungssinn. Dieses Modell hat kein eingebautes Navi.«

»Er hat recht«, stimme ich ihm zu. »Aber immerhin weiß ich, dass ich mir definitiv eine eigene Wohnung suchen muss.«

»Das ist nicht nötig, Kumpel«, sagt Jamie.

»Und wo wir schon mal bei Entschuldigungen sind«, fahre ich fort, ohne auf ihn zu achten, und wende mich an Danielle. »Es tut mir leid, dass ich in letzter Zeit kein guter Freund war. Ich weiß, dass diese ganze Sache …«

»Schon okay«, unterbricht sie mich. »Ich weiß, dass du Rebecca zuliebe nicht anders konntest.«

Ihr Name schwebt durch den Raum, was uns alle nur umso mehr daran erinnert, dass sie nicht da ist. Irgendwann unterbricht ein Piepen in Danielles Lackhandtasche die Stille. Sie greift hinein und braucht mindestens eine Minute, um die SMS zu lesen.

Jamie sieht Danielle wissend an. Ich bekomme das Gefühl, dass es sich um irgendeinen Insiderwitz handelt.

»Es ist Shane«, erklärt sie schließlich.

»Ich dachte, Rebecca hat dich dazu gebracht, seine Nummer zu löschen?«

»*Er* hat mir geschrieben.«

»Ja«, sagt Jamie. »Um zu fragen, ob du ihm Geld leihst.«

»Und du hast ihm vermutlich gesagt, er kann dich mal?«, frage ich.

»Natürlich«, antwortet sie. »Obwohl ich es ein bisschen anders formuliert habe.«

»Und wie?«, frage ich.

»Wie viel?«, antwortet Jamie statt ihr.

Ich kann mir das Lachen nicht verkneifen.

»Das ist alles Rebeccas Schuld«, sagt Danielle und verschränkt beleidigt die Arme. »Ich würde nicht antworten, wenn sie hier wäre, um mich davon abzuhalten.«

Danielle liest die Nachricht noch einmal ganz genau.

»Was hat er geschrieben?«, erkundigt sich Jamie.

Danielle seufzt. »Ist doch egal.«

»Danielle?«

Sie seufzt wieder. »*Haha.*«

»*Haha?*«, fragt Jamie. »Und um das zu lesen, hast du drei Monate gebraucht?«

»Ich habe überlegt, was ich zurückschreiben soll.«

Jamie und ich tauschen einen ungläubigen Blick, dann schnappt er sich das Handy.

»Hey«, beschwert sich Danielle.

»Auf *Haha* kannst du nicht antworten.«

»Warum nicht?«

»Willst du es ihr sagen?«, fragt er mich.

»Jamie hat recht«, erkläre ich. »*Haha* heißt in der SMS-Sprache *Du bist mir vollkommen egal.*«

Danielle schiebt schmollend die Unterlippe vor.

»Apropos Partnersuche«, sage ich zu Jamie, »ist mit der Tollen Tania noch irgendwas gelaufen, nachdem ich an Silvester gegangen bin?«

Jamie knabbert an seinem Daumennagel und steht dann auf, um den Wasserkocher zu füllen.

»Nein.«

Ohne zu fragen, ob wir etwas trinken wollen, holt er drei Tassen aus dem Schrank.

»Warum nicht?«, frage ich.

Er rollt die Schultern nach hinten und gibt Teebeutel und Zucker in die drei Tassen.

»Warum weichst du der Frage aus?«

»Es war Silvester, ich war zu beschäftigt«, sagt er, um mich zum Schweigen zu bringen.

Wir sehen ihm zu, wie er den Tee macht und ihn herüberbringt, aber er ignoriert unsere Blicke und lenkt dann die Aufmerksamkeit wieder auf mich.

»Ben befürchtet, dass Rebecca auf Online-Dating-Plattformen unterwegs ist.«

Danielle lacht schrill auf. »Ähm, nein«, sagt sie.

»Das hab ich auch gesagt«, meint Jamie.

»Aber …«, beginne ich, halte mich aber zurück, weil ich Danielle nicht sagen will, *warum* ich diesen Verdacht habe.

»Pass auf«, sagt Jamie, »Rebecca gibt nicht viel von sich preis, aber ich rede oft mit ihr, und sie hat kein bisschen angedeutet, dass sie bereit ist für was Neues. Und selbst wenn sie online datet, was ich immer noch stark bezweifle, wird sie wohl kaum mit einem von den Typen zusammenkommen, oder?«

»Woher willst du das wissen?«

»Weil …« Ein paar Sekunden vergehen. »Weil plötzliche Trennungen wie Hausbrände sind. Du kannst nicht einfach einen Haufen neue Sachen kaufen und wieder einziehen. Du musst dir Zeit lassen zum Durchlüften, sonst stinkst du nur nach Asche und Feuer.«

Ich lächle. »Willst du damit sagen, dass Rebecca stinkt?«

»Genau das will ich damit sagen.«

»Gut. Das gefällt mir.«

Unsere Blicke treffen sich, wir grinsen einander an, und am liebsten würde ich zu ihm rübergehen und ihn umarmen.

»Du bist ein guter Freund«, sage ich stattdessen.

»Der beste«, stimmt Danielle mir zu.

Jamie nippt an seinem Tee. »Da werde ich nicht widersprechen.« Er trinkt einen Schluck. »Übrigens gibt es eine Möglichkeit, wie du dich für meine Freundschaft revanchieren kannst.«

»Wie?«, frage ich.

»Du kannst an ein paar Abenden pro Woche in der Bar kochen.«

»Wovon redest du?«

»Ich wollte dich sowieso fragen, aber jetzt, nachdem du gekündigt hast, hast du keine Ausrede mehr.«

Ich bin völlig verwirrt. »Aber du hast doch einen Koch?«

»Er ist am Samstag abgehauen, wegen der ganzen Beschwerden.«

»Er ist einfach abgehauen, ohne vorher das Geringste anzudeuten?«

»Hast du das nicht gerade genauso gemacht?«

Ich hebe die Tasse an meinen Mund. Ich habe den Tee schon ausgetrunken, ich brauche nur Zeit zum Nachdenken.

Es ist ja nicht so, als könnte ich das Geld nicht gebrauchen, aber …

… ich weiß nicht.

»Burger und Nachos sind nicht so mein Ding.«

»Dann ändere die Speisekarte.«

Er sagt das ganz locker, als wäre es gar keine große Sache, seine professionelle Küche in die Hände eines blutigen Anfängers zu geben. Hier in der Wohnung für ihn zu kochen ist einfach, aber ich bin nicht sicher, ob ich in einer richtigen Küche überhaupt wüsste, wo ich anfangen soll.

»Muss ich dich etwa an Regel Nummer sechs erinnern?«, fragt er und zeigt mit dem Finger auf die Kreidetafel. »Für Jamie kochen.«

Ich sehe sie beide an, und ein nervöses Grinsen stiehlt sich auf meine Lippen.

»Du würdest mir einen Riesengefallen tun«, fügt er hinzu.

»Okay, ich mach's.«

Jamie klatscht begeistert, und Danielle sieht ebenso erfreut aus. Sie steht auf.

»Wie spät ist es?«, fragt sie.

Jamie schaut auf ihr Handy, bevor er es ihr zurückgibt. »Zehn nach elf.«

»Shit, ich muss los, sonst schaffe ich es nicht mehr zu diesem Kundentermin.«

»Wann fängt er an?«, frage ich.

»Um halb elf.«

REBECCA

Freitag, 13. Februar

»Ich wusste gar nicht, dass du Linkshänderin bist.«

»Um Himmels willen«, ruft Jemma und zuckt zusammen. »Schleich dich doch nicht so an.«

»Hab ich doch gar nicht«, protestiere ich und schaue zurück zum Aufzug. »Ich bin einfach da rausgekommen und direkt auf dich zugegangen. Es ist Mittagessenszeit.« Ich merke, wie sie das, was sie geschrieben hat, mit einem Arm verdeckt, damit ich es nicht sehe. »Was machst du da?«

»Nichts.«

»Warum schaust du dann so, als hätte ich dich bei irgendwas ertappt?« Ich entdecke einen roten Umschlag neben ihr und grinse. »Oh, du schreibst eine Valentinskarte.«

»Na und?«

»An wen?«

»An niemanden.« Sie legt beide Hände übereinander auf die obere Hälfte der Karte, sodass ich nur die unterste Zeile sehen kann. *In Liebe von jemandem, der dich heimlich bewundert.*

»Ich wusste gar nicht, dass es immer noch Leute gibt, die anonyme Valentinskarten verschicken.«

»Tja, es gibt sie. Ich brauche ungefähr drei Tage, um meine alle zu öffnen. Und meine Wohnung sieht dann immer so aus, als wäre jemand darin beerdigt worden, wegen all der Blumen.« Sie lacht weiter, bis ihr Gekicher allmählich leicht irre wirkt, dann ebbt es ab. »Und, was ziehst du heute Abend zur Firmenparty an?«

»Keine Ahnung. Ich such mir jetzt schnell was aus.«

»Du hast noch kein Kleid?« Sie reißt den Mund auf und legt theatralisch beide Hände ans Gesicht, sodass die Karte nicht mehr zugedeckt ist und ich zwangsläufig den Namen darauf sehe.

»Liebe Rebecca«, lese ich laut. »Ähm ... Jemma?«

»Du dumme Nuss!«, schimpft sie mit sich selbst und klatscht sich gegen die Stirn. »Okay, na gut – sie ist für dich. Ich bin in dich verliebt.«

Was?

Jemma prustet los. »Du solltest mal dein Gesicht sehen. Nee, ich bin nicht in dich verliebt. Ich dachte nur, eine Karte wäre gut für dein Selbstbewusstsein, nach den beschissenen Monaten, die du hinter dir hast. Du verhältst dich immer ganz komisch, wenn Typen dich ansprechen, obwohl du hübsch bist und alles.«

Sie wollte mir eine Valentinskarte schicken, damit ich mich geliebt fühle? Ich bin so gerührt, dass ich einen Augenblick nicht sprechen kann.

»Aber nur, um das noch mal klarzustellen«, fügt sie hinzu. »Ich habe keine Lust, dich zu befummeln oder so.«

»Verstanden.« Ich nehme die Karte und betrachte sie. »Sollte ich denken, dass mein heimlicher Bewunderer gerade erst schreiben gelernt hat?«

»Du kannst mich mal«, ruft sie und schnappt sie mir wieder weg. »Ich hab mit links geschrieben, damit du nicht merkst, dass sie von mir ist. Hat super geklappt, was?«

Dann grinst sie. »Aber, wer weiß, vielleicht kriegst ja du eine echte von Du-weißt-schon-wem.«

»Nee, ich hab vor Weihnachten das letzte Mal was von Ben gehört.« Ich versuche, meine Stimme unbekümmert klingen zu lassen. »Ich glaube kaum, dass er gerade zu Hause sitzt und Gedichte schreibt. Zumindest nicht für mich.«

»Ben? Warum sollte dein Ex dir eine Karte schicken? Ihr seid seit Monaten nicht mehr zusammen.«

»Dreieinhalb Monate.«

»Eben. Ich hab den heißen Vampir gemeint – du kannst sagen, was du willst, da ist definitiv jede Menge sexuelle Spannung zwischen euch, und er …«

»Kommt gerade durch die Tür«, unterbreche ich sie. »Psssst.« Ich nicke Adam zu, als er an den Empfang kommt. »Hi.«

»Tag«, sagt er, und sein Blick huscht unsicher von Jemma zu mir und wieder zurück. Hat er uns gehört? »Ich wollte nur das hier bei Jake abgeben.« Er hält einen Stapel Papiere hoch.

»Kein Problem – ich ruf ihn an.«

Während Jemma telefoniert, krame ich in meiner Handtasche herum, obwohl ich nichts Bestimmtes suche, und hole dann mein Handy heraus, wie um zu zeigen, dass ich tatsächlich etwas gefunden habe. Es ist seltsam: Seit dem Abend, als wir uns fast geküsst haben, arbeiten Adam und ich gut zusammen, und es ist alles okay, wenn wir über das Projekt sprechen, aber ich kann mit ihm über nichts anderes reden, ohne mich komisch zu fühlen.

»Gehst du heute Abend auf die große Party?«, fragt er.

»Jep. Und du?«

»Jep.«

»Du kannst raufgehen.« Jemma legt auf und wartet, bis Adam außer Hörweite ist, bevor sie quiekt: »Siehst du?«

»Was soll ich sehen?«

»Die sexuelle Spannung war so greifbar, dass ich quasi mit ihr hätte Sex haben können.«

»Ach Quatsch.« Manchmal wünschte ich, ich würde wie Jemma denken und einfach jeden Typen als potenziellen Partner sehen. »Na ja, ich gehe jetzt besser los und such mir ein Kleid.«

»Ach ja, ich hab vergessen, wo wir stehengeblieben waren.« Sie reißt wieder den Mund auf und legt theatralisch beide Hände ans Gesicht. »Du hast noch kein Kleid?«

»Ich werd schon was finden«, sage ich, aber meine Gelassenheit ist gespielt. Seit ich die verdammte Einladung zur Party bekommen habe, schiebe ich es vor mir her, ein Kleid zu kaufen, denn ich hasse shoppen, im Ernst. Ich hasse es, Schlange zu stehen, und ich hasse es, in engen Umkleidekabinen hektisch Klamotten anzuprobieren. Ich hasse die aufdringlichen Verkäuferinnen, die fragen, ob sie einem helfen können, wenn man sich einfach nur umschaut, und ich hasse die faulen Verkäuferinnen, die nirgends zu finden sind, wenn man etwas in einer anderen Größe braucht.

»Ich komm mit und unterstütze dich«, sagt Jemma und springt von ihrem Stuhl herunter.

»Das musst du nicht.« Wenn es eins gibt, was ich noch mehr hasse als Shoppen, dann ist das Shoppen mit anderen Mädchen.

»Ich bestehe darauf.«

»Oh. Toll.«

Während wir den ersten Laden durchforsten, komme ich mir total bescheuert vor, und ich muss zugeben – so sehr mir das gegen den Strich geht –, dass ich Danielle vermisse.

Wenn sie da gewesen wäre, hätte ich nicht in letzter Minute loshetzen und ein Kleid suchen müssen.

Sie hätte etwas für mich gefunden – und wäre vor der Party vorbeigekommen, um mich zu frisieren und zu schminken.

Als Kind habe ich mich immer unsicher und unwohl gefühlt, wenn ich mich schick anziehen musste. Vielleicht, weil es kaum Frauen in meinem Leben gab. Keine Mutter, keine Schwester – und weil ich schüchtern war und wir so viel umgezogen sind, hatte ich nie enge Freundinnen, bevor ich auf die Uni gekommen bin. Ich fand es einfacher, etwas mit meinem Bruder und seinen Kumpels zu unternehmen – Freundinnen waren mir zu kompliziert, bis ich Danielle kennenlernte.

Vielleicht war ich als Kind doch klüger.

Das hier ist okay, denke ich und halte ein seidiges marineblaues Kleid von Coast vor meinen Körper. So etwas hätte Danielle mir ausgesucht.

Aber sie selbst würde so etwas nie tragen. Ihre Outfits signalisieren eindeutig »Ich bin ein Partygirl«.

Ich merke, wie ich sauer werde.

Vielleicht hat sie aus einem ganz bestimmten Grund immer darauf geachtet, dass ich ein bisschen konservativer angezogen bin als sie: Damit jeder gleich sieht, mit wem man Spaß haben kann.

Ich hänge das Kleid wieder weg, wandere weiter durch den Laden und bleibe schließlich vor einem Kleid stehen, das viel eher Danielles Geschmack entspricht.

»Zeig her«, schreit Jemma fünf Minuten später durch den Vorhang der Umkleidekabine. Deswegen hasse ich es, mit anderen shoppen zu gehen.

»Was sagst du?«, frage ich und ziehe den Vorhang zurück.

Das Kleid ist blutrot und hat einen kurzen ausgestellten Rock. Ich finde, es wird vielleicht mal Zeit, dass ich das Partygirl bin. Die Stilettos sind ein bisschen höher als die, die ich normalerweise trage, aber warum nicht mal was Neues ausprobieren?

»Es ist perfekt.«

»Wirklich?« Ich beiße mir auf die Lippe. Es ist kurz.

»Definitiv. Ich meine, heute Abend wolltest du deinen Kollegen doch deine Schamlippen vorführen, oder?«

Oh.

»Schau es dir im Spiegel mal von hinten an und beug dich ein bisschen vor«, ergänzt sie.

Ach du lieber Gott, wie konnte ich nur?

»Und versteh mich nicht falsch, Süße«, fügt sie hinzu, »aber in den Schuhen siehst du aus wie eine Transe.«

»Das ist ziemlich unmissverständlich.« Ich lasse mich seufzend auf die Bank vor der Kabine fallen und spüre das kalte Holz direkt an meinen Pobacken. »Ach, weißt du, ich glaube, ich geh da heute Abend einfach nicht hin.«

»Was, zur Hölle, ist los mit dir?«

»Ich vermisse Danielle«, gebe ich schweren Herzens zu.

»Na, herzlichen Dank.«

»Sei nicht albern.« Ich bemühe mich um ein Lächeln. »Es ist nur ... Die Tatsache, dass ich für heute Abend nichts zum Anziehen finde, erinnert mich daran, dass ich es im Prinzip ihr zu verdanken habe, dass ich überhaupt Klamotten besitze. Sie hat es irgendwann aufgegeben, mich zum Shoppen mitzuschleifen. Stattdessen hat sie sich einfach immer Notizen gemacht, wenn sie etwas gesehen hat, wovon sie dachte, es könnte mir stehen. Dann hat sie mir einen Link zu irgendeinem Onlineshop gemailt, und wenn es mir gefallen hat, musste ich nur noch meine Kreditkartendaten eingeben.«

»Klingt nach einer tollen Freundin«, sagt sie, und dann sanfter: »Vielleicht solltest du dich mit ihr versöhnen?«

Ich mochte die Outfits immer, die sie mir vorgeschlagen hat. Das muss ich ihr lassen – sie hat meinen Stil immer haargenau getroffen, obwohl wir einen ganz unterschiedlichen Geschmack haben.

Aber vielleicht hat sie auch nur so getan, als hätte sie einen anderen Geschmack, weil sie meine Klamotten alle heimlich schon getragen hatte an dem Abend, als ich die Sachen zum ersten Mal gesehen habe.

»Dir scheint es im Moment doch ganz gut zu gehen«, fügt Jemma hinzu. »Glaubst du nicht, du könntest ihr verzeihen und die ganze Sache vergessen? Sie vermisst dich bestimmt auch.«

»Nope, ich komme schon klar.«

»Also gut, dann helfe ich dir, was zu finden. Aber wir müssen uns den Nachmittag freinehmen – ich schaff das nicht in fünfzehn Minuten, ich kann schließlich nicht zaubern.«

Ich lasse mich breitschlagen, und nachdem wir im Büro angerufen haben, um uns abzumelden, schleppt Jemma mich in eine Boutique in der Nähe der Old Street. Sie reißt unzählige Kleider von den Stangen und bugsiert mich dann in die Umkleidekabine.

»Hey, Aschenputtel!«, kommandiert Jemma, während ich die Sachen anprobiere. »Beeil dich. Ich hab gerade beim Frisör gegenüber angerufen und einen Termin gemacht. Du kriegst eine Hochsteck- und ich eine Fönfrisur.«

Ich stöhne laut.

»Gern geschehen«, fügt sie hinzu.

Nichts steht mir, und ich bin kurz davor aufzugeben, als ich schließlich ein knöchellanges Satinkleid in einem dunklen Grünton anziehe, der fast schwarz wirkt. Vorne hat es einen tiefen, aber nicht *zu* tiefen V-Ausschnitt, und der Rücken ist frei bis knapp über dem Hintern.

»Rebecca!«, quiekt Jemma, als ich den Vorhang öffne. »Du siehst aus wie ein Filmstar!«

»Ein Transvestitenfilmstar?«, scherze ich. Dann schaue ich richtig in den Spiegel und muss zugeben, dass dieses Kleid zu mir passt.

»Gar nicht.« Jemma schüttelt den Kopf. »Und es geht bis zum Boden, da sieht man nicht, dass du Füße hast wie Boote.«

Ich kaufe es, und als wir nach unserem Termin den Frisör verlassen – ich gehe ganz normal, während Jemma neben mir herjoggt, um Schritt zu halten –, muss ich widerstrebend zugeben, dass ich ihr dankbar bin.

»Macht doch Spaß, oder?« Sie strahlt. »Wir sind wie die Frauen in *Sex and the City*.«

»Jetzt übertreib mal nicht.«

»Komm, wir lassen uns im Kaufhaus noch schminken und ziehen uns dann im Pub um.«

»Ta-da.« Jemma kommt ein paar Minuten nach mir aus der Pub-Toilette und dreht sich.

»Jem, du siehst toll aus.«

»Ach, halt die Klappe.«

»Wirklich.« Es stimmt. Das ärmellose goldene Spitzenoberteil ihres Kleides liegt an genau den richtigen Stellen eng an, und der flatternde Rüschenrock schmeichelt ihr.

»Sei ehrlich«, sagt sie, »sehe ich aus wie ein Nilpferd in einem Tutu?«

»Gott, nein. Das Kleid ist perfekt für dich.«

»Und bist du sicher, dass ich auch nicht aussehe wie ein fetter Weihnachtsengel?«

»Überhaupt nicht. Du bist wunderschön.«

»Na gut, krieg dich wieder ein. Ich werde trotzdem nicht mit dir schlafen.« Jemma drückt mir ihre Taschen in die Hand. »Prosecco?«

»Gerne.«

Ich habe kaum einen Tropfen angerührt seit Jamies und Jemmas Spintervention vor sechs Wochen. Ich muss zugeben (was ich jedoch nicht vor ihnen tun werde), dass ich mich viel besser fühle. Ich schlafe gut, es fällt mir leichter, mich zu konzentrieren, und seither gab es auch keinen schlimmen »Morgen danach« mehr. Ich werde immer noch rot, wenn ich an die Silvesternacht denke, aber zum Glück tut Jamie (genau wie ich), als wäre nichts passiert.

»Der Typ, der neben mir an der Bar stand«, meint Jemma, als sie mein Glas abstellt. »Den kenne ich von irgendwoher.«

»Ich auch«, sage ich. »Vielleicht ist er berühmt.«

Ich bereue meine Worte sofort. Jemma zählt jede Fernsehshow, jeden Film und jede Band auf, die sie kennt, um herauszufinden, wo oder bei was er mitmacht.

»Vergiss es, Jem.«

»Ich muss es wissen. *Hollyoaks?* Bei *Hollyoaks* spielt jeder mit.«

»Das gucke ich nicht.«

»Ach, verdammt«, sagt sie enttäuscht. »Ich weiß jetzt, wer er ist.«

»Wer?«

»Er ist der Typ, den wir beim Vietnamesen gesehen haben und der sich beim Rausgehen mit dir unterhalten wollte.«

»Hä?«

»Vor ein paar Monaten. Damals hatte er einen Bart. Hat mit einem Glatzkopf zusammen zu Mittag gegessen.«

»Wie kannst du dich an so was erinnern?«

»Ich habe ein erschreckend gutes Gedächtnis.«

»Und warum bin ich dann die einzige Architektin der Welt, die keinen Bleistift besitzt, weil du andauernd vergisst, Büromaterial zu bestellen?«

Aber sie hat recht. Ich erkenne seine welligen Haare und seine eckige, schwarz umrandete Brille.

»Er hat ein bisschen was von Clark Kent, findest du nicht?«, frage ich Jemma und lege den Kopf schief.

Sie kommt nicht dazu zu antworten. Direkt vor unserem Tisch stoßen ein Typ, der drei Gläser trägt, und ein anderer, der nicht aufpasst, wo er hingeht, zusammen. Ersterer bekommt eine Bierdusche ab.

Es folgt ein bisschen Gerangel und Geschubse, dann eilt Clark Kent herbei, legt jedem der beiden beschwichtigend eine Hand auf die Brust und spricht ruhig mit ihnen. Die beiden verschwinden wieder zu ihren jeweiligen Grüppchen.

»Superman!«, ruft Jemma und zwinkert mir zu. »Hey«, schickt sie hinterher, bevor er wieder zu seinen Freunden geht. Er dreht sich um. »Arbeitest du in Farringdon? Und gehst du manchmal bei diesem Vietnamesen an der Ecke Mittag essen?«

»Das stimmt«, bestätigt er, sichtlich überrascht.

»Du hattest recht«, sagt sie zu mir. Dann zu ihm: »Rebecca hat behauptet, sie würde dich wiedererkennen. Wir waren mal da essen. Aber ich hab gesagt: *Nee, das ist Monate her, wie willst du dich nach so langer Zeit noch an ihn erinnern?*« Sie ignoriert meinen stechenden Blick. »Hey, müsst ihr stehen, du und deine Freunde? Kommt rüber, in unserer Nische ist noch jede Menge Platz.«

Jemma hat Glück, dass sie mir heute so eine große Hilfe war, sonst würde ich sie sehr wahrscheinlich umbringen.

Nachdem der Typ seine Kumpels hergerufen hat, stellt er sich als Michael vor. Jemma eröffnet das Gespräch, indem sie in die Runde fragt, ob die Jungs – wenn sie sich entscheiden müssten – lieber im Nacken angewachsene Genitalien hätten oder in den Handflächen, und ich tue so, als würde ich nicht merken, dass Michael immer wieder zu mir schielt.

Ich habe das Gefühl, mit meinen Haaren stimmt etwas nicht, aber als ich mich entschuldige und aufs Klo schlüpfe, stelle ich fest, dass jede Strähne noch an ihrem Platz ist.

Hat Michael etwa mit mir geflirtet? Er war sehr nett. Aber er wirkt allgemein wie ein sehr netter Mensch.

Die Tür geht auf. »Das Taxi ist da«, ruft Jemma.

Oh, na ja. Ich werde es nie erfahren.

Die umgebaute Ironmongers' Hall, in der die Party stattfindet, ist schon brechend voll, als wir ankommen – die Leute sind sich nicht zu vornehm, pünktlich zu kommen, wenn es Freigetränke gibt.

Die Halle ist riesig und hat holzgetäfelte Wände, von der hohen Decke hängen große Kronleuchter. Weißgekleidetes Personal schwebt durch den Raum und füllt Champagnerflöten nach.

»Sag nicht, dass wir uns mit den Kunden unterhalten müssen«, flüstert Jemma mir zu und sieht sich um.

»Na ja, wir sollten schon … Aber wenn ich die Wahl habe, erschieß ich mich lieber.«

»Super, dann stellen wir uns an den Eingang da drüben. Da kommen die Kanapees rein.«

Wir stehen kaum auf unserem Platz, als auch schon ein Tablett mit Pulled-Pork-Häppchen vor uns erscheint.

»Also, Michael war nett«, sagt Jem und steckt sich eins in den Mund.

»Jep.« Ich zucke die Achseln und nippe an meinem Champagner.

»Und er mochte dich.«

»Das weiß ich nicht.«

»Aber ich.«

»Er war einfach höflich. Als wir uns verabschiedet haben, hat er nicht nach meiner Nummer gefragt oder so.«

»Hättest du sie ihm gegeben?«

»Wahrscheinlich nicht.«

»Oh.«

»Was, oh?«

»Nichts.« Jemma sieht sich im Raum um. »Oh, schau mal, ein Kronleuchter.«

»Jemma?«

»Okay, na gut. Ich hab ihm deine Handynummer gegeben ...«

Ich stöhne. Aber was soll's, sage ich mir, ich werde einfach alle unbekannten Nummern ignorieren.

»... und deine Festnetznummer.«

»Was?«

»Oh, und deine Durchwahl bei der Arbeit. Und meine Nummer für den Fall, dass er dich trotz allem nicht erreicht. Ich hab versprochen, ihn durchzustellen.«

»Was ist los mit dir?«

»Was ist los mit *dir?* Er sieht gut aus, er ist mutig und er ist noch zu haben. Welche Singlefrau würde ihm nicht ihre Nummer geben?«

Ich will etwas entgegnen, merke aber, dass ich nicht weiß, was. Vielleicht hat sie recht. Wovor habe ich Angst?

»Ich kann mit solchen Situationen einfach nicht umgehen«, sage ich kleinlaut.

»Tatsächlich? War mir gar nicht aufgefallen.«

Ich entdecke Jake und winke ihm zu, dann bemerke ich Adam neben ihm, der lässig an einem Balken lehnt.

»Ladys«, ruft Jake und winkt uns zu sich. »Wahnsinn! Eine hübscher als die andere.«

»Ihr seht beide fantastisch aus«, stimmt Adam ihm zu und sieht mir in die Augen. Ich schaue instinktiv weg.

»Ach, hört auf«, sagt Jemma eindeutig geschmeichelt.

»Wisst ihr, was auch fantastisch aussieht?«, fährt Jake fort. »Das Kino. Ich war gestern dort, Rebecca. Es wird großartig. Ich bin beeindruckt.«

Ich nehme seine Komplimente lässig entgegen, aber innerlich tanze ich Riverdance. Seit seiner diskreten Warnung habe ich Überstunden ohne Ende gemacht, um das Ruder herumzureißen.

»Aber lasst uns nicht über die Arbeit sprechen«, fügt er hinzu. »Ihr sollt Spaß haben, Mädels.«

»Du weißt, was das bedeutet, oder?«, fragt Jemma, sobald die beiden weg sind. »Shots.«

Ich willige zögernd ein und lasse mich von Jemma an die Bar lotsen.

»Gibt's hier Flying Hirsch?«, fragt sie den Barmann.

»Leider nicht.«

Ich betrachte das Flaschenregal. »Zwei Patrón XO Cafe, bitte«, sage ich zu ihm. Dann zu der verdutzten Jemma: »Das ist Kaffeelikör mit Tequila.«

»Igitt, wie eklig. Für mich einen normalen Tequila!«, ruft sie dem Barmann zu. »Kaffee schmeckt nach Fäkalien. Deshalb gehöre ich zu den Damen, die Tee trinken.«

»Aber als wir im Arch 13 waren, hast du Kaffee getrunken – das hab ich gesehen.«

»Jamie ist heiß.« Sie zuckt die Achseln. »Er hätte mir auch seinen eigenen Urin servieren können.«

»Wir sollten bald mal bei ihm was trinken gehen«, sage ich.

»Bei ihm zu Hause?«

»Nein, in der Bar, du Nuss. Aber vielleicht nicht an einem der Abende, an denen Ben arbeitet.«

Jemma verzieht das Gesicht. »Hast du dich inzwischen damit abgefunden?«

»Klar.« Ich zucke mit den Schultern. »Ich glaube, ich bin nur ein bisschen eifersüchtig, weil die beiden so viel Zeit miteinander verbringen.« Wenigstens sucht sich Ben jetzt eine eigene Wohnung, sodass sie bald nicht mehr zusammen arbeiten *und* auch noch zusammen wohnen.

»Vielleicht bist du doch noch nicht über Ben hinweg«, sagt Jemma, während sie sich Salz auf die Hand streut.

»Das ist es nicht.« Ich winke ab. »Es fühlt sich nur irgendwie so an, als würde ich nicht mehr dazugehören« Bevor sie noch etwas erwidern kann, greife ich nach meinem Shot. »Na, dann mal los.«

Jemma will tanzen, aber ich zwinge sie zu warten, bis die Tanzfläche halb voll ist, dann lasse ich mich von ihr dort hinzerren. Sie bewegt sich zu jedem Lied so, als gäbe es dazu eine feste Choreographie und sie würde sie kennen, und schließlich startet sie mit Eddie ein Tanzbattle zu »Moves Like Jagger«. Alle treten zurück und überlassen den beiden klatschend und grölend den Raum.

In dem Moment spüre ich, dass jemand dicht neben mir steht.

»Hallo, Adam.« Ich lächle ihm zu. Ich fühle mich ein bisschen betrunken, aber auf eine angenehme Art – gerade angeheitert genug, um selbstbewusst und entspannt zu sein, aber nicht so, als würde ich die Kontrolle verlieren.

»Hallo, du.«

Noch während ich überlege, wie ich das Gespräch nun weiterführen soll, fangen alle wieder an mitzutanzen, und Adam nimmt meine Hand und dreht mich. Er tanzt gut. Vielleicht hat er das in der Schürzenjäger-Schule gelernt.

Ich schließe die Augen, lächele und verliere mich in diesem Moment. Es läuft gut. Jake ist beeindruckt. Jemma ist eine echte Freundin geworden. Ein netter Typ wollte meine Nummer haben.

Vor ein paar Wochen hat es sich angefühlt, als würde mein Leben vollkommen außer Kontrolle geraten, aber nun scheint es endlich so, als würde ich alles wieder in den Griff kriegen. Ich muss nicht mehr jeden Tag nach dem Aufwachen zuerst an Ben denken und auch nicht mehr direkt vor dem Einschlafen, aber ich würde lügen, wenn ich behaupten würde, dass er dazwischen nicht regelmäßig in meinem Kopf herumspukt.

Ich nehme bewusst wahr, wie sich mein Körper im Einklang mit Adams Körper bewegt, und spüre seine Hände auf meinem nackten Rücken. Mein ganzer Körper fängt an zu kribbeln.

Ich hatte echt schon lange keinen Sex mehr.

Für ein paar Sekunden lässt der Alkohol alles verschwimmen, und ich bin in Bens Armen, aber als ich wieder zu mir komme, sehe ich Adams blaue Augen, nicht Bens braune, und das ist okay.

»Du siehst übrigens umwerfend aus«, flüstert er mir ins Ohr.

»Danke«, antworte ich und bin froh, dass er aus seinem gegenwärtigen Blickwinkel mein Gesicht nicht sehen kann. »Du bist aber auch nicht so schlecht.«

»Vorsicht«, haucht er. »Das war fast ein Kompliment.«

»Fast.«

Er lächelt, aber seine Augenbrauen ziehen sich leicht zusammen. »Erinnerst du dich an den Abend, als wir in Soho was trinken waren?«

»Mhm.«

»Na ja, wir haben nie richtig darüber gesprochen, was ...«

»Psssst«, flüstere ich und zwinge mich, ihm in die Augen zu sehen. »Ich weiß, was du sagen willst, aber das musst du nicht. Ich weiß, dass wir viel getrunken haben. Ich will unsere Zusammenarbeit nicht gefährden.«

Er scheint widersprechen zu wollen, aber genau in diesem Moment geht das Licht an, und ich merke, dass die Musik aufgehört hat. Die Party ist vorbei.

»Ähm, ich muss mich von Jemma verabschieden«, erkläre ich ihm. Ein Teil von mir will fliehen, aber der andere Teil ist neugierig, was er sagen wollte. »Schönes Wochenende.«

»Dir auch«, antwortet er und lässt mich los.

Ich finde Jemma, und wir gehen hinaus, um uns Taxis zu suchen.

»Nimm du das hier«, sage ich, als ich ein freies entdecke.

»Okay, Süße. Schreib mir, wenn du zu Hause bist.«

»Mach ich. Und danke für heute«, füge ich aus einem plötzlichen Gefühl der Zuneigung hinzu. »Danke für alles, besser gesagt. Du hattest recht vorhin – ich hab ein paar beschissene Monate hinter mir, aber du warst eine tolle Freundin.«

»Weißt du was, Rebecca?«, fragt sie ernst, ergreift meine Hände und sieht mir durch ihre angeklebten Wimpern in die Augen. »Ich glaube wirklich, dein Leben wird eine Wendung nehmen.«

»Ehrlich?«, frage ich gerührt.

»Woher zum Teufel soll ich das wissen?«, fragt sie und lässt meine Hände los. »Aber ich hatte das Gefühl, ich muss so was sagen.« Dann drückt sie mir einen Kuss auf die Stirn und steigt in ihr Taxi.

BEN

Samstag, 14. Februar

Ich versuche, die Tür zu öffnen, aber der Postbote hat anscheinend alles, was er dabei hatte, durch den Briefschlitz geschoben, denn sie rührt sich nicht.

»Bei mir in der Wohnung war's heute Morgen genauso«, bemerkt Russ.

»Entschuldigen Sie«, sagt der Vermieter, drückt sich an Tom, Russ und mir vorbei und wirft sich dann mit der Schulter gegen die Tür, damit er uns die Wohnung zeigen kann. »Hier wohnt schon eine Weile niemand mehr.«

Der Grund dafür erschließt sich uns bald. Bei der Wohnung handelt es sich um den ausgebauten Keller eines uralten Hauses. Im Internet habe ich Bilder vom Bad, dem Schlafzimmer, der Küche und dem Wohnzimmer gesehen, aber wie es scheint, befindet sich alles im selben Raum.

»Und das hier ist das direkt ans Schlafzimmer angrenzende WC«, sagt der Vermieter und deutet ohne einen Anflug von Ironie auf die Toilette.

Ich weiß nicht genau, ob er ein Verbrecher ist oder uns auf den Arm nehmen will.

»Stand in der Anzeige nicht, die Wohnung hätte eine Zentralheizung?«, frage ich, als mir auffällt, dass es keine Heizkörper gibt.

Der Vermieter streckt einen Finger in die Luft, wie um zu sagen, ja, ihm falle gerade ein, dass das tatsächlich in der Anzeige stand.

»Ich geh sie kurz holen«, erklärt er und verschwindet ohne ein weiteres Wort.

Russ und Tom lächeln angestrengt wie Leute, denen einfach nichts Positives einfällt, das sie sagen können.

»Ich könnte dir was an die Wand malen, um einen Teil der Feuchtigkeitsflecken zu verdecken«, schlägt Tom schließlich vor. »Als Geschenk zum Einzug.«

»Heilige Scheiße, Tom, willst du die Farbabteilung im Baumarkt ausrauben?«

Die beiden haben mir mein altes Zimmer angeboten, aber der Sinn des Umzugs ist ja, dass ich einen Schritt nach vorne mache, nicht nach hinten. Obwohl sich *das hier* zugegebenermaßen nicht gerade wie ein Schritt nach vorne anfühlt.

»Aber du solltest dir mal seine neusten Kritzeleien ansehen, Ben.« Russ bemerkt Toms bösen Blick und korrigiert sich: »Okay, okay, Zeichnungen.« Er zieht eine Birne aus seiner Tasche und fängt an, an ihr zu nagen wie an einem Hähnchenflügel. »Die sind echt der Hammer. Weißt du, manchmal muss man ja lügen und begeistert tun, weil man mit jemandem befreundet ist …«

»So wie ich bei Avrils Gedichten«, sagt Tom.

Wir drehen uns schockiert zu ihm um. Tom hat noch nie irgendwas auch nur ansatzweise Kritisches über Avril fallen lassen.

»Na, na, na«, sagt Russ und legt Tom einen Arm um die Schultern. »Was ist denn in dich gefahren?«

»Ach, lass ihn«, sage ich, als Tom errötet.

»Nein, nein, nein. Komm schon, Kumpel – wie sind sie so? Kannst du uns eins rezitieren?«

Tom schüttelt den Kopf und versteckt sich hinter seinem Pony.

»Wie läuft's eigentlich bei der Arbeit?«, frage ich, um ihm zu Hilfe zu kommen.

»Du warst zwei Tage lang Gesprächsthema Nummer eins«, antwortet Russ. »Das war für alle die unglaublichste Kündigung, die sie je miterleben durften.«

»Und nach den zwei Tagen?«

»Haben wir einen Toaster für die Küche bekommen«, sagt Tom.

Russ nähert sich der Zweisitzer-Couch. Er beäugt sie skeptisch und schlägt dann auf das Polster, woraufhin eine Staubwolke aufsteigt.

»Und was hast du so gemacht, Kumpel?«, fragt er, klappt die Klobrille herunter und setzt sich stattdessen auf die Toilette.

»Tja, ich hab natürlich vier Abende die Woche in der Bar gearbeitet.«

Sie nicken stumm, als erwarteten sie, dass ich fortfahre.

»Jamie hat mich die Speisekarte erneuern lassen.«

»Das ist toll«, sagt Russ, aber ich merke an seinem Tonfall, dass er nun *mir* Begeisterung vortäuscht.

»Wir sind echt beeindruckt, was du getan hast«, sagt Tom. »Einen festen Job aufzugeben, um deinen Traum zu verwirklichen.«

»Was war noch mal dein Traum?«, fragt Russ.

Sie klingen langsam wie Mum. Sie ist so besorgt, dass sie sogar angeboten hat, für mich einen Termin bei der Berufsberaterin an ihrer Schule zu machen. Und ich kann ihr nichts entgegensetzen, denn ich weiß genauso wenig, was ich mit meinem Leben anstellen will, wie bei meiner Kündigung vor sechs Wochen – und jetzt muss ich meinen Dispo erhöhen. Wahrscheinlich muss ich mich eine Weile als selbstständiger Personaler über Wasser halten.

Wobei mir einfällt: Ich kriege von Rebecca immer noch meinen Teil der Kaution, und wahrscheinlich müssen wir irgendwann auch über die Möbel sprechen, die wir zusammen gekauft haben. Ich wollte sie nur nicht drängen, weil sie ja jetzt allein die Miete zahlt und weil ich weiß, dass sie mir meinen Anteil geben wird.

»Warum versuchst du nicht, irgendwo eine volle Stelle als Koch zu kriegen?«, fragt Russ.

Auf die Idee bin ich noch gar nicht gekommen. Das wäre schon cool, aber …

»Ich kann mir eine Umschulung nicht leisten. Man braucht einen Abschluss, wenn man nicht ein Jahr lang nur Kartoffeln schälen will – und von dem Gehalt könnte ich nicht mal die Miete *hierfür* bezahlen.«

Ich gehe ans Fenster, um nach dem Vermieter Ausschau zu halten, aber es ist auf beiden Seiten vollkommen verdreckt.

»Ich habe heute Abend ein zweites Date«, sagt Russ.

»Was passiert beim zweiten Date?«, frage ich. »Rumknutschen, Sex?«

»Da fragst du den Falschen.« Er steht auf und zieht dann spaßeshalber an der Kette für die Spülung. »Ich bin mir nie sicher, wann die Frauen bereit dafür sind, also habe ich einen Test entwickelt.«

Ich verschränke die Arme und sehe ihn erwartungsvoll an.

»Ich versuche irgendwie, Körperkontakt herzustellen. Vielleicht behaupte ich, ich könnte aus der Hand lesen, damit ich sie berühren darf. Oder ich fordere sie zu einem Daumenkrieg heraus. Wenn sie zögert, weiß ich, dass nichts laufen wird, aber wenn sie dabei ist, dann weiß ich schon, dass ich gewonnen habe.«

Schließlich kommt der Vermieter mit einem elektrischen Heizkörper zurück, den er ins Zentrum des Raums stellt.

»Bitte sehr, die Zentralheizung.« Er lacht, aber sein Gesicht wird wieder ernst, als er merkt, dass er das als Einziger lustig findet. »Also, was meinen Sie?«

»Wie sind die Nachbarn?«

»Oben wohnen David und Debs«, sagt er. »Ein sehr ruhiges, berufstätiges Paar.«

Ich sehe mich noch einmal in der Wohnung um. »Also gut – ich nehme sie.«

Ich merke, wie Russ und Tom einen Blick tauschen.

»Das hier ist die erste Wohnung, die du dir angesehen hast«, sagt Tom.

Er hat recht, aber es ist auch die einzige Wohnung auf der Website, die meinem Budget entspricht, und sie liegt genau zwischen Greenwich und Blackheath, also könnte ich mit dem Fahrrad zum Arch 13 fahren oder sogar zu Fuß gehen.

»Ich brauche Referenzen«, sagt der Vermieter.

»Ich bürge für ihn«, erklärt Russ. »Wir haben mit ihm zusammengewohnt.« Er ahmt die Haltung des Vermieters nach und stemmt die Hände in die Hüften. »Er ist ein toller Koch, er ist sauber, er ist, nun ja, ein bisschen sprunghaft, also drücken Sie ihm am besten einen langen Mietvertrag auf, aber ...«

»Ich kann Referenzen besorgen«, unterbreche ich ihn.

»Also gut«, sagt der Vermieter und klatscht in die Hände. »Wann können Sie einziehen?«

Jamie stellt zwei halb volle Teller auf die Edelstahl-Arbeitsplatte. Er wirkt perplex.

»Was ist los?«, frage ich und inspiziere den Rest der vietnamesischen Rollen mit Nam-Jim-Soße, die ich neu auf die Speisekarte gesetzt habe. »Gab es Beschwerden?«

Er fängt an, die Küche zu durchsuchen.

»Keine Beschwerden«, antwortet er. »Sie wollen eine Box zum Mitnehmen.«

»Haben wir denn Boxen zum Mitnehmen?«

»Keine Ahnung, bisher hat noch keinem der Gäste das Essen so gut geschmeckt, dass sie danach gefragt hätten.«

Die Bestellungen stapeln sich. Mediterrane Platten, Ceviche, Rindertartar mit Pumpernickel.

»Zwei Halloumi-Kebabs«, ruft Erica und hängt den Bestellzettel an meine Pinnwand.

Ich mache alles selbst, ich entkerne und hacke die Paprika für die Kebabs, schneide die Zucchini und träufle Zitrone über den Käse.

Was mir am besten gefällt, ist das schnelle Feedback. Ein leerer Teller fühlt sich für mich so an, wie es sich für Aguero anfühlen muss, ein Tor zu schießen.

Ich vergesse die Zeit, und ehe ich mich's versehe, wische ich schon die Küche, gehe dann zu Jamie an die Bar und genieße die zufriedene Müdigkeit nach erfolgreich verrichteter Arbeit.

Jetzt sind kaum noch Leute da. Ein Paar sitzt schweigsam, aber völlig entspannt am Fenster und hält sich auf dem Tisch an den Händen. Ein weiteres Paar teilt sich eine Margarita; die beiden lassen einander nicht aus den Augen, während sie sich zu ihren jeweiligen Strohhalmen vorbeugen.

Bevor ich mit Rebecca zusammengekommen bin, war ich keiner dieser Singles, die den Valentinstag hassen, aber heute nervt er mich, wenn ich ganz ehrlich bin. Aber es geht nicht mehr um Rebecca. Es geht um mich, mein Leben. Als wir zusammen waren, kam es mir vor, als würde ich auf einer Kletterwand schön nach oben kraxeln – aber dann habe ich den Fuß einmal falsch gesetzt, und jetzt muss ich wieder von vorne anfangen. Und an den meisten Tagen mache ich einfach weiter. Das Problem mit dem Valentinstag ist nur, dass man zwangsläufig an diese Sache erinnert wird, weil man überall, wo man hinschaut, glückliche Paare sieht, die schon längst an einem vorbeigezogen sind.

Ich beobachte Jamie, der als provisorische Klingel einen Metallrührstab in einen Cocktailshaker steckt. Damit gibt er das Signal zur Sperrstunde.

»Ich verstehe nicht, warum du immer Single bist«, sage ich und nicke zu den Visitenkarten, die sich neben der Kasse stapeln.

Jamie war in den vier Jahren vor der Uni mit der Frechen Fiona zusammen, aber seither hatte er keine Beziehung mehr, die länger als ein paar Monate gedauert hat.

»Es gibt so viele Mädchen, die extra deinetwegen herkommen.«

Jamie holt ohne ersichtlichen Grund sein Handy aus der Tasche und legt es auf den Tresen. Das letzte Paar verabschiedet sich und geht.

»Ich will einfach nicht riskieren, jemanden zu verletzen, nachdem, wie es mit Fiona gelaufen ist.«

Ich erinnere mich, wie sie durchgedreht ist, nachdem er ihr gesagt hatte, er wolle in der Uni keine Fernbeziehung. Sie hat ihm vier Monate lang jeden Tag geschrieben und ist dann mit einer selbstgebastelten Fotocollage, auf der Bilder von ihnen beiden waren, in seinem Wohnheim aufgetaucht. Angeblich kannte ihn deswegen die ganze Uni, denn danach war er berühmt: der Typ mit der Stalker-Ex.

Ich fand das alles immer ziemlich lustig, aber ich kann jetzt zum ersten Mal verstehen, wie Fiona sich gefühlt haben muss, als sie erfahren hat, dass der Mensch, den sie liebt, sie nicht mehr will. Und ich bin kein Stück besser. Ich bin der Kerl, der mit einem Verlobungsring bei seiner Ex aufgekreuzt ist.

»Wir waren zwar eine Ewigkeit zusammen«, sagt er, »aber ich dachte nie, dass das was für *immer* wäre.«

Jamie geht die Tür abschließen.

»Und jetzt willst du dich nur auf was einlassen, wenn du dir sicher bist, dass es was Ernstes ist?«, frage ich.

»Genau. Ich habe mir geschworen, immer ehrlich zu sein.«

»Und du hast keine Frau kennengelernt, für die du wirklich Gefühle hattest? Nicht mal die Tolle Tania?«

Jamie setzt sich wieder hin und lässt für ein paar Sekunden das Eis in seinem Tumbler kreisen. »Nicht mal die Tolle Tania.«

Ich hätte wissen müssen, dass dieses Gespräch meine Gedanken auf Rebecca lenken würde. Jamie würde nie etwas weitererzählen, was sie ihm anvertraut hat, aber er beharrt darauf, dass sie das mit dem Online-Dating auf keinen Fall machen würde, und wahrscheinlich hat er recht, aber es ist immer noch schwer für mich, nicht zu wissen, *was* sie überhaupt so macht.

Immer, wenn es bei mir etwas Neues gibt, ist mein erster Impuls, sogar nach all diesen Monaten, sie anzurufen, denn sie war meine engste Vertraute und ich ihr engster Vertrauter, und das hält man für selbstverständlich, bis es sich erledigt hat.

Manchmal überlege ich, wie es wohl mit dem Kino läuft oder wie sie allein in der Wohnung klarkommt.

Jamie trinkt seinen Whisky aus und sagt Erica, er werde fertig aufräumen.

»Guck uns an«, bemerkt Jamie. »Jetzt sitzen wir am Valentinstag da und reden über Beziehungen. Uns fehlen nur noch die Schlafanzüge, dann können wir eine Pyjama-Party machen.«

Er fängt an, Gläser aus der Spülmaschine zu räumen. Die Champagnerflöten, Martini- und Hurricanegläser hängen an einem Balken über den Spirituosendosierern, während jede Sorte Tumbler um die Kasse herum ein eigenes Regal hat. Die kantigen Longdrinkgläser werden verkehrt herum direkt auf dem Tresen gestapelt. Alles hat seinen Platz.

»Mann, mit deiner neuen Speisekarte und meinem natürlichen Charisma«, sagt er, woraufhin ich die Augen verdrehe, »läuft das Geschäft besser denn je.«

»Das sollten wir mit einem Cocktail feiern«, schlage ich vor.

»Okay, aber ich habe heute Abend schon genug davon gemacht. Jetzt bist du dran.«

»Ich wüsste gar nicht, was ich machen soll.«

»Es kommt Alkohol rein – das ist praktisch Bratensoße.«

»Der Punkt geht an dich.«

Er holt drei Flaschen hinter der Bar hervor und winkt mich zu sich.

»Wir trinken Rob Roys«, sagt er. »Das ist im Prinzip ein Manhattan, aber mit Scotch statt Rye oder Bourbon.«

»Was soll ich machen?«

Er holt einen Messbecher. »Vier Zentiliter Scotch, zwei Zentiliter süßer Wermut und fünf oder sechs Spritzer Angostura Bitter. Aber zuerst brauchst du Eis.«

Ich mache mich an die Arbeit.

»Geschüttelt, nicht gerührt«, sagt Jamie mit der Stimme von Sean Connery.

»Hä?«

»Weißt du, warum wir schütteln, statt zu rühren?«

»Nein.«

Ich habe alles abgemessen, und er schickt mich den Shaker holen, den ich über das Glas stülpe.

»Wenn man den Drink zusammen mit dem Eis schüttelt, wird er schneller kalt. Es dauert doppelt so lange, ihn auf minus sieben Grad runterzukühlen – kälter wird er nicht –, wenn man rührt. Zwanzigmal schütteln, vierzigmal rühren. Aber wenn du zu lange schüttelst, verwässert das Eis den Cocktail. Probier's aus.«

Ich folge seiner Anweisung.

»Was jetzt?«, frage ich.

»Nimm das Sieb, füll das Zeug in die Martinigläser, und garniere es dann mit ein bisschen Zitronenzeste.«

Nachdem ich fertig bin, hebt er seinen Rob Roy, trinkt einen Schluck und zieht eine Schnute. »Fast so gut wie von mir.«

Wir stoßen darauf an, dann beginnt Jamie, die Tische abzuwischen.

Ich hole mir auch einen Lappen und helfe ihm. »Wir sind ein gutes Team, oder?«

»Ich wünschte, ich könnte dir eine Vollzeitstelle anbieten«, sagt er. »Aber der Pachtvertrag erlaubt Essen nur an vier Abenden die Woche, und selbst dann dürfen es nur Snacks sein.« Er greift nach einer herumliegenden Speisekarte. »Deine brasilianischen Jim Jams sind da schon ziemlich gewagt.«

Ich lache. »Schon gut, ich hab's kapiert.«

»Aber ich arbeite total gern mit dir zusammen«, fügt er hinzu.

»Ich auch mit dir, Kumpel.«

Wir grinsen einander an.

»Das wird jetzt alles ein bisschen homoerotisch«, sagt er. »Lass uns über Brüste oder so was reden.«

Wir machen eine Pause, um von unseren Rob Roys zu trinken, die tatsächlich ziemlich gut schmecken, das kann man nicht anders sagen.

»Hey, hab ich dir schon erzählt, dass ich bei einem Barkeeper-Wettbewerb mitmache?«, fragt Jamie. »Der Londoner Vorentscheid ist Ende des Monats. Der Gewinner fährt zum landesweiten Finale.«

Ich bin beeindruckt und halte mitten im Wischen inne. »Deine Eltern wären bestimmt ziemlich stolz, wenn sie sich die Zeit nehmen würden, einmal herzukommen und zu sehen, was du hier machst.«

Jamie verzieht den Mund, antwortet aber nicht. Er räumt den Tresen ab und zieht weiter Kreise mit seinem Lappen.

»Der Pachtvertrag wird im Oktober erneuert«, sagt er beiläufig.

»Ach ja?«, frage ich.

Er bleibt stehen und sieht mich durchdringend an. »Der Pachtvertrag, in dem steht, dass wir nur an vier Abenden pro Woche Essen servieren dürfen – die Bedingungen werden im Oktober neu verhandelt.«

Was meint er damit?

»Was meinst du damit?«

»Ich meine, vielleicht sollten wir Geschäftspartner werden?«

Ich stehe fassungslos da und brauche erst mal einen Augenblick, um mich wieder zu erholen.

»Aber ich habe kein Geld – ich musste mich sogar schon von meinem malaiischen Tiger trennen.«

»Ich habe ein gutes Verhältnis zur Bank.«

Ich denke über sein Angebot nach. Vom Geld einmal abgesehen, fühlt es sich irgendwie ...

... richtig an.

Es ist wie mit den Gläsern: Alles hat seinen Platz, und vielleicht ist meiner hier, bei meinem besten Freund und mit einer Arbeit, die mir Spaß macht.

»Ich meine, wir müssten einen richtigen Businessplan erstellen«, sagt Jamie. »Und du kannst dich dann nicht einfach nach ein paar Monaten wieder verabschieden, wenn es dir langweilig wird.«

Ich versuche immer noch, die Sache zu verarbeiten. »Nein, natürlich nicht.«

Mein Blick landet auf dem BLOODY MARY-Schriftzug an der Wand. Der ultimative Cocktail, hat Jamie mir einmal erklärt, weil er fast alle Geschmacksnerven bedient – er ist süß, salzig, sauer und pikant. Nur bitter ist er nicht. Der Gedanke fühlt sich irgendwie symbolisch an, aber heute ist es für mich schon zu spät, um herauszufinden, warum.

»Also, was denkst du?«, höre ich Jamie fragen. »Sollen wir uns nächste Woche zusammensetzen und darüber sprechen?«

Ich sehe ihn an. »Mann, wir ziehen das durch, verdammt.«

Wir besiegeln den Beschluss mit einem Handschlag, dann kehrt Jamie auf seine Seite der Bar zurück.

»Noch einen für den Weg, Nicholls?«, fragt er.

»Noch einen für den Weg, Hawley.«

REBECCA

Samstag, 28. Februar

Ich brauche nicht lange, um festzustellen, wer mir da hinterherpfeift.

»Alles klar, Schätzchen?«, ruft ein rotgesichtiger Bauarbeiter und lehnt sich mit einer Tasse in der Hand gegen das Gerüst. Er wirkt etwas überrascht, als ich daraufhin die Straße überquere, und regelrecht erschrocken, als ich mich vor ihm aufbaue, direkt am Eingang zur Baustelle des Kinos.

»Wie kann ich Ihnen helfen?«, frage ich.

»Ähm ...«

»Ich dachte, Sie hätten versucht, mich auf sich aufmerksam zu machen?«

Ich weiß, dass das fies ist, aber es ist Samstagmorgen, und ich musste gerade mit öffentlichen Verkehrsmitteln in die Stadt fahren. Außerdem bin ich nervös wegen später, und ich habe mich tatsächlich schon immer gefragt, was Bauarbeiter, die Mädchen auf der Straße hinterherrufen, eigentlich bezwecken.

»War doch bloß ein Kompliment, oder?« Er zuckt die Achseln. »Komplimente sind immer gut.«

Der Mann dreht sich um, und über seiner tief hängenden Jeans blitzt ein pralles Bauarbeiterdekolleté auf.

»Spielen wir jetzt Baustellenklischee-Bingo?«, frage ich ihn.

»Hä? Hör mal, du darfst gern weitergehen, Schätzchen.«

»Und Sie dürfen gern Ihren Tee abstellen, sich die Hose hochziehen und aufhören, Frauen auf offener Straße zu belästigen.«

»Hör du lieber auf, Si fertigzumachen, und schau dich erst mal um«, sagt Bobby, der aus dem Gebäude kommt und mir einen Helm zuwirft. Der Bauarbeiter wirkt nun noch erschrockener, als ihm klar wird, wer ich bin.

»Ich konnte einfach nicht widerstehen.«

Ich folge Bobby nach drinnen.

»Wow.«

Das Interieur ist nun ganz fertig, einschließlich meiner Haupttreppe, die dahin führt, wo sich bald ein zweiter Vorführraum und ein Jazzcafé befinden werden.

Ich blicke zur hohen Decke hinauf, die inzwischen mit Zierleisten versehen ist und in der Mitte eine riesige Ausbuchtung hat. Demnächst wird dort ein Kronleuchter hängen.

»Bobby, das sieht umwerfend aus.«

»Ja, oder?«, sagt jemand, der nicht Bobby ist.

Ich drehe mich um. »Oh, Adam! Hi.«

»Hey.«

Ich habe Adam seit der Party nicht mehr gesehen – wir haben nur ein paar Mal gemailt, wobei er sehr kurz angebunden war, aber langsam verstehe ich, dass das einfach seine Art ist. Ich denke, ich würde mittlerweile auch weniger empfindlich auf seine Kritik reagieren: Ich bin bereit für was auch immer er mir an den Kopf werfen wird, nachdem er die Treppe betrachtet hat.

»Du hattest recht damit, die Balustrade zu restaurieren. Wie du sie zwischen den verschiedenen Bereichen im Raum positioniert hast, ist genial.«

»Vorsicht, Larsson.« Ich drehe mich weg, zu verbergen, dass ich rot werde. »Das war *fast* ein Kompliment.«

»Fast.« Er lächelt. »Ich finde immer noch, dass die verzierten Messingbeschläge eine Riesengeldverschwendung sind.« Ich will schon zurückschlagen, als ich merke, wie er Bobby zuzwinkert. »Ich meine, wie kommst du auf so extravagante Ideen?«

»Die habe ich aus dem Schlafzimmer deiner Mutter«, antworte

ich, was kindisch, aber irgendwie befreiend ist und beide zum Lachen bringt.

Bobby führt uns durch den Rest des Gebäudes, und als wir wieder am Eingang ankommen, bin ich überglücklich. Ich kann mich nicht erinnern, dass ich je mehr und intensiver an einem Projekt gearbeitet hätte als in den letzten Wochen. Wenn ich jetzt vor Ort irgendwelche Fehler entdecken würde, würde ich mich wahrscheinlich vom Gerüst stürzen.

»Bleibt ihr noch ein bisschen?«, fragt Bobby, bevor er seinen Helm abnimmt und seine Leuchtjacke auszieht. »Ich gehe mit den Jungs ins Café, ein Bacon-Sandwich essen, falls ihr Lust habt?«

»Klingt gut«, sagt Adam. »Giamboni?«

»Ich kann nicht, tut mir leid«, antworte ich. Und es tut mir wirklich leid, denn der Fortschritt des Kinos hat mich in eine ganz kameradschaftliche Stimmung versetzt. Und ich schlage nicht gerade Purzelbäume vor Begeisterung beim Gedanken an meine sonstigen Pläne für heute.

»Was hast du vor?«, fragt Bobby.

»Bin verabredet.«

»Mit wem? Einem Mann, oder? Ich dachte vorhin schon, du bist ein bisschen aufgebrezelt für eine Baustellenbegehung um zehn Uhr morgens.«

»Ich bin nicht aufgebrezelt«, entgegne ich bissig und schaue auf mein khakigrünes Kleid und die Lederjacke hinunter, als wären sie aus Müllsäcken oder in Kebabsoße getränkt. So schick sind die Sachen nun auch wieder nicht. Vielleicht liegt es an den Stiefeln – ich trage selten Absätze. Dabei sind diese hier noch nicht mal besonders hoch, und ich dachte, es würde nicht auffallen, weil Adam und Bobby beide so groß sind.

Ich werfe einen schnellen Blick zu Adam, aber er schaut auf sein Handy.

»Na komm schon«, drängt Bobby und ignoriert mein Unbehagen. »Erzähl. Wer ist es?«

»Einfach ein Typ.« Argh, warum kann ich nicht darüber reden, ohne wie eine Vierzehnjährige zu klingen?

Ich hole tief Luft. »Er heißt Michael. Also, findet ihr, ich soll die Bestellung der Messingbeschläge vorziehen, weil wir so gut im Zeitplan liegen?«

»Wo hast du ihn kennengelernt?«, unterbricht mich Bobby.

Seufz. »Im Pub.«

»Ist es nicht ein bisschen früh für ein Date?«

»Wir gehen zusammen mittagessen«, sage ich zu meiner Verteidigung, obwohl ich genau das Gleiche gedacht habe.

Michael meinte, dass man einander bei einem Date tagsüber besser kennenlernen kann. Was ja schön und gut ist, ich hätte es nur nicht schlecht gefunden, mir ein bisschen Mut anzutrinken. Aber wenn ich jetzt schon vormittags mit dem Scotch anfange, werden Jemma und Jamie bald wieder eine Intervention veranstalten.

»Du siehst jedenfalls toll aus«, sagt Bobby. »Sieht sie nicht toll aus, Adam?«

»Toll«, stimmt Adam zu, ohne von seinem Handy aufzuschauen, während er eine SMS tippt.

»Schreibst du deiner besseren Hälfte?«, fragt Bobby ihn.

»Es gibt eine bessere Hälfte?«, stimme ich – erfreut über die Ablenkung – mit ein.

Adam sieht verwirrt aus.

»Die, die dir zum Valentinstag Sex-Gutscheine geschenkt hat?«, hakt Bobby nach.

»Oh, daraus ist nichts geworden.«

Ich pruste los und bin froh, dass ich nicht die Einzige bin, die ausgequetscht wird. »Schade – sie ist bestimmt …«

»Wie deine Mutter«, sagt Adam trocken.

»Meine Mutter ist tot«, antworte ich ernst, obwohl mir klar ist, dass ich das herausgefordert habe.

»Oh Gott, Rebecca, das tut mir leid.« Er wirkt zutiefst beschämt. »Ich wusste nicht ...«

»Schon okay«, antworte ich und deute ein Lächeln an. »Ich muss los – viel Spaß beim Frühstück, Jungs.«

Jemma ruft an, als ich gerade die Baustelle verlasse. Ich hatte versucht, sie heute Morgen zu erreichen, aber sie ist nicht rangegangen.

»Hey, Rebecca«, begrüßt sie mich und gähnt. »Ich bin's. Es ist ein Notfall. Ich brauche dich. Du musst auf der Stelle alles stehen und liegen lassen und zu mir kommen, sonst bist du eine schreckliche Freundin. Und so weiter und so fort.«

»Jemma? Wovon redest du?«

»Ich hab dir doch gesagt, du sollst mich anklingeln, wenn ich dich retten soll. Hast du nicht deswegen angerufen?«

»Nein, ich dachte, du machst Witze. Und außerdem haben wir uns noch gar nicht getroffen. Aber du hast deinen Beruf verfehlt – du sollest unbedingt Schauspielerin werden.«

»Vergiss es – im Fernsehen sieht man noch dicker aus. Was ist los?«

»Ich brauche nur deinen Rat«, erkläre ich und gehe über die Straße zum Bahnhof. »Wenn ich ganz schnell feststelle, dass ich kein Interesse habe, wie lange muss ich dann noch bleiben?«

»Oh, gute Frage – genau das ist mir vorletzte Woche passiert. Ich wusste schon beim ersten Blick, dass ich nichts von ihm will. Ich habe ihn online kennengelernt, und zuerst dachte ich, er hätte auf seinem Profil falsche Fotos benutzt, aber ich glaube, er hat sein Gesicht mit Photoshop auf einen anderen Körper kopiert. Nicht mal auf den eines Bodybuilders oder so – einfach auf einen normalen Körper, denn dieser Typ hatte echt magere Arme und Beine und dazu einen riesigen Bauch. Er sah irgendwie schwanger aus, und du hättest erst mal seinen …«

»Wie auch immer«, unterbreche ich sie.

»Wie auch immer«, fährt sie fort, »ich dachte: *Ich kann mich nicht einfach umdrehen und direkt wieder rausgehen – das wäre gemein. Außerdem hat er vielleicht eine tolle Persönlichkeit.* Hatte er aber nicht. Er war total arrogant und ein bisschen rassistisch. Anscheinend hasst er vor allem Schotten.«

»Und um wie viel Uhr bist du gegangen?«

»Wir haben uns um acht getroffen, und so gegen neun habe ich mich verabschiedet, glaube ich. Vielleicht auch kurz nach.«

»Ah, gut zu wissen. Dann reicht also eine Stunde?«

»Nein, ich meinte neun am nächsten Morgen.«

»Soll das ein Witz sein?«

»Nope, es fällt mir echt schwer, aus so einer Situation wieder rauszukommen«, erklärt sie traurig. »Gott, mir wird schon schlecht, wenn ich nur daran denke.«

»Ähm … also gut. Danke für deine Hilfe.«

»Dafür bin ich da. Sollen wir uns morgen zur Nachbesprechung im Arch 13 treffen?« Das ist ihre neue Lieblingsbar, seit ich letzten Monat mit ihr dort war. Jamie versteht sich super mit ihr.

»Ich überleg's mir.«

Ich lege auf, gehe zur U-Bahn hinunter und bin nervöser denn je.

BEN

Mein Handyklingeln reißt mich aus einem tiefen Samstagmorgenschlummer. Stöhnend taste ich das Stück Fußboden ab, auf dem ein Nachttisch stehen wird, sobald ich genug Geld habe, um mir einen zu besorgen.

»Ich hab mir eine Katze gekauft«, beginnt Russ.

»Eine Katze?«

»Du weißt schon – miau, miau.«

»Ich weiß, was eine Katze ist, ich hätte nur nicht gedacht, dass du ein Katzenmensch bist.«

»CATMAN«, sagt er, und mir fällt ein, dass irgendein Superheld so heißt. »Tja, ich ehrlich gesagt auch nicht, aber Sarah Ward liebt nun mal Katzen. Also hab ich ihr gesagt, ich würde überlegen, mir eine zu holen, was natürlich Quatsch war, und sie hat gesagt, sie geht mit mir eine aussuchen.«

Ich höre, wie der Postbote die Stufen zu meiner Wohnung heruntersteigt, dann sehe ich, wie der Brief, den er durch den Schlitz schiebt, auf den Fußboden segelt.

»Moment«, sage ich zu Russ. »Wer ist Sarah Ward?«

»Deine Nachfolgerin bei der Arbeit, sie ist heiß. Ich habe versucht, irgendwie den Mut aufzubringen, sie um ein Date zu bitten, und bingo, schon waren wir im Tierheim.«

»Du lieber Gott.«

Ich höre, wie er die Katze ruft, er wiederholt viermal den Namen »Mildred«. »Sie muss sich noch an ihren neuen Namen gewöhnen«, erklärt er.

»Und wie ist es mit Sarah gelaufen?«, frage ich.

»Na ja«, antwortet er, »wir haben die Katze zu mir gebracht, und ich habe Sarah die Wohnung gezeigt. Wir waren gerade bei meinem Zimmer angelangt, als Klein-Mildred …«

Er atmet tief ein, als müsste er sich sammeln.

»Sag schon …«

»Als Mildred anfing, mein Bett vollzupissen.«

Ich krümme mich vor Lachen.

»Das war nicht gerade die Art feuchter Fleck in meinem Bett, die ich mir erhofft hatte.«

Nach ein paar Sekunden geht Russ' Lachen in ein Seufzen über.

»Ich weiß, dass ich eine Witzfigur bin«, sagt er. »Aber ich bin einfach bereit für das nächste Level. Kinder und alles; Urlaub auf Gran Canaria, wenn wir einen Katzensitter finden.« Ich höre, wie er mit der Zunge schnalzt, um Mildred zu rufen, und dann frustriert aufstöhnt. »Langsam glaube ich, es wird nie passieren.«

»Warum bittest du sie nicht einfach um ein richtiges Date?«, frage ich.

Er schnaubt. »Damit es mir gelingt, eine Frau von Angesicht zu Angesicht um ein richtiges Date zu bitten, muss ich mich erst mal in totalen Selbsthass hineinsteigern. Echt jetzt. Ich beschimpfe mich dann als wertlosen Feigling, rede mir ein, dass ich allein sterben werde und dass ich mich im Prinzip auch gleich von einer Klippe stürzen kann, weil ich es ja nicht mal schaffe, einem Mädchen zu sagen, dass ich es mag. Das Männchen in meinem Kopf wird so fies, dass ich kurz davor bin, eine einstweilige Verfügung zu beantragen. Erst dann, wenn ich es nicht mehr aushalte, kriege ich es hin. Es dauert Monate, manchmal Jahre, bis ich so weit bin.«

Normalerweise klingt Russ selbstbewusst und siegesgewiss, wenn er Einblicke in sein Inneres gewährt. Aber jetzt klingt er wie jemand, der die Niederlage akzeptiert hat.

»Du könntest ihr einen Zettel zustecken«, schlage ich vor. »Dann muss sie nicht sofort reagieren.«

»Und ich muss ihren angewiderten Gesichtsausdruck nicht sehen, wenn sie kapiert, dass ich mich mit ihr treffen will.« Er lacht. »Aber was soll's – ich glaube, ich hab's sowieso verbockt durch den Spruch mit dem feuchten Fleck.«

»Das hast du doch nicht zu ihr gesagt?«

»Leider doch.« Er lacht über sich selbst. »Glaubst du, es gibt Mädchen, die so was witzig finden?«

»Mädchen, die den Humor von stark pubertären Halbwüchsigen haben, meinst du?«

»Genau! So jemanden suche ich.«

Ich werde abgelenkt durch ein rhythmisches Krachen der Dielenbretter in der Wohnung über mir.

»Herrgott noch mal!«

»Was ist los?«, fragt Russ.

»Sie treiben's schon wieder.«

»Wer?«

»David und Debs. Das ruhige, berufstätige Paar über mir.«

Ich halte das Telefon hoch, damit Russ hören kann, was ich meine. In genau dem Moment fängt Debs an zu stöhnen, als würde sie sich tätowieren lassen.

»Ich will das auch, Kumpel«, sagt er. »Wenn bei mir nicht bald Action angesagt ist, fürchte ich, ich vergesse, wie es geht.«

Es besteht keine Gefahr, dass David und Debs vergessen, wie es geht. Ich höre sie jeden verdammten Morgen. Wenn die Sache mit dem Tattoo erledigt ist, klingt es, als würde Debs in einem Michelin-gekrönten Restaurant ein göttliches Schokotörtchen essen, und danach sitzt sie offenbar in der heftigsten Achterbahn der Welt. Als ich sie zum ersten Mal gehört habe, dachte ich, sie erfüllt sich gerade mehrere Lebensträume hintereinander.

»Du wirst nicht vergessen, wie es geht«, beruhige ich Russ. »Das ist wie Fahrradfahren.«

»Ich bin bald Profi im Einradfahren, wenn du verstehst, was ich meine.«

»So genau wollte ich es nicht wissen, Russ.«

Ich stehe aus dem Bett auf und halte mir das Handy ans andere Ohr, während ich in meinen Bademantel schlüpfe. Ich gehe nach dem Brief gucken, lasse ihn aber liegen, als ich sehe, dass es ein Kontoauszug ist.

»Bist du schon mal Dreirad gefahren?«, fragt Russ.

»Kann ich nicht von mir behaupten.«

Ich bin immer noch nicht dazu gekommen, mir einen Wasserkocher zu kaufen, also fülle ich einen Topf und stelle ihn auf den Herd. Dann schlängele ich mich zwischen den leeren Kartons hindurch und gehe wieder ins Bett, bis das Wasser kocht. Nachdem ich gestern Abend aus dem Arch 13 nach Hause gekommen bin, habe ich endlich fertig ausgepackt. Nur eine Sache ist noch in einer Schachtel, und zwar in einer Samtschachtel, und selbst die wird hier nicht mehr lange rumliegen, wenn heute Nachmittag alles nach Plan läuft.

»Übrigens hätte ich gestern deine Hilfe gebrauchen können, Kumpel«, sage ich zu Russ.

»Wobei?«

»Ich muss wissen, ob die Verordnungen zum Betriebsübergang und zur Beschäftigungssicherung auch gelten für …«

Er unterbricht mich: »Ich dachte, du hättest aufgehört mit dem Personalwesen?«

»Hab ich. Ich hab nur als Selbstständiger ein paar Aufträge angenommen, um über die Runden zu kommen.«

»Okay«, sagt er, aber irgendwie kann ich die darauffolgende Stille nur als Enttäuschung interpretieren.

Ich muss mich immer wieder daran erinnern, dass das nur vorübergehend ist. Jamie und ich haben einen Businessplan erstellt, um das Arch 13 in eine Gastrobar zu verwandeln, und wir haben am Montag einen Termin bei seiner Bank.

Ich schwebe wie auf Wolken, seit er mir von der Idee erzählt hat, und kann es gar nicht erwarten, damit durchzustarten. Obwohl wir den Besitzer erst noch überzeugen müssen, die Pachtbedingungen zu ändern.

Debs oben nimmt gerade eine besonders scharfe Kurve in der Achterbahn. Mein Blick fällt wieder auf die Samtschachtel. Weil ich es nicht länger aufschieben will, reibe ich mir den Schlaf aus den Augen und sage Russ, ich müsse etwas erledigen.

REBECCA

Ich steige in Blackheath aus dem Zug. Trotz meiner Nervosität vorhin bin ich froh über die Ablenkung durch ein Date.

Ich musste die ganze Fahrt über an die Arbeit denken – mir ging andauernd durch den Kopf, was alles noch schieflaufen könnte.

Außerdem habe ich echt Hunger, als ich an dem kleinen argentinischen Steakhaus ankomme, das ich ausgesucht habe. Michael sieht mich von seinem Platz am Fenster aus sofort und winkt eifrig.

»Na, du.« Er steht auf und rückt mir den Stuhl zurecht. »Wie war dein Tag bisher?«

»Tja, ich musste im Morgengrauen aufstehen und zur Arbeit fahren, um zu überprüfen, dass alles wieder läuft«, erzähle ich, begleitet von lautem Magenknurren. Sexy. »Und deiner?«

»Ich habe heute Morgen zum Sonnenaufgang Yoga gemacht.«

»Oh, schön«, sage ich. Welcher Irre steht im Dunkeln auf, um Yoga zu machen? »Dann bist du ja wirklich im Morgengrauen aufgestanden.«

Ich öffne meine Speisekarte, entscheide mich für ein Filetsteak mit Rahmspinat, klappe sie dann wieder zu und gebe mir Mühe, mich nicht darüber aufzuregen, dass Michael seine noch nicht einmal geöffnet hat.

»Also, wenn du sagst, du musstest gucken, dass alles wieder läuft«, fragt er, »ist vorher irgendwas nicht gelaufen?«

»Wir waren nur ein bisschen im Rückstand.« Die Gründe dafür behalte ich für mich. »Und es gab Diskussionen über bestimmte Dinge.« Er sieht mich immer noch erwartungsvoll an, also erzähle ich von der Treppe, bei der ich hin- und hergerissen war, und dass jetzt sogar Adam zugibt, es sei richtig gewesen, sie zu erhalten.

Während ich das sage, fällt mir wieder ein, dass Adam die Messingbeschläge vorhin als Geldverschwendung bezeichnet hat. War das ein Scherz? Er hat zwar dabei gezwinkert, aber es könnte auch so eine Situation gewesen sein, in der jemand einen Witz macht, um auf etwas hinzuweisen. Es wäre nicht das erste Mal, dass er anderer Meinung ist.

Warum denke ich schon wieder an die Arbeit? Bevor ich Ben kennengelernt habe, konnte ich auch schon immer das ganze Wochenende nicht abschalten. Aber er hatte ein Talent dafür, mich alles vergessen und den Moment genießen zu lassen.

Ich beschließe, das Thema zu wechseln. »Danke, dass du dich um die Reservierung gekümmert hast«, sage ich und sehe mich um. »Das Essen soll super sein.«

»Kein Problem.«

Der Wind bläst die Kreidetafel draußen um. Einer der Kellner läuft hinaus und stellt sie wieder auf.

»Schau dir diesen Wind an«, bemerkt Michael und greift immer noch nicht nach seiner Speisekarte, sondern blickt hinaus in den Park.

»Weißt du schon, was du nimmst?«, frage ich hoffnungsvoll.

»Wollen wir doch mal sehen …« Er klappt die Speisekarte auf und liest sie gründlich.

Ich nutze die Gelegenheit, um ihn zu mustern. Er hat ein nettes, aber unauffälliges Gesicht; das einzig Markante sind sein eckiger Kiefer und seine dick umrandete Brille, die ihm gut steht. Gefällt er mir?

Schließlich nickt er leicht und klappt die Speisekarte zu. Ich halte Ausschau nach dem Kellner.

»Fertig?«, fragt er, als er meinen Blick bemerkt.

Ich bestelle mein Filet halb gar, und Michael wählt einen Salat mit Ziegenkäse.

»Keine Lust auf Steak?«, frage ich ihn, nachdem der Kellner wieder gegangen ist.

»Ich bin Vegetarier.«

»Warum hast du nichts gesagt?«, frage ich entsetzt.

Dieses Restaurant war mein Vorschlag – ich fühle mich schrecklich.

»Sei nicht albern«, sagt er und berührt meine Hand. »Du hast doch gesagt, du willst dieses Restaurant ausprobieren.«

Das ist unheimlich nett von ihm, aber jetzt gerade kann ich mich auf nichts anderes konzentrieren, als zu versuchen, nicht zurückzuschrecken, denn er hat meine Hand immer noch nicht losgelassen. Er hält allen Ernstes auf dem Tisch mit mir Händchen. Das ist seltsam, oder? Beim ersten Date? Oder ist das vollkommen okay, und ich hatte so wenige erste Dates, dass ich das einfach nicht weiß? Vielleicht sollte ich mitmachen.

»Also, erzähl mir mehr über dich«, sagt er jetzt. »Was machst du außerhalb der Arbeit?«

Ich will seine Frage beantworten, nur ist mein Kopf wie leer gefegt. Was mache ich? Ich zermartere mir das Hirn auf der Suche nach irgendetwas auch nur annähernd Interessantem oder Beeindruckendem, aber mein Verstand gibt nichts her. Er ist zu beschäftigt mit dem Händchenhalten-Problem.

»Ähm, ich mag Filme und ich lese, und ich treffe mich gern mit Freunden.« Ich klinge, als würde ich einen miserablen Lebenslauf vorlesen. »Was ist mit dir?« Was machst du, wenn du nicht mit fremden Leuten Händchen hältst?

Außer Yoga mag er auch Fahrradfahren. Ich werfe schnell ein, dass ich auch gern Fahrrad fahre. Aber wie sich herausstellt, macht er jedes Jahr einen Radurlaub, bei dem er mit einer Gruppe eine Woche lang ganze Länder bereist, statt einfach nur mit dem Fahrrad zur Arbeit zu fahren, um die U-Bahn zu vermeiden.

An zwei Abenden pro Woche betreut er ehrenamtlich das Sorgentelefon der Samariter, und außerdem spielt er Trompete.

»Ich spiele ein bisschen Klavier«, sage ich und komme mir im Vergleich zu ihm oberflächlich und langweilig vor.

»Ooh, wir müssen unbedingt mal zusammen jammen«, ruft er.

Jammen?

Und genau deshalb sollte man bei Dates nicht lügen: Falls es mit uns klappt, muss ich Klavier spielen lernen.

Der Gedanke, dass es mit uns klappen könnte, erscheint mir surreal. Er hat nichts falsch gemacht, aber was würden wir zusammen unternehmen? Gemeinsam Fahrrad fahren und auf unseren Instrumenten jammen?

Was sollte ich in dieser Phase des Dates fühlen? Im Moment fühle ich mich nur etwas unsicher, nicht sehr interessant und sehr, sehr hungrig.

Der Kellner kommt mit zwei Tellern aus der Küche. »Ooh, hoffentlich ist das für uns«, sage ich und nutze die Gelegenheit, um meine Hand unter seiner hervorzuziehen. Der Kellner geht an uns vorbei zu einem Paar in der Ecke. »Verdammt«, fluche ich halb im Spaß.

»Geduld«, neckt er mich. »Wir haben erst vor fünf Minuten bestellt.«

»Ich bin nicht ungeduldig«, lüge ich. »Ich bin am Verhungern.«

»Woher weißt du, dass du Hunger hast?«

»Ähm … ich bin hungrig.«

»Beschreib mir das Gefühl.«

»Es ist in meinem Bauch. Er ist irgendwie … leer.«

»Tut es weh?«

»Nein.«

»Ist es unangenehm?«

»Nicht direkt. Ich spüre es nur.«

»Dann spüre es einfach. Kein Grund zur Panik – es ist ja nicht so, als wüsstest du nicht, wo du das nächste Essen bekommst. Sobald du Achtsamkeit entwickelst und auf deine Gefühle hörst, muss es kein negatives … Oh, schau – da kommt unser Essen.«

Gott sei Dank – ich war kurz davor, *ihn* zu verspeisen.

»Und warum bist du Vegetarier?«, frage ich. Mir läuft das Wasser im Mund zusammen, während ich ein Stück von meinem Steak abschneide. »Aus gesundheitlichen oder ethischen Gründen?«

»Ein bisschen von beidem, schätze ich.« Er lächelt mir zu und spießt ein Stück Käse auf seine Gabel. »Ich denke einfach, ich kann alles, was ich brauche, auf natürlichem Wege bekommen, ohne Tiere essen zu müssen.«

»Oh. Jetzt fühle ich mich schlecht.«

Ich blicke auf das Essen auf meiner Gabel. Es sieht so köstlich aus, dass ich sabbern könnte.

»Sei nicht albern.« Er lächelt. »Das ist eine persönliche Entscheidung.«

Ich setze das Gespräch fort, indem ich ihn nach seinem Job frage. Er hat gerade einen Bissen in den Mund genommen und antwortet erst, nachdem er gründlich gekaut und hinuntergeschluckt hat.

»Ich verkaufe Außenwerbeflächen«, erläutert er. »Plakatwände, Poster in der U-Bahn, so was eben.«

»Eine Freundin von mir war Anzeigenverkäuferin, aber bei einem Männermagazin«, erzähle ich ihm.

»Was macht sie jetzt?«

»Wie meinst du das?«

»Du hast gesagt, eine Freundin von dir war Anzeigenverkäuferin. Hat sie den Job gewechselt?«

»Oh, nein – ich meinte, wir sind nicht mehr befreundet.« Ich bin zwar keine Dating-Expertin, aber dass man beim ersten Date nicht über seinen Ex reden darf, weiß sogar ich, also winke ich ab. »Lange Geschichte.«

»Du siehst traurig aus«, sagt er.

»*It's a sad, sad situation*«, zitiere ich scherzhaft, aber das Lachen bleibt mir im Hals stecken. Ich sage mir immer noch, dass es richtig war, den Kontakt zu Danielle abzubrechen, aber jedes Mal, wenn ich über sie spreche, werde ich seltsam melancholisch. Aber jetzt ist nicht der richtige Zeitpunkt, um darüber nachzudenken.

»Es ist okay, wenn eine Freundschaft zu Ende geht«, sagt er unbekümmert. »Wenn du zulässt, dass nicht funktionierende Beziehungen auslaufen, schaffst du Platz für neue Menschen, die stärker mit den Bedürfnissen deiner Seele im Einklang sind.«

Ich denke an Danielle und Jemma, und Ben und … Michaels Hand liegt wieder auf meiner.

Auf einmal fühle ich mich unwohl und bin seltsam niedergeschlagen. Keine Ahnung, woher das kommt, aber plötzlich wünschte ich, Ben würde mir gegenübersitzen. Er konnte mich immer ablenken, wenn ich traurig war.

Wenn ich nach einem stressigen Tag nach Hause kam, konnte ich immer abschalten, sobald Ben anfing, mit mir zu reden und meine Gedanken auszufüllen.

»Woran denkst du?«, fragt Michael.

»An nichts«, sage ich und versuche, mich zu konzentrieren. »Ich hab eine Zeit lang viel Stress bei der Arbeit gehabt – ich muss mich einfach ein bisschen entspannen.«

»Schließ die Augen«, fordert er mich auf, legt die Gabel weg und lässt meine Hand los.

»Wie bitte?«

»Vertrau mir.«

Ich vergewissere mich, dass uns niemand beobachtet. »Ähm, okay.«

»Atme«, ordnet er an. Ich atme bereits, aber es erscheint mir unpassend, ihn darauf hinzuweisen, also mache ich es langsamer und übertriebener. Ich blinzle mit einem Auge, um zu sehen, ob er mich auslacht. Tut er nicht.

»Michael«, flüstere ich.

»Hmm?«

»Was machen wir hier?«

»Eine Atemtechnik aus dem Yoga. Es wird dich beruhigen. Psssst jetzt.«

»Okay.«

»Also, beginne mit deinen Füßen und Zehen. Spann sie an. Spannst du sie an?«

Ich nicke.

»Gut. Atme ein … Und aus … Und ein … Und aus … Und ein … Und entspann dich. Gut. Jetzt spann die Knie an.«

Ich bin hin- und hergerissen zwischen Scham und Belustigung – wie spannt man seine Knie an? – und kann es gar nicht erwarten, Jemma davon zu erzählen. Nach meinen Knien kommen meine Schenkel, mein Po (den er mein Gesäß nennt), mein Brustkorb, meine Arme, meine Hände, mein Hals, mein Kiefer und meine Augen.

»Fühlst du dich besser?«, fragt er schließlich, nachdem er mir gesagt hat, dass ich die Augen wieder öffnen dürfe.

»Ein bisschen.« Ich meine, es hat mich definitiv auf andere Gedanken gebracht.

»Wir sollten zusammen zum Yoga gehen«, schlägt er vor und greift wieder nach seiner Gabel.

Zusammen? Whoa, Mister.

»Ich hab's ein Mal versucht«, erzähle ich ihm. »Es war nichts für mich.«

Danielle hat mich mitgeschleift, als wir noch zusammengewohnt haben. Ich hatte eine stressige Woche hinter mir, und sie meinte, es könne mir helfen runterzukommen. Aber während ich versuchte, meine Zehen zu berühren, konnte ich an nichts anderes denken, als was ich alles hätte schaffen können, wenn ich jene Stunde stattdessen am Schreibtisch verbracht hätte.

Und von den fünfzehn Minuten, die wir meditieren sollten, will ich gar nicht erst reden.

»Da bin ich anderer Meinung. Yoga tut jedem gut.«

»Ich bin einfach besser bei Sportarten, die ein Ziel haben.«

»Du glaubst, Yoga hat kein Ziel?« Er hebt die Augenbrauen, aber schaut amüsiert.

»Du weißt schon, was ich meine. So was wie Fahrradfahren, um irgendwo anzukommen. Oder Spiele, bei denen man versucht zu gewinnen.«

Ben hat uns letzten Sommer Tennisschläger gekauft, und wir haben Stunden auf den Plätzen im Greenwich Park verbracht. Wir lagen immer so dicht beieinander, dass der Verlierer jedes Mal auf ein weiteres Spiel bestand.

»Außerdem«, füge ich hinzu, »war ich grottenschlecht im Yoga. Du wirst mich nicht so bald mit den Füßen hinter meinem Kopf sehen.«

Er seufzt. »Tja, da schwinden sie dahin, meine Pläne für nach dem Mittagessen.«

Wir lachen beide, und ich merke, dass ich Michael mag. Ich mag ihn nur nicht *so.* Es heißt immer, man weiß nicht, wie sich ein Knistern anfühlt, bis man es spürt, aber ich glaube, es ist anders herum. Man weiß nicht, wie sich ein Knistern anfühlt, bis man es *nicht* spürt.

Als Michael aufsteht, um auf die Toilette zu gehen, schaue ich auf mein Handy und finde eine SMS von Jemma.

Wie läuft's?

Ich tippe schnell eine Antwort, bevor mein Date zurückkommt.

BEN

Nachdem ich das Gespräch mit Russ beendet habe, dusche ich und mache mich dann auf den Weg nach Blackheath.

Ich weiß genau, wo ich hinwill. Ein kräftiger Wind jagt die Wolken über den Himmel, sodass sie kurzzeitig eine Sonne verdecken, die viel verspricht, aber wenig hält. Im Park bemühen sich ein Vater und seine jugendliche Tochter (beide in Windjacken), einen quietschgrünen Drachen zu lenken.

Ich streiche mit den Fingern über den Stoff der Schachtel in meiner Tasche und versuche, dieser ganzen Sache keinen Symbolwert beizumessen. Es ist vorbei, ich bin darüber hinweg, und den Ring zu verpfänden, ist kein Symbol für irgendwas. Ich brauche einfach die Kohle.

Ich laufe einem Mädchen über den Weg, dem die Windböen wild durch die Haare wirbeln. Sie lächelt. Vielleicht ist es einfach ein kameradschaftliches Lächeln im Sturm und kein *richtiges* Lächeln. Aber, denke ich mir, wenn man dieses Gefühl verkaufen könnte – das Gefühl nach einem zweiten Blick von einem hübschen Mädchen –, würde man ziemlich reich werden. Reich genug, um nie wieder darüber nachdenken zu müssen, irgendwas zu verpfänden.

Ich gehe am Teich vorbei, wo sich ein Schwanenpaar im schmutzigen grauen Wasser spiegelt. Eine Mutter parkt einen Buggy so, dass ihr Kind die Schwäne sehen kann, und kniet sich dann hin, um etwas zu erklären. Ich verspüre einen Stich, ignoriere ihn aber. Ich habe die Hände noch immer in den Taschen und lege die Finger um die Samtschachtel. Da ist der Bürgersteig. Ich gehe an den Läden und Restaurants am Rand des Parks vorbei, als ich sie sehe.

Es dauert ein, zwei Sekunden, bis die Information von meinen Augen an mein Gehirn übermittelt wird. Ich muss mich zwingen, nicht hinzustarren. Stattdessen laufe ich weiter, als wäre nichts passiert, den Blick geradeaus gerichtet.

Es war Rebecca. Mit einem Mann.

Sie saßen an einem Tisch am Fenster und haben zu Mittag gegessen. In einem Steakhaus, in dem ich noch nicht war, das aber nett sein soll. Mein Blick bleibt nicht an Rebecca haften, sondern an ihrem Begleiter. Es war nicht der Typ von der Dating-Seite, sondern ein neuer. Er trug eine modische Brille und hatte auf dem Tisch eine Hand auf Rebeccas Hand gelegt.

Ich habe das Gefühl, meine Lungen würden zusammenschrumpfen, und als mir der Wind ins Gesicht schlägt, fällt es mir schwer zu atmen. Ich gehe schneller und wechsle die Richtung, um nicht in die Stadt, sondern zurück in den Park zu laufen.

Ich taste meine Jackentaschen nach Zigaretten ab, finde aber keine. Ich habe nicht mehr geraucht, seit ich an Neujahr eine ganze Packung vernichtet habe. Stattdessen blicke ich in den Himmel, wo die Wolken immer noch gejagt werden; und die Drachenflieger im Park haben immer noch Mühe, ihre Drachen zu kontrollieren, und auf dem Teich sieht man immer noch das trübe Spiegelbild der Schwäne. Alles ist genau wie vor ein paar Minuten. Nur habe ich jetzt eingesehen, dass ich Rebecca wirklich verloren habe, dass *ich* zur Vergangenheit werde.

Ich komme an der Gemeindekirche mit dem spitzen Turm vorbei, umklammere die Schachtel fester, und da ist der Frust, dass Rebecca mir das immer noch antun kann, dass sie mir immer noch dieses Gefühl geben kann, nachdem ich dachte, es wäre okay …

Ich ziehe die Schachtel aus meiner Tasche, hole aus, schleudere sie mit aller Kraft, die ich aufbringen kann, in Richtung Teich und drehe mich augenblicklich um, damit ich nicht sehe, wo sie landet.

Erica kommt mit demselben Teller, mit dem sie erst vor ein paar Minuten weggegangen ist, wieder in die Küche.

»Tut mir echt leid, Ben«, sagt sie. »Der Typ behauptet, er hätte das Steak in seinem Baguette gut durch bestellt, aber ich kann das nicht beurteilen.«

Erica meint es gut mit mir. Als ich genauer hinschaue, sehe ich, dass das Steak praktisch noch auf einer Weide irgendwo in Somerset grast. Dabei hätte ich schwören können, dass die Bestellung lautete ...

... die Bestellung lautete gut durch.

Es fällt mir schwer, mich zu konzentrieren. Nicht nur wegen Rebecca und ihrem neuen Kerl, sondern auch wegen Jamie. Wusste er es? Hat er sich diesen ganzen Schwachsinn, dass plötzliche Trennungen wie Hausbrände seien, einfach nur ausgedacht, damit ich mich besser fühle? Ich kann ihn nicht fragen, denn er ist bei seinem bescheuerten Barkeeper-Wettbewerb.

Ich mache das Steak-Baguette noch mal, und nachdem ich in der Küche fertig bin, setze ich mich auf meinen Platz am Ende der Bar und versuche, in meinem Kopf Ordnung zu schaffen.

Tatsache ist, dass alles, was Jamie vorgeschlagen hat, funktioniert hat. Und ich dachte, es geht mir gut. Ich brauche drei doppelte Brandys, bis mir klar ist, warum mich das, was ich im Restaurant gesehen habe, so aus der Bahn geworfen hat.

Weil wir uns in einem Wettkampf befinden. Vor vier Monaten wurde unsere gemeinsame Existenz quasi zerschlagen, und jeder von uns musste sein Leben allein wieder zusammensetzen. Aber es ist nicht wie bei Selbstaufbau-Möbeln, für diesen Mist gibt es keine Anleitung, und solange wir es beide noch nicht hinbekommen hatten, bestand immer eine kleine, winzige Chance. Wir hätten einfach sagen können: *scheiß drauf,* und alles wieder gemeinsam zusammenbauen.

Aber jetzt hat Rebecca es hinbekommen, sie hat den Wettkampf gewonnen, und das ist nicht fair.

Nichts von alldem ist fair, denke ich bei einem weiteren doppelten Brandy. Mich rauszuschmeißen, mir keine Chance zu geben, es ihr zu erklären. Und jetzt isst dieser händchenhaltende Vollidiot wahrscheinlich an unserem Esstisch, schaut Fernsehen auf unserer Couch, schläft in unserem Bett, und es gibt nichts, was ich dagegen tun kann.

Oder vielleicht, denke ich, während ich nach meiner Jacke greife, gibt es doch etwas.

REBECCA

Mach nicht auf. Das ist mein erster Impuls, als es um Mitternacht an der Tür klingelt. Denn wenn jemand um Mitternacht unerwartet vor der Tür steht, kann das nichts Gutes bedeuten.

Es klingelt wieder, und diesmal setze ich mich vor Schreck im Bett auf.

Ein Betrunkener, der beim falschen Haus gelandet ist?

Ein Perverser aus der Gegend, der mitgekriegt hat, dass ich hier allein wohne?

Vielleicht ist es Michael? Vielleicht hat er es doch nicht so gut aufgenommen, wie ich dachte, dass ich ihn nicht wiedersehen will. Vielleicht dient seine ruhige, spirituelle Persönlichkeit nur als Tarnung dafür, dass er ein Irrer ist, der sich an Frauen rächt, die ihn abweisen, indem er sie, eine Machete schwingend, mitten in der Nacht zu Hause besucht.

Es klingelt noch einmal, aber diesmal nimmt wer-auch-immer-es-ist den Finger gar nicht mehr vom Knopf runter, denn es klingelt wieder und wieder und wieder und wieder, und ich schwöre, ich werde ihm diesen Finger auf der Stelle abschneiden, macheteschwingender Irrer hin oder her.

Ich habe in der letzten Zeit rund um die Uhr gearbeitet und wollte einfach nur einen Samstagabend zu Hause verbringen, um endlich die letzten paar Folgen von *Broadchurch* zu schauen, fettiges Fastfood zu essen und einzuschlafen, ohne den Wecker stellen zu müssen. Ich war kurz davor, einen Hattrick zu erzielen, als es anfing zu klingeln.

Ich springe aus dem Bett, schleiche durch die dunkle Wohnung, um durch die Jalousien im Wohnzimmer zu spähen, und sehe eine große Gestalt unter dem Fenster. Mein Herz setzt einen Schlag aus, als ich erkenne, wer es ist.

»Gott, Ben«, stöhne ich in die Sprechanlage. »Du hast mich zu Tode erschreckt.«

»Kann ich raufkommen?«

Sein bissiger Tonfall sagt mir, ich hätte meinem Instinkt vertrauen und nicht aufmachen sollen, aber ich bin zu neugierig, um ihn nicht reinzulassen.

Außerdem ist da noch was anderes. Ein seltsamer, unerwarteter Kick, weil ich ihn so plötzlich wiedersehe. Das letzte Mal ist Monate her.

Ich werfe einen Blick in den Spiegel im Flur, laufe dann spontan ins Schlafzimmer und ziehe mir dabei mein schäbiges altes Poloshirt aus. Ich durchwühle eine Schublade, bis ich ein schwarzes Baumwollnachthemd mit Spaghettiträgern finde, das ich bestimmt nicht mehr getragen habe, seit Ben weg ist, denn es wurde ganz sicher nicht von mir gebügelt.

Dann löse ich meinen unordentlichen Dutt und kämme mir mit den Fingern die Haare. Ich habe nicht vor, ihn zu verführen oder so, ich will nur einfach nicht, dass er denkt, als Single würde ich mich gehen lassen.

Ich komme zeitgleich mit ihm an der Wohnungstür an.

»Wir müssen reden«, donnert er, mustert mich angewidert von oben bis unten und späht dann über meine Schulter. »Bist du allein?«

Es zerreißt mir das Herz, aber ich versuche, mir den Schmerz nicht anmerken zu lassen. »Ja. Warum?«

Ich rieche Rauch an ihm, als er an mir vorbeigeht und die Tür hinter sich zuschlägt.

»Ähm, Ben? Was machst du hier?«

»In der Wohnung, in der alle meine Möbel sind? Darf ich da etwa nicht sein?«

Da wird mir klar, dass er nicht ganz nüchtern ist.

»Du wohnst nicht mehr hier, Ben.« Ich verschränke die Arme. »Ich glaube, ich darf fragen, warum du unangekündigt hier auftauchst, um«, ich schaue demonstrativ auf die Uhr, »fünf nach zwölf.«

»Tja, darüber will ich mit dir reden. Du wohnst hier mit den ganzen Sachen, für die ich mich ruiniert habe, während ich in einem Dreckloch hause.«

»Was willst du damit sagen?«, frage ich, obwohl das ziemlich offensichtlich ist. Aber es ärgert mich, dass er mitten in der Nacht deswegen aufkreuzt. Er hatte genug andere Möglichkeiten, um das anzusprechen, wenn es ihm so wichtig ist.

»Ich will damit sagen«, erklärt er, »dass die Hälfte davon mir gehört«, er deutet auf das Sofa, »und die Hälfte davon«, er deutet auf den Esstisch, dann stellt er sich in die Schlafzimmertür und deutet auf das Bett, »und die Hälfte davon.«

Er dreht sich zu mir. »Und mir gefällt die Vorstellung nicht besonders, dass du die Sachen mit deinem neuen Kerl *vielseitig* einsetzt.«

Ich tue so, als würde ich die Anspielung nicht verstehen.

»Mit meinem Kerl? Wovon um alles in der Welt redest du?« Plötzlich fällt mir ein, dass ich keine Unterwäsche trage – seltsam, was einem so durch den Kopf schießt –, und ziehe das Nachthemd hinten hinunter, obwohl es locker lang genug ist, um meine Blöße zu bedecken.

»Dieser Kerl«, er fährt sich mit einem Finger um die Augen, »mit der Brille.«

»Wer?«

»Stell dich nicht dumm.« Er torkelt zum Sofa, mustert es finster und setzt sich dann auf den Couchtisch. »Du hattest erst vor ein paar Stunden ein romantisches Steak-Essen mit ihm.«

»Michael?« Er hat uns gesehen? »Verdammt, Ben, stalkst du mich?«

Ich fürchte, ihm fallen gleich die Augen aus dem Kopf. »Ob ich dich stalke? Träum weiter. Ich bin nur an euch vorbeigelaufen.«

»Und da bist du so wütend geworden, dass du mitten in der Nacht hier aufschlagen und mich zur Rede stellen musstest?«

»Darum geht es nicht«, blafft er. »Ich will nur haben, was mir zusteht. Und zwar die Hälfte dieser Möbel. Es ist schon schlimm genug, dass ich in einem Dreckloch wohne, das so groß ist wie dein Bad – ich will zumindest etwas haben, worauf ich sitzen kann.«

»Es geht um die Möbel?«, frage ich ungläubig. Langsam kocht die Wut auch in meinem Bauch hoch. »Schön – nimm dir, was du willst. Hast du draußen einen Van geparkt? Oder willst du sie auf dem Kopf zu deinem *Dreckloch* tragen?«

»Sei nicht albern. Es geht nicht nur um die Möbel. Für dich ist alles so einfach, du …« Er sieht sich um. »Dieses Messer!« Er deutet auf eins der Messer, das er mir gekauft hat und das nun auf einem vollgekrümelten Teller liegt. »Ich meine, brauchst du ein verdammtes Kochmesser, um dir ein Brot zu schmieren?«

»Nein. Du hast damals gesagt, du schenkst mir die Messer, aber bitte, nimm sie.«

Er funkelt mich an. »Es geht nicht um die Messer.«

Ich kann nicht gewinnen.

»Du sagst mir andauernd, worum es nicht geht. Also worum geht es dann?«

»Dass ich bekomme, was mir zusteht. Ich brauche Geld, damit ich in Jamies Geschäft einsteigen kann.«

»Das ist echt dein Ernst?« Ich lache grausam, hole meine Handtasche vom Fußboden im Flur und fische mein Portemonnaie heraus. »Hier, wie viel willst du? Hundert? Fünfhundert? Tausend? Wie viel kostet es, einen Langschwanzpinguin zu adoptieren? Denn, seien wir ehrlich, genau das wirst du mit dem Geld letztendlich machen, wenn dir dein neuster großer Traum langweilig geworden ist.«

»Sei nicht so herablassend«, sagt er und schiebt mein Portemonnaie weg. Zum Glück ist mein Bluff nicht aufgeflogen – ich habe nicht mal einen Zehner in bar, und ich bezweifle, dass man bei ihm mit Karte zahlen kann.

»Was willst du dann?« Ich stecke mein Portemonnaie wieder weg und verschränke die Arme. »Sollen wir alles halbieren? Vielleicht können wir dafür deine Spezialmesser benutzen.«

Ben durchbohrt mich mit seinem Blick.

»Wir könnten alles verkaufen, dann kannst du dir von deiner Hälfte mit deinem Freund neue Sachen besorgen.«

Ich hole tief Luft und versuche, mich in ihn hineinzuversetzen. Er hat mich mit Michael gesehen, voreilige Schlüsse gezogen und glaubt nun, ich hätte einen Neuen, und das ist der eigentliche Grund für seinen Ärger. Was bedeuten muss, dass ich ihm immer noch wichtig bin. Ich merke, wie meine Wut nachlässt.

»Hör zu«, sage ich sanft, »es ist nicht, wie du …«

»Und ich wünsch ihm viel Glück.« Er grinst. »Denn es ist echt kein Vergnügen, mit dir zusammenzuwohnen.«

»Was soll das denn heißen?«, frage ich nun wieder defensiv.

»Na ja, kann er Gedanken lesen? Denn, ehrlich, Rebecca – ich wusste absolut nie, was du denkst. Ich habe immer angenommen, du wärst nur verschlossen, aber langsam wird mir klar, dass du in Wirklichkeit emotional unterentwickelt bist.«

Meine Schläfen pochen, und zum ersten Mal verspüre ich richtigen Zorn. Das hier hat nichts zu tun mit den Möbeln, nicht mal mit Michael. Es ist der Streit, den wir nicht ausgetragen haben, als es aus war zwischen uns. Er brodelt seit Monaten.

»Hör mal, Ben, wenn du mit deinem Geld nicht so scheiße umgehen würdest, könntest du dir selbst Möbel kaufen, statt mitten in der Nacht herzukommen und mich anzuschreien.« Sein Mund klappt auf, aber ich lasse ihm keine Zeit zu antworten. »Außerdem bin ich nicht emotional unterentwickelt«, widerspreche ich zähneknirschend, »aber wenn ich einen schlechten Tag hatte, will ich mit meinem Gejammer nicht auch noch allen anderen die Laune vermiesen. Denn ich weiß ja, wie sehr einen das runterzieht – ich hab schließlich mit dir zusammengewohnt.« Er will etwas sagen, aber jetzt bin ich in Fahrt. »Du hast deinen Job gehasst – ICH HAB'S KAPIERT –, aber statt dich zu bemühen, etwas zu finden, was du wirklich machen willst, hast du einfach jeden Abend deine ganze schlechte Laune mit nach Hause gebracht und mich auch noch damit belastet.«

»Oh, das tut mir leid, ich dachte, wenn man eine Freundin hat, ist sie auch dafür da, einen zu unterstützen. Ich wusste nicht, dass du dir eine Beziehung wünschst, in der wir nur schweigend dasitzen und auf dem Tisch Händchen halten. Aber genau das machst du ja jetzt mit deinem neuen Kerl, das ist bestimmt der Wahnsinn.«

»Er ist nicht mein neuer Kerl, du Vollidiot.«

»Verarschen kann ich mich selber.«

Vor Frust muss ich lachen. »Du irrst dich, Ben.«

Ich sehe, wie die Anspannung aus seinem Körper verschwindet, und ich weiß, ich sollte es dabei belassen und ihn nach Hause schicken, doch ich kann nicht. »Aber weißt du, was? Mit jemandem zusammenzuwohnen, der sein Essen tatsächlich am Esstisch isst, statt auf dem Schoß vor dem Fernseher, ist vielleicht gar nicht so schlecht.«

»Autsch.« Er legt eine Faust auf seine Brust. »Das hat jetzt aber richtig wehgetan.«

»Ach, werd erwachsen, Ben. Geh nach Hause, werd wieder nüchtern, und sag Bescheid, wenn du bereit bist, wie ein vernünftiger Mensch mit mir zu reden.«

»Oh Mann.« Er springt auf. »Ich kann nicht fassen, dass gerade du dich hier hinstellst und mir sagst, ich soll erwachsen werden.« Er deutet mit beiden Zeigefingern auf mich für den Fall, dass nicht klar sein könnte, wen er meint. »Du, die mich wegen einer lächerlichen Kleinigkeit abserviert hat, die passiert ist, bevor wir überhaupt zusammen waren. Du, die aus demselben Grund seit Monaten nicht mit ihrer besten Freundin redet.«

Seine Worte treffen einen wunden Punkt. Ein leiser Zweifel, ob es richtig war, Danielle ganz aus meinem Leben zu verbannen, regt sich immer wieder in meinem Hinterkopf, aber ich ersticke ihn jedes Mal, bevor er die Chance hat zu wachsen. Wie auch jetzt.

»Na ja, wenigstens könnt ihr euch gegenseitig trösten. Und weißt du, wenn sie so richtig traurig ist, vögel sie doch einfach. Aber das muss ich dir ja nicht sagen.«

»Ach, halt die Klappe.«

»Nein, im Ernst – das muss toll sein für euch beide.«

»Ich habe kaum mit Danielle gesprochen, seit du mit mir Schluss gemacht hast. Ich habe sie ein einziges Mal gesehen, als sie bei Jamie war.«

»Ja, klar«, murmele ich und kehre Ben den Rücken, als ich meine schlimmsten Befürchtungen bestätigt sehe: dass die drei sich ohne mich treffen.

Wenn ich an Ben und Danielle denke, tut es immer noch genauso weh wie damals, als ich es erfahren habe. Ich dachte, ich wäre darüber hinweg, aber das bin ich offensichtlich nicht – ich habe nur vermieden, daran zu denken.

Nicht weinen, befehle ich mir. Wenn ich mich zwischen Wut und Traurigkeit entscheiden muss, ist Wut die bessere Wahl.

»Es stimmt! Wir haben ein einziges Mal miteinander geschlafen, Rebecca. Ein einziges Mal. Du und ich waren noch nicht mal zusammen. Und ich verstehe, dass es dich verletzt hat, als du davon erfahren hast, aber wir können es nicht ungeschehen machen. Wir hatten Sex. FINDE. DICH. DAMIT. AB.«

»Es ging nie um diese zwei Minuten, die ihr miteinander verbracht habt«, rufe ich. Das ist ein Schlag unter die Gürtellinie, ich weiß, und eigentlich gibt es nichts, was diese Aussage rechtfertigt. »Es geht darum, dass du mich die ganze Zeit angelogen hast.« Meine Stimme wird lauter. »Es geht um die Tatsache, dass ich dir nicht vertrauen kann.« Und lauter. »Und dass ich nicht mehr mit dir zusammen sein will? Das bedeutet nicht, dass ich kindisch bin, Ben.« Und der Höhepunkt ... »Das heißt nur, dass ich mir NICHT ALLES GEFALLEN LASSE, VERDAMMT NOCH MAL!«

Es klopft an die Tür, sodass wir beide zusammenzucken.

»Wer ist das?«, flüstere ich.

»Woher soll ich das wissen?«, flüstert er zurück. »Michael?«

»Warum machst du Anführungszeichen in die Luft? Er heißt wirklich so. Und ich hab dir doch gesagt, er ist nicht mein Freund. Er weiß nicht mal, wo ich wohne.« Hoffe ich.

»Rebecca?«, ruft eine männliche Stimme. »Bist du das? Hier ist Angus von unten.«

Oh Mist.

Ich hole tief Luft und öffne die Tür.

»Sorry, dass ich geklopft habe«, sagt mein Nachbar im Bademantel. »Es ist nur so, dass das Baby schläft, und wir können ... Oh, hey, Ben.« Er wirkt freudig überrascht. »Ich wusste gar nicht, dass du zurück bist.«

»Entschuldigung«, sagen Ben und ich wie aus einem Mund. Ich will Angus versichern, dass wir still sein werden, damit er wieder verschwindet, aber Ben geht an mir vorbei, um ihm die Hand zu schütteln. »Wie geht's dir, Kumpel?«

»Nicht schlecht, danke, Mann«, antwortet Angus. »Also bist du wieder eingezogen?«

»Ähm, nein – nicht direkt. Wie geht's der Familie?«

Oh, bitte nicht.

Ich lasse mich aufs Sofa fallen, um zu warten, bis sie ihren Plausch beendet haben, und genau in dem Moment fängt Bens Handy an zu vibrieren. Er unterhält sich weiter und hört es nicht. Ich werfe einen Blick aufs Display, und ich schwöre, mein Blut wird eiskalt.

Es ist Danielle.

Kaum mit ihr gesprochen, seit wir uns getrennt haben? Dieser miese, verlogene Dreckskerl.

Das Zimmer dreht sich. Ich will etwas sagen, aber ich möchte nicht die Beherrschung verlieren, solange Angus hier ist. Ich habe nicht wirklich geglaubt, dass er was mit ihr hat – ich wollte nur den Streit gewinnen. Der Gedanke, dass sie ganz normal weitermachen, zerreißt mich.

Das Vibrieren hört auf, aber ein paar Sekunden später kommt eine SMS an, die auf dem Display erscheint.

Wo bist du?

Eine solche Nachricht schickt man nicht an jemanden, den man nur ein Mal bei Jamie gesehen hat.

»Hat mich auch gefreut«, sagt Ben. »Und sorry noch mal für das Geschrei. Wir sind jetzt fertig.«

Ich muss mich unheimlich anstrengen, um meine Stimme ruhig zu halten, als ich Ben sein Handy gebe und sage: »Ich glaube, du solltest jetzt besser gehen.«

Er zieht die Augenbrauen zusammen, als er aufs Display schaut und sieht, dass Danielle sich gemeldet hat. »Wenigstens hast du jemanden, bei dem du dich ausheulen kannst wegen deiner Möbel«.

»Ich habe keine Ahnung, warum sie mich angerufen hat.«

Ich lache bitter. »Klar.«

»Ehrlich«, beharrt er. »Ist sie nicht mit Jamie bei diesem Wettbewerb? Vielleicht hat sie angerufen, um zu sagen, dass er gewonnen hat oder so?«

»Ach, spar dir deine Lügen. Ich glaube dir sowieso nicht mehr. Sei doch mit Danielle befreundet. Vögel mit ihr, es ist mir scheißegal.«

Ich öffne die Tür und stelle mich daneben, den Rücken an die Wand gedrückt. »Geh einfach. JETZT.«

»Nein«, ruft Ben, steckt das Handy in seine hintere Hosentasche und drückt die Tür zu. »Du hast nicht das letzte Wort. Nicht, wenn du mir etwas vorwirfst, was ich nicht getan habe.« Er legt die Handflächen an die Wand hinter mir und spannt seinen Körper an, sodass ich mich nicht befreien kann. »Ich habe Danielle ein einziges Mal gesehen. Bei Jamie. Und ich kann nicht fassen, wie du auch nur für eine Sekunde glauben kannst, zwischen uns wäre noch irgendwas gelaufen. Bei mir ist *gar nichts* gelaufen, seit wir uns getrennt haben.«

Ich höre auf, Widerstand zu leisten, und sehe ihm ins Gesicht.

»Also, bei *mir* ist auch nichts gelaufen.«

»Wirklich?«, krächzt er.

»Wirklich.«

Wir starren einander an. Unsere Gesichter sind nur noch wenige Zentimeter voneinander entfernt. Ich weiß nicht, wer von uns sich bewegt – vielleicht wir beide –, aber die Lücke zwischen unseren Lippen wird kleiner, bis sie plötzlich fast gar nicht mehr da ist.

Dann löst ein lautes Vibrieren die Spannung, und die Lücke wird wieder größer. Ben holt sein Handy aus seiner Hosentasche, und wir starren beide darauf.

»Meins ist es nicht«, sagt er, während das Vibrieren weiter geht. »Das muss deins sein.«

Ich finde mein Handy auf dem Esstisch.

»Es ist Danielle«, sage ich ungläubig. »Weiß sie, dass du hier bist?«

»Was? Nein – geh einfach ran.«

»Hallo?«

»Rebecca, Gott sei Dank. Ich bin's – ich …« Sie fängt an zu schluchzen. Ich bekomme Angst und bin plötzlich gar nicht mehr wütend.

»Danielle, was ist los? Ist was passiert? Bist du verletzt? Danielle, sag was.«

»Es ist Jamie«, krächzt sie.

»Was ist mit Jamie?«

Ben eilt zu mir, und ich halte das Handy ein bisschen von meinem Ohr weg, damit er mithören kann.

Ihre Worte ergeben kaum einen Sinn. Sie ist bei ihm im Krankenwagen. Ein Anfall beim Wettbewerb. Sie sind unterwegs ins Krankenhaus.

»Ich kann Ben nicht erreichen«, fügt sie hinzu.

»Ich bin hier«, sagt Ben.

»Oh. Hi.« Ein paar Sekunden verstreichen. »Kommt beide, wenn ihr könnt.«

»Wir sind gleich da.«

Ich lege auf.

»Ruf ein Taxi«, fordere ich einen kreidebleichen Ben auf. »Ich zieh mir was an.«

BEN

Kurz nach ein Uhr morgens kommen wir am Krankenhaus an. Rebecca springt aus dem Taxi, und ich finde sie am Ende der Schlange am Empfang wieder, wo sie auf Zehenspitzen über die Schulter der Person vor sich späht.

Ein Betrunkener drängelt sich vor und wankt auf die Theke zu. Rebecca macht ein missbilligendes Geräusch, als die Empfangsdame sich ihm zuwendet.

»Unser Freund ist hier«, sagt sie, nachdem sie sich an der Schlange vorbeigeschoben und vor den Betrunkenen gestellt hat. »Jamie Hawley – können Sie uns bitte sagen, wo er ist?«

Die Frau setzt sich ihre Lesebrille auf und sieht im Computer nach.

»Er ist in der Neurochirurgie«, antwortet sie und beschreibt uns den Weg dorthin, bevor sie ihren Dialog mit dem Betrunkenen fortsetzt.

»Warum ist er in der Neurochirurgie?«, unterbreche ich sie, aber die Empfangsdame kann oder will mich nicht hören, und Rebecca ist davongestürmt.

Danielle ist schon dort und hört einem Arzt in einem rotbraunen Kittel zu. Dem Arzt ist schnell klar, dass wir ebenfalls Freunde von Jamie sind. Er spricht weiter, und ich bekomme schnell mit, dass Jamie gleich operiert werden soll, aber es fällt mir schwer, genau nachzuvollziehen, was passiert ist. Irgendwas mit einem Blutgerinnsel und noch etwas, von dem ich noch nie gehört habe.

»Wie gesagt, es gibt Risiken«, fährt der Arzt fort. »Schlaganfall, Hirnschwellung, Epilepsie und so weiter.«

Ich schnappe nach Luft und schaue zu Rebecca und Danielle, doch sie hören immer noch aufmerksam zu.

»Aber aufgrund des Kopf-CTs haben wir beschlossen, sowohl das Blutgerinnsel als auch die komplexe arteriovenöse Missbildung, die es verursacht hat, im selben Schritt zu entfernen, da Jamie dadurch die besten Chancen hat, sein Leben normal weiterführen zu können.«

»Was meinen Sie mit *normal?*«, fragt Rebecca.

Seinem Namensschild zufolge ist Dr. Paul Stevens Facharzt für Neurochirurgie. Sein dichtes, dunkles Haar sieht aus wie eine Perücke, und aus irgendeinem Grund finde ich die Hängebacken, die sein Gesicht polstern, beruhigend.

»Sehen wir einfach, wie es sich entwickelt«, antwortet er und schaut auf die Uhr, die an seiner Brusttasche hängt.

Er sagt uns, dass die Operation mehrere Stunden dauern könne und wir nach Hause gehen und schlafen sollten.

»Nach Hause gehen?«, fragt Rebecca.

Dr. Stevens lächelt verständnisvoll. »Im Ruheraum gibt es ein paar Decken, falls Sie unbedingt bleiben wollen. Wir werden Sie informieren, wenn es Neuigkeiten gibt.«

Als er sich entfernt, fällt mein Blick auf seine weißen Turnschuhe. Wie seltsam sie aussehen, wie deplatziert an einem Mann, der gleich ein Loch in den Schädel meines besten Freundes schneiden wird.

Der Ruheraum ist himmelblau, was vermutlich beruhigend wirken soll, aber ich kann nicht stillsitzen. Rebecca und Danielle nehmen auf den Plastikstühlen in einer Ecke Platz, während ich im Raum auf und ab gehe.

»Er war als einer der Letzten dran«, erzählt Danielle. »Jeder hatte sechs Minuten, um seinen Cocktail zu mixen – irgendwas Originelles –, und vorher durften sie sich fünf Minuten vorbereiten. Ich musste so dringend aufs Klo von den ganzen kostenlosen Cocktails, also bin ich während Jamies Vorbereitung schnell verschwunden. Ich habe ihm ein Zeichen gemacht, dass ich gleich zurückkomme, aber er hat mich nicht gesehen.« Danielle macht eine Pause, als müsste sie sich anstrengen, um sich an alles zu erinnern. »Er hat wirklich ganz normal gewirkt. Es war genau, wie wenn man ihn hinter der Bar im Arch 13 sieht, aber als ich zurückgekommen bin, standen alle um ihn herum und …«

Es klingt, als wäre da ein Haarriss in Danielles Stimme, und sie hört auf zu sprechen, bevor sie ganz bricht. Rebecca beugt sich vor, um eine Hand auf Danielles Knie zu legen, aber nur für ein paar Sekunden, und nachdem sie sich zurückgezogen hat, folgt eine Stille, die sich spannt wie ein Gummiband.

Rebecca und Danielle müssten jetzt eigentlich ein tiefes Gespräch führen, ein verdammt kratertiefes Gespräch über alles, was in den letzten vier Monaten passiert ist, und dies ist weder der richtige Zeitpunkt noch der richtige Ort dafür.

»Seine Eltern sind unterwegs hierher«, sagt Danielle. »Sie wollten erst wissen, wie ernst es ist, bevor sie sich auf den Weg gemacht haben.«

»Verdammt noch mal.« Rebecca legt einen Arm über ihre Brust, sodass sie sich mit der Hand an der gegenüberliegenden Schulter festhält. »Ihr einziger Sohn ist zusammengebrochen.«

Rebecca hat zwar nicht nah am Wasser gebaut, aber ich sehe, dass sie jetzt gerade Mühe hat, sich zu beherrschen, und ich würde sie so gerne in die Arme nehmen, aber ich kann nicht, denn dass wir hier sind, ändert nichts an dem, was passiert ist, und macht nicht all das ungesagt, was wir heute Nacht gesagt haben. Dies ist nur ein Waffenstillstand, und bisher weiß niemand, zu welchen Bedingungen er geschlossen wurde oder was danach kommt.

Ich setze mich neben sie, mache die Augen zu und versuche, irgendwie den Kopf freizubekommen. Als das nicht funktioniert, vertreibe ich mir die Zeit damit, jedes einzelne Poster an der Wand zu studieren, wobei die Krankheitserreger- und Hygieneposter zahlenmäßig nur von jenen übertroffen werden, die geistlichen Beistand anbieten. Krankenhäuser eignen sich wahrscheinlich gut, um neue Gemeindemitglieder zu gewinnen, denn jeder hier ist verzweifelt. Ich glaube, vor heute Nacht habe ich nie verstanden, was dieses Wort wirklich bedeutet.

Während wir hier sitzen, scheint die Zeit langsamer zu laufen. Nicht unbedingt auf eine abstrakte Weise. Das Ticken der Plastikuhr an der Wand klingt mühsam; die Nacht ist zu einer Art Fegefeuer mit zwei möglichen Ausgängen geworden.

Hin und wieder geht jemand hinter den Jalousien am Fenster zum Gang vorbei, und dann läuft die Zeit jedes Mal wieder normal, unser Puls beschleunigt, aber niemand kommt herein, um uns zu sagen, was los ist.

Ich denke an Jamie, meinen besten Freund auf der ganzen Welt, und vielleicht liegt es an der Uhrzeit oder am Alkohol in meinem Blut, aber ich fühle mich, als wäre ich in einer Art Tagtraum und müsste jeden Moment davon aufwachen, dass Jamie mir auf den Arm haut.

Ich weiß nicht, wie ich das alles ohne ihn überstanden hätte. Erst als Rebecca mir ein Taschentuch entgegenstreckt, merke ich, dass meine Augen tränen.

»Das hier ist Jamie, denk dran«, versucht sie mich zu trösten. »Der kleine Junge, der von einem Van angefahren wurde und sich dabei keinen einzigen Knochen gebrochen hat. Er ist unzerstörbar.«

Ich lache tatsächlich, wenn auch etwas rotznäsig, in das Taschentuch und bin froh, als Rebecca lächelt. Es freut sie offensichtlich, dass es ihr gelungen ist, mich aufzuheitern.

Ich habe die Geschichte im Lauf der Jahre so oft von ihm gehört – die Geschichte davon, wie er einfach dastand und gespielt hat, als aus dem Nichts dieser Van auf ihn zugeflogen kam. Es war eine Frau, und sie hat nicht mal angehalten, um sich zu vergewissern, dass es ihm gut geht. Daher hat er die Narbe auf der Stirn.

So erzählt Jamie die Geschichte, aber ich war dabei. Wir waren sechs Jahre alt, und der Van ist *tatsächlich* geflogen, und die Frau hat wirklich nicht angehalten, um sich zu vergewissern, dass es ihm gut geht, aber was er nie erwähnt, ist, dass es ein Spielzeugvan war und die betreffende Frau eine weitere Sechsjährige, nämlich Jessica Parris alias Ponyfransen-Parris. Sie hat den Van nach ihm geworfen, als Jamie sich weigerte, sie auf den Mund zu küssen.

Doch jetzt ist nicht der richtige Zeitpunkt, um Rebeccas Illusion von Jamies Unzerstörbarkeit platzen zu lassen. Ich wünschte, ich würde die Wahrheit selbst nicht kennen.

Die Minuten vergehen weiter wie Stunden, und es fühlt sich an, als würden wir schon ewig auf irgendeine Nachricht warten. Danielle knibbelt an ihrer Nagelhaut herum, ihr Kopf schießt jedes Mal nach oben, wenn jemand draußen auf dem Gang vorbeigeht; Rebecca hat glasige Augen, als wäre sie gar nicht richtig da. Irgendwann schläft sie aufrecht sitzend auf ihrem Stuhl ein.

Ich hole eine Decke und lege sie sanft um Rebecca, wobei ich mir Mühe gebe, sie nicht zu wecken. Als ich mich wieder hinsetze, merke ich, wie Danielle mich anstarrt.

»Als ich angerufen habe, wart ihr zusammen«, sagt sie. »Seid ihr …?«

Ich öffne den Mund, um zu verneinen, denn das ist die Antwort, aber das Wort kommt nicht heraus. Ich frage mich, was die Antwort gewesen wäre, wenn Danielle fünf Minuten später angerufen hätte und die seltsame Situation, in der Rebecca und ich uns befanden, ihren Lauf genommen hätte.

Als Rebecca mir sagte, dass zwischen Michael und ihr nichts läuft, kam ich mir total bescheuert vor, weil ich zu ihr gegangen war, aber jetzt bin ich irgendwie froh darüber, denn wenn ich einen Menschen auf der Welt hätte bei mir haben wollen, als ich von Jamies Zusammenbruch erfahren habe, dann Rebecca.

Ich sehe Danielle an, aber sie blickt nun auf den fusseligen grauen Teppich.

»Der einzige richtige Freund, den ich noch habe, ist Jamie«, sagt sie. »Und was ist, wenn jetzt …?«

Eine einzelne Träne rinnt ihr aus dem Augenwinkel.

»Ich glaube, er hätte es geschafft«, sagt sie.

»Was geschafft?«

»Beim Wettbewerb. Ich glaube, er wäre ins Landesfinale gekommen. Er war zwar noch nicht dran, aber die anderen waren nicht wie Jamie.«

»Natürlich hätte er gewonnen«, sage ich.

Ich schaue wieder zu Danielle, aber ihr Blick huscht erneut zum Fenster. Sekunden später geht die Tür auf, wovon Rebecca aufschreckt.

Etwas an Dr. Stevens' Gesichtsausdruck erfüllt mich mit Sorge.

REBECCA

Dr. Stevens' Gesichtsausdruck ist ernst. Er sieht uns der Reihe nach an, bevor er tief Luft holt.

»Die Kraniotomie war nicht so einfach, wie wir gehofft hatten«, beginnt er.

Danielle hält sich die Hände vor den Mund, und ich höre Ben leise fluchen.

»Es gab Komplikationen«, fährt der Arzt fort. »Eine Weile hing alles an einem seidenen Faden. Aber ...« Er sieht sich noch einmal mit etwas entspannterem Gesichtsausdruck im Raum um. »Wir haben es geschafft, und sowohl die komplexe arteriovenöse Missbildung als auch das Blutgerinnsel konnten erfolgreich entfernt werden.«

Ich muss mir auf die Zunge beißen, um ihn nicht anzuschreien, dass er uns doch einfach sagen soll, ob es unserem Freund wieder gut gehen wird.

»Er ist jetzt im Aufwachraum«, erklärt Dr. Stevens. »Und sobald sein Puls, sein Blutdruck und seine Atmung sich stabilisiert haben und er wach ist, wird er auf die Intensivstation gebracht und dort genau beobachtet.« Seine Mundwinkel gehen leicht nach oben, fast könnte man es als Lächeln bezeichnen. »Ich rechne nicht mit Langzeitschäden.«

»Hätten Sie das nicht gleich sagen können?«, bemerke ich bissig, während die beiden anderen erleichtert aufatmen.

Dr. Stevens wirkt etwas verdutzt, und ich spüre Bens und Danielles Blicke auf mir. Ich will keine Szene machen, also bemühe ich mich um einen weniger aggressiven Tonfall, als ich frage, wann wir Jamie besuchen dürfen.

»Mindestens die ersten vierundzwanzig Stunden darf nur die Familie zu ihm«, sagt er, obwohl von Jamies Eltern bisher jede Spur fehlt. Wo sind sie? Trotz der langen Fahrt von Manchester hätten sie seit Stunden hier sein müssen. »Danach dürfen Sie zu den Besuchszeiten kommen.«

Nachdem der Arzt weg ist, sehen wir einander an. Wir waren seit Bens Geburtstag in der Seilbahn nicht mehr zusammen im selben Raum, und in jeder anderen Situation wäre es furchtbar unangenehm, aber es ist nun mal keine andere Situation, und wir beginnen gleichzeitig zu lächeln. Niemand muss irgendwas sagen, weil die Worte, die wir alle denken, uns verbinden und einander umarmen lassen.

Gott sei Dank.

Die Tür geht auf, und obwohl mir das Paar bekannt vorkommt, das den Raum betritt, kann ich es erst einordnen, als Ben anfängt zu sprechen.

»Hallo, Mr und Mrs Hawley«, sagt Ben.

»Ben«, erwidert Jamies Dad mit einem Nicken, während seine Frau ein Lächeln andeutet. Sie haben Ben offensichtlich nie angeboten, sie mit ihren Vornamen anzusprechen, obwohl sie ihn schon ewig kennen. Auf Danielle und mich achten sie gar nicht, obwohl sie bestimmt genau wissen, wer wir sind.

Danielle schaut zu mir und verdreht die Augen, ich antworte mit einem Kopfschütteln. Haben wir beide wirklich monatelang nicht mehr miteinander gesprochen?

Ben will den Hawleys erzählen, was Dr. Stevens gesagt hat, aber Jamies Mum unterbricht ihn und teilt ihm mit, sie hätten schon mit dem Arzt gesprochen. Sie wirkt empört, dass er denkt, sie könnten nicht auf dem Laufenden sein.

Plötzlich packt mich eine so heftige Wut, wie ich sie noch nie zuvor gespürt habe.

Wo wart ihr, als er auf dem OP-Tisch lag?, will ich schreien. *Und als Jamie seine Bar eröffnet hat? Und bei seiner Abschlussfeier? Musstet ihr nach der Zeremonie wirklich direkt den Zug zurück nach Manchester nehmen?*

Ich muss hier raus, bevor ich diesem Impuls nachgebe, denn das Letzte, was Jamie hören soll, wenn er aufwacht, ist, dass ich seiner Mum ins Gesicht gesagt habe, was ich von ihr und ihrem Mann denke.

»Ich hol mir kurz einen Kaffee«, sage ich in den Raum.

Ich haue auf die Knöpfe des Automaten und wünschte, ich hätte besser aufgepasst, als Michael mir seine Beruhigungstechnik erklärt hat. Es war bestimmt unhöflich, dass ich nicht angeboten habe, den anderen Getränke mitzubringen, aber ich habe erst mal nicht vor, zurückzugehen. Ich laufe mit dem Becher in der Hand in die dem Warteraum entgegengesetzte Richtung.

An der Wand am Ende des Korridors hängt ein riesiges Schild mit Pfeilen zu den verschiedenen Abteilungen, und ich wähle spontan den Weg zur Entbindungsstation. Es scheint mir am wahrscheinlichsten, dort etwas zu finden, das mich aufmuntert.

Fünf Minuten später stehe ich vor einer Glaswand, hinter der sechs Babys in winzigen Bettchen liegen. Fünf von ihnen schlafen fest, aber das, das sich am nächsten am Fenster befindet, muss wohl die Info verpasst haben, dass es mitten in der Nacht ist, und blinzelt mit der Unsicherheit von jemandem, der gerade lernt, seine Augenlider zu benutzen, auf dem Rücken liegend an die Zimmerdecke.

Ich strenge meine Augen an, um den Namen auf dem weißen Schild am Rand des Bettchens zu lesen. *Mimi.* Es ist ein Mädchen.

Plötzlich überkommt mich das Verlangen, in den Raum zu gehen und sie hochzunehmen, aber selbst wenn das erlaubt wäre, hätte ich ganz sicher viel zu viel Angst. Ich hatte noch nie ein Neugeborenes im Arm. Sie sieht so zerbrechlich aus. Ihre Finger zucken; die lernt sie auch gerade erst zu benutzen. Wie winzig ihre Hände sind!

Ich kann mir nicht vorstellen, dass ich je so klein war. Obwohl, ich glaube, das war ich wirklich nicht – Dad sagt immer, ich sei mit langen Fingern und Riesenfüßen auf die Welt gekommen.

Ein Bild von Dad, wie er in einem Krankenhauswartezimmer sitzt, schießt mir in den Kopf, und ich kann nicht atmen – ich habe das Gefühl, keine Luft mehr zu kriegen.

Der Schmerz, den ich empfunden habe, während wir gewartet haben, ob Jamie es schaffen würde, war unerträglich. Ich glaube nicht, dass es ein schlimmeres Gefühl gibt. Aber bei Dad war es seine Frau. Es war die Mutter seines kleinen Sohnes und seiner neugeborenen Tochter. Und das Schlimmste ist passiert. Sie hat es nicht geschafft.

Eine salzige Träne erreicht meine Lippen. Wie hat Dad das überhaupt durchgestanden? Und es trotzdem geschafft, ein liebevoller und fürsorglicher Vater zu sein für die Person, die ihm den Menschen genommen hat, mit dem er den Rest seines Lebens verbringen wollte?

Ich habe nie mit Dad darüber gesprochen. Ich habe ihn nie gefragt, wie er sich gefühlt hat oder wie er es durchgestanden hat. Ich weiß nicht, ob er damit abgeschlossen hat oder sich das Bett jede Nacht, wenn er einschläft, immer noch leer anfühlt.

Emotional unterentwickelt hat Ben mich genannt. Findet er das wirklich? Oder wollte er mich nur verletzen – im Eifer des Gefechts? Ich wollte ihn auf jeden Fall verletzen mit den Dingen, die ich über seinen mangelnden Ehrgeiz gesagt habe, aber es ist auch etwas Wahres dran. Diese Seite von ihm hat mich immer genervt.

Vielleicht ist es seltsam, dass ich ihm erst so spät von meiner Mum erzählt habe. Vielleicht hätte ich ihn mehr an mich ranlassen sollen – auch wenn ich mich dann schutzlos gefühlt hätte. Vielleicht ist das

Liebe – sich dem anderen ganz zu öffnen, auch wenn es manchmal wehtut.

Ich drücke die Stirn gegen das Glas und blicke zu Mimi, die nun die Augen geschlossen hat. *Wovon träumen Babys?,* frage ich mich.

»Träum schön, Mimi«, flüstere ich. Hab ein gutes Leben.

Ich hoffe, du hast einen Dad wie meinen.

Und einen Freund wie Jamie.

BEN

Montag, 2. März

Als ich das Krankenhaus betrete, bin ich nervös. Es fühlt sich an, als würde ein Schwarm Insekten durch meinen Bauch schwirren, aber eher Motten als Schmetterlinge, denn es ist nichts Schönes daran, wenn ein Kumpel eine Hirn-OP hatte.

Dr. Stevens hat zwar gesagt, dass die Operation erfolgreich verlaufen ist, aber ich habe keinen Schimmer, was mich erwartet. Ich weiß nicht mal, ob Jamie wach sein wird und sprechen kann. Also rechne ich mit dem Schlimmsten, aber als ich ihn im fünften Bett auf der linken Seite entdecke, muss ich fast zweimal hinschauen. Er sieht …

… gut aus.

An der einen Seite seines Schädels befindet sich eine kleine Bandage, und der obere Teil seines Bettes ist hochgeklappt, um seinen Kopf zu stützen, aber sonst …

»Sie haben dir nicht mal alle Haare abrasiert?«, frage ich mit gespielter Enttäuschung.

Jamie hebt den linken Arm in Richtung der Bandage. »Ein bisschen an der Stelle, wo sie operiert haben«, sagt er, als würde ihn das an dem ganzen Unglück am meisten ärgern.

Mir wird bewusst, dass ich die letzten zwei Tage fast andauernd die Luft angehalten habe, und nun, da ich endlich durchatmen kann, finde ich gar keine Worte, um die Erleichterung zu beschreiben, also stehe ich erst mal einfach nur da.

»Du hast uns echt eine Scheißangst eingejagt, Hawley«, bringe ich schließlich heraus und sehe ihm zum ersten Mal in die Augen.

Er hält meinen Blick fest. »Es ist echt schön, dich zu sehen, Nicholls.«

Mir fällt ein ganz leichtes Zittern in seiner Stimme auf, und erst jetzt merke ich, wie mitgenommen er ist.

Er rutscht etwas zur Seite, sodass ich auf der Bettkante Platz nehmen kann, und dann sitzen wir beide da und sehen uns im Krankenzimmer um, weil das irgendwie leichter ist, als anzusprechen, was fast passiert wäre.

»Ich musste mich natürlich Rebecca und Danielle zuliebe zusammenreißen«, sage ich schließlich.

Das amüsiert ihn ungemein.

»Meine Eltern schicken dir liebe Grüße«, sage ich. »Und Frank.«

»Mann, jetzt gerade könnte ich töten für ein Frühstück von ihm. Das Essen hier ist schlimmer als in der Bar, bevor du angefangen hast.«

»Sobald du wieder draußen bist, gehen wir hin.«

Er lächelt schwach. Ich will ihm gerade sagen, dass ich bei der Bank angerufen und alles geklärt habe und dass wir unseren Termin nachholen können, wenn Jamie wieder fit ist, aber wir werden von den Mädchen unterbrochen. Sie begrüßen ihn nacheinander mit einem Küsschen und ziehen sich dann zwei von den gestapelten Stühlen heran, die ich übersehen hatte.

»Ich wusste, ich würde es schaffen, uns alle eines Tages wieder in einem Raum zu versammeln«, sagt Jamie. »Ich hätte zwar nicht gedacht, dass ich dafür ein ganz so großes Opfer bringen müsste, aber …«

Ich sehe Rebecca an, und sie sieht Danielle an, und keiner von uns weiß so richtig, was er sagen soll. Bis Jamie anfängt zu lachen und uns damit alle ansteckt wie jemand, der nach einer tollen Show als Erster zu klatschen beginnt.

Wir lachen alle erleichtert, und danach kann Rebecca mir plötzlich in die Augen sehen, und Danielle verschränkt nicht mehr die Arme, als wäre es Winter und sie hätte ihren Mantel vergessen.

»Ich wusste nicht, wie schlimm du aussehen würdest«, sagt Danielle. »Ich habe den ganzen Morgen mein Hässliches-Baby-Gesicht geübt für den Fall, dass du dich in ein Monster verwandelt hast.«

Jamie wirkt verwirrt.

»Das Gesicht, das man macht, wenn jemand ein hässliches Baby hat und man so tun muss, als wäre es das schönste und kostbarste Wesen, das man in seinem ganzen Leben je gesehen hat«, erklärt Danielle.

»Zeig uns dein Hässliches-Baby-Gesicht«, fordert Rebecca sie auf.

Danielle reißt die Augen auf und verzieht den Mund zu einem breiten Grinsen.

»Jetzt siehst du aus wie ein hässliches Baby«, bemerkt Jamie und nimmt dann eine Traube aus der Packung neben seinem Bein, wirft sie in die Luft und schafft es nicht mal annähernd, sie mit dem Mund zu fangen.

»Schade, dass man die Narbe nicht sieht, wenn deine Haare nachgewachsen sind«, sagt Danielle. »Das hätte dir jede Menge Mitleids-Sex eingebracht.«

Ich muss daran denken, was Rebecca während Jamies Operation sagte: Er sei unzerstörbar, weil er als Kind von einem Van angefahren wurde und überlebt habe. In jenem Moment wollte ich ihr die Illusion nicht nehmen, aber vielleicht ist er wirklich unzerstörbar.

»Er hat ja immer noch die Narbe von damals, als er sechs war«, sage ich. »Was für ein Van war das noch mal, Kumpel?«

Rebecca bemerkt mein Grinsen.

»Was ist los?«, fragt sie uns beide.

Ich zucke die Achseln und deute auf Jamie, woraufhin alle ihn gespannt ansehen.

»Es war ein Spielzeugvan, okay?«

Jamie erzählt von Ponyfransen-Parris und betont, dass es trotzdem ein traumatisches Erlebnis war, aber ich bin nicht sicher, ob die Mädchen ihn hören, so laut lachen sie.

Wir werden von einer brünetten Krankenschwester in einer kobaltblauen Uniform abgelenkt, die Jamie zulächelt, während sie mit einem Rollwagen voller Infusionsbeutel vorbeiläuft.

»Oh *Mann*«, sagt Rebecca leise und dreht sich zu Jamie. »Du bist gerade mal zwei Minuten von der Intensivstation runter und hast schon die Krankenschwestern um den Finger gewickelt.«

Ich schaue zu Jamie und erwarte, dass er uns erzählt, er habe schon ihre Nummer oder so, aber er hört nicht zu, seine Stirn ist ganz angespannt. Ich folge seinem Blick zum Fenster an einem Ende des Zimmers. Es ist Mittagszeit, aber heute ist einer dieser trüben Tage, an denen es nie richtig hell wird und der Nachthimmel nicht ganz dem Tag weichen will.

Dr. Stevens erscheint. »Darf ich stören?«

Danielle steht auf, damit er durchgehen und Jamie nacheinander in beide Augen leuchten kann. Er steckt die Lampe zufrieden in seine Brusttasche.

»Wie heißen Sie?«, fragt er Jamie.

»Astronaut Charles Hodges«, antwortet dieser. »Aber Sie können mich Chas nennen.«

»Welches Datum haben wir?«

»Den 30. Dezember 1975.«

»Wo sind Sie?«

»An Bord der *Discovery II.* Meine Mission lautet, die Erdbewohner mit echter Cockney-Musik vertraut zu machen.«

Dr. Stevens mustert ihn einen Augenblick aufmerksam und sagt dann: »Gut«, als wären das genau die Antworten gewesen, die er hören wollte.

»Erinnert ihr euch an das letzte Mal, als wir alle zusammen im Krankenhaus waren?«, frage ich, sobald der Arzt weg ist.

»Erinnern?«, quiekt Danielle. »Ich habe immer noch Narben am Hintern!«

Rebecca und ich waren damals sechs Monate zusammen, und wir waren alle für ein langes Wochenende hinauf in den Lake District gefahren. Wir haben uns ein Boot gemietet, aber Danielle hat eins der Ruder fallen lassen, und dann stellten wir fest, dass man sich mit einem einzigen Ruder nur im Kreis dreht. Also haben wir versucht, uns damit vom Grund des Sees abzustoßen, um wieder ans Ufer zu kommen. Und dabei verloren wir – beziehungsweise Jamie – auch das andere Ruder. Die Situation war also buchstäblich aus dem Ruder geraten.

Irgendwie schafften wir es trotzdem, das Boot so nah an einen Baum zu kriegen, dass wir uns an einem Ast ans Ufer schwingen konnten. Perfekt. Aber nachdem der Ast drei von uns in Sicherheit gebracht hatte, brach er ab. Während Danielle noch dranhing.

»Dein Gesicht, als du gemerkt hast, dass du in den Brennnesseln gelandet bist«, sage ich jetzt.

»Etwa so viel Mitleid hattest du auch damals, wenn ich mich recht erinnere«, bemerkt Rebecca.

»Das ist nicht fair«, entgegne ich. »Wir haben nur ein paar Sekunden gelacht.«

»Ja, während Becs mich schon rausgezogen hat.«

Rebecca konnte immer gut mit Krisensituationen umgehen. Sie war diejenige, die die Idee hatte, im Hotel anzurufen, um nach der nächsten Notaufnahme zu fragen, und die uns hinlotste, selbst nachdem das Navi keinen Empfang mehr hatte. Eigentlich hätte es mich nicht überraschen sollen, dass sie nicht die Orientierung verlor, als *wir* eine Krise hatten.

Erst als wir aufhören, in Erinnerungen zu schwelgen, fällt mir auf, dass Jamie gar nichts gesagt hat. Er wirkt müde, und ich überlege, ob er wohl möchte, dass wir gehen, damit er sich ausruhen kann, aber dann fragt er nach der Bar.

»Alles unter Kontrolle«, berichte ich. »Erica ist ein Goldstück.«

Ein paar Minuten später erscheinen Jamies Eltern und stellen sich so hinter uns, als würden sie darauf warten, dass wir uns verabschieden.

»Pass auf dich auf, ja?«, sagt Rebecca und beugt sich noch einmal für ein Küsschen hinunter. Sie nimmt Jamies Hand locker in ihre. »Ich hab dich lieb.«

Jamie strahlt. »Oh, du sagst sonst nie das L-Wort. Ich bin gerührt.«

Rebecca zieht ihren Mantel an, während Danielle sich vorbeugt, um sich ebenfalls von Jamie zu verabschieden. Die beiden lächeln einander an. Dann bin ich an der Reihe, aber ich bin nicht sicher, ob ich mich beherrschen kann, wenn ich ihm sage, was mir seine Freundschaft wirklich bedeutet. Also entscheide ich mich einfach für einen seitlichen Handschlag, aber er kann meine Hand kaum greifen.

Er winkt uns benommen zu, als wir gehen. Danielle eilt davon, um mit der U-Bahn zurück zur Arbeit zu fahren.

»Wie kommst du nach Hause?«, frage ich und bleibe mit Rebecca auf dem Flur stehen.

»Fahrrad«, antwortet sie. »Du?«

»Ich glaube, ich geh zu Fuß, wenn der Regen aufgehört hat«, sage ich. »Sei vorsichtig auf der Straße.«

»Man weiß ja nie, wann der nächste Van geflogen kommt.«

Wir lächeln beide.

»Er ist ein guter Freund, oder?«, sage ich. Die brünette Krankenschwester kommt auf dem Weg in die Station an uns vorbei. »Er hat uns alle erst zusammengebracht.«

»Es ist schön, dass wir jetzt wieder zusammen in einem Raum sein können«, erwidert sie. »Jamie zuliebe.«

Ich öffne die Arme und bin erleichtert, dass sie sich, nur für eine Sekunde, von mir drücken lässt. Ich hatte noch keine Gelegenheit, alles zu verarbeiten, was vorletzte Nacht zwischen uns gesagt wurde, aber eins weiß ich sicher: Ich bin froh, dass Rebecca zurück ist in meinem Leben.

»Hoffentlich rüttelt das Ganze wenigstens seine Eltern auf«, sage ich.

Ich bin nicht sicher, ob es in diesem Moment anfängt oder ob ich es jetzt erst wahrnehme.

Eine Frauenstimme, vielleicht die der Brünetten, ruft mehrmals mit zunehmender Lautstärke das Wort *Schwester*, aber in ruhigem, gleichbleibendem Ton.

Rebecca und ich sehen einander an.

Eine zweite Schwester läuft zum Eingang. Zuerst sehe ich die weißen Turnschuhe, dann wird mir klar, dass es gar keine Schwester ist, sondern Dr. Stevens. Eigentlich hätte ich das früher kapieren müssen, denn sein Kittel ist rotbraun, nicht blau.

Die Krankenschwester ruft immer noch, aber ich verstehe ihre Worte nicht, und irgendwas an ihren Rufen, an ihrer Ruhe, finde ich verstörend, irgendwas gibt mir das Gefühl, ich hätte Blei im Bauch.

Ich strecke die Hand aus, und Rebeccas Hand ist schon da, um sie zu greifen. Wir eilen zurück zu Jamies Zimmer.

Ich höre eine Frau kreischen, aber erst, als wir wieder im Zimmer sind, merke ich, dass es Jamies Mum ist. Die brünette Krankenschwester führt sie von Jamies Bett weg und zieht einen blassgrünen Vorhang darum zu.

Rebecca lässt meine Hand los und rennt hin, aber ein Krankenpfleger, den ich noch gar nicht gesehen habe, stellt sich zwischen sie und Jamie. Ich versuche, auf die beiden zuzugehen, aber das Blei ist nun zu schwer und hindert mich daran, mich zu bewegen.

»Tut mir leid, im Moment dürfen Sie nicht weiter.«

Rebecca dreht sich wieder zu mir, aber es passiert so viel, und es ist, als hätte sich mein Gehirn ausgeklinkt, und plötzlich funktioniert keiner meiner Sinne mehr.

Ich nehme vage wahr, wie alle Leute in der Station zu Jamies Bett starren. Die einzige Ausnahme ist Rebecca. Sie schaut immer noch zu mir, aber jetzt deutet sie auf Jamie und ruft etwas. Ich verstehe nichts.

Eine weitere Krankenschwester erscheint und schiebt einen Rollwagen zu Jamies Bett, und der Krankenpfleger muss Rebecca zurückhalten, sie mit aller Kraft zurückhalten.

Es folgt ein Geräusch, das ich nicht kenne, es klingt wie ein Tacker, und ich frage mich, ob es etwas mit dem Rollwagen zu tun hat. Ich zähle die Tackergeräusche, eins, zwei, drei, vier, fünf, sechs.

Ich warte auf das siebte Tackergeräusch. Währenddessen fällt mir im Gewirr von tausend Gedanken ein, dass ich Jamie nicht erzählt habe, dass wir unseren Termin bei der Bank verschieben können. Erst dann dämmert mir, dass das siebte Tackergeräusch nicht gekommen ist, und nun folgt gar nichts mehr, kein Ton und keine Bewegung, bis Dr. Stevens hinter dem Vorhang hervortritt.

Er stellt sich vor Jamies Eltern, und dann passiert alles in Zeitlupe: Rebecca schaut zu mir, fleht mich mit den Augen an, irgendwas zu tun, während Dr. Stevens wie angewurzelt dasteht und nichts mehr sagt, sondern nur auf den Fußboden blickt.

Und ich weiß auch ohne weitere Worte, dass sich alles, alles geändert hat.

REBECCA

Freitag, 6. März

Jamie hat mal gesagt, schwarz stehe mir gut.

»Wow«, meinte er, als ich vor unserem Uni-Abschlussball aus meinem Zimmer kam. »Du siehst toll aus.«

»Das denkst du nur, weil du mich zum ersten Mal in einem Kleid siehst.« Beim Blick in den Flurspiegel runzelte ich die Stirn. »Ich hätte lieber was Farbiges nehmen sollen. Schwarz ist ein bisschen langweilig, oder?«

»Schwarz steht dir.«

»Weil es die Farbe meiner Seele ist?«, fragte ich im Scherz.

Jamie lachte. »Weil es elegant ist.«

Jetzt sehe ich auch ziemlich elegant aus, was, Jamie? Wie ich so in einer schmutzigen Jogginghose und einem unförmigen Top, mit seit Tagen ungewaschenen Haaren, vor meinem Bett stehe, auf dem jedes schwarze Kleidungsstück ausgebreitet ist, das ich besitze.

Die einzige Beerdigung, an der ich je teilgenommen habe, war Grannys. Es war traurig – selbstverständlich –, aber auch schön. Es ging darum, dass die Familie sich versammelt. Es war eine Feier ihres erfüllten, glücklichen Lebens. Sie wurde neunundachtzig.

Aber der Tod meines achtundzwanzigjährigen besten Freundes zerreißt mir das Herz.

Ständig schwirren mir Fragen, auf die ich keine Antwort weiß, durch den Kopf. Was soll ich anziehen? Wie wasserfest ist wasserfeste Wimperntusche? Was soll ich zu Jamies Eltern sagen? Wie lange können Ben und ich noch ignorieren, was fast passiert wäre in der Nacht, als

Jamie zusammengebrochen ist? Wie kann Jamie im einen Moment da sein und dann im nächsten einfach nicht mehr existieren? Seine ganze Persönlichkeit, sein Humor, seine Freundlichkeit, sein Charme – wie kann das alles einfach verschwinden? Wie kann jemand, der so sehr geliebt wurde wie Jamie, einfach weg sein, ohne dass die Welt aufhört, sich zu drehen?

»Rebecca?« Stefan öffnet vorsichtig die Tür. »Du musst unter die Dusche und dich fertig machen, wenn wir den Zug kriegen wollen.«

»Ich weiß, aber ich ...« Ich hole tief Luft, lehne mich mit geschlossenen Augen gegen die Wand und versuche, meine Gedanken zu ordnen. »Ich kann das nicht«, schluchze ich, rutsche auf den Fußboden und vergrabe das Gesicht in den Händen. »Ich kann mich nicht von Jamie verabschieden. Ich bin nicht bereit dafür.«

Stefan setzt sich neben mich, legt einen Arm um meine zitternden Schultern und zieht mich an sich. »Ich weiß. Aber du wirst dich zusammenreißen und es durchstehen. Du bist eine Giamboni.«

Mit dem Zug dauert es etwas über zwei Stunden bis nach Manchester, dann weitere zwanzig Minuten mit der Straßenbahn bis zur Kirche. Ich wusste, dass Jamie beliebt war, aber dass sich hier so viele Leute drängen würden, hätte ich niemals erwartet. Und es kommen immer noch mehr. Manche kenne ich aus der Bar oder von der Uni oder aus seiner Nachbarschaft. Andere kenne ich gar nicht.

Ben sitzt vorne, in der Mitte der linken Bank, und hat den Kopf nach vorne geneigt. Weint er? Meine Augen füllen sich wieder mit Tränen.

Er steht auf und dreht sich um, als hätte er gespürt, dass ich ihn beobachte. Unsere Blicke treffen sich. Er kommt durch den Mittelgang auf uns zu und steckt im Gehen ein gefaltetes Papier in seine Brusttasche. Wahrscheinlich hat er seine Rede geübt. Wie, zur Hölle, will er sich vor all diese Leuten stellen und über unseren toten Freund sprechen, ohne die Fassung zu verlieren?

»Hi.« Er bleibt vor mir stehen.

»Hi.«

»Hey, Ben.« Stefan tritt vor, um ihm die Hand zu schütteln. »Mein Beileid.«

»Danke.«

Russ und Tom kommen herein, mit Avril im Schlepptau, die ihre ewige Baskenmütze und eine riesige Jackie-O-Sonnenbrille trägt.

»Eine halbe Weltreise«, mault sie. »Und wir müssen den ganzen Weg auch noch wieder zurück ...«

»Warum bist du überhaupt hier?«, frage ich.

Sie verschränkt die Arme und funkelt mich an, aber Tom geht dazwischen.

»Hey, Rebecca, lange nicht gesehen. Herzliches Beileid wegen Jamie.«

»Danke, Tom.«

Als Nächste kommt Danielle durch die Kirchentür, und während wir uns zu ihr umdrehen, treten Avrils Mundwinkel eine seltene Reise nach Norden an. Ich weiß trotz der dunklen Sonnenbrille, dass ihr Blick auf mich gerichtet ist.

Danielle legt wortlos die Arme um meine Taille, und ich schlinge meine um ihre Schultern.

»Das hier ist für mich das Schwerste, was ich je tun musste«, flüstere ich.

»Für mich auch«, flüstert sie zurück. »Und das Zweitschwerste ist, Avril nicht ihre Grinsefresse zu polieren.«

Tom und Avril setzen sich nach hinten, aber Russ bleibt an Bens Seite, schaut ihn besorgt an und versucht, die Stimmung aufzulockern.

»Ich war noch nie in einem Raum mit so vielen attraktiven Frauen, die anscheinend allein hier sind«, bemerkt er leise. »Und alle brauchen Trost. Schade, dass man bei Beerdigungen niemanden aufreißen darf.«

»Sagt wer?«, fragt eine Stimme hinter mir.

»Jemma«, rufe ich. »Wie schön, dass du gekommen bist.«

»Selbstverständlich, Süße.« Sie umarmt mich. »Ich hab dich vermisst.«

Ich bin am Mittwoch wieder zur Arbeit gegangen, aber als Jake sah, in welchem Zustand ich war, hat er mir den Rest der Woche Sonderurlaub wegen des Trauerfalls gegeben.

Danielles Blick huscht fragend von mir zu Jemma, also stelle ich die beiden einander vor und merke dann an, dass wir Platz nehmen sollten.

»Ich hab vorne eine Bank besetzt«, sagt Ben und geht vor.

Jamies Eltern sitzen auf der anderen Seite des Mittelgangs, sein Dad mit versteinertem Gesicht, seine Mum völlig aufgelöst. Ich nicke ihnen im Vorbeigehen zu, warte aber nicht, um zu sehen, ob sie reagieren.

Ich halte die Predigt kaum aus. Die Worte des Pfarrers sagen nichts über den Jamie, den ich kannte. Er nennt ihn andauernd bei seinem Taufnamen James, und die Plattitüden würden auf jeden verstorbenen Mittzwanziger zutreffen. Aber Jamie war nicht einfach irgendjemand.

Der Pfarrer kann nichts dafür. Er hat sicher nur mit Mr und Mrs Hawley gesprochen, die sich nie die Zeit genommen haben, ihren Sohn richtig kennenzulernen. Sie wussten das Glück, das sie mit ihm hatten, nie zu schätzen.

»Nun wird James' Freund Ben ein paar Worte sagen.« Der Pfarrer tritt beiseite, und Ben geht nach vorne und holt sein Blatt heraus. Er öffnet es auf dem Pult.

»Ich dachte immer, die einzige Rede, die ich für Jamie halten würde, wäre die als sein Trauzeuge«, beginnt er mit zitternder Stimme. Ein paar Sekunden verstreichen, und ich frage mich, ob er weitersprechen kann, aber er räuspert sich und fährt fort: »Auf dem Weg hierher sind wir an dem Gymnasium vorbeigekommen, das Jamie und ich, und viele andere hier, besucht haben, und dabei musste ich an unseren ersten Tag dort denken. Unser Klassenlehrer Mr Sheldon, alias Schreihals Sheldon, wie *jemand* ihn nannte, …«

Ich lächle, während viele in der Kirche hörbar lachen.

»… gab uns allen ein weißes Blatt und bat uns aufzuschreiben, was wir werden wollten, wenn wir erwachsen wären. Dann mussten wir unsere Blätter abgeben, und am nächsten Tag hatte Mr Sheldon alle im Klassenzimmer aufgehängt. Er wollte uns damit für die nächsten Jahre motivieren. Niemand wusste, wer was geschrieben hatte, aber da stand genau das, was zehnjährige Kinder auf eine solche Frage eben antworten: Profi-Fußballer, Sänger in einer Band, Balletttänzer. Aber auf ein Blatt hatte jemand nur geschrieben: GLÜCKLICH. Ich erinnere mich, dass ich das für eine ziemlich dumme Antwort hielt: Wusste derjenige, der das geschrieben hatte, etwa nicht, welchen internationalen Ruhm ein Balletttänzer genießt?«

Danielle und ich lächeln einander an.

»Jamie hat mir nie verraten, welches Blatt von ihm war, aber als ich heute an der Schule vorbeikam, wurde mir klar, dass ich es die ganze Zeit wusste. Jamie wollte nichts anderes im Leben, als glücklich zu sein, und ich schätze, er ist wahrscheinlich der Einzige aus unserer Klasse, der sein Ziel erreicht hat.« Ben holt tief Luft und blickt auf seine Notizen. »Nun kommt der Teil, in dem ich ein tiefsinniges Zitat vorlese, etwas mit Geschichte und Bedeutung, und bei Jamie muss das einfach was von Chas 'n' Dave sein, oder?«

Er blickt auf das Meer der Gesichter und hält inne, als würde er jetzt erst merken, wie viele Leute er vor sich hat. *»Rabbit«,* ruft jemand aus einer der hinteren Reihen.

»Hey, das hier ist kein Wunschkonzert.« Ben lächelt und sammelt sich. »Jedenfalls habe ich mir die Texte angesehen, und was ich gefunden habe, war … Na ja, sagen wir einfach, zwischen ›Snooker Loopy‹ und ›The Bollocks Song‹ konnte ich nichts Passendes finden.«

Ich bemerke, wie Jamies Eltern einen Blick tauschen. Ich kann ihre Gesichter nicht sehen, aber ich glaube nicht, dass sie begeistert sind. Mir egal. Das hier ist nicht für sie – es ist für die Leute, die Jamie wirklich kannten.

»Ich habe aber doch ein Zitat, und es ist sogar von Jamie selbst. Es ist etwas, was er vor ein paar Monaten gesagt hat, an Silvester, um genau zu sein, und ich muss leider zugeben, dass wir uns gestritten hatten …«

Ich schließe die Augen und sehe meine eigene Silvesternacht wieder vor mir.

»Es war ganz allein meine Schuld«, fährt Ben fort. »Ich habe rumgejammert, dass ich nicht wüsste, was ich mit meinem Leben anfangen soll, was Jamie schon millionenmal gehört hatte, und als er mich darauf hingewiesen hat, habe ich reagiert wie ein verzogenes Kind. Eigentlich habe ich seine Worte gar nicht richtig begriffen, bis … Na ja, bis er gestorben ist.«

Ben holt tief Luft, und seine Stimme fängt wieder an zu zittern.

»Er hat Folgendes gesagt: Das Herz eines Menschen schlägt im Durchschnitt drei Milliarden Mal, und man muss dafür sorgen, dass so viele Herzschläge wie möglich eine Bedeutung haben.«

Bens Schultern sacken ab, und für eine Sekunde fürchte ich, dass er zusammenbricht, aber er richtet sich wieder auf, und seine Stimme ist stark: »Jamie hat seine drei Milliarden Herzschläge nicht bekommen …«

Meine Tränen fallen leise, aber ich höre andere Leute überall in der Kirche lautstark weinen.

»… aber ich kenne niemanden, der jedem einzelnen Herzschlag so viel Bedeutung gegeben hat wie er. Auf meinen Reisen habe ich gesehen, dass die Beerdigung in vielen Ländern eine Feier für das

Leben des Verstorbenen ist, und wie ich Jamie kenne, glaube ich, er könnte der Idee einiges abgewinnen. Obwohl er jetzt wahrscheinlich da oben sitzt und sich darüber amüsiert, wie wir alle um ihn weinen.«

Ich lache wieder. Ben hat recht. Jamies Leben ist es wert, gefeiert zu werden.

»Jamie war ein echter Gentleman, und obwohl ich zutiefst erschüttert bin, dass er nicht mehr da ist, bin ich auch stolz, sagen zu dürfen, dass er mein bester Freund war.«

Er blickt mit glänzenden Augen zur Decke.

»Ich hab dich lieb, Kumpel.«

Ben kann nicht die ganze Zeit die Fassung bewahren. Als wir zusehen, wie Jamies Sarg in die Erde hinabgelassen wird, verliert er sie mit tiefen, lauten Schluchzern. Ich will ihn an der Hand nehmen. Ich will ihm sagen, dass er darüber hinwegkommen wird, und ich will, dass er mir sagt, dass ich darüber hinwegkommen werde. Aber Stefan, Danielle und Russ stehen zwischen uns.

Die Ironie dabei ist mir durchaus bewusst: Wie oft hat er versucht, in der Öffentlichkeit meine Hand zu halten, und ich habe ihn beschämt losgelassen. Jetzt kommt es mir so dumm vor. Das werde ich Ben sagen, wenn wir uns aussprechen. Denn wir müssen uns aussprechen. Aber nicht heute, denn heute geht es nicht um uns.

Als alles vorbei ist, reihe ich mich neben ihm ein, während wir über den Kiesweg zum Ausgang des Friedhofs gehen.

»Ben, deine Rede war wirklich wunderschön.«

»Danke, Becs. Das bedeutet mir viel.« Er bleibt stehen, als wir das Tor erreichen. »Gehst du zum Leichenschmaus bei den Hawleys?«

»Ich denke schon. Du?«

»Ich denke schon.« Mehr muss er nicht sagen – ich weiß, dass er das Gleiche denkt wie ich. Es wird nicht leicht sein, Jamies Gegenwart bei Lachssandwiches, Tee und höflichem Small Talk mit seinen Eltern zu spüren.

Stefan und Jemma holen uns ein, gefolgt von Danielle, Tom und Russ.

»Wir müssen los«, sagt Tom entschuldigend, aber ohne Erklärung. Nicht, dass der Grund dafür nicht sowieso klar wäre. Avril wartet ein paar Schritte entfernt auf ihn, wobei auch die Sonnenbrille ihre Ungeduld nicht verbergen kann.

»Und jetzt?«, fragt Jemma, nachdem wir uns von Tom verabschiedet haben.

»Es gibt einen Leichenschmaus im Haus von Jamies Eltern«, antwortet Danielle wenig begeistert.

»Oder«, sagt Ben mit seinem typischen Blick, wenn er etwas Rebellisches vorschlägt, »wir lassen den Leichenschmaus sausen und gehen in den Old Monk?«

Niemand muss großartig überredet werden. Als wir in der eher rustikalen Kneipe ankommen, versammeln wir uns an einem Ecktisch, und ich bestelle sechs Gläser erstklassigen Whisky.

Wir trinken schweigend.

»Lecker«, sagt Russ schließlich und nickt zu seinem Glas.

Ich bemühe mich um ein Lächeln. »Den hat mir Jamie mal empfohlen.«

»Er wusste echt eine Menge, oder?«, bemerkt Danielle. »Nicht nur über Drinks, sondern auch über das Leben. Er konnte immer richtig gute Ratschläge geben, ganz ohne einen zu belehren oder herablassend zu sein.«

»Ich weiß was!« Jemma klatscht in die Hände. »Lasst uns der Reihe nach erzählen, was das Wichtigste ist, das wir von Jamie gelernt haben.« Wir sehen einander an und stimmen schweigend zu. »Wir nennen es …« Jemma überlegt einen Moment. »Lektionen von Jamie. Ben, du fängst an.«

Ben streicht sich mit beiden Händen durch die Haare und legt sie dann nachdenklich an seinen Hinterkopf.

»Er hat mir beigebracht, dass wir für unser Glück selbst verantwortlich sind«, sagt er schließlich. »Obwohl seine Eltern ihn nicht unterstützt haben, hat er sich nie davon abhalten lassen, seine Träume zu verwirklichen. Er hat nicht darauf gewartet, dass irgendein Mädchen auftaucht und ihn vervollständigt. Er hat einfach das Leben geführt, das er führen wollte, ohne dabei irgendjemanden zu verletzten.«

Alle nicken.

Ben schaut nach rechts. »Russ?«

Russ stützt die Ellbogen auf den Tisch und das Kinn in die Hände, während er nachdenkt. »Dass nette Kerle nicht leer ausgehen«, sagt er. »Jamie war der Beweis dafür, dass nicht immer nur die Arschlöcher die Mädchen abkriegen.«

»Sehr wahr.« Ben lacht. »Jemma?«

»Dass man sich nicht verstellen soll, auch nicht, wenn man flirtet«, sagt sie entschieden. »Ich habe einmal gehört, wie er einem Mädel in der Bar erzählt hat, dass er auf über zwanzig Chas-'n'-Dave-Konzerten war. Und ich dachte: *Mann! Halt die Klappe. Über so etwas spricht man nicht*. Aber dann hat das Mädel ihn mit nach Hause genommen, also lag ich eindeutig falsch.«

Wir kichern alle.

»Was ist mit dir, Stefan?«, fragt Jemma.

Stefan schaut zu mir. »Dass man sich nicht nur auf seine Familie, sondern auch auf andere Menschen verlassen kann.« Er blickt in die Runde und fährt fort: »Ich hatte total Schiss, als meine kleine Schwester an die Uni gegangen ist. Ich habe es immer als meine Pflicht gesehen, sie zu beschützen, auch wenn sie nichts davon wusste. Wer würde auf sie aufpassen, wenn sie woanders wohnt? In den ersten paar Wochen, nachdem sie ausgezogen ist, konnte ich kaum schlafen. Aber sobald ich Jamie kennengelernt hatte, wusste ich, dass sie in guten Händen war. Dass andere Leute sie genauso lieb hatten wie Dad und ich.«

Ich kriege einen Kloß im Hals und bin froh, dass Danielle an der Reihe ist, denn ich kann nicht sprechen.

»Meine Lektion ist so ähnlich«, sagt sie sanft. Sie legt die Hände um ihr Glas legt und blickt ernst hinein. »Jamie hat mir beigebracht, dass man sich seine Leute aussuchen kann. Unsere Familien können wir uns nicht aussuchen – und manche haben da mehr Glück als andere –, aber wir müssen uns mit niemandem abgeben, wenn wir es nicht wollen. Man nimmt die Leute, die man am liebsten mag und von denen man glaubt, dass man sie verdient und dass sie einen verdienen, und macht aus ihnen seine Familie.«

So habe ich eigentlich noch nie darüber nachgedacht, aber sie hat recht. Jeder wollte mit Jamie befreundet sein – und er hatte eine Menge Freunde –, aber aus irgendeinem Grund hat er Danielle, Ben und mich als seine engsten Vertrauten ausgewählt. Kein Wunder, dass es ihm immer so wichtig war, dass wir uns wieder zusammenraufen. Für ihn war es, als würde seine Familie zerbrechen. Und das Traurigste ist, denke ich, während ich hier zwischen Ben und Danielle sitze, dass er uns erst wieder zusammen gesehen hat, als wir ihn schon fast verloren hatten.

»Und Shane gehört nicht zu diesen Leuten«, fügt Danielle hinzu und schaut schuldbewusst zu mir. »Also werde ich ihm sagen, dass er sich nie wieder bei mir melden soll.«

Ich werfe ihr einen Blick zu, und sie verzieht das Gesicht.

»Ich weiß, ich weiß – aber diesmal mach ich es wirklich. Also«, sagt sie, da sie offensichtlich das Thema wechseln will, »was hast du von Jamie gelernt, Becs?«

Jetzt bin ich diejenige, die in ihr Glas schaut. Ich weiß, was das Wichtigste ist, das ich von Jamie gelernt habe, aber ich muss vergessen, dass da fünf Augenpaare auf mich gerichtet sind, damit ich es laut sagen kann.

»Dass es okay ist, andere zu brauchen«, gestehe ich. »Ich weiß, dass ich dazu neige, andere von mir fernzuhalten.« Eine Träne fällt in meinen Whisky, als ich einen Schluck trinke. »Wahrscheinlich versuche ich, mich damit zu schützen. Denn wenn ich die anderen nicht brauche, tut es nicht so weh, wenn sie irgendwann nicht mehr da sind. Aber mir war nicht klar, wie sehr ich Jamie gebraucht habe. Er war immer für mich da.« Ich blicke von Danielle zu Ben. »Für uns alle. Aber ich bereue nicht, dass ich ihn gebraucht habe.«

Obwohl er fort ist und es echt verdammt wehtut, ist seine Freundschaft und alles, was er mir gegeben hat, den Schmerz wert.

»Auf Jamie«, füge ich hinzu und hebe mein Glas.

»Auf Jamie«, wiederholen alle und stoßen mit mir an.

»Deshalb mag ich Comics«, sagt Russ. »In Comics sterben die Helden nicht. Oder wenn sie es tun, dann werden sie immer irgendwann wieder zum Leben erweckt.«

»Ja!«, ruft Jemma und beugt sich vor, um Russ den Arm zu tätscheln. »Gut gemacht.«

»Wieso?« Russ wirkt verwirrt.

»Dass du so was sagst und dich nicht darum kümmerst, was wir alle über dich denken.«

Wir lachen alle, aber es dauert nicht lange, dann breitet sich Stille über uns aus, und jeder hängt seinen eigenen Gedanken nach.

BEN

Montag, 9. März

Ich bin immer noch ganz betäubt, als ich mich zum ersten Mal nach der Beerdigung aufmache, um einen Job als selbstständiger Personaler zu erledigen. Ich warte am Bahnsteig und starre auf den frostüberzogenen Beton. Ich höre den Zug, bevor ich ihn sehe. Er kommt pfeifend zum Stehen, und in der darauffolgenden Stille höre ich meinen Herzschlag. Ich hebe den Blick zur offenen Wagentür, aber irgendwie kann ich es nicht.

Ich entsperre mein Handy und rufe im Büro an. Ich weiß nicht, ob sie mich noch mal einsetzen werden, wenn ich jetzt absage, aber ich krieg das einfach nicht hin. Wie soll ich den ganzen Tag Bewerbungen filtern, um sicherzustellen, dass die Firma sozial inklusiv ist? Wie soll ich Small Talk führen mit Leuten, die ich kaum kenne und die mich kaum kennen? Ich muss zwar meine Miete bezahlen und stehe wieder ganz am Anfang damit, einen festen Job zu finden, nachdem die Geschäftsidee mit Jamie vom Tisch ist, aber wie könnte ich nach allem, was passiert ist, einen weiteren Herzschlag mit diesem Mist verschwenden?

Ich finde eine freie Bank auf dem Bahnsteig, zünde mir eine Zigarette an und halte den ersten Zug so lange ich kann in meinem Lungen, bevor ich ausatme. Das kalte Metall wärmt sich bald unter dem Gewicht meines Körpers, und ich gehe die Fotos in meinem Handy durch, weil ich etwas fühlen und nicht mehr betäubt sein will. Ich bleibe bei einem Foto von Jamie und mir hängen. Es ist von dem Abend, als ich das erste Mal in der Bar gekocht habe. Er hat sich mein Handy geschnappt und gesagt, wenn etwas Bedeutendes passiere, sei es wichtig, den Moment festzuhalten. Als ich ihn gefragt habe, was er meine, hat er nur die Augen verdreht.

Während ich auf das Foto schaue, bin ich nicht mehr auf dem Bahnsteig. Ich bin mit ihm dort und höre, wie er seine provisorische Glocke läutet, bevor er auf einen Drink zu mir ans Ende der Bar kommt, und das Einzige, was ich von der Gegenwart noch spüre, ist der dicke Kloß in meinem Hals.

Ich wische zurück, und mein Finger wird schneller, denn für einen Augenblick fühlt es sich an, als könnte ich die Zeit zurückdrehen. Ich sehe Fotos von Rebecca und mir, wir beide vor dem Kolosseum. Mit frischem Blick bemerke ich eine gewisse Starrheit in meinem Lächeln, und ich erinnere mich an die ein, zwei Stunden, bevor das Foto aufgenommen wurde. Wir hatten uns gezofft, weil ich vergessen hatte, online Tickets zu reservieren, sodass wir in einer Schlange stehen mussten, die einmal um die Ruinen des Stadions herumging. Nun wird mir bewusst, dass mein Lächeln erzwungen ist.

Nach unserer Trennung habe ich mir eingebildet, Rebecca und ich hätten eine perfekte Beziehung geführt, aber seit unserem Streit in der Nacht, als Jamie zusammengebrochen ist, erkenne ich, dass das nicht stimmt.

Da mir die Pixel nicht reichen und ich etwas Echtes brauche, verlasse ich den Bahnsteig und warte auf einen Bus. Wenig später stehe ich vor Jamies Wohnblock. Er hat seinen Schlüssel nie zurückverlangt.

Seine Eltern kommen am Wochenende, um die Wohnung leerzuräumen, bevor sie neu vermietet wird. Im Moment ist aber alles noch so, wie er es zurückgelassen hat.

Ich laufe durch den offenen Wohnbereich und rechne fast damit, seinen Schlüssel in der Tür zu hören oder seinen Kopf aus dem Bad ragen zu sehen, einen sarkastischen Kommentar auf den Lippen.

Während ich das Zimmer betrachte, laufen mir Tränen übers Gesicht. Da sind der Kickertisch, die alten Spirituosenplakate, die Chas-

'n'-Dave-Platte, die Kreidetafel mit den Regeln, die er nicht mehr abgewischt hat. Ich frage mich, was seine Eltern mit alldem anfangen werden.

Ich wollte immer etwas machen, womit ich in Erinnerung bleibe, aber das klappt einfach nie. Zumindest nicht bei den meisten von uns. Unsere Leben werden recycelt. Unsere Wohnungen, unsere Besitztümer, sogar die Art, wie die Leute an uns denken. Geschichte wird nicht geschrieben, während etwas passiert, sondern nachdem etwas vorbei ist, sodass die Leute sich nicht erinnern, wer wir waren, sondern wie alles zu Ende gegangen ist.

Bei der Beerdigung haben alle das Gleiche gesagt. Es ist eine *Tragödie.* Das war das Wort, das sie benutzt haben. Aber Jamies Leben war keine Tragödie. Er hat in seinen achtundzwanzig Jahren mehr gelebt, als die meisten Leute in siebzig. Ihre Leben – unsere Leben – sind die Tragödie.

Rebecca meldet sich gegen acht Uhr. Seit der Beerdigung schreiben wir einander ziemlich oft. Eigentlich geht es nur um Jamie. Ich habe mich nicht getraut, irgendwas anderes anzusprechen, aber ich weiß, ich kann es nicht ewig aufschieben. Wir sollten wahrscheinlich darüber reden, was in den Minuten vor Danielles Anruf passiert ist.

Ich vermisse ihn so sehr.

Wegen der Knappheit ihrer SMS, die ohne Erklärung und ohne ein Küsschen auskommt, muss ich irgendwie lächeln – das ist so typisch Rebecca.

Ich auch. Geht's dir gut? X

Eine Minute verstreicht.

Komm zu mir. Habe Alkohol. Tut bestimmt gut, mit jemandem zu reden, der es kapiert x

Rebecca öffnet die Tür, und ich erkenne an ihren Panda-Augen, dass sie nicht geschlafen hat. Sie imitiert ein Lächeln.

»Ich hab dir Scotch mitgebracht«, sage ich, aber als sie mich ins Wohnzimmer führt, sehe ich, dass der dreißig Jahre alte Glenfiddich offen auf dem Couchtisch steht. Sie holt noch ein Glas und schenkt mir großzügig ein.

Wir setzen uns auf die Couch, Rebecca mit angezogenen Knien ans eine Ende, ich mit einem angewinkelten Bein ans andere, sodass ich mich halb zu ihr drehe.

Rebecca starrt auf die Lücke zwischen uns.

Im Radio läuft Abba.

»Dieses Lied hat Björn über seine Trennung von Agnetha geschrieben«, erzähle ich Rebecca, »dann hat er sie es singen lassen.«

»*The Winner Takes It All?* Und wer war der Gewinner, der alles bekommen hat?«

»Wahrscheinlich beide, schließlich haben sie damit eine Menge Kohle verdient.«

»Wir hätten auch so was machen sollen«, sagt Rebecca. »Mit Jamie und Danielle als Benny und ... wie hieß die andere noch mal?«

»Anni-Frid?«

»Genau«, sagt sie. »Danielle hätte Anni-Frid sein können.«

»*No, no, no, no.*«

Wir lachen in unsere Drinks und vergessen für ein paar Sekunden, wer wir sind und weshalb ich hier bin.

»Wie geht's deiner Mum?«, fragt Rebecca. »Ruft sie dich immer noch jeden Montagabend an?«

Ich nicke. »Sie hört auf zu arbeiten und nimmt eine Abfindung an. Ich habe ihr geholfen, sich durchzusetzen, nachdem ihre Stelle umstrukturiert wurde.«

»Ihre Stelle wurde quasi gestrichen? Sie hat da doch gut fünfunddreißig Jahre gearbeitet, oder?« Rebecca kichert vor sich hin. »Was schon komisch ist, wenn man mal darüber nachdenkt – du kannst keine fünfunddreißig Minuten bei irgendwas bleiben.«

»Ich bin länger als fünfunddreißig Minuten bei dir geblieben.«

Ich bereue die Worte, sobald ich sie ausgesprochen habe, aber zum Glück geht Rebecca nicht darauf ein. Stattdessen schenkt sie sich konzentriert nach. Ihre Bewegungen sind zu abrupt, sodass ein Spritzer Whisky auf der Akazien-Tischplatte landet.

»Ich würde alles darum geben, ein Glas davon mit ihm trinken zu können.«

»Ich würde alles darum geben, ein letztes Mal mit ihm am Ende der Bar zu sitzen.«

Rebecca blickt liebevoll in Richtung der Flasche. »Tun wir das, was alle tun, wenn jemand gestorben ist, den sie kannten? Romantisieren wir ihn?« Sie grinst, um mir zu zeigen, dass sie das selbst nicht glaubt.

Ich grinse ebenfalls. »Du hast recht. Jamie – was für ein Arsch.«

»Ich meine, egal, wie sehr wir ihn geliebt haben«, fährt sie fort, »wir hätten nie eine Chance gehabt gegen die große Liebe seines Lebens.«

»Sein Spiegelbild?«

Wir lachen wieder.

»Er war *so* eingebildet«, sage ich.

Ich merke an der Art, wie Rebecca mit einer Hand in Richtung des Radios wedelt, dass sie jetzt betrunken ist. »Er dachte wahrscheinlich, alle diese Lieder wären über ihn.«

Ich schaffe es gerade noch, den Whisky im Mund zu behalten, und bis ich mich wieder gefangen habe, erkenne ich den Song, der gerade läuft: »Cannonball« von Damien Rice. Ich sehe Jamie vor mir, wie er aufsteht und das Radio ausschaltet.

»Warum grinst du so?«, fragt Rebecca.

Ich versuche, ein ernstes Gesicht zu machen, aber es ist nicht leicht. »Nur so«, antworte ich, und sie mustert mich für ein paar Sekunden, bevor sie sich geschlagen gibt.

»Wie die Dinge sich ändern.« Sie lächelt vor sich hin. »Ich sitze hier schon den ganzen Tag und heule wie ein Baby, und du gibst nichts von dir preis.«

Ich versuche, mir meine Überraschung darüber, dass sie geweint hat, nicht anmerken zu lassen.

»So schließt sich der Kreis«, sage ich.

Rebecca neigt nachdenklich den Kopf zur Seite, erwidert aber nichts. Ich sehe mich mit einem Gefühl von Wehmut im Zimmer um, und als ich wieder zu Rebecca schaue, hat sie die Augen geschlossen.

Ich sitze da und sehe zu, wie ihre Füße von selbst über die Couch rutschen, wie sich ihre Brust immer langsamer und deutlicher hebt und senkt, bis ich sicher bin, dass sie schläft.

Ich trage sie ins Bett, schiebe die Decke mit meinem Fuß beiseite und lege sie zwischen Laken, in denen ich hundertmal geschlafen habe. Sie rührt sich nicht, als ich sie zudecke. Das Licht aus dem Wohnzimmer fällt auf ihr Gesicht.

Ich gehe zur Tür, und als ich den Kopf drehe, sehe ich ihre Augen zucken, aber sie öffnet sie nicht.

Ich gehe noch einen Schritt weiter, und dann höre ich sie sagen ...

»Geh nicht, Ben.«

Es gibt kein seltsameres Gefühl, als wenn alles zugleich genauso und kein bisschen so ist, wie es sein sollte.

In der winzigen Zeitblase, in der die schläfrige Verwirrung und die bewusste Wahrnehmung aufeinandertreffen, hat es die letzten viereinhalb Monate nicht gegeben. Der Regen trommelt laut gegen das Fenster, die Frau, die ich liebe, liegt in meinen Armen, und irgendwo da draußen lebt Jamie.

Wenn ich dieses Gefühl einfrieren könnte, würde ich es tun, denn ich kann mich nicht erinnern, wann ich das letzte Mal so glücklich aufgewacht bin.

Aber es ist nicht real, stelle ich schweren Herzens fest, während ich mich strecke, um ganz wach zu werden.

Jamie lebt nicht mehr. Und ich bin nicht mehr verliebt.

Ich bin nicht mehr verliebt. Diese Erkenntnis reift schon seit der Nacht in mir, in der ich zu Rebeccas Wohnung gestürmt bin, aber erst jetzt sehe ich alles klar.

Stolz hat mich hingetrieben, nicht Liebe, und jetzt bin ich nicht mehr wütend oder verletzt oder frustriert, nicht im Geringsten. Sie bedeutet mir unheimlich viel. Aber ich liebe sie nicht mehr.

Es ist kühl hier drinnen, und als Rebecca die Decke von sich schiebt, ziehe ich sie wieder über die unbedeckten Teile meines Körpers.

»Sorry«, flüstert sie. »Zu heiß.«

Als sie richtig wach wird, wirkt sie verwirrt. Sie setzt sich auf und reibt sich den Schlaf aus den Augen.

»Morgen«, sage ich und schaue zu ihr auf.

»Morgen«, erwidert sie sanft und schließt wieder die Augen.

Ich spüre, wie sich meine Schultern verspannen. Was ist, wenn sie denkt, dass wir jetzt wieder zusammenkommen? Was ist, wenn sie mit der Bitte, ich soll über Nacht bleiben, eigentlich gemeint hat, ich soll für immer bleiben? Vielleicht haben wir deswegen nicht miteinander geschlafen: Weil sie glaubt, wir haben noch alle Zeit der Welt, um es zu tun.

»Alles okay?«, fragt sie.

»Ja«, antworte ich und täusche Müdigkeit vor, obwohl ich hellwach bin. »Bei dir?«

»Mmmm.«

Wir schweigen noch eine Weile, bis Rebecca der Magen knurrt.

»Hunger?«, frage ich.

»Total«, antwortet sie.

»Ich auch. Ich stehe auf und mach uns Frühstück, ja?«

»Viel Glück.«

»Du wirst staunen, was ich mit ganz wenigen Zutaten zustande bringe.«

Ich springe aus dem Bett, aber zwei Minuten später bin ich wieder da.

»Okay, ich bin zwar gut, aber ich kann nicht zaubern.«

Inzwischen hat Rebecca die Decke über sich gezogen, bleibt aber auf ihrer Seite des Bettes. Ich blicke auf den leeren Platz, den ich zurückgelassen habe, und entscheide mich dagegen, ihn wieder auszufüllen, weil ich ihr nicht den falschen Eindruck vermitteln will.

»Sollen wir woanders frühstücken gehen?«, schlage ich vor, ohne hinzuzufügen, dass wir reden müssen. »Bei Frank's?«

»Aber da warst du immer mit Jamie.«

»Mir macht es nichts aus, wenn du einverstanden bist?«

Wenige Sekunden später kickt sie die Decke weg. »Dann auf zu Frank's.«

Frank schaut zweimal hin, als wir hineingehen.

»Ben!«

Er öffnet die Arme, als wollte er mich drücken, klopft mir aber stattdessen nur auf den Rücken. Weil ich ein Mädchen dabei habe, führt er uns sofort an seinen »besten« Tisch – den einzigen mit Blick hinaus auf die Straße.

»Es hat mir so leid getan, als ich von Jamie erfahren habe«, sagt er, wirft sich ein Geschirrtuch über die Schulter und senkt den Kopf. »Er war was Besonderes.«

Ich rücke das Besteck zurecht, das in eine Serviette gewickelt auf dem Tisch liegt, weil ich nicht sentimental werden will.

»Das war er«, höre ich Rebecca sagen.

Ich werfe ihr einen dankbaren Blick zu und sammle mich mit einem tiefen Atemzug. »Frank, das ist Rebecca.«

Er schüttelt ihr die Hand, verschränkt dann die Arme und lächelt bewundernd. »Die beiden haben immer viel über dich gesprochen«, sagt er zu ihr. »Und jetzt verstehe ich auch, warum.«

»Was haben sie gesagt?«, erkundigt sich Rebecca.

Frank zuckt die Achseln und zwinkert mir zu, dann zieht er die Speisekarten aus dem Ständer auf dem Tisch und reicht sie uns.

»Für mich bitte ein englisches Frühstück, Frank«, sagt Rebecca und schaut auf. »Und einen schwarzen Kaffee.«

»Für mich auch, bitte, aber mit einer Kanne Tee«, füge ich hinzu.

»Exzellente Wahl«, sagt Frank.

Nachdem er weg ist, sehe ich zu, wie Rebecca auf den Salzstreuer starrt. »Einen Penny für deine Gedanken«, sage ich.

»Meine Güte, Ben – du schmeißt dein Geld wirklich für jeden Mist raus. Außerdem – einen Penny? Da muss ich dir aber viele Gedanken erzählen, bis ich mir ein Frühstück leisten kann.«

»Um genau zu sein«, erkläre ich, »gibt es diese Redewendung seit dem sechzehnten Jahrhundert, als ein Penny echt viel wert war. Jetzt würde man wahrscheinlich sagen: *Eine Million Tacken für deine Gedanken,* oder so ähnlich.«

»Das klingt schon besser.«

Frank kommt mit unseren Tellern zurück, auf denen das Frühstück hoch aufgetürmt liegt. Wir fangen schweigend an zu essen. Ich werfe Rebecca einen verstohlenen Blick zu und erwische sie dabei, wie sie das Gleiche tut, woraufhin wir beide nervös lachen.

»Wegen letzter Nacht«, sage ich, während sie gleichzeitig fragt: »Können wir reden?«

»Sorry«, sage ich. »Du zuerst.«

»Nein – fang du an.«

Eigentlich will ich darauf bestehen, dass sie als Erstes spricht, aber das wäre nicht fair. Was ist, wenn sie vorhat zu fragen, ob ich es noch mal mit ihr versuchen will?

»Wegen letzter Nacht«, wiederhole ich. »Danke, dass du mich gebeten hast zu bleiben. Über Jamie zu sprechen hat mir sehr geholfen, und es war wunderschön, neben dir einzuschlafen, aber …«

»Ben«, unterbricht sie mich und greift nach meinen Händen – was sie nie getan hätte, als wir noch zusammen waren. »Du musst das nicht tun.«

»Was tun?«

»Ich will auch nicht, dass wir wieder zusammenkommen. Ich weiß, dass das mit uns nicht das Richtige ist. Das war es einmal, aber …«

»… das ist es nicht mehr«, sage ich und lache vor Erleichterung.

»Ich weiß, dass erst vier Monate oder so vergangen sind, aber es ist so viel passiert, und es hat sich so viel verändert und … Es fühlt sich an, als wären wir irgendwie andere Menschen.«

»Total.«

»Ich verbringe immer noch wahnsinnig gerne Zeit mit dir«, sagt sie. »Und wer auch immer dich irgendwann abkriegt, wird die glücklichste Frau der Welt sein …«

Ich bin vollkommen perplex. Weil sie mir so viel bedeutet und weil ich will, dass sie zu meinem Leben gehört, und weil ich befürchtet habe, dass alle diese Worte es unmöglich machen würden.

»Und du bist immer noch die schönste Frau, die ich kenne«, sage ich. »Und du wirst mich immer zum Lachen bringen.«

Rebecca merkt, dass Frank uns von der Theke aus zusieht, als wären wir Darsteller einer Soap-Opera.

Der Moment ist vorbei. Sie lässt meine Hände los und greift nach ihrer Gabel.

»Ich überweise dir diese Woche noch das Geld für deine Kaution und die Hälfte der Möbel«, sagt sie und dippt ihre Wurst in die Mitte des Spiegeleis. »Tut mir leid, dass es so lange gedauert hat. Es hätte sich nur ein bisschen … endgültig angefühlt, weißt du?«

»Das wäre toll. Danke, Becs.«

Ich nehme mir eine Scheibe Toast aus dem Ständer und fange an, die Soße meiner Bohnen aufzutunken.

»Die Dinge, die wir gesagt haben, als du vorbeigekommen bist …«, fährt sie fort und dreht sich dann verlegen um, als die Tür des Cafés aufgeht, bevor sie ihre Aufmerksamkeit wieder mir zuwendet. »Ich weiß, dass ich nicht die einfachste Freundin war.«

»Die Zeit mit dir gehört zu den schönsten meines Lebens, Becs. Ich bereue keinen einzigen Tag, den wir zusammen verbracht haben.«

»Ich auch nicht.« Sie lächelt und legt das Besteck auf ihren leeren Teller. »Und was hast du jetzt vor?«

Ich akzeptiere, dass ich mein Frühstück nicht bezwingen kann, und zucke mit den Schultern.

»Es tut mir leid, dass du mich so oft über die Arbeit hast jammern hören«, sage ich.

»Schon okay«, antwortet sie und dreht mit einer Hand den Salzstreuer, lässt mich aber nicht aus den Augen. »Keine Ahnung, vielleicht solltest du mal wegfahren, raus aus London, egal wohin, und erst zurückkommen, wenn du dich entschieden hast.«

Frank merkt anscheinend, dass wir nicht gestört werden wollen, denn er sagt nichts, als er die Teller abräumt, sondern runzelt nur die Stirn über mein übrig gelassenes Essen.

»Vielleicht«, sage ich. »Und willst du jetzt eine Wohnung kaufen oder dir einen neuen Mitbewohner suchen oder …?«

»Ich weiß nicht, ob ich noch mit jemand anderem zusammenwohnen könnte«, antwortet sie. »Ich habe gemerkt, dass ich wirklich gern allein wohne. Obwohl ich es schlimm fand, nachdem du weg warst.«

»Wirklich?« Ich kann meine Verwunderung nicht verbergen. »Ich dachte immer, du hättest dich als Single gefühlt wie ein Fisch im Wasser?«

»Wie ein Fisch im Whisky vielleicht.«

Ich lache und beschließe, nicht genauer nachzufragen.

Frank bringt die Rechnung, und Rebecca und ich greifen beide in die Taschen unserer Mäntel, die über unseren Stuhllehnen hängen.

»Ich lade dich ein«, sagt sie. »Als Dankeschön dafür, dass du nach meinem Notruf gestern Abend zu mir gekommen bist.«

»Nein, nein – lass mich«, widerspreche ich und lege etwas Geld auf die Untertasse. »Sieh es als einen Fünfer für deine Gedanken an.«

Plötzlich nimmt ihr Gesicht einen seltsamen Ausdruck an.

»Was ist?«, frage ich.

Sie sieht sich im Raum um. »Hat Jamie dir nicht hier die Serviette gegeben?«

»An dem Tisch dort«, sage ich und zeige darauf.

Rebecca macht große Augen, als würde sie mehr wissen wollen. Vor ein paar Monaten wäre es für mich unvorstellbar gewesen, mit ihr darüber zu sprechen, aber jetzt ...

»Du hättest ihn hören sollen, als er sie mir gegeben hat«, folge ich ihrer indirekten Aufforderung. »Er hat sozusagen gedroht, mir die Beine zu brechen, wenn ich dir wehtue.«

Rebecca starrt in ihre Kaffeetasse, nachdem sie sie ausgetrunken hat.

»Aber mir war klar, dass das einfach Jamie ist – ein absolut loyaler Freund.«

Sie lächelt zärtlich. »Jep, der Loyalist.«

Rebecca versinkt wieder in ihre eigenen Gedanken, und ich will gerade fragen, was sie so beschäftigt, will sie drängen, sich zu öffnen, wie ich es wohl getan hätte, wenn wir noch zusammen wären, aber mir wird bewusst, dass ich so eine Frage nicht mehr stellen darf.

ZWEI MONATE ZUVOR

REBECCA

Silvester

Jamie schneidet eine Orange und unterhält sich mit einem brünetten Mädchen in einem weißen Jumpsuit, als ich kurz nach Mitternacht eintreffe. Er sieht mich auf die Bar zugehen und winkt. Das Mädchen dreht sich zu mir um, und ich erkenne, dass es die Tolle Tania ist.

»Na, du«, sagt Jamie und kommt zu mir rüber.

»Na.« Ich setze mich auf einen Barhocker.

»Das ist dein zweiter Besuch heute – du kriegst anscheinend nicht genug von mir.«

»Genau genommen ist es ein anderer Tag. Ich hab dich sogar das ganze Jahr noch nicht gesehen. Frohes Neues!«

»Dir auch!«, sagt er lachend und beugt sich über den Tresen, um mir ein Küsschen zu geben. »Was machst du hier?«

»Ich bin nur wegen des Whiskys hier.« Während der Taxifahrt bin ich ein bisschen ausgenüchtert – ich fühle mich nicht mehr ganz so sternhagelvoll wie vorhin, als ich von Sally weggegangen bin. »Einen doppelten, bitte.« Ich sehe mich noch mal im Raum um und frage dann: »Wo ist Ben?«

»Du hast ihn gerade verpasst«, antwortet Jamie mit dem Rücken zu mir, während er mir meinen Drink einschenkt.

Oh.

Jamie reicht mir mein Glas und sieht mich an, als wollte er noch etwas sagen, aber eine Gruppe junger Männer kommt an die Bar.

»Halt die Klappe, Alter, du trinkst mit«, sagt einer von ihnen zu seinem Kumpel. Dann ruft er Jamie zu: »Acht Sambuca, bitte.«

»Sorry«, sagt Jamie zu mir und geht hinüber, um sie zu bedienen.

Sobald er fertig ist, bestellen zwei Mädchen sechs Cocktails, und bis sie die Drinks zu ihren Freunden bringen, sind die Jungs bereit für die nächste Runde Sambuca.

Ich kann nicht fassen, dass ich Ben gerade verpasst habe. Und zwar nicht nur, weil ich hier seit zwanzig Minuten allein sitze, während Jamie bedient. Sondern, weil ich mich auf dem ganzen Weg hierher darauf vorbereitet habe, mit ihm zu reden, um zu sehen, ob irgendwas zwischen uns noch zu retten ist.

»Lust zu tanzen?«, fragt Jamie. Es ist ruhiger geworden.

»Nee, nicht in Stimmung.«

Er hat uns gerade beiden einen Drink eingeschenkt, als die Band ankündigt, dass sie nur noch ein Lied spielen wird, nämlich »Dancing in the Street«, woraufhin alle aufspringen, die noch nicht tanzen.

»Komm schon, Jamie«, ruft die Tolle Tania. »Tanz mit mir.«

Wie plump kann man sein? Ich drehe mich in einem Anfall von Fremdscham weg, bis mir auffällt, dass Jamie verschwunden ist, und ein paar Sekunden später hüpft er durch die Menge.

Ich muss wieder daran denken, dass Sally und Tommy vorhin gesagt haben, ich hätte Angst davor, Leute an mich ranzulassen. Tania lässt sich offensichtlich nicht durch die Angst vor einer Abfuhr oder die Gefahr, verletzt zu werden, von irgendwas abhalten. Danielle und Jemma auch nicht. Warum mache ich mir so viele Gedanken?

Vielleicht sollte ich daran arbeiten.

Ich meine, ich hatte keinen Sex mehr, seit Ben und ich uns getrennt haben. Ich bin jetzt Single – vielleicht sollte ich mich ins Getümmel stürzen. Leute wie Jamie kennenlernen, flirten und einen One-Night-Stand haben.

Nicht tatsächlich mit Jamie, selbstverständlich.

Könnte ich das?

Nein, natürlich nicht.

Oder doch?

Nein.

Oder …?

Ich schaue mich nach weiteren Optionen um. Sie sind alle schlimmer. Etwa der Typ, der gegen seinen Willen Sambuca trinken musste und jetzt mit offenem Hemd auf einem Tisch tanzt. Aber können Freunde bedeutungslosen Sex haben und danach immer noch befreundet sein?

Ben und Danielle haben es geschafft, erinnere ich mich.

Trotzdem ist es ein absurder Gedanke. Das würde Jamie Ben nie antun.

»Noch mal das Gleiche?«, fragt Jamie, als er wieder seinen Platz hinter der Bar einnimmt. Nachdem der Applaus für die Band verklungen ist, dröhnen Chas 'n' Dave aus den Boxen.

»Nein, mach mir einen Cocktail«, sage ich, senke das Kinn und blicke ihn durch meine Wimpern an wie die Tolle Tania vorhin, als ich hereingekommen bin. »Überrasch mich.«

Kann ja nicht schaden, mit ihm zu üben.

Er wirkt verwirrt, greift aber nach dem Whisky und nimmt eine Zitrone aus der Schüssel. Ein paar Minuten später reicht er mir einen hellorangefarbenen Drink, der mit einer Kirsche garniert ist.

»Whisky Sour für die Dame.«

»Himmlisch«, schwärme ich, nachdem ich an dem herben Getränk genippt habe. Er kennt mich wirklich gut.

Um ein Uhr läutet Jamie die letzte Runde ein, und ich weiß schon im Vorhinein, dass das nächste Lied ein langsames sein wird. Richtig – es ist »Stand By Me«, und Jamie singt mit, während er anfängt aufzuräumen.

»Ich hab deinen Trick durchschaut«, sage ich zu Jamie und stehe auf, um ihm zu helfen, Gläser einzusammeln, während die Leute sich allmählich singend auf den Weg machen.

»Was für einen Trick?«

»Die Musik. Ich hab's kapiert. Während der letzten Runde wird sie ganz ruhig und romantisch. Dabei verführst du das Mädchen, das du dir zur Feierabendunterhaltung herausgepickt hast.«

Jamie lacht und hält dann abrupt inne.

»Rebecca, Vorsicht – du kannst nicht …« Die Gläser rutschen mir aus den Händen und landen laut krachend auf dem Fußboden. »… ein Hurricaneglas auf ein Martiniglas stapeln.«

»Sorry, sorry, sorry.« Ich bücke mich und fange an, die Glassplitter aufzuheben. »Autsch.«

»Alles okay?« Er eilt herbei und nimmt meine Hand.

»Es ist nur ein Kratzer«, versichere ich ihm und sauge an meinem blutenden Finger.

»Setz dich hin – ich hol dir ein Pflaster.«

In diesem Moment nähert sich Tania und lächelt Jamie zu.

»Also, meine Freunde wollen jetzt ein Taxi nehmen«, sagt sie. »Dann bis bald?« Sie sieht nicht so aus, als wollte sie irgendwo hingehen. Ich habe ein schlechtes Gewissen. Steht Jamie immer noch auf Tania? Vielleicht sollte ich die beiden nicht stören.

»Jep, bis bald, Tania.«

Vielleicht hat er kein Interesse mehr an ihr – er drückt ihr nur ein flüchtiges Küsschen auf die Wange, verschwindet dann nach hinten und kriegt ihren bestürzten Gesichtsausdruck nicht mit. Tania und ihre Freunde gehen als Letzte, und als Jamie mit einem Pflaster und einem Glas Wasser zurückkehrt, sind wir allein.

»Das mit der Musik mache ich immer so«, erklärt er, während er das Pflaster sanft um meinen Finger wickelt, »damit die letzten Gäste sich entspannen und nach Hause gehen wollen. Dadurch gibt es weniger Leute, die es darauf anlegen, die Sperrstunde hinauszuzögern.«

»Ist das ein Wink mit dem Zaunpfahl, dass ich abhauen soll?«, frage ich.

»Gar nicht. Als würde ich dich je loswerden wollen.« Er drückt meine Hand und lässt sie dann los.

Ich nippe an meinem Cocktail, um mein Lächeln zu verbergen, schaffe es aber irgendwie, mir die Hälfte von meinem Getränk übers Kinn zu kippen. Zum Glück sieht Jamie es nicht, da er sich bereits bückt, um die Scherben aufzufegen.

Nachdem die Bar aufgeräumt ist, ruft Jamie ein Taxi, und ich lege den Kopf auf meinen Ellbogen. Ich muss auf dem Tresen eingedöst sein, denn plötzlich hupt es draußen.

Wie es schließlich dazu kommt, dass ich mich an seine Brust schmiege, während er den Arm um mich gelegt hat, weiß ich nicht. Aber mein Herz schlägt schneller, als ich merke, dass ich an ihn gekuschelt auf der Rückbank sitze.

Als wir bei mir anhalten, überlege ich, ob ich ihn auf einen Drink zu mir einladen soll, aber Jamie erspart mir die Mühe. Er steigt einfach aus, bezahlt den Fahrer und streckt mir dann eine Hand entgehen.

Oh Gott. Er hat gemerkt, dass ich mit ihm geflirtet habe, und gedacht, dass ich es will.

Vielleicht will ich es.

Während wir die Treppe hinaufgehen, hält er mich weiter im Arm. Er wartet, bis ich die Tür ganz oben aufgesperrt habe, und führt mich dann direkt ins Schlafzimmer. Der Junge fackelt nicht lange.

Wir bleiben am Bett stehen, und ich sehe ihm ins Gesicht und versuche, meine Schüchternheit abzuschütteln. Unsere Blicke treffen sich, und ich muss einen Versuch wagen, bevor der Moment vorbei ist …

Als meine Lippen seine berühren, erstarrt sein Gesicht.

»Rebecca«, flüstert er und zieht den Kopf leicht zurück, um den Kuss zu unterbrechen, »was machst du da?«

»Ich dachte …« Oh Gott. GOTT. Ich schlage die Hände vors Gesicht, als mir die Peinlichkeit der Situation bewusst wird.

»Was dachtest du?«

»Ich dachte, dass ... warum bist du hier?«, frage ich. »Warum bist du nicht im Taxi sitzen geblieben und nach Hause gefahren? Warum hast du mich praktisch die Treppe hochgetragen?«

»Weil du«, erklärt Jamie ruhig, hält mich an den Armen fest und sieht mir ins Gesicht, »um es deutlich zu sagen, hackedicht bist.«

»Bin ich nicht!«

»Doch.«

»Nein.«

»Okay«, sagt er, nickt und lässt die Hände sinken. »Bist du aber. Und jetzt geh ins Bett, ich hol dir Wasser.«

»Gott, Jamie, ich schäme mich so.« Ich lasse mich mit dem Bauch nach unten aufs Bett fallen und vergrabe mein Gesicht im Kissen.

»Musst du nicht. Morgen hast du das alles vergessen«, sagt er, und an der Art, wie die Matratze einsinkt, merke ich, dass er sich neben mich setzt.

»Du hast recht, ich muss besoffen sein, sonst hätte ich nie gedacht, du würdest was von mir wollen.«

»Was soll das heißen?«

»Du hättest heute Nacht jedes Mädchen dort haben können. Die Tolle Tania ist definitiv deinetwegen bis zum Schluss geblieben. Wenn du mit jemandem hättest nach Hause gehen wollen, wäre das sicher nicht ich gewesen.«

»Das stimmt überhaupt nicht. Pass auf, lass uns nicht darüber reden, ja?«

»Schon okay, ich nehm's dir nicht übel. Ich bin nicht dein Typ – das weiß ich. Wir sind Freunde. Lass uns einfach vergessen, dass das hier je passiert ist.«

»Rebecca.« Er legt eine Hand auf meinen Rücken, scheint es sich dann aber anders zu überlegen, denn er nimmt sie wieder weg. »So, wie du dich heute Nacht verhalten hast, das bist nicht du.«

»Tja, sieh mal, wohin es mich gebracht hat, ich zu sein.« Meine Worte werden vom Kissen verschluckt, und ich weiß nicht, ob er mich hört.

»Zu behaupten, ich würde nicht auf ein Mädchen wie dich stehen, ist Blödsinn. Um die Wahrheit zu sagen, dachte ich immer, vielleicht komme ich irgendwann mit einem Mädchen wie dir zusammen. Na ja, *mit dir,* um genau zu sein.«

Was? Ich drehe leicht den Kopf, um zu ihm zu schielen. Er blickt hinauf an die Zimmerdecke.

»Wenn du's unbedingt wissen willst: Ich hatte so ziemlich seit dem Tag, an dem ich dich kennengelernt habe, Gefühle für dich. Aber ich war nicht bereit für eine Beziehung.« Er senkt den Kopf und blickt auf seine Hände. »Ich habe es genossen, Single und weit weg von zu Hause zu sein – ich wäre ein mieser fester Freund gewesen. Aber für eine Weile dachte ich, eines Tages, wenn ich meinen Spaß gehabt hätte, könnten wir, na ja, du verstehst schon …«

Nein, Jamie, ich verstehe es nicht. Ich spüre, wie mein Herz in meiner Brust rast. Das hier ergibt keinen Sinn. Ich und er? Ich bin froh, dass er mein Gesicht nicht sehen kann, denn ich habe keinen Schimmer, wie ich auf das hier reagieren soll.

»Du bist das einzige Mädchen, mit dem ich mir je eine dauerhafte Beziehung vorstellen konnte. Du langweilst mich nie, im Gegensatz zu anderen Mädchen. Ich verbringe gerne Zeit mit dir. Ich schätze deine Meinung. Und natürlich bist du wunderschön.«

Die Matratze bewegt sich, als er aufsteht, und ich habe das Gefühl, ich sollte etwas sagen, aber ich kann immer noch nicht klar denken, und er fährt fort: »Aber meine Gefühle haben sich geändert, nachdem du mit Ben zusammengekommen warst. Ihr wart ein tolles Paar und habt euch gegenseitig so glücklich gemacht. Also hab ich mich für euch beide gefreut. Ihr habt einander verdient. Und ich wusste, dass wir von da an immer nur Freunde sein würden. Und das wird sich nun nicht mehr ändern.«

Er hält inne. »Bist du noch wach?«, flüstert er.

Ich antworte nicht. Ich weiß nicht, was ich sagen soll. Seine Worte sind wunderbar und wärmen mich von innen, aber sie machen mir auch unheimlich Angst.

»Sei du selbst, Rebecca«, murmelt er, während er meine Decke über mich legt. »Wenn du du selbst bist, bist du das beste Mädchen, das ich kenne.«

Er schaltet meine Lampe aus, und kurz darauf höre ich, wie die Wohnungstür ins Schloss fällt.

BEN

Donnerstag, 12. März

Ich musste nicht lange überlegen, wo ich hinfahren soll.

Als Rebecca vorschlug, ich solle wegfahren und erst zurückkommen, wenn ich mich entschieden habe, was ich mit meinem Leben anfangen will, war dies der erste Ort, der mir einfiel.

Ich war erst vor drei oder vier Monaten zum letzten Mal hier und habe mich dem Rand der Klippen genähert, aber es kommt mir so viel länger vor. Wenn ich mich jetzt daran erinnere, ist es fast, als würde ich ein anderes Leben, einen anderen Menschen betrachten.

Durch Jamies Tod fühlt sich das Leben zugleich viel wertvoller und viel unwichtiger an, falls das möglich ist. Die ganze Sache mit Rebecca wirkt auf mich jetzt trivial.

Ich trete näher an den Rand, die realen Linien einer Landkarte. Vielleicht liegt es daran, dass die Luft stillsteht und ich mehr Kontrolle über die Dinge habe, aber ich fürchte mich nicht mehr.

Ich gehe an der Klippe entlang, und weil es ein Wochentag ist, bin ich mit meinen Gedanken allein. Es ist kaum eine Wolke am Himmel, und das Sonnenlicht glitzert auf dem Meer wie eine Million Kamerablitze.

Ich bin nervös, als ich mich der Hütte nähere. Es muss ein ganzes Team von Leuten geben, die diesen Job machen, wird mir nun klar, also kann es gut sein, dass er heute keinen Dienst hat. Und selbst wenn, redet er bestimmt jeden Tag mit Dutzenden Leuten; wahrscheinlich erinnert er sich nicht mal an mich. Aber als ich an die Tür klopfe, ist es Brian, der aufmacht, und er breitet überrascht die Arme aus, bevor er mir einen entgegenstreckt.

»Ben!«

Ich schüttele ihm erfreut und ein bisschen erleichtert die Hand, dann reiche ich ihm die Flasche Wein, die ich gekauft habe, um mich für das letzte Mal zu bedanken. Es ist nur ein Wein aus dem Sonderangebot, denn, na ja, ich bin pleite. Mum hat sogar angeboten, mir etwas von ihrer Abfindung zu geben, aber das konnte ich nicht annehmen. Ich habe ihr gesagt, dass sie das Geld anlegen soll.

»Was für eine schöne Überraschung«, sagt er und tritt zur Seite, um mich hineinzulassen.

Erst dann sehe ich, dass noch ein Kollege von ihm da ist, der jedoch gerade seine Leuchtjacke anzieht. Brian stellt mich ihm vor wie einen alten Freund und erzählt ihm, dass ich vor Weihnachten hier war. Er sagt nicht warum.

»Er kommt aus Manchester«, fügt Brian hinzu. »Aber er ist City-Fan, nicht United, also müssen wir nachher nicht alles desinfizieren.«

Der Mann lacht und entschuldigt sich dann, sodass Brian mir den gepolsterten Stuhl anbieten kann. Er nimmt zwei Pappbecher von einem Stapel neben dem Wasserkocher, wartet aber, bis ich zustimmend nicke, bevor er die Flasche aufschraubt.

»Also«, fragt er, während er den Wein einschenkt, »hat es geklappt mit dir und …?«

»Rebecca. Nein. Aber das ist okay, weißt du?«

Er reicht mir einen Becher und setzt sich auf den Hocker.

»Wir sind jetzt Freunde«, sage ich.

Brian nickt erfreut. »Und was führt dich hierher?«

Ich kann zuerst nur lachen über das gewaltige Ausmaß der Frage und der möglichen Antworten, aber dann, ermutigt von seinem gelegentlichem Nicken und Nachfragen, erzähle ich ihm, was passiert ist: wie Jamie und ich beschlossen, Geschäftspartner zu werden, wie ich Rebecca mit Michael sah, wie Danielle anrief und alles, was danach passiert ist.

Als ich fertig bin, fühle ich mich fast ein wenig außer Atem.

»Das Leben ist so zerbrechlich«, sagt Brian. »Durch meine Arbeit hier weiß ich das besser als die meisten Leute.«

Ich sehe mich um, während ich mich immer noch von meiner Geschichte erhole, die eigentlich Jamies Geschichte ist. Alles ist genau wie beim letzten Mal, bis auf ein Gerät auf dem Tisch, das aussieht wie eine Mischung aus einer Kamera und einer großen Taschenlampe.

»Ah, das wird dir gefallen«, sagt Brian, als er meinem Blick folgt.

Anscheinend ist es ein Wärmesuchgerät, mit dem sie potenzielle Springer auch im Dunkeln ausfindig machen können.

»Der Ring, den ihr im Pub gefunden habt«, sagt er. »Niemand hat ihn zurückverlangt, also hat der Wirt ihn nach ein paar Monaten verkauft und den Erlös hierfür gespendet.«

»Ein Happy End«, sage ich.

Das muss ich Rebecca erzählen. Obwohl ich vielleicht den Teil mit dem Happy End weglasse, das ich mir *ursprünglich* erhofft hatte.

»Anscheinend kommst du inzwischen ein bisschen besser klar?«

Ich lächle ihm zu. »Jetzt muss ich mich nur noch entscheiden, was ich mit meinem Leben anfangen soll.«

Er nippt an seinem Wein und verzieht dann den Mund, als ihm ein Gedanke kommt.

»Was ist?«

»Ich glaube nicht, dass es viele Leute gibt, die *entscheiden,* was sie machen wollen. Das ist so, wie wenn man Fan einer Fußballmannschaft ist – so was entscheidet man nicht bewusst, es passiert einfach.«

»Bei den meisten Leuten vielleicht«, sage ich. »Ich habe auch beim Fußball geschwankt. Irgendwann hat Jamie den Text der Vereinshymne auf einen Zettel gekritzelt, ihn mir in die Tasche gesteckt und gesagt, ich soll ihn am folgenden Samstag um Viertel nach zwei vor dem Maine Road treffen.«

Brian lacht, dann trinkt er seinen Wein aus. Er sagt, dass er los müsse, besteht aber darauf, dass wir unsere Nummern austauschen, bevor ich gehe.

Auf dem Fußweg zurück erinnere ich mich an das, was er letztes Mal gesagt hat – dass ich klarer sehen würde, wenn der Regen aufgehört hat. Ich hatte nicht damit gerechnet, wie heftig er tatsächlich runterprasseln würde.

Aber jetzt, endlich, fühlt es sich wirklich so an, als könnte ich alles klarer sehen, und als ich den Kalksteinpfad zur Bushaltestelle betrete, kommt mir eine Idee, was ich machen könnte, aber ich verwerfe sie sofort wieder.

Das kriege ich nicht hin, oder?

Ich gehe weiter, und vielleicht liegt es am strahlenden Horizont und dem fast wolkenlosen Himmel, aber allmählich erscheint mir die Idee gar nicht mehr so absurd.

REBECCA

Sonntag, 29. März

Die Sonne scheint durchs Fenster herein und weckt mich früh, mein Bett ist schweißnass. Ich habe wieder von Jamie geträumt.

In dem Traum bin ich am Arch 13 vorbeigegangen. Davor stand ein Van, der gerade mit roten Sitzbänken beladen wurde. Ich ging hin und setzte mich auf eine, die weggebracht werden sollte. Als ich mit der Hand an der Seite der Polster entlangstrich, fand ich einen zusammengefalteten Zettel mit meinem Namen drauf. Ich öffnete ihn und las in Jamies Handschrift: *Du bist das beste Mädchen, das ich kenne.* Und ich weinte. Ich habe meine Chance verpasst, mit ihm über Silvester zu sprechen. Ich werde ihm nie sagen können, dass er der beste Junge war, den ich kannte. Und dass ich zwar nichts Romantisches, aber doch Liebe für ihn empfand und auch immer gedacht hatte, er würde zu meiner Zukunft gehören.

Aber das war nicht der schlimmste Traum von Jamie, seit er gestorben ist. Am schlimmsten sind die, in denen er noch lebt. Die sind brutal. Denn danach wache ich auf und verliere ihn noch einmal, wenn mir die Nacht wieder einfällt, die alles verändert hat. Der Streit mit Ben, unser Beinahe-Kuss, der Anruf von Danielle.

Mein Atem wird allmählich wieder normal, und ich setze mich im Bett auf und trinke gierig das Wasser, das auf meinem Nachttisch steht.

Heute geht Dad mit mir zu Mittag essen, und ich habe noch ein paar Stunden, bevor er mich abholt, also dusche ich ausgiebig und räume die Wohnung auf. Ich habe der Putzfrau gekündigt; es kam mir langsam ein bisschen verschwenderisch vor, besonders, nachdem ich Ben seinen Anteil an den Möbeln ausbezahlt hatte. Ich ziehe gerade meinen Bettbezug zurecht – nachdem ich mir das endlich angewöhnt habe –, als ich draußen ein Hupen höre. Dad hat vor dem Haus gehalten, wie immer genau pünktlich.

Als ich an der Haustür ankomme, ist Natasha von unten auch gerade auf dem Weg nach draußen und bemüht sich, den Kinderwagen über die Schwelle zu bugsieren.

»Warte, ich helfe dir.« Ich packe vorne an, während sie ihn hinten festhält, und gemeinsam tragen wir ihn durch die Tür.

»Vielen Dank«, sagt sie schwer atmend, nachdem wir ihn abgestellt haben.

»Kein Problem«, antworte ich und werfe einen Blick in den Wagen auf das gähnende Baby in einem rosa-gelb gestreiften Strampelanzug, bevor ich zum Auto gehe.

Ich bleibe stehen.

»Wie heißt sie?«, frage ich, während ich mich noch mal umdrehe.

»Amy«, antwortet Natasha schmunzelnd und hebt ihre Tochter aus dem Wagen an ihre Schulter.

»Sie ist süß.« Ich winke ihnen noch ein Mal. »Bis bald.«

Im Restaurant ist viel los, und die Kellnerin, die uns an der Tür begrüßt, wirkt gestresst, aber für Dad setzt sie ein strahlendes Lächeln auf. »Möchten Sie drinnen oder draußen sitzen?«

»Draußen, bitte.« Er lächelt zurück. »Es ist so ein schöner Tag.«

Er sieht gut aus mit seiner Sonnenbrille und dem weißen Hemd mit den aufgekrempelten Ärmeln, und ich ertappe die Kellnerin dabei, wie sie mich von oben bis unten mustert, als er einen Stuhl für mich zurechtrückt.

»Danke, Dad«, sage ich extra laut.

»Darf ich Ihnen etwas zu trinken bringen?«

»Für mich bitte ein kleines Bier«, antwortet Dad. »Rebecca?«

Auf dem Nebentisch steht eine Flasche Weißwein in einem Eiskübel, an der verlockend das Kondenswasser hinunterrinnt. Jamie war derjenige, der mir gesagt hat, mit einem neuseeländischen Sauvignon Blanc liege man nie falsch.

»Ich nehme ein Glas Oyster Bay, bitte.«

Das Paar, das den Wein trinkt, ist etwa in Dads Alter, und obwohl beide schweigen, wirkt es wie eine angenehme Stille.

»Hast du nach Mums Tod je darüber nachgedacht, eine andere Frau zu finden?«, frage ich Dad, nachdem die Kellnerin gegangen ist. Keine Ahnung, wie ich jetzt darauf komme.

Falls er überrascht ist, lässt er es sich nicht anmerken. »Ich habe es weder ausgeschlossen noch bewusst jemanden gesucht«, sagt er ruhig. »Warum fragst du?«

»Nur so.« Ich zucke die Achseln. »Egal, wo du hinkommst, die Frauen fliegen auf dich. Und ich habe mich gefragt, ob du wohl nie wieder jemanden getroffen hast, mit dem du zusammen sein wolltest, oder ob du das Gefühl hattest, es wäre falsch. Du weißt schon, wegen Mum.«

Dad lacht. »Ich habe nicht wie ein Mönch gelebt. Erinnerst du dich, dass ich von Zeit zu Zeit verschiedene Freundinnen hatte, als du klein warst? Nicht alle davon waren nur …«

»Okay, Dad«, stöhne ich. »Mehr will ich nicht wissen.«

Dad grinst, dann wird sein Gesicht ernst. »Geht es hier um dich und Ben?«

»Nee«, sage ich abwehrend.

Na ja, zumindest nicht nur. Es ist jetzt fünf Monate her, dass Ben und ich uns getrennt haben, und bis auf das eine Date mit Michael habe ich niemanden getroffen. Aber ich weiß jetzt, dass Ben nicht der Richtige für mich war. Nicht wie Mum für Dad – es war nichts Einzigartiges oder Magisches, das nie ersetzt werden kann.

»Wie geht's Stefan?«, frage ich, um das Thema zu wechseln. »Ich habe ihn seit der Beerdigung nicht mehr gesehen.« Er hat mich ganz oft angerufen, um mich zum Ausgehen zu bewegen, aber ich habe mich wieder in die Arbeit gestürzt, damit ich, wenn ich abends nach Hause komme, auf jeden Fall zu müde zum Nachdenken bin.

»Er zieht mit seinem Freund zusammen.«

»Mann, Dad«, rufe ich aus und stelle sofort mein Wasserglas ab. »Du hast mich vor einer Stunde abgeholt und erwähnst das erst jetzt? Hast du ihn kennengelernt? Wie ist er?«

»Er ist toll. Sehr höflich. Am Anfang war er etwas schüchtern, aber dann sehr gesprächig, nachdem er sich entspannt hatte. Und er ist total verknallt in Stefan.« Dad nippt an seinem Bier. »Aber ansonsten wirkt er normal.«

Nachdem die Kellnerin unser Essen gebracht hat, fragt Dad: »Wie läuft's mit deinem Kino?«

»Gut«, antworte ich. »Dem Plan nach sollen wir in gut einem Monat fertig sein, und es bleibt nicht mehr viel zu tun. Aber es war schwierig. Und es hat mir ein bisschen Angst gemacht.« Ich streiche mit einem Finger um den Rand meines Weinglases. »Bevor ich angefangen habe, bin ich gar nicht auf die Idee gekommen, dass ich es vielleicht nicht schaffen könnte.«

»Ich weiß noch, dass ich das bei meinem Job in der Dordogne auch gedacht habe. Erinnerst du dich an den alten Weinladen, der zu Wohnungen umgebaut wurde?«

»Vage. Das war kurz bevor wir nach Paris gezogen sind, oder?«

»Genau. Gott, ich hab so viel vermasselt – vergessen, Material bewilligen zu lassen, Bauvorgänge durcheinandergebracht. Dann musste ich immer Überstunden machen und am Wochenende den Papierkram nachholen und hatte ein schlechtes Gewissen, weil ich nicht genug Zeit mit dir und Stefan verbracht habe.«

»Ich kann mir gar nicht vorstellen, dass du Schwierigkeiten hattest«, gestehe ich, ehrlich überrascht. Ich dachte immer, ihm fliegt alles zu.

»Und ich wette, es gibt Leute, die sich nicht vorstellen können, dass du Schwierigkeiten hast«, sagt er. »Aber wir sind alle nur Menschen.«

Ich trinke einen Schluck Wein und schließe die Augen.

»Ich will einfach auf keinen Fall eine Enttäuschung für dich sein.«

»Wie kommst du denn auf die Idee, dass du das sein könntest?«, fragt Dad, schiebt seinen leeren Teller beiseite und nimmt die Sonnenbrille ab.

»Mum ist bei meiner Geburt gestorben«, sage ich unter Tränen, während ich gegen den Impuls ankämpfe, mich wieder zu verschließen. »Ich kann mir gar nicht vorstellen, wie das für euch alle gewesen sein muss. Du hast deine Frau verloren. Stefan hat seine Mutter verloren. Und wofür? Für mich? War es das wirklich wert?«

Dad will etwas sagen, aber ich lasse ihn nicht zu Wort kommen.

»Das war eine rhetorische Frage. Natürlich sagst du nicht Nein – du bist mein Dad.«

Die Kellnerin erscheint, um unsere Teller abzuräumen, und Dad bestellt uns beiden noch etwas zu trinken. Sie tut so, als würde sie nicht merken, dass ich weine, und ich frage mich, was sie wohl denkt. Meine Wangen brennen, und ich wische mir die Tränen mit den Handrücken ab.

»Deine Mum kannte die Risiken, weißt du«, sagt Dad sanft und sieht mir in die Augen.

»Was meinst du damit?«

»Bezüglich deiner Geburt. Die Ärzte hätten nicht klarer sagen können, was es für sie bedeuten würde, noch ein Kind zu bekommen. Bei Stefan hatte es Komplikationen gegeben, und man hat ihr erklärt, dass sie nicht stark genug wäre für noch ein Kind.«

Ich versuche, das zu verarbeiten. Sie wusste, dass sie für mich ihr Leben riskiert?

»Für sie gab es nie einen Zweifel, dass du es wert bist.«

»Aber du musst doch versucht haben, es ihr auszureden?«

»Ach, wir haben endlos darüber gesprochen. Und ganz ehrlich, Rebecca, der Gedanke, sie zu verlieren, hat mir Angst eingejagt. Aber sie war fest entschlossen. Sie hat gesagt, sie wüsste, dass du zu besonders bist, um dich nicht auf die Welt zu bringen. Und weißt du was«, fügt er hinzu, während er seine Sonnenbrille wieder aufsetzt und sich auf seinem Stuhl zurücklehnt, »sie hatte, wie immer, recht.«

Wir nippen schweigend an unseren Getränken.

»Alles okay?«, fragt Dad schließlich.

»Jep. Ich bin nur ein bisschen schockiert, das ist alles.«

Plötzlich fühle ich mich meiner Mum irgendwie näher. Ich dachte immer, wir hätten nie eine Beziehung gehabt, weil wir einander nicht kannten. Aber jetzt wird mir bewusst, dass sie mich geliebt hat, noch bevor ich geboren wurde.

»Tut mir leid, dass ich dir das mit Mum nicht früher erzählt habe. Ich weiß, dass es dich traurig macht, über sie zu sprechen, aber mir war nicht klar, dass du so darüber denkst.«

»Ich bin nicht deswegen schockiert.« Ich grinse. »Sondern weil Stefan mit seinem Freund zusammenzieht.«

Dad lacht und neigt dann den Kopf zu mir. »Wie geht's Ben?«

Bei meinem letzten Gespräch mit Dad habe ich ihm erzählt, wie sehr Ben unter Jamies Tod gelitten hat. Er war orientierungsloser als je zuvor.

»Viel besser«, antworte ich. »Du wirst nie erraten, was er vorhat.«

Die Kellnerin erscheint wieder mit den Speisekarten. »Nachtisch?«

»Warum nicht?«, sagt Dad, nimmt eine und schaut dann zu mir.

BEN

Samstag, 2. Mai

Erica lehnt schon am Eingang, als ich ankomme.

»Tag, Boss«, sagt sie.

»Damit kannst du gleich wieder aufhören«, erwidere ich.

»Ay, ay, Käpt'n.«

Ich schiebe die Rollläden hoch und stecke einen der Schlüssel ins Schloss, aber er passt nicht. Der nächste auch nicht. Ich sehe aus dem Augenwinkel, wie Erica sich bemüht, nicht zu lachen.

»Ich schwöre, das hier war der erste, den ich ausprobiert habe«, sage ich, als die Tür schließlich aufgeht.

Ich lasse Erica vor mir ins Arch 13 schlüpfen, wo Barhocker und Stehtische und die schummrigen Lampen durch Holzstühle an quadratischen Tischen mit Kerzen ersetzt wurden. Als ich ihr folge, wird eine Erinnerung in mir so lebendig, dass ich das Gefühl habe, ich wäre wieder dort und nichts hätte sich verändert. Der erste Abend, als ich hier gearbeitet habe, nachdem Jamie mir gesagt hatte, sein Koch habe ihn im Stich gelassen. Als er das Selfie von uns gemacht hat. Ich glaube, ich verstehe allmählich, warum er den Moment festhalten wollte.

Ich hole tief Luft und atme die Erinnerung aus. Heute ist mein Mantra LÄCHELN, also lächele ich jetzt. Jener Tag war ein Glücksfall, weil Jamie mir geholfen hat, endlich zu erkennen, was ich mit meinem Leben anfangen soll.

Auf den Einladungen stand fünf Uhr, aber Tom und Avril kommen eine Stunde früher mit den Bildern.

Tom und ich haben einen Deal. Er darf zwanzig Werke im Bistro aufhängen, und ich bekomme fünfzehn Prozent, wenn er welche verkauft. Das gehört zu dem Businessplan, den ich mit Mum erstellt habe, nachdem ich ihr erlaubt habe, einen Teil ihrer Abfindung zu investieren.

»Es ist nicht gerade das Tate«, höre ich Avril sagen, als ich das letzte Bild aus dem Van hole, den Tom gemietet hat.

Ich kriege Toms Antwort nicht mit, denn Mum und Dad kommen auf mich zu. Mum beschleunigt ihre Schritte, sodass Dad zurückbleibt. Sie hat sich schick gemacht, wobei das bei Mum eine Frage von Zentimetern ist. Zwei Zentimeter mehr Haarvolumen, zwei Zentimeter weniger Rock, sodass er am Knie und nicht darunter endet.

»Siehst du nicht wunderbar aus«, sagt sie und wischt etwas von meinem Revers, bevor wir einander umarmen. »Ich bin so stolz auf dich.«

Dad wartet geduldig, bis er mir die Hand schütteln kann. »Ich auch, mein Sohn.« Er reicht mir ein Geschenk. »Das habe ich von einem Flohmarkt.«

Ich packe es aus.

»Eine Kochmütze!« Ich probiere sie an. »Cool!«

»Ich habe sie natürlich bei neunzig Grad gewaschen, bevor er sie verpackt hat.«

»Danke, Mum.«

Ich stelle ihnen Erica vor und zeige ihnen die Küche, in die ich einen Chromgrill, einen Gasherd mit sechs Kochstellen und einen großen Gefrierschrank eingebaut habe. Ich warte immer noch auf das neue Dunstabzugssystem, aber die Installateure haben versprochen, es rechtzeitig vor der *richtigen* Eröffnung nächste Woche fertigzustellen. Dad nickt die ganze Zeit, um zu zeigen, dass er beeindruckt ist.

»Die Beleuchtung ist miserabel«, sagt Avril hinter uns, während Tom sein letztes Bild aufhängt.

Mum macht ein missbilligendes Geräusch.

»Toms Freundin«, erkläre ich. »Wir versuchen, sie zu ignorieren.«

Ich brauche eine Sekunde, bis ich begreife, dass Mum gar nicht Avril gemeint hat. Sie steht mit offenem Mund vor einer Zeichnung der Queen, die auf einem Feld tanzt. Tom hat Ihrer Majestät einen Minirock angezogen.

»Hast du das gesehen, Ben?«, fragt Mum empört, aber glücklicherweise vergisst sie das Bild schnell wieder.

»Schau mal, wer da ist!«, ruft sie.

Rebecca gibt sich die größte Mühe, sich ihre Verlegenheit nicht anmerken zu lassen, als Mum sie für eine Umarmung an sich zieht, dann gibt sie Dad ein Küsschen auf die Wange.

»Es sieht toll aus hier«, sagt sie, und ich merke, dass sie unschlüssig ist, ob sie mich mit einer Mum-Umarmung oder einem Dad-Küsschen begrüßen soll. Ich beuge mich zu ihr und entscheide mich für beides.

»Ich bin froh, dass du es geschafft hast«, sage ich, und als sie sich wieder von mir löst, reicht sie mir auch ein Geschenk.

Ich packe es aus und erkenne den Rahmen, sobald er aus dem Papier herausschaut.

»Wie bist du da rangekommen?«, frage ich und reiße den Rest der Verpackung ab.

»Nachdem du mir erzählt hast, dass du in Jamies Wohnung warst und dir seine ganzen Sachen angesehen hast, habe ich seine Eltern angerufen und gefragt, ob wir ein paar Erinnerungsstücke haben dürfen.«

»Sie ist von Chas 'n' Dave signiert«, sage ich und zeige die Platte Mum und Dad, die mich verständnislos ansehen, bis ich erkläre, dass das Jamies Lieblingsband und die Platte sein größter Schatz war. Tom bietet an, dafür einen geeigneten Platz an der Wand zu suchen.

»Ich habe die Spirituosenplakate behalten, und Danielle und ihre Cousine haben den Kickertisch abgeholt«, erzählt Rebecca. Ich ziehe sie für eine weitere Umarmung an mich und muss die Traurigkeit hinunterschlucken, die in meiner Kehle aufsteigt.

Heute, ermahne ich mich, werde ich lächeln.

Ich stehe allein neben der Küche und sehe zu, wie Erica ein Tablett mit Rob Roys herumträgt. Es ist noch mehr los, als ich gehofft hatte. Frank aus dem Café ist hier und viele von Jamies alten Stammgästen, und gerade sehe ich Russ hereinkommen, aber er bleibt an der Tür stehen, um Rebeccas Freundin Jemma den Vortritt zu lassen. Die einzige Person, die ich eingeladen habe und die nicht hier ist, ist Danielle.

»Ben, ich möchte dir meine Frau Linda vorstellen«, sagt Brian, der gerade aufgetaucht ist.

Ich grinse und beuge mich vor, um sie auf die Wange zu küssen.

»Es ist super hier«, schwärmt sie.

»Na ja, ohne Brian und seine weisen Worte hätte ich es wahrscheinlich nicht geschafft.«

Nachdem ich seine Hütte am Beachy Head verlassen hatte, wurde mir klar, dass Brian recht hat: Die meisten Leute *entscheiden* genauso wenig, was sie arbeiten wollen, wie sie sich für eine Fußballmannschaft *entscheiden* – es passiert einfach. Aber dass ich City-Fan geworden bin, ist bei mir nicht *einfach passiert.* Jamie musste die Entscheidung für mich treffen. Wer wäre also besser geeignet gewesen, um zu entscheiden, was ich mit meinem Leben anfangen soll? Außerdem hatte er es ja bereits entschieden, wenn auch durch Zufall: Ich würde genau hier kochen.

»Bei den *weisen Worten* bin ich mir nicht so sicher«, sagt Brian, »aber so oder so hast du dich durch die Spende mehr als revanchiert.«

Ich habe fast den ganzen Tag nach meinem letzten Ausflug zum Beachy Head im Park verbracht, wo ich Rebecca und Michael gesehen hatte, und verzweifelt die Wiese um den Teich herum abgesucht. Ich habe eigentlich nicht damit gerechnet, den Ring zu finden, aber ich *habe* ihn gefunden, die Schachtel war durchgeweicht, aber noch intakt. Da es ein antiker Ring war, habe ich schließlich genauso viel zurückbekommen, wie ich dafür bezahlt habe. Der Großteil des Geldes ist ins Bistro geflossen, aber ich wollte auch etwas tun, um Brian zu zeigen, wie dankbar ich ihm bin.

Während ich so neben ihm und Linda stehe, erscheint plötzlich Jamie vor meinem geistigen Auge und begrüßt charmant die hereinkommenden Gäste. Als ich ihn mir dabei vorstelle, schwillt ein Kloß in meiner Kehle an, bis ich kaum noch atmen kann.

Ich muss mich entschuldigen und flüchte in die Küche, um die Kanapees fertigzumachen. Das Hacken und Formen und In-den-Ofen-Schieben lenkt mich von meiner Vision und seiner Abwesenheit ab.

»Er wäre so stolz.«

Ich drehe mich um.

»Wie lange stehst du schon da?«

Rebecca ignoriert die Frage und kommt auf mich zu. »Was ist das?«

»Sautierte Sherry-Hühnerleber auf Toast.«

Sie schnappt sich ein Kanapee und beißt hinein. Während sie kaut, schließt sie die Augen und öffnet sie erst wieder, als sie fertig ist.

»Gott, habe ich dein Essen vermisst, nachdem wir nicht mehr zusammen waren«, sagt sie.

Ich sehe sie an, aber sie lacht nur, und ich belasse es dabei. Es sind erst sechs Monate vergangen, aber es fühlt sich an, als wäre es Jahrtausende her.

»Du weißt schon, dass dies alles ein Teil von Jamies Plan für dich ist, oder?«, fragt sie.

Ich mustere sie wieder.

»Als er dir gesagt hat, sein Koch hätte ihn im Stich gelassen ... Ich bin nicht sicher, ob das wirklich stimmte.«

»Wovon redest du?«

»Ich glaube, Jamie hat ihn gefeuert. Ich meine, es war nicht *nur* deinetwegen – sein Essen war grauenhaft.« Sie lacht. »Im Ernst, das hätte sogar ich besser gekonnt.« Ich ziehe zweifelnd die Nase kraus. »Aber er wusste, wenn er ihn feuert, kann er dich dazu bringen, etwas zu tun, was dir Spaß macht. Ich glaube, das war der Plan.«

Mein Gehirn braucht einen Augenblick, um neu zu starten. Natürlich. Das ist völlig logisch. Es war gar kein glücklicher Zufall. Warum habe ich das damals nicht kapiert? Und jetzt ... jetzt kann ich mich nie mehr dafür bedanken.

»Regel Nummer sechs«, sagt Rebecca grinsend. »Für Jamie kochen.«

Shit. Sie muss die Kreidetafel gesehen haben, als sie in der Wohnung war.

»Die Regeln waren Jamies Art, mir zu ...« Ich stottere und werde rot.

Als ich sie wieder ansehe, merke ich, dass ihr Grinsen eigentlich ein sanftes Lächeln ist.

»Okay«, sagt Rebecca. »Ich glaube, wenn Jamie hier wäre, würde er mir sagen, ich soll mich unter die Leute mischen, also werde ich brav sein und das tun.«

Als ich wieder allein bin, muss ich mich auf die Kanapees konzentrieren und mein Mantra wiederholen, um sie nicht vollzuheulen.

Nachdem ich fertig bin, gehe ich zu den anderen und sehe, wie Tom und Avril Rebecca eine Zeichnung eines feminisierten Mussolini erklären.

»Ich hab ihm gesagt, dass das nicht originell ist«, wirft Avril ein, aber Rebecca funkelt sie an, als wäre *sie* Mussolini.

»Hast du Avril schon kennengelernt, Jem?«, fragt Russ, als die beiden hinter uns auftauchen.

»Nope«, antwortet Jemma, stellt ihr Getränk ab und streckt Avril eine Hand entgegen, aber diese ignoriert sie oder sieht sie nicht.

»Wie Avril Lavigne«, sagt Jemma, und Russ prustet mit geschlossenen Lippen los.

»Deshalb bist du meine Freundin«, flüstert er ihr zu, aber laut genug, dass alle es hören.

Wenn wir Versteinern spielen würden, wäre Rebecca die Siegerin, denn sie erstarrt augenblicklich.

»Was hat Russ gerade gesagt?«, fragt sie Jemma.

Jemma nimmt sich einen Sherry-Hühnerleber-Toast, als Erica mit dem Tablett vorbeihuscht. »Oh ja, er nennt mich seine Freundin – aber eigentlich bevorzuge ich Betreuerin.«

»Das sind ja große Neuigkeiten!«, sagt Rebecca. »Warum hast du mir nichts gesagt?«

»Ach, weißt du – bei dir war so viel los in letzter Zeit. Und außerdem bin ich einfach nicht der Typ, der anderen Leuten haarklein sein Liebesleben erzählt.«

Rebecca lacht. »Nein, natürlich nicht.«

»Tja, das beweist mal wieder, dass es wirklich für jeden Topf einen Deckel gibt«, bemerkt Avril zu Tom.

Wir ignorieren sie.

»Wann, wie, wo?«, frage ich.

»Ich glaube, der Moment, in dem ich wusste, dass ich sie um ein Date bitten würde, war im Pub nach der Beerdigung, als sie aus einer Serviette eine Vagina gefaltet hat.«

»Es ist ein Huhn!«, sagt Rebecca zu Jemma. »Das hat sie von mir.«

»Ich dachte mir: *Dieses Mädchen ist was Besonderes*«, fährt Russ fort. »Also hab ich ihr einen Zettel geschrieben und ihn in ihre Manteltasche gesteckt, damit sie ihn später findet – sodass sie nicht sofort reagieren muss.«

»Das hast du von mir!«, sage ich.

»Warum müsst ihr beide euch immer in den Mittelpunkt drängen?«, fragt Jemma, und wir brechen alle in Gelächter aus, bis …

»Was, zur Hölle, ist *das* denn?«, fragt Avril mürrisch.

Sie deutet auf die signierte Platte, die Tom an den Ehrenplatz über der Kasse gehängt hat.

»Ich verstehe einfach nicht, wie irgendjemand Chas 'n' Dave hören kann – das ist Musik für Vollidioten.«

Ich sehe Rebeccas Gesicht. Sie will etwas entgegnen, aber jemand anders kommt ihr zuvor.

»Avril?«, sagt Tom mit zuckenden Lippen.

Sie hebt kaum den Blick. »Ja?«

Ich beobachte, wie Toms Körper ganz leicht vor und zurück wippt. Die Worte scheinen ewig zu brauchen, aber als sie schließlich Gestalt annehmen, schießen sie ohne Punkt und Komma hervor: »Wenn-du-nichts-Nettes-zu-sagen-hast-solltest-du-besser-gehen.«

Unsere Blicke schwenken synchron von Tom zu Avril, die so perplex wirkt, dass man sie für eine Wachsfigur halten könnte, nur ihr Gesicht wird röter und röter. Ihr Mund geht auf, aber es kommt nichts heraus. Stattdessen bückt sie sich nach ihrer Tasche, dreht sich auf dem Absatz um und rauscht hinaus, ohne sich noch einmal umzusehen.

Keiner von uns weiß so recht, wo er hinschauen soll, bis auf Russ, dessen Gesicht unbändige Freude ausdrückt.

»Na dann tschüss!«, kommentiert Rebecca.

Russ umarmt Tom, der ebenso sprachlos ist wie alle anderen. Sobald Russ ihn wieder losgelassen hat, greift Tom nach seiner Cola, aber nachdem er sie ein, zwei Sekunden gemustert hat, stellt er sie wieder ab, nimmt mir meinen Rob Roy aus der Hand und ext ihn.

»Willkommen zurück, Kumpel!«, sagt Russ, als Tom vom Brennen des Alkohols husten muss.

»Jetzt können wir eigentlich auch nach Hause gehen«, sagt Jemma. »Das kann nichts mehr übertreffen. Alles, was jetzt noch kommt, wird Kacke.« Sie nimmt sich noch ein Kanapee. »Das hier ist aber keine Kacke, oder?«, fragt sie, wartet aber nicht auf eine Antwort, bevor sie es sich ganz in den Mund steckt.

»Sorry, dass ich so spät dran bin!«, sagt Danielle und winkt in die Runde. »Hallo zusammen.«

»Du hast gerade die große Neuigkeit verpasst«, erzähle ich ihr. »Russ und Jemma sind *zusammen.*«

»Och.« Sie neigt den Kopf freundlich zu Jemma. »Das sind tolle Nachrichten.«

»Dachte ich auch, bis ich erfahren habe, dass er eine inkontinente Katze hat«, sagt Jemma.

Ich sehe, wie Rebecca und Danielle einander anlächeln. Sie merken, dass ich sie beobachte, und für eine Sekunde frage ich mich, ob es wieder komisch zwischen uns werden wird.

»Ich würde gern einen Blick in die Küche werfen«, sagt Danielle.

»Ich führe dich später herum«, verspreche ich.

»Schon okay«, sagt Rebecca. »Ich zeig sie ihr jetzt.«

Und schon sind sie verschwunden, einfach so.

Ich kann immer noch nicht fassen, dass das alles mir gehört. Frank betrachtet die Queen im Minirock, während Tom ausdruckslos zur Tür starrt. Er wirkt eigentlich nicht traurig. Nur ein bisschen betrunken von dem Rob Roy.

»Du hast das Richtige getan, Kumpel«, sage ich und drücke ihm die Schulter.

»Frauen, was?«, sagt Russ. »Mit geht's nicht, aber du kannst sie auch nicht einfach umbringen.«

»Das«, erklärt Jemma, »sagt der Mann, der mir gestern Abend erzählt hat, er hätte den Text von ›Flying Without Wings‹ von Westlife nie richtig zu schätzen gewusst, bevor er mich getroffen hat.«

»Wirklich schade, dass man sie nicht umbringen kann«, sagt Russ.

Er nimmt sich noch ein Kanapee und grinst mich an. »Du hoffst wohl, dieses Lokal wird massenweise Mädchen anziehen so wie bei Jamie, was, Kumpel?«

Ich lache, antworte aber nicht. Ich fühle mich zum ersten Mal seit Ewigkeiten wieder so, als würde ich die Kletterwand nach oben kraxeln. Im Moment will ich nichts anderes als das hier.

Ich schlendere zu Mum und Dad, die in einer Ecke stehen, und Mums Bemerkung geht in eine ähnliche Richtung: »Freut mich, dass du dich mit Rebecca wieder so gut verstehst«, sagt sie.

Ich schicke ihre Worte durch meine Version von Google Translate und heraus kommt: *Soll ich schon mal nach Hochzeits-Locations Ausschau halten?*

Wir beobachten gemeinsam, wie die Leute sich unterhalten, und bald sehe ich wieder Jamie vor mir. Der Gedanke daran, was er aus diesem Laden gemacht hat, erschreckt mich. Wie soll ich da mithalten?

Nicht, dass ich Zweifel an der Sache hätte. Ich bin es ihm schuldig, das hier durchzuziehen, es zu einem Erfolg werden zu lassen, denn schließlich ist Jamie derjenige, der mir zu allen wunderbaren Dingen in meinem Leben verholfen hat: Man City, Rebecca, Kochen als Beruf.

Vielleicht errät Mum meine Gedanken, denn sie nimmt meine Hand und drückt sie, und ich merke, wie ich wieder von Gefühlen überwältigt werde, also lasse ich los.

»Okay«, sage ich mit einem einzigen, leicht albernen Klatschen. »Dann wollen wir mal.«

Ich schnappe mir meine Kochmütze und setze sie auf, während sich alle draußen versammeln.

»Hallo zusammen«, beginne ich, und aus irgendeinem Grund klatsche ich wieder. Ich blicke kichernd auf meine Hände, und als ich wieder aufschaue, sehen Russ und Jemma mich an, als wäre ich nicht ganz dicht. »Sorry, ich musste nur daran denken, was Jamie sagen würde, wenn er mich hier sehen würde, wie ich immer wieder in die Hände klatsche.«

Alle lachen.

»Na ja, jedenfalls habe ich euch in den letzten Monaten genug vollgequatscht, also habe ich nicht noch eine Rede geschrieben.« Jemma buht. Russ folgt ihrem Beispiel. »Aber ich will euch allen danken, dass ihr gekommen seid – das bedeutet mir sehr viel. Vor allem will ich meiner Mum danken, die ziemlich viel Geld darauf gesetzt hat, dass dies mein erster Berufswunsch ist, den ich nicht nach zwei Monaten wieder verwerfe.«

Darüber wird lauter gelacht, als ich erwartet hatte. Mum sieht stolz aus.

»Ich will Erica danken, weil sie sich den letzten Monat rund um die Uhr abgerackert hat, um mir zu helfen, alles fertigzukriegen, und Tom, weil er das Bistro freundlicherweise mit seinen großartigen Kunstwerken geschmückt hat.«

»Und weil er Avril Lavigne den Laufpass gegeben hat«, ruft Russ.

»Das auch«, sage ich. Tom steht nach seinem Augenblick im Rampenlicht mit gesenktem Kinn, aber lächelnd da. Bei der leisesten Andeutung von Aufmerksamkeit wird er sofort schüchtern. »Jetzt bleibt wohl nur noch die große Enthüllung.«

Alle Blicke richten sich auf das Tuch, das mein neues Schild verdeckt. Das alte war gut für eine Cocktailbar, aber rotes Neon ist nicht ganz der Stil, den ich mir für das Bistro vorstelle. Also habe ich etwas Passenderes anfertigen lassen.

Ich greife nach dem dicken Seil, das an dem Tuch befestigt ist, während Russ einen Countdown von zehn beginnt, in den alle einstimmen. Als sie schließlich bei eins ankommen, zerre ich am Seil, aber es muss irgendwo festhängen, denn das Tuch bewegt sich fast nicht.

Man kann nur das H und das A erkennen.

Ich sehe, wie Rebeccas Mund aufgeht. Sie bedeckt ihn mit einer Hand. Ich schaue weg, weil ich nicht vor allen weinen will, und zerre noch mal an der Schnur. Diesmal löst sich das Tuch und segelt auf den Bürgersteig. Ich betrachte die übrigen Buchstaben. Das tun wir alle.

HAWLEY'S.

Andere tun es Rebecca gleich und halten sich eine Hand vor den Mund, und ein paar Sekunden sagt niemand etwas. Und dann ...

»Auf Hawley's«, ruft Danielle, und die versammelten Leute, meine Freunde und Verwandten, Jamies Freunde und alle, die Erica eingeladen hat, applaudieren, und jetzt muss ich mich nicht mal mehr zwingen zu lächeln.

»Auf Hawley's«, wiederhole ich leise.

REBECCA

Dienstag, 5. Mai

»Tja, das war's – das Werk ist vollbracht.« Bobby legt eine Hand an seine Stirn, um sich vor der Sonne zu schützen, während er versucht, meinen Gesichtsausdruck zu deuten. Es ist frisch hier draußen auf der Straße, aber die Sonne kommt zwischen den Wolken hervor. »Was sagst du?«

»Nett«, antworte ich.

»Nett?«, wiederholt er. »Hey, Ravi!«, ruft er. »Sie findet es nett.«

Ravi schlendert aus dem Eingang und tut so, als würde er seinen Helm hinschmeißen. »Ich geb's auf.«

»Also gut, Leute, okay.« Ich verdrehe die Augen. »Dieses Kino ist das Schönste, was ich je gesehen habe.«

»Das klingt schon besser.« Bobby nickt zufrieden. »Welcher Film hier wohl zuerst gezeigt wird?«

»Angeblich sollen auf der Leinwand unten neue Filme laufen und oben alte«, erkläre ich aufgeregt. »Der erste ist *Der Jazzsänger,* der auch bei der Eröffnung des Kinos 1927 gezeigt wurde.« Ich drehe mich mit einem herzlichen Lächeln zu den beiden. »Jedenfalls vielen Dank für alles. Ihr habt großartige Arbeit geleistet.«

»Oh, danke«, sagt Adam, der aus dem Gebäude kommt.

»Ich habe nicht mit dir gered …«

»Und gern geschehen«, fällt er mir ins Wort.

Ich schmolle im Spaß. Heute ist der letzte Tag des Teams auf der Baustelle, also bin ich hergekommen, um mich zu verabschieden, und habe festgestellt, dass Adam die gleichen Gedanken hatte. Ich weiß nicht genau, seit wann ich ihn nicht mehr nervig, sondern lustig finde.

»Nimmst du die U-Bahn?«, fragt er mich, nachdem wir uns von den anderen verabschiedet haben.

»Jep.«

»Ich komm mit.«

»Schön«, schwindele ich und fange an, die Straße entlangzumarschieren. Es ist nicht so, dass ich was gegen seine Gesellschaft hätte – ich kann es nur nicht leiden, wenn ich auf Leute warten muss.

»Endlich mal jemand, der in einer normalen Geschwindigkeit läuft«, sagt er.

»Haha«, antworte ich sarkastisch. »Du kannst gern gemütlich hinterherbummeln. Das macht mir nichts aus.«

Ich schaue zu ihm, und er wirkt verwirrt. Er scheint dieses Tempo wirklich vollkommen angenehm zu finden. »Normalerweise hasse ich es, mit anderen Leuten irgendwo hinzulaufen«, gestehe ich.

»Ich auch.«

Das darauffolgende Schweigen ist entspannt und dauert an, bis wir um die Ecke biegen.

»Glaubst du, du wirst mal in das Kino gehen, wenn es eröffnet ist?«

»Es wird sogar mein Stammkino werden«, erzähle ich ihm. »Ich habe eine Wohnung weiter unten in der Straße gekauft – ich kriege dieses Wochenende die Schlüssel.«

Ich habe gar nicht versucht, in dieser Gegend etwas zu kriegen. Alle Wohnungen, die ich mir angesehen habe, waren im Südosten, aber dort hab ich nicht gefunden, was ich gesucht habe: etwas Geräumiges mit gesunder Bausubstanz, das aber erst mit viel Liebe zu einem Zuhause wird. Dann sah ich, als ich vor ein paar Wochen zur Baustelle ging, das »Zu verkaufen«-Schild, das die oberste Wohnung in dem großen viktorianischen Haus dahinter bewarb. Dank Dads Hilfe lag sie in meiner Preisklasse, und mir wurde bewusst, dass ich überall leben könnte. Nichts und niemand bindet mich an die Gegend, in der ich bisher gewohnt habe. Also habe ich die Wohnung besichtigt und mich auf den ersten Blick in sie verliebt. Die Fußböden müssen abgeschliffen und der brüchige Kamin repariert werden, und die Wände sind so dreckig, dass ich gar nicht sagen könnte, welche Farbe sie ursprünglich hatten. Ich kann es nicht erwarten anzufangen.

»Dann herzlichen Glückwunsch«, sagt Adam. Er sieht mich nicht mehr an, und blickt stattdessen auf die Straße vor uns. »Was machst du am elften Juni?«

»Ähm, keine Ahnung. Nichts wahrscheinlich. Wieso?«

»Da eröffnet das Kino.«

»Okay …«

»Willst du mit mir in *Der Jazzsänger* gehen?«

»Oh. Ähm …«

Wie kommt er denn darauf? Ich spüre eine kribbelnde Aufregung, bevor ich in Panik ertrinke. Klar, inzwischen verstehe ich mich gut mit Adam, und ja, und manchmal ertappe ich mich dabei, wie ich an den Abend denke, als wir uns fast geküsst haben. Ich habe sogar überlegt, wie es gewesen wäre, wenn wir es tatsächlich getan hätten. Aber mich mit ihm zu verabreden?

»Jetzt dreh mal nicht gleich durch vor Begeisterung, okay, Rebecca?«, schiebt er hinterher. »Weißt du, es könnte sein, dass ich dich bald nicht mehr mag, wenn du jedes Mal so ausflippst.«

»Sorry.« Wir bleiben an einer Ampel stehen, und ich schaue von ihm weg und auf den herannahenden Verkehr für den Fall, dass ich rot werde. »Ich hab nur nicht damit gerechnet.«

»Nicht?« Er wirft mir einen Blick zu, während wir über die Straße gehen. »So läuft es nun mal. Man lernt sich kennen, man streitet sich ein bisschen, man versucht den anderen zu küssen, und auch wenn man abgewiesen wird, lädt man ihn ins Kino ein.«

Meine Mundwinkel zucken. »Ein paar Monate später?«

»Sorry, ich weiß, dass es schnell geht, aber ich mag dich.«

Ich lache ein bisschen zu sehr, aber das liegt daran, dass ich Zeit gewinnen will. Was soll ich sagen? Was ich zuerst über Adam gedacht habe, war nicht ganz fair. Er ist einfach direkt und perfektionistisch, aber wenn ich ganz ehrlich zu mir bin, mag ich diese Dinge mittlerweile an ihm.

»Na ja, überleg's dir und sag mir Bescheid, ja?«

Ich erinnere mich an den Abend, als Ben um eine Serviette mit meiner Nummer bat und ich ihn warten ließ, sodass er dachte, ich hätte ihm einen Korb gegeben.

»Okay«, sage ich, als wir am unteren Ende der Rolltreppe ankommen, wo sich unsere Wege trennen und wir auf verschiedene Bahnsteige gehen.

»Okay …?«

»Ja, ich gehe mit dir in den Film.« Meine Bahn fährt ein. »Oh, die muss ich kriegen. Schreib mir eine Mail, ja?«

Ich sprinte in den Wagen, der in meiner Nähe hält, und als sich die Tür hinter mir schließt, sehe ich Adam tatsächlich lachen. Warum bin ich so bescheuert? Zwei Minuten später wäre die nächste gekommen.

Jemma wartet schon mit einer Flasche Weißwein und drei Gläsern im Restaurant auf mich. Bei der Arbeit ist es endlich ruhiger geworden, und ich konnte es so einrichten, dass sie eine lange Mittagspause bekommen hat, um mit mir meine Beförderung zu feiern. Sie war die Erste, der ich es erzählt habe, nachdem Jake mich letzte Woche in sein Büro rief, um es mir zu sagen.

»Ich bin am Verhungern«, sagt sie und greift nach einer der Speisekarten, die die Kellnerin gerade auf unseren Tisch gelegt hat.

»Ich glaube, ich habe mich gerade zu einem Date mit Adam Larsson bereit erklärt«, murmele ich, während ich meine Speisekarte lese. »Der übrigens genauso schnell geht wie ich – wenn nicht noch schneller.« Ich lächele zufrieden. »Siehst du? Es ist nicht unnatürlich.«

Jemma reißt mir meine Speisekarte aus den Händen und knallt sie auf den Tisch. »Du *glaubst,* du hast dich zu einem Date mit ihm bereit erklärt? Was ist passiert?«

»Er hat mich gefragt, ob ich mit ihm in den ersten alten Film gehen will, der im Kino läuft, und ich habe *okay* gesagt.«

»Hmmm, verstehe – jetzt ist mir klar, warum du dir da nicht sicher bist«, sagt sie, streckt die Handflächen nach außen und zieht die Schultern hoch. »Wie un-ein-deu-tig.«

»Was ist uneindeutig?«, fragt Danielle und zieht ihren Mantel aus. »Sorry übrigens, dass ich spät dran bin. Verdammte U-Bahn.«

»Gar nichts ist uneindeutig«, erklärt Jemma. »Rebecca hat sich bereit erklärt, mit einem Baustatiker auszugehen, der eine verblüffende Ähnlichkeit mit Eric Northman aus *True Blood* hat, gibt aber immer noch nicht zu, dass sie auf ihn steht.«

»Ooh«, quiekt Danielle. »Der Sheriff des 5. Bezirks? Ich liebe ihn. Rebecca, das ist großartig.«

»Okay, a) er ist es nicht wirklich, und b) ich weiß nicht, ob irgendwas daraus wird.«

»Er ist sarkastisch, schaut alte, langweilige Filme und läuft mit einer Milliarde Stundenkilometern«, fasst Jemma zusammen. »Ihr seid füreinander geschaffen. Und weißt du, was das bedeutet?«

»Was?«

»Du bist offiziell über Ben hinweg.«

Ich lache. »Das bin ich vermutlich.«

»Wie lange ist es jetzt her, seit ihr euch getrennt habt?«, fragt Danielle.

Ich denke nach. »Es sind etwa …«

»Warte«, ruft Jemma. »Sag mir das genaue Datum, an dem ihr euch getrennt habt.«

»Warum?«, frage ich, während sie ihren Kalender herausholt.

»Ich will nur was ausrechnen.«

»Tja, es war an Bens Geburtstag, also am ersten November.«

»Und wann seid ihr zusammengekommen?«

»Am sechsundzwanzigsten Oktober im Jahr davor.«

»Okay.« Sie öffnet ihren Kalender, in den natürlich nichts eingetragen ist, und blättert zur Jahresübersicht ganz hinten. »Unterhaltet ihr euch ruhig weiter.«

»Ich bin froh, dass du über ihn hinweg bist«, sagt Danielle und füllt die drei Gläser nach. Sie grinst mich an. »Dieser Adam könnte der Richtige sein.«

»Ich glaube nicht mehr an den Richtigen«, entgegne ich. Sie sieht mich traurig an, also füge ich hinzu: »Ich meine das nicht negativ. Ich denke nur, man kann im Leben mehr als einen besonderen Menschen kennenlernen.«

Sie denkt darüber nach.

»Ich hab gar nicht nach dem Richtigen gesucht, sondern nach überhaupt jemandem«, murmelt Jemma.

»Das meinst du doch nicht ernst?«, frage ich.

»Natürlich nicht – Russ hatte recht, unsere Liebe ist der Stoff für Westlife-Lyrics«, sagt sie, ohne von ihrem Kalender aufzuschauen. »Aber wenn du irgendjemandem – vor allem ihm – erzählst, dass ich das gesagt habe, bring ich dich um. Ha!« Endlich schaut sie auf. »Stimmt genau.«

»Was stimmt genau?«

»Also, es gibt da so eine Theorie, dass ...«

Ich stöhne übertrieben. »Es gibt keine Theorie.«

Es gibt keine Gleichung für den Prozess, über jemanden hinwegzukommen. Man kann nicht ausrechnen, wie viele Herzschläge derjenige noch einnehmen wird, nachdem man nicht mehr zusammen ist. »Hör zu«, beharrt sie. »Die Theorie sagt, über jemanden hinwegzukommen dauert halb so lange, wie man zusammen war. Du warst dreihundertzweiundsiebzig Tage mit Ben zusammen, und ihr habt euch vor einhundertsechsundachtzig Tagen getrennt, und heute ist dir klar geworden, dass du über ihn hinweg bist. Du hast die Theorie gerade auf den Tag genau bestätigt.« Sie klappt ihren Kalender zu. »Ob's dir passt oder nicht.«

Danielle und ich lachen.

»Oh«, sagt Danielle, nachdem sie sich wieder gefangen hat, und holt ein in Goldpapier gewickeltes Päckchen aus ihrer Handtasche. »Ich hab dir ein kleines Geschenk für die neue Wohnung mitgebracht.«

»Ich hab auch ein Geschenk für die neue Wohnung für dich«, sagt Jemma schnell. »Ich hab es nur noch nicht abgeholt. Und bezahlt. Und ausgesucht.«

Danielle reicht mir das Geschenk und prüft dabei betont gelassen ihre manikürten Nägel, obwohl ich merke, dass sie nervös ist. Unsere Freundschaft ist immer noch nicht wieder so wie früher, aber wir sind auf einem guten Weg.

Ich öffne das Päckchen und finde eine kleine Schmuckschachtel. Darin liegt ein silberner herzförmiger Schlüsselring.

»Oh, Danielle, der ist total schön. Aber das wäre nicht nötig gewesen.« Ich bin genauso unbeholfen wie sie. »Weißt du, mir hätte auch eine geschrumpfte Chipstüte gereicht.«

»Wir sind inzwischen zu reif und elegant für Accessoires aus Müll«, sagt sie gespielt herablassend und nippt an ihrem Wein. »Außerdem, wusstest du, dass Chipstüten neuerdings innen Alufolie haben? Ich hab meine Mikrowelle in die Luft gejagt.«

Daraufhin prusten wir wieder alle los.

Und ich denke bei mir: Ich hoffe, Jamie kann uns sehen.

Danksagung

Danke wie immer an unsere großartige Agentin Lizzy Kremer, ohne deren Rat wir verloren wären. Außerdem gibt es bei David Higham noch viele andere Leute hinter den Kulissen, denen wir zu großem Dank verpflichtet sind – wir wissen ihre unermüdliche Arbeit an unseren Büchern aufrichtig zu schätzen.

Auch unserer Lektorin Harriet Bourton, die dieses Buch mit einer krakeligen handgezeichneten Spannungskurve gerettet hat, haben wir unheimlich viel zu verdanken. Danke auch an Francesca Best, Alice Murphy-Pyle, Rebecca Hunter, September Withers, Tash Barsby und alle bei Transworld für ihre Arbeit und Unterstützung – wir könnten uns kein besseres Team wünschen, das unsere Bücher veröffentlicht. Und ein besonderes Dankeschön an Becky Glibbery für das Design unseres tollen Covers und an Telegramme für die Illustration.

Laura …

Man kann sich seine Familie nicht aussuchen, aber wenn ich es könnte, würde ich mich für meine entscheiden: Mummy, Daddy, Susanna, David, Robyn, Heidi und Archie – sie sind die Besten.

Seine Freunde *kann* man sich aussuchen, und da habe ich ein paar verdammt gute Entscheidungen getroffen: Dieses Buch (na ja, meine Hälfte davon) ist inspiriert vom Humor und der umfassenden Genialität der Menschen, die ich meine engsten Freunde nennen darf.

Danke an Lizzie Goode für ihr wertvolles Wissen zum Thema Architektur und Bauwesen (und weil sie die Mitgründerin – und das einzige weitere Mitglied – des Gruselfilmclubs ist); an Gemma und

Graham Woods für die Bereitstellung der Küche, in der ich alles überarbeitet habe (und an Susanna, die mir dabei fleißig Wein nachgeschenkt hat); und an alle bei Shortlist Media, weil sie so hilfsbereit und wunderbar sind.

Jimmy …

Danke an den besten Menschen, den ich kenne, Sunita Jaswal. Ohne ihre Geduld und Ermutigung hätte ich einen verrückten Sommer mit endlosen Überarbeitungen nicht überstanden. Danke auch an meine ehemalige Katze Mildred, die eine unentschuldbare Verräterin ist, aber, das muss man ihr lassen, für eine witzige Geschichte gesorgt hat, die es in dieses Buch geschafft hat. Ein Dankeschön auch an Dr. Paul Eldridge, weil er meine Fragen beantwortet hat, und an Carl Anders und Benjamin Raine für ihr Superheldenwissen. Und Dank wie immer an meine ganze Familie und alle Freunde, deren Witze ich aufgeschrieben und als meine eigenen ausgegeben habe.

Was Laura und Jimmy über ihr zweites Buch denken

Unsere beiden genialen Autoren haben sich gegenseitig interviewt. Darüber, wie es ist, als Duo zu schreiben, wie sie anstelle ihrer eigenen Figuren handeln würden und was ihre wahre Meinung zum Thema romantische Komödien ist …

Warnung: Enthält Spoiler!

Jimmy interviewt Laura

Jimmy: Was wäre anders an dem Buch, wenn du es allein geschrieben hättest?
Laura: Es wäre klüger und witziger. Quatsch! Ich glaube, es würde die gleiche Geschichte erzählen und das gleiche Ergebnis haben, aber die Ben-Kapitel von mir wären weniger überzeugend. Und wenn ich die Geschichte ganz aus Rebeccas Sicht schreiben würde, müsste ich mich bemühen, Ben positiver darzustellen, weil die Leser nur ihre Seite der Geschichte mitbekommen würden. Aber weil du Ben schon liebenswert und sein Verhalten nachvollziehbar machst, kann meine Figur sich ganz auf ihre eigenen Gefühle und Reaktionen konzentrieren, ohne den Lesern ein präzises Porträt von Ben liefern zu müssen.

Jimmy: Was hättest du in Rebeccas Situation getan?
Laura: Ben kastriert und Danielle mit einem ihrer Stilettos die Augen ausgestochen. Nein. Ich hätte wahrscheinlich so ähnlich wie Rebecca gehandelt, um ehrlich zu sein. Ich wollte ihre Reaktion so au-

thentisch wie möglich darstellen, also habe ich mich gefragt, was ich tun würde, und versucht, genau das zu Papier zu bringen. Ich glaube, ich wüsste tief in meinem Inneren, dass Ben und Danielle eigentlich gar nichts so Schlimmes getan haben, aber es würde mir trotzdem schwerfallen, ganz normal weiterzumachen. Ich bin kein nachtragender Mensch, aber ich vergesse nichts – und ich glaube, Rebecca ist im Prinzip genauso.

Jimmy: Ben, Jamie, Russ – knutschen, heiraten, am Beachy Head von einer Klippe stoßen. Mit wem würdest du was machen?
Laura: Jamie heiraten, Ben knutschen und Russ am Beachy Head von einer Klippe stoßen. Das tut mir leid – Russ ist bestimmt total nett, aber gegen Jamie kann man nichts sagen (er sieht gut aus, ist liebenswürdig, weise, hat immer viel Alkohol da), und ich schätze einfach, Ben würde besser küssen als Russ.

Jimmy: Welches ist dein Lieblingskapitel von mir und warum?
Laura: Wahrscheinlich der zweite Ausflug zum Beachy Head – als Ben Brian kennenlernt. Ich fand es einfach richtig schön, es zu lesen – es ist wunderbar geschrieben, sodass man die ganze Szene sofort vor Augen hat, und ich konnte mir so gut vorstellen, wie Ben sich zu dem Zeitpunkt gefühlt hat. Mir gefallen auch alle Gespräche zwischen Ben und Jamie, egal, ob sie in der Wohnung über die Regeln reden oder in der Bar Cocktails mixen. Ich mag gute Männerfreundschaften, und ich glaube, du hast die Chemie zwischen den beiden haargenau getroffen.

Jimmy: Sei ehrlich: Hast du Jemma aus unserem letzten Buch *Das Beste, das mir nie passiert ist* zurückgeholt, weil du zu faul warst, dir eine neue Figur auszudenken, und wirst du noch ein eigenes Buch über Jemma schreiben?
Laura: Ich hatte drei Gründe, um Jemma zurückzuholen. 1) Die Leser

schienen sie wirklich zu mögen, und ich hatte den Eindruck, man kann noch mehr von ihr erzählen. 2) Ich mochte die Idee, dass Rebecca während ihrer Funkstille mit Ben und Danielle eine Freundschaft zu jemandem knüpft, der das absolute Gegenteil von ihr ist. Rebecca ist zurückhaltend und hat Schwierigkeiten, ihre Gefühle auszudrücken, da ist Jemma mit ihrer Offenheit und Ungezwungenheit das perfekte Gegenstück. Und 3) Ja, ich war zu faul, mir eine neue Figur auszudenken.

Ich hatte nicht vor, ein eigenes Buch über sie zu schreiben, aber jetzt, nachdem ich ihren Freund von einer Klippe gestoßen habe, gibt es Potenzial für ein Drama ...

Jimmy: Nach *Das Beste, das mir nie passiert ist* hast du zugegeben, dass die Angewohnheit der Hauptfigur Holly, beim Joggen Musicallieder zu singen, autobiografisch ist. Trifft das auch auf irgendwas zu, was Rebecca tut?
Laura: Ich verabscheue unverhohlene öffentliche Liebesbekundungen, und in letzter Zeit habe ich guten Whisky schätzen gelernt. Oh, und ich hab mir einmal, als ich betrunken war, Chicken Nuggets geholt, und als der Mann mich gefragt hat, wie viele ich will, habe ich gesagt, er soll schauen, wie viele er in den Eimer packen kann.

Jimmy: Sowohl Rebecca als auch Holly in *Das Beste, das mir nie passiert ist* verändern sich durch die Liebe und werden zu besseren Menschen. Glaubst du an die transformative Kraft der Liebe, die so oft in Liebeskomödien dargestellt wird?
Laura: Man könnte auch sagen, sie werden durch die Liebe zu schlechteren Menschen. Ich glaube nicht, dass Liebe transformative Kräfte hat – und die Gefahr dabei, dass jemand das denkt, ist, dass die Leute jahrelang herumsitzen und auf den Richtigen warten und glauben, dann würde ihr Leben erst wirklich anfangen, obwohl sie

eigentlich versuchen sollten, selbst etwas zu verändern, wenn sie nicht glücklich sind. Aber ich glaube schon, dass die Liebe einen Menschen einzigartiger, wärmer und schöner machen und sein Leben letztendlich bereichern kann. Aber man hat bessere Chancen, gute Liebe von schlechter Liebe unterscheiden zu können, wenn man mit sich selbst zufrieden ist. Klingt das jetzt total schmalzig?

Jimmy: Ja.
Laura: Soll ich die Antwort ändern?

Jimmy: Nein.

Laura interviewt Jimmy ...

Laura: Welche der Hauptfiguren ist dir ähnlicher – Alex aus *Das Beste, das mir nie passiert ist* oder Ben aus *Alles, was vielleicht für immer ist?*
Jimmy: Weißt du, was meine Mum zu mir gesagt hat, nachdem sie *Das Beste, das mir nie passiert ist* gelesen hat? Dass sie sich wünschen würde, Alex wäre ihr Sohn. Deshalb wollte ich, dass Ben orientierungslos und verschwenderisch ist. Und außerdem, *Mum,* ich glaube schon, dass ich ein bisschen wie Alex bin: Ich bin zwangsneurotisch, ich bin ziemlich zielstrebig, und ich höre Radiohead. Aber ganz ehrlich, wenn du mein Gehirn herausholen und analysieren könntest, würdest du auch viel von jemandem wie Russ darin versteckt finden. Ich schätze, das ist bei den meisten Typen so.

Laura: Hättest du an Bens Stelle irgendwas anders gemacht?
Jimmy: Diese Frage wird mir Ärger mit meiner Freundin einbringen, die fest auf Rebeccas Seite steht und mich schon mit ganz ernstem Blick gefragt hat, ob ich sein Verhalten akzeptabel finde. Ich kann nur

sagen, im Nachhinein ist es leicht zu behaupten, er hätte das mit Danielle nicht machen sollen, aber Rebecca hat an jenem Abend absolut keine klare Ansage gemacht, und dann kommt Danielle – die sehr attraktiv ist, vergessen wir das nicht – und stürzt sich praktisch auf ihn. Der geheime Russ in jedem Mann siegt. Ben hätte aber von dem Moment an, als Rebecca es erfahren hat, bezüglich des Zeitpunkts ehrlich sein sollen.

Laura: Welchen Rat würdest du jemandem geben, der über eine Trennung hinwegkommen will?
Jimmy: Auf Jamie zu hören. Er hat Ben gesagt, er soll sich von Facebook fernhalten, Dinge tun, die ihm Spaß machen, und keine depressiven Statusmeldungen schreiben, die das eine sagen, aber eigentlich etwas anderes meinen. Ich mag zwar Damien Rice, aber Musik verstärkt nun mal das Gefühl, das man schon hat. Wenn man glücklich ist, kann sie einen euphorisch stimmen, aber wenn man sich schlecht fühlt ... Na ja, Damien Rice hätte Ben am Beachy Head über den Rand der Klippe schubsen können.

Laura: Du bist zum Beachy Head gefahren, während wir das Buch geschrieben haben – welchen Einfluss hatte das auf die Art, wie du diese Szene geschrieben hast?
Jimmy: Ich war allein da oben, habe über die Klippen geschaut und gedacht: »Hier sollte wirklich eine gelbe Linie sein wie an Bahnsteigen.« Und in diesem Moment habe ich einen echten Brian getroffen, aber ich habe im Buch seinen Namen geändert. Er ist zu mir gekommen, um sich zu vergewissern, dass ich nicht selbstmordgefährdet bin! Was Brian zu Ben sagt: »Ich hab mir schon gedacht, dass du nicht springen würdest« – das hat der echte Brian auch zu mir gesagt. Weil ich nicht telefoniert habe, um mich zu verabschieden, und ziemlich ängstlich aussah am Rand der Klippe.

Laura: Ich habe mit dir schon Billard, *Vier gewinnt* und *Just Dance* gespielt und weiß, dass du immer unbedingt gewinnen willst – ist das auch so, wenn du mit jemandem zusammen ein Buch schreibst?
Jimmy: Du kannst dir gar nicht vorstellen, wie sehr ich das hier als Wettbewerb sehe. Neulich erst bin ich das Buch durchgegangen und habe jedes meiner Kapitel mit dem entsprechenden von dir verglichen, um zu sehen, welches besser ist, und dann eine Strichliste gemacht.

Laura: Wer hat gewonnen?
Jimmy: Ärgerlicherweise hast du es knapp geschafft mit deinen verdammt fantastischen letzten Kapiteln.

Laura: Wie beschreibst du unsere Bücher anderen Männern gegenüber, die fragen, was du schreibst?
Jimmy: Damit hatte ich echt Schwierigkeiten. Da ich keine Frauenromane gelesen oder Liebeskomödien geschaut habe, war es mir immer ziemlich peinlich, mit Männern darüber zu sprechen. Dann habe ich *Harry und Sally* gesehen und dachte: Romantische Komödien können ziemlich cool sein. Jetzt bin zu Hause ich derjenige, der vorschlägt, welche anzuschauen. Außerdem ist mir klar geworden, dass Frauenromane, wenn sie wirklich gut gemacht sind, einfach Nick Hornby für Frauen sind. Ich liebe Nick Hornby, also beschreibe ich es oft so.

Laura: Sowohl Ben als auch Alex in *Das Beste, das mir nie passiert ist* wollten unbedingt »etwas bewirken« oder »etwas Bleibendes hinterlassen«. Hast du insgeheim eine Sinnkrise?
Jimmy: Ich mache mir viele Gedanken über die Zeit. Daher kommt Jamies Spruch: »Das Herz eines Menschen schlägt im Durchschnitt drei Milliarden Mal.« Manchmal könnte ich im Auto durchdrehen, wenn

die Ampel grün ist und niemand sich bewegt. Ich denke mir dann: Ihr habt gerade sechs meiner Herzschläge verschwendet, weil ihr nicht aufgepasst habt. Übrigens denke ich das auch, wenn ich darauf warte, dass *du* auf meine Mails antwortest! Für mich geht es in dem Buch um diesen Spruch. Man muss so vielen seiner Herzschläge wie möglich eine Bedeutung geben.

Noch eine weitere Liebesgeschichte mit Herz und Humor …

384 Seiten

Auch als eBook

LESEPROBE

PROLOG ALEX

Mai 2010

»Es heißt ja immer, es bringt nichts, Sachen wieder aufzuwärmen, aber das machen doch alle. Es gibt für alles noch mal eine zweite Chance. Schlaghosen. Und Yes-Törtchen. Und sogar Take That.«

Ich liege ausgestreckt auf dem Rücken im Gras und schere mich nicht darum, ob mich irgendwelche Mücken stechen, während die letzten Sonnenstrahlen des Tages mein Gesicht und meine Arme wärmen. Neben mir sitzt Holly im Schneidersitz und bastelt eine Gänseblümchenkette.

»Wovon redest du, Al?«

»Von dir und mir. Es ist, als würden wir unser Comeback feiern.« Holly konzentriert sich weiter auf ihr Projekt, aber ich erkenne aus den Augenwinkeln, dass sie ein Lächeln unterdrückt. »Schlaghosen sind vielleicht in Mothston wieder in, Alex, aber nirgendwo sonst.«

»Ich meine das ernst«, beharre ich. Meine Theorie hat ihren Ursprung in der Dose Cider, die neben meinem rechten Knie im Gras steht, aber sie fühlt sich trotzdem irgendwie tiefgründig an.

»Willst du damit sagen, du und ich, wir sind wie Take That?«

»Ja, wie Take That, nur ohne das ganze Geld und die kreischenden Fans.«

Holly sieht mich lächelnd an. »Dann wärst du Gary Barlow. Ganz seriös und vernünftig. Und immer attraktiver mit dem Alter.«

»Und du wärst Robbie.«

»Der, der früher dick war?«

»Nein«, ich lache. »Der Rebell, der sich beim ersten Mal aus dem Staub gemacht hat.«

Holly wendet sich wieder ihrer Kette zu, aber ihr Gesichtsausdruck ist nachdenklicher als vorher, als wäre sie nicht mehr mit ganzem Herzen bei der Sache.

»Es stimmt aber«, sage ich. »Das hier ist unsere Comeback-Tour.«

»Al?«

»Jep?«

»Kannst du mir noch einen Cider geben?«

Ich schüttle den Kopf, greife gleichzeitig in die Plastiktüte mit dem Cider und werfe ihr eine Dose zu. Ich lächle vor mich hin, bin froh, hier zu sein, mit Holly, und ich versuche die Tatsache auszublenden, dass die Sonne langsam verschwindet. Ich habe so lange auf diesen Moment gewartet, und ich will nicht, dass der heutige Tag zu Ende geht.

HOLLY

September 1999

Als ich am Morgen danach aufwache, fühle ich mich anders.

Allerdings nicht die Art von anders, die ich erwartet hatte. Nicht die glücklich-mit-federnden-Schritten-die-Welt-mit-anderen-Augen-sehende Art von anders.

Aber ich weiß, was ich zu tun habe.

Wenn ich an letzte Nacht denke, zieht sich der schmerzhafte Knoten in meinem Bauch fester zusammen – selbst beim Gedanken an die Sachen am Anfang, als ich noch Spaß hatte. Als ich Turbo Shandys (50 Prozent Bier, 50 Prozent Smirnoff Ice, 100 Prozent NIE WIEDER) trank und mit Ellie zu »A Little Bit of Luck« durch den Garten tanzte. Für September war es ziemlich warm – erst nach Mitternacht verlagerte sich die Party in Ellies Haus. Und noch viel später habe ich Alex angerufen. Ich kann nicht fassen, dass ich ernsthaft dachte, ein betrunkener Anruf mitten in der Nacht wäre die perfekte Gelegenheit, um ihm zu sagen, was ich für ihn empfinde. Dass ich mehr als Freundschaft will. Dass das schon seit Ewigkeiten so ist.

Gott sei Dank ist er nicht rangegangen. Nicht, weil ich meine Meinung geändert hätte und es ihm nun nicht mehr sagen wollte. Ich finde nur, dass es irgendwie wichtig ist, dass ich nicht völlig hacke bin, wenn ich das tue.

Ich ziehe mein T-Shirt aus und vermeide es, in den Spiegel zu schauen, bevor ich nach meinem Bademantel greife und ins Bad sprinte. Ich habe knallheiß geduscht, als ich letzte Nacht nach Hause kam, und das mache ich jetzt noch mal und genieße dabei das Brennen und die rötliche Farbe, die meine Haut annimmt, dann zwinge ich mich aufzuhören und ziehe mir eine Bootcut-Jeans und ein marineblaues Trägertop an – Alex sagt immer, marineblau sei meine Farbe –, bevor ich die Treppe hinunter ins Wohnzimmer stürme.

»Mum, kannst du mich zu Alex fahren?«

»Klar, Hols. *Diagnose: Mord* ist gleich zu Ende.« Ihre Augen huschen vom Fernseher zu mir und wieder zurück. »Ich habe eine Theorie. Siehst du diesen Mann? Alle glauben, dass er seine Frau umgebracht hat, aber ich glaube, sie täuscht ihren eigenen …«

Damit komme ich jetzt nicht klar. Ob irgendein Typ in einer Serie seine Frau umgebracht hat, ist mit Abstand meine geringste Sorge. Zum Glück war Mum im Bett, als ich letzte Nacht nach Hause kam. Heute kann ich mich zusammenreißen, aber letzte Nacht hätte ich die beste Schauspielerin der Welt sein müssen, um ihr etwas vorzumachen.

»Schon okay, ich geh zu Fuß.« Wenigstens kann ich dann darüber nachdenken, was ich sagen soll.

Soll ich einfach damit herausplatzen? Oder soll ich eine Erklärung vorausschicken? Ihm von der schlimmsten Nacht meines Lebens erzählen – schon allein beim Gedanken an das, was passiert ist, muss ich die Augen zusammenkneifen, und es schüttelt mich. Soll ich ihm sagen, dass der einzige Mensch, den ich danach sehen wollte, er war? Dass er mein bester Freund ist und ich zwar immer wusste, wie wichtig er mir ist, dass er mir in den letzten paar Jahren aber mehr als nur wichtig geworden ist?

Das habe ich bisher nicht mal vor mir selbst zugegeben. Ich bin bis über beide Ohren in Alex Tyler verliebt. VERLIEBT. In meinen besten Kumpel, der immer alle anderen – seinen Dad, seine Freunde, mich – wichtiger nimmt als sich selbst, obwohl er es in den letzten paar Jahren am allerschwersten hatte. Ich liebe es, dass ich mit ihm über alles reden kann und er mir sagt, was er wirklich denkt, und nicht, was ich seiner Meinung nach hören will. Ich liebe es, dass er mir immer noch jedes Mal anbietet, mir meine Tasche abzunehmen, egal wie oft ich ihm sage, dass ich sie sehr gut allein tragen kann. Ich liebe es, dass er Wollpullis anzieht – und das ist nicht mal ironisch gemeint. Ob ich irgendwann auch seine nerdigen Haare lieben kann? Klar. Und wenn nicht, kann ich ihn immer noch zu einem ordentlichen Friseur schicken. Ich liebe es, wie er mir mit einem Desinfektionstuch hinterherwischt, wenn ich uns Sandwiches mache. Ich liebe es, dass er sich so gut mit Sternbildern und Musik und Büchern auskennt – mit Dingen, auf die andere Jungs keinen Gedanken verschwenden. Ich liebe es, dass er seine CDs alphabetisch sortiert. Ich liebe es, dass er *meine* CDs alphabetisch sortiert hat – obwohl ich damals darüber gelacht habe. Habe ich mich überhaupt dafür bedankt? Ich werde es heute erwähnen, nachdem ich ihm gesagt habe, dass ich ihn buchstäblich über alles liebe. (Ich liebe es sogar, wenn er mich darauf hinweist, dass ich das Wort »buchstäblich« falsch benutze.)

Wie wird er reagieren, wenn ich es ihm sage? Wird er antworten, dass er mich auch liebt? So wie ich ihn kenne, wird er erst mal darüber reden wollen. Es nach Alex-Manier überanalysieren, um sicherzugehen, dass ich auch alles gründlich durchdacht habe.

Oder vielleicht wird er entsetzt gucken und mir betreten mitteilen, dass er mich immer nur als beste Freundin – sogar als Schwester – sehen könne und sich zwar geschmeichelt fühle, aber NEIN danke, daraus werde nichts. Ich erinnere mich an den ersten Tag in der Oberstufe, kurz nachdem seine Mum gestorben war. Wir unterhielten uns auf dem Schulweg und kamen irgendwie auf seine Mum und seinen Dad zu sprechen, und weil er so traurig aussah, wollte ich ihn umarmen, aber sein Gesichtsausdruck ... Man hätte meinen können, ein tollwütiger Hund hätte mit ihm kuscheln wollen.

Die Erinnerung schmerzt immer noch, aber doch nicht so sehr, dass ich deshalb umkehren, wieder hochgehen und mich ins Bett verkriechen würde. Ich muss es so oder so wissen, und es könnte jetzt meine letzte Chance sein.

Okay, das Timing ist nicht gerade optimal, so kurz bevor ich zum Studieren nach London gehe, während er hier oben in Yorkshire bleibt. Nicht, dass ich die Wahl meiner Uni von ihm abhängig gemacht hätte – so was würde ICH nicht machen. Aber es ist schon ein bisschen frustrierend daran zu denken, dass wir in den letzten sieben Jahren nur ein paar Straßen voneinander entfernt gewohnt haben und trotzdem nichts lief. Wieso hatte ich nicht den Mut, es ihm zu sagen? Ich hätte auf meine Mum hören sollen, die ständig Witze darüber macht, dass wir mal heiraten werden. Das haben alle anderen auch getan, aber ich sagte immer, sie sollten die Klappe halten – und dass wir nur Freunde wären. Ich schätze, eine Ewigkeit lang sagte ich das, weil ich es wirklich für die Wahrheit hielt. Und später dann, weil ich Angst hatte, wenn ich nicht genug protestiere, würden alle wissen, was ich tatsächlich fühle, und sich über mich lustig machen.

Jetzt ist mir egal, was die anderen denken. Und wenn wir es beide ernsthaft wollen, kriegen wir das mit der Fernbeziehung schon hin. Ich werde in allen Ferien nach Hause kommen, und wir können telefonieren – wir telefonieren ja auch jetzt schon immer ewig. Und wir können uns jede Menge Liebesbriefe schicken – das wird total romantisch. Und wenn ich auf Reisen gehe, kann Alex mitkommen. Ich hab was über Briten gelesen, die im Ausland Englisch unterrichten – er will sowieso Lehrer werden.

Es ist verdammt kalt heute – ich schätze, damit ist der Sommer wohl offiziell vorbei –, ich gehe lieber schnell los und lenke mich mit Tagträumen von unseren zukünftigen gemeinsamen Wochenenden ab. Wie ich aus dem Zug steige und direkt in seine Arme laufe, wie er mich hochhebt und ich die Beine um seine Hüften schlinge ... Und auch wenn ich in meiner Fantasie aus einer altmodischen Dampfeisenbahn steige, wird es nicht weniger romantisch sein, wenn ich mit der Midland Mainline ankomme, meinen Rollkoffer bis zu ihm ziehe und dann in seine Arme springe.

»Oh, hallo Holly.« Alex' Dad tritt zur Seite, um mich hineinzulassen. »Hast du keine Jacke an? Es ist schon ganz schön kühl geworden. Möchtest du eine Tasse Tee?«

Normalerweise bin ich immer bereit zu einem Plausch mit Alex' Dad – er ist wahrscheinlich ziemlich einsam –, aber ich lehne ab und versuche, seine Enttäuschung zu ignorieren.

»Sohnemann! Holly ist da«, ruft er die Treppe hinauf. »Geh einfach rauf, Mädchen.«

Alex hat das offensichtlich nicht gehört – er ist in der Dusche und singt irgendetwas darüber, ein »Creep« zu sein, ich glaube, ich kenne die Melodie aus seinem Auto. Ich setze mich auf sein Bett und warte.

Alex' Zimmer ist mir so vertraut wie mein eigenes. Das große Che-Guevara-Poster über dem Bett. Seine Schulbücher in ordentlichen Stapeln auf dem Schreibtisch. Ein knitterfreier Schlafanzug an seinem üblichen Platz – sauber zusammengefaltet auf dem Kopfkissen.

Ich kann nicht fassen, dass es eine Zeit gab, in der ich das spießig fand. Sogar ein bisschen langweilig, wenn ich ehrlich bin. Aber nachdem Alex' Mum starb, bin ich oft hergekommen, um ihn aufzumuntern. Dann haben wir bis spät in die Nacht geredet, bis ich angezogen auf der Bettdecke einschlief, und ich begann, sein Zimmer mit anderen Augen zu sehen. Es ist ein Zufluchtsort. Hier ist man sicher. »Oh, hi«, sagt Alex. Er steht mit einem Handtuch um die Hüften in der Tür, und ich spüre, wie ich rot anlaufe. Wassertröpfchen glänzen auf seiner erst kürzlich kräftiger gewordenen Brust und fließen hinunter zu seiner schlanken Taille. Als ich versuche, hallo zu sagen, ist meine Kehle trocken, und meine Stimme klingt krächzend. Reiß dich zusammen, Holly. Das ist nicht das erste Mal, dass du Alex oben ohne siehst. Mit nassen Haaren und nassen Wimpern, nach Seife duftend.

Ich habe mir noch nie in meinem Leben so sehr gewünscht, jemanden zu umarmen.

»Was kann ich für dich tun, Süße?«

SÜSSE?!

Ich ignoriere seine seltsame Begrüßung und greife nach seiner Hand. »Ich muss dir was sagen.«

»Wegen letzter Nacht, hab ich recht? Wie war's?«

Bilde ich mir das ein, oder ist da etwas leicht Sarkastisches in seinem Tonfall? Ich versuche, ihm in die Augen zu sehen, aber er lässt meine Hand los und schaut sich in seinem Zimmer um, als würde er etwas suchen, was merkwürdig ist, weil sein Zimmer blitzsauber und wie immer perfekt aufgeräumt ist. Ich stecke die Hände in die Taschen meiner Jeans, um meine Verlegenheit zu überspielen.

»Ja, genau darüber will ich mit dir reden. Ich hab versucht, dich letzte Nacht anzurufen. Ich …«

»Ach ja – sorry, dass ich nicht rangegangen bin.« Er grinst, während er sich Deo unter die Arme schmiert. »Ich hatte ein Date, und sagen wir mal, ich war anderweitig beschäftigt. Wenn du verstehst, was ich meine.«

Für den Fall, dass noch irgendwelche Zweifel daran bestehen könnten, was er meint, zwinkert er mir auffällig zu.

Was um alles in der Welt geht hier vor? Dies ist ein völlig Alex-untypisches Verhalten. Der Alex, den ich kenne, ist freundlich, aufmerksam, lieb … und vor allem, mit wem zum Teufel hatte er ein DATE?

»Mit wem hattest du ein Date?«

»Du kennst sie nicht. Sie heißt Jane. Sie ist ziemlich heiß. Große Brüste. Gute Küsserin.«

Ich glaube, ich bin im falschen Film. Solche Sprüche kommen sonst eigentlich nur von Kev. Und wenn er die ablässt, versteckt Alex normalerweise sein Gesicht in den Händen und schüttelt den Kopf.

Ich habe mir schon tausendmal vorgestellt, wie es wäre, Alex meine Gefühle zu gestehen, aber ich hätte nie gedacht, dass ich dabei so nervös sein würde. Ich kann einen Typen fragen, ob er mit mir zusammen sein will. Ich muss nicht das arme, verschüchterte Mauerblümchen spielen, das wartet, bis es gefragt wird. Und ganz ehrlich, er kann keine sehr tiefen Gefühle für diese Jane haben – sie haben sich bestimmt gerade erst kennengelernt. Es kann unmöglich mit dem vergleichbar sein, was wir haben. Oder?

»Und hast du vor, sie wiederzusehen?« Sag nein, sag nein, sag nein.

»Aber hallo, ich hoffe sogar, dass ich sie heute Abend wiedersehe. Deswegen habe ich geduscht.«

Er zwinkert noch einmal, und mir bleibt das Herz stehen, ob vor Eifersucht oder Scham, weiß ich nicht. Ist das alles ein GEWALTIGER Fehler? Dachte ich die ganze Zeit nur, ich wäre in Alex verliebt, obwohl ich eigentlich in irgendeine fiktive Version von Alex verliebt bin, die nur in meinem Kopf existiert, und in Wirklichkeit kenne ich ihn gar nicht? Wie damals, als ich jahrelang für unseren Französischlehrer Mr Abel schwärmte und einen ganzen Sommerurlaub mit Tagträumen verbrachte, in denen ich fünfundzwanzig war und ihn in einem Café in Paris kennenlernte, wo wir uns bei einem Croissant verliebten und unter dem Eiffelturm küssten. Und dann ging ich im September ganz beseelt in seine erste Stunde, aber als er dann mit seinem über die Ferien neu gezüchteten Schnurrbart hereinkam und anfing, von der Konjugation französischer Verben zu reden, dachte ich nur: Voulez-vous mich verarschen?

Vielleicht ist dieser Schmerz nicht mein Herz, das gerade zerbricht. Vielleicht ist es nur die Enttäuschung darüber, dass Alex doch so ist wie die anderen Jungs – die so tun, als würden sie einen wirklich mögen, nur damit sie kriegen, was sie, beziehungsweise ihre Schwänze, wollen.

Aber er wäre mir nicht so wichtig, wenn meine Gefühle nicht echt wären. Und ich kann ihn doch unmöglich die ganze Zeit falsch eingeschätzt haben, oder? Ich versuche noch einmal, Blickkontakt herzustellen.

X

»Wieso starrst du mich so an?«, fragt er lachend, und ich spüre, wie meine Wangen glühen. Ich habe nicht mal Zeit, es abzustreiten, bevor er fortfährt: »Was wolltest du mir denn sagen, Süße?«

Okay, woher kommt jetzt bitte schön dieser »Süße«-Scheiß? Ich habe ihn noch nie in seinem Leben irgendjemanden Süße nennen hören – er klingt komisch, wenn er das sagt. *Ich bin's, Holly!*, will ich rufen. Aber ich kann nicht. Ich kann nichts von den Dingen sagen, die ich eigentlich sagen will, denn das hier hätte komplett anders laufen sollen.

Stattdessen schlucke ich den Kloß in meinem Hals hinunter und lächle resigniert. »Ich wollte mich nur verabschieden. Die nächsten paar Tage bin ich mit Packen beschäftigt, und dann fährt Dad mich runter nach London. Und wer weiß, wann wir uns dann wiedersehen?«

Ich mustere ihn und warte auf eine Reaktion, aber sein Gesicht ist ausdruckslos. Als er den Mund aufmacht, um etwas zu sagen, gestatte ich mir dennoch einen Augenblick lang die Hoffnung, dass er fragen wird, was ich da rede – dass wir uns natürlich in den nächsten Tagen sehen werden, selbst wenn das bedeutet, dass er mir beim Packen helfen muss. Und selbstverständlich werden wir uns ganz oft besuchen. Und dann wird er mich an sich ziehen, um mich zu umarmen, und …

»Wer weiß?« Er zuckt mit den Schultern. »Vielleicht gibt es in zehn Jahren ein Nachtreffen in der Schule. Bis dann bist du zurück von deinen Reisen, hast einen sexy Australier geheiratet und einen Haufen Kinder bekommen.«

»Ja, vielleicht.« Ich lache leise. »Aber dann bist du schon irgendwo anders Rektor geworden und zu beschäftigt mit deiner eigenen Schule, um zur Mothston Grammar zurückzukommen.«

»Vielleicht.«

Ich greife nach seiner Hand, und wir sehen einander etwa sieben Sekunden lang in die Augen, bevor er sich losreißt und sich das nasse Haar aus dem Gesicht streicht. Dann zupft er an einem losen Faden an seinem Handtuch und sieht dabei so beklommen aus, wie ich mich fühle, also murmele ich einen letzten Abschiedsgruß, stehe auf und schließe hinter mir die Tür.

Erst als ich die Treppe hinunter- und zur Haustür hinausgehe, fange ich an zu weinen. Ich weiß nicht, wann und ob ich Alex Tyler je wiedersehen werde, aber eins weiß ich: Ich kann es gar nicht erwarten, so schnell wie möglich aus dem Kaff hier herauszukommen.